Scott McEwen & Hof Williams

# CAMP HONOR

DIE MISSION

Scott McEwen & Hof Williams

Die Mission

Band 1

Aus dem amerikanischen Englisch
von Christian Dreller

Ravensburger Buchverlag

Bibliografische Information der Deutschen Nationalbibliothek:
Die Deutsche Nationalbibliothek verzeichnet diese Publikation in der Deutschen Nationalbibliografie. Detaillierte bibliografische Angaben sind im Internet über http://dnb.d-nb.de abrufbar.

1 2 3 4 5 E D C B A

Deutsche Erstausgabe


Die Originalausgabe erschien 2018 unter dem Titel *Camp Valor* bei St. Martin's Press.


Dieses Werk wurde im Auftrag von St. Martin's Press durch die Literarische Agentur Thomas Schlück GmbH, 30161 Hannover, vermittelt.

Umschlaggestaltung: Frauke Schneider unter Verwendung von Motiven von ayakovlev_com, prometeus, innervision, carlosphotos, Iryna_Rasko und Mr_Twister (alle Depositphotos)
Grafik im Innenteil: Jag_cz (Adobe Stock)

Redaktion: Valentino Dunkenberger



Printed in Germany

ISBN 978-3-473-58547-2

www.ravensburger.de

Dies ist unseren Kindern gewidmet.
Wir haben euch eine schwierige Welt hinterlassen,
und wir können nur hoffen,
euch die Fähigkeiten mitgegeben zu haben,
um in ihr zu überleben und aufzublühen.

# Prolog

**14. April 1984, abends**

**Geheimer Ankerplatz vor der Insel Eleuthera, Bahamas**

Es war Tag neun einer zehntägigen Kreuzfahrt auf der honduranischen Megajacht *La Crema*. Für die meisten Familien eigentlich ein Traumurlaub: kein einziger Regentropfen, spiegelglatte See, geringe Luftfeuchtigkeit. Dennoch hatten die zwei Jungen – beide waren im ersten Jahr an der Highschool – ihre Kabinen kaum verlassen. Der Grund: Videospiele. Donkey Kong, um genau zu sein. Und Colonel Victor Marvioso Madrugal Degas hatte die Nase gestrichen voll.

Am liebsten wäre der Colonel in die Kabine seines Sohnes gestürmt, um den Nintendo von der Wand zu reißen und die Konsole durch die nächstbeste Luke ins Karibische Meer zu schleudern. Dort hätten die Jungen eigentlich die ganze Zeit schwimmen und schnorcheln sollen. Aber sein Sohn Wilberforce – oder Wil, wie er sich neuerdings auf seinem amerikanischen Internat nannte – hatte abgesehen von Elektronikspielen anscheinend keinerlei Interessen. Und Claudia, die Ehefrau des Colonels, wäre vermutlich per Hechtsprung der Konsole hinterhergetaucht. Nur damit, Gott bewahre, ihr Sohn nicht auf den allmächtigen Kong verzichten müsste.

Für einen erfahrenen Befehlshaber von Todesschwadronen zeigte der Colonel eine bemerkenswerte Selbstbeherrschung. Er nippte geduldig an seinem Rum, paffte Zigarillos und beschiss beim Poker, bis es zehn Uhr abends war. Dann erhob er sich vom

Kartentisch und verkündete seinen Gästen, dass er bald zurück sein werde. Mit einem Ruck seines Kinns bedeutete er Claudia und zwei Bodyguards, ihm zu folgen. Vámonos: Zeit, Frauen und Blagen ins Bett zu bringen.

Die Jungen hörten nicht, wie die Tür aufging. Doch der Geruch von Rum und Zigarillos flutete den Raum. Keiner von beiden rührte sich, während sie vor dem verpixelten Monitor auf dem Boden hockten und aus Wils Jambox »Purple Rain« von Prince plärrte. Der Colonel verzog schaudernd das Gesicht. Diese Musik war was für Bekloppte.

Wils Mutter trat zuerst ein. Sie schwankte noch stärker als gewöhnlich. Prompt trat sie aus Versehen auf Wils Bein und der spitze Absatz ihres High-Heel-Schuhs bohrte sich in seine Wade.

»Herrgott, Mom! Pass doch auf, wo du hintrittst!«, beschwerte Wil sich.

Claudia drückte ihm einen feuchten Schmatzer auf die Wange und murmelte als Entschuldigung etwas von Reisetabletten und Wein. Halt suchend, krallte sie ihre langen Fingernägel in die Wände und torkelte wieder in den Gang hinaus. Wie eine Billardkugel zwischen den Banden eierte sie zu der Kabine, die sie mit dem Colonel bewohnte.

»Zehn Uhr, Jungs«, sagte der Colonel und klatschte in die Hände. »Zeit fürs Bett!«

»Nein, Daddy. Bitte nicht. Nur noch ein Spiel. Bitte«, bettelte Wil. »Ich bin kurz davor, meinen Highscore zu knacken.«

Aber Wils Freund stand auf. »Wil«, sagte der Junge. »Wir haben versprochen, um zehn aufzuhören. Es ist Zeit.« Er gähnte. »Außerdem glaube ich, dass du morgen dann noch besser sein wirst.«

»Hast recht!« Wil schaltete erst das Spiel und dann die Musik aus.

»Danke, Wil«, sagte der Colonel und tätschelte seinem Sohn den Kopf. Insgeheim war er jedoch irritiert, dass Wil seinem Freund viel schneller gehorcht hatte als ihm. »Okay, ihr solltet jetzt Zähne putzen und dann ab in den Schlafanzug. Und was dich angeht«, fuhr der Colonel fort und wies auf den Freund seines Sohnes, »so wird Manuelito dich in deine Kabine begleiten. Gute Nacht.«

Kaum war sein Freund außer Hörweite, fragte Wil: »Warum kann Chris nicht in meiner Kabine übernachten? Warum muss er hinten im Schiff bei den Bediensteten schlafen?«

»Weil du fast fünfzehn bist. Zu alt für Pyjamapartys und ...« Er zeigte auf den Nintendo. »... Videospiele und dieses Traumweltzeugs mit Zauberern und all dem Schwachsinn, das du da spielst.«

»Du meinst Dungeons and Dragons?«

»Ja«, erwiderte der Colonel. »Mit diesen Kindereien wird bald Schluss sein. Sobald es in unserer Heimat wieder sicher für dich ist, werde ich dafür sorgen, dass du bei deiner Abuela lebst, deiner Großmutter«, sagte der Colonel und lächelte bei der Erinnerung an seine eigene Jugend. »Du wirst in dem Dorf aufwachsen, in dem ich groß geworden bin. Tagsüber gehst du auf die Militärakademie und die restliche Zeit kümmert sich deine Großmutter um dich. Bringt dich auf Zack und sorgt dafür, dass aus dir ein Mann wird. So, wie sie es mit mir getan hat.« Der Colonel sog tief die Luft ein, klopfte sich auf den Brustkorb und nahm eine stolze Pose ein.

Aber Wil gruselte sich vor seiner Großmutter. Sie lief den ganzen Tag im Nachthemd herum, hatte einen dicken Schnurrbart und roch wie eine nasse Windel. »Dann hoffe ich, es wird dort nie sicher sein«, platzte es aus Wil heraus.

Die Faust des Colonels bewegte sich schneller als sein Verstand. Ansatzlos schoss seine rechte Gerade vor. Der Kopf des Jungen flog zurück. Wil klappte vor den Gucci-Slippern seines Vaters zusammen. Blut quoll aus einer Wunde am Kinn. Die hatte er dem Ring des Colonels zu verdanken, den dieser am kleinen Finger trug: ein Protzteil aus Gold mit rosa Riesendiamanten. Wil gab ein lang gezogenes, lautes Heulen von sich, das den Colonel an einen altmodischen Feuermelder erinnerte. Der Colonel war angewidert. Weine wie ein Mann, wollte er eigentlich sagen. Dann versuchte er sich eine Gelegenheit vorzustellen, bei der es für einen Mann in Ordnung war zu weinen. Auf dem Siegerpodest bei den Olympischen Spielen vielleicht? Hm … egal! Also sagte der Colonel das, was Väter immer sagen: »Wir reden morgen drüber.« Damit stieg er über seinen flennenden Sohn hinweg und verließ den Raum.

»Schließ ihn ein«, wies er die Wache an, die auf dem Gang wartete. »Und seinen Freund hinten im Schiff auch. Und sorge dafür, dass keiner von beiden heute Nacht die Kabine verlässt.«

Der Colonel machte auf dem Absatz kehrt und genoss das seidige Gefühl seiner Slipper auf dem korallenroten Plüschteppich. Er begab sich zurück in den Spielsalon. Er konnte es gar nicht erwarten, zu seinem geliebten Glücksspiel zurückzukehren. Aber ein unangenehmer Gedanke nagte an ihm. Es war nicht so, dass er Wils Freund, dessen Name ihm dauernd nicht einfiel, nicht mochte. Ken, Carl, Chris? Irgendetwas Langweiliges in der Art. Chris Gibbs. Ja, das war sein Name.

Nein, das mit Chris war okay für den Colonel. Tatsächlich hielt er diesen Gibbs-Jungen für ziemlich annehmbar – vital, groß, schönes volles Haar, gute Zähne. Noch dazu aus diesem gewissen, drahtig-athletischen Holz geschnitzt, aus dem einmal gute Baseball-Pitcher oder Fußballtorwarte werden. Chris war eigentlich die Art Junge, von der sich der Colonel wünschte, dass Wil sie sich als Vorbild nehmen würde.

Es war etwas anderes, was ihn an Wils Freund störte. Er konnte sich einfach nicht erklären, *warum* er mit seinem Sohn befreundet war. Wilberforce war anders. Merkwürdig. Er war ein Latino-Teenager ohne Feuer, blass und schwermütig. Er hatte schiefe gelbe Zähne, rupfte sich gedankenverloren die Haare aus und roch seltsam. Warum sollte dieser normale, aufrechte amerikanische Junge Zeit mit seinem komischen kleinen Sohn verbringen? Benutzte der Junge Wil, um an Geld und Macht zu kommen? Gut möglich. Schließlich hatte der Colonel selbst sämtliche Freunde, die er jemals besaß, ausgebeutet und letztendlich betrogen. Selbst das wäre verständlich.

Oder noch beunruhigender: Was, wenn der Junge seinen Sohn nicht ausnutzte? Was, wenn die Freundschaft ein Zeichen für etwas anderes war? Etwas Unnatürliches? Ihre Freundschaft fühlte sich einfach nicht natürlich an. Der Colonel konnte nicht genau greifen, was ihn nun an diesem Jungen störte. Aber er war sich absolut sicher, *dass* da etwas nicht stimmte. So hilfsbereit, freundlich und höflich der amerikanische Junge auch schien: Der Colonel spürte eine Bedrohung. Und was das anbelangte, verfügte er über ausgezeichnete Instinkte.

Der Colonel machte sich zu Recht Sorgen. Der Junge – dessen wahre Identität und richtiger Name als topsecret klassifiziert und nur höchsten US-Militärs bekannt waren – kletterte ins Bett und wartete.

Als die Wache draußen die Tür abschloss und ihn quasi gefangen setzte, stand er auf. Er schlich zur Tür und presste das Ohr dagegen. Er lauschte nach den Schritten der Wache, die sich entfernten. Doch es war nichts zu hören. Der Colonel musste seinem Aufpasser befohlen haben, draußen Posten zu beziehen. Dem Jungen war es recht. Das Team, von dem er auf diese Mission vorbereitet worden war, hatte jede denkbare Eventualität einkalkuliert – einschließlich dieser.

Wie beiläufig schaltete er das Radio neben dem Bett ein und erwischte einen von Knistern und Rauschen untermalten Reggae-Sender aus Nassau. Der Junge bewegte sich zum Fenster und registrierte das Wetterleuchten, das über den westlichen Horizont flackerte.

Die Fensterluke war ungefähr fünfundzwanzig Zentimeter breit und sechzig Zentimeter hoch – gerade groß genug, um durchzupassen. Gewissermaßen war es Glück gewesen, dass der Colonel ihn in einer der Kabinen im Heck der Jacht untergebracht hatte. Die schöneren Bugkabinen besaßen viel kleinere Luken – zu klein für einen Jungen seiner Größe. Was die Luken in den Kabinen der Bediensteten anbelangte, so bestand die einzige Herausforderung darin, dass sie mit einem Messingschloss gesichert waren. Doch dies war nur ein weiteres Hindernis, auf das man den Jungen vorbereitet hatte. Er holte einen Ringbuchordner aus der Tiefe seines Rucksacks. Aus dem Ordnerrücken fischte er einen Metallstreifen sowie eine Haarnadel hervor. Nachdem er den Metallstreifen an einem Ende gebogen hatte, führte er das gekrümmte Stück in das Schlüsselloch ein, gefolgt von der Haarnadel. Konzentriert stocherte er mit beiden darin herum, bis sich das Schloss mit einem Klicken öffnete. So weit, so gut. Der Junge löste die Verriegelung, drückte die Schulter gegen das Glas und das Fenster schwang auf. Frische Seeluft strömte herein. Die Luft roch schwach nach Ozon. Er nahm fernes Donnergrollen wahr. Jeden Moment würde es regnen.

Mit schnellen, geschmeidigen Bewegungen riss der Junge die Laken vom Bett und verknüpfte sie mit einem Kreuzknoten. Nachdem das eine Ende am Bettrahmen vertäut war, ließ er das andere aus dem Fenster gleiten. Es flatterte fast bis zur Wasseroberfläche hinab. Kaum war das erledigt, schlüpfte er in seinen Neopren-Shorty und klaubte Taucherflossen und Tauchergürtel aus seinem Gepäck – ausnahmslos Dinge, die er noch kein einziges Mal benutzt hatte, weil Wil nie Lust auf Schwimmen gehabt hatte.

Dann steckte der Junge den Kopf aus dem Fenster und lugte nach oben zum Hauptdeck. Er sah Licht flackern, während die Wachen ungefähr sechs Meter über ihm auf- und abtigerten. Anscheinend blickten sie nicht nach unten, zumindest nicht direkt. Er quetschte sich durch die Fensteröffnung wie eine Ratte durch eine Mauerritze, seilte sich an den Bettlaken ab und ließ sich in das warme Wasser der Karibik gleiten. Es fühlte sich gut an, im Meer zu sein. Viel besser, als die ganze Zeit in der Kabine mit Wil zu hocken, dieser lebenden Furzmaschine von einem Videospieljunkie.

Er sog die Lungen voll frischer Luft und tauchte. Dem Schiffsrumpf in die Tiefe folgend, schwamm er unter der Jacht hindurch und kam auf der anderen Seite wieder an die Oberfläche: gut viereinhalb Meter unter dem Balkon der Suite, die dem Colonel gehörte. Aus einer verborgenen Tasche seines Tauchergürtels holte der Junge zwei Saugnäpfe, die er gegen die Schiffswand presste. Rasch schlüpfte er aus den Taucherflossen und trennte die Fußhalterungen von den Gummiflossen – dem äußeren Anschein nach beides ganz normales Tauchequipment, jedoch speziell für diese Mission gefertigt. Er schnallte die Gummiflossen an den Knien fest, stülpte die Fußhalterungen über die Saugnäpfe und drückte zu. Mit einem Klick rasteten die Halterungen ein und waren nun einsatzbereit als Handgriffe. Mithilfe der Saugnäpfe und der Gummiknieschoner kraxelte er die Backbordseite hoch. Er erzeugte nicht mehr als ein leises Quietschen, als seine nasse Haut hin und wieder über das polierte Fiberglas des Schiffsrumpfes glitt.

Die doppelflügelige Glastür zum Balkon war offen gelassen worden. Sanft wiegten sich die Seidenvorhänge in der Brise. Der Junge schwebte draußen an der Bordwand und lauschte. Neben dem fernen Grollen des Gewitters vernahm er, wie Claudia drinnen hingebungsvoll vor sich hinschnarchte. Die Valium, die er ihr beim Dinner heimlich in den Drink getan hatte, tat eindeutig seine Wirkung. Was den Colonel anbelangte, so würde der wie jede Nacht bis zum frühen Morgen am Kartentisch sitzen.

Der Junge kletterte über die Balkonbrüstung und lugte vorsichtig in die Kabine. Eine menschliche Gestalt lag rücklings auf dem Bett. Die schweißbedeckte Haut glitzerte im Mondlicht. Claudia war immer noch angezogen. Ihre Augen waren von einer samtenen Augenmaske bedeckt und zu beiden Seiten des Kopfes ergoss sich ihre teure Dauerwelle über das Laken. Der restliche Raum war fast ganz in Dunkelheit gehüllt. Lediglich eine einzelne Leselampe und die irrlichterhaft zuckenden Blitze sorgten für schwaches Licht. Mit den Händen streifte er sich das Wasser von der Haut, das sich in einer Pfütze zu seinen Füßen sammelte. An den Vorhängen vorbei beugte er sich in den Raum und blickte sich um. Fast augenblicklich nahm er den schwachen Geruch von Zigarillos wahr. Er erstarrte. Suchte fieberhaft nach irgendwelchen Zeichen, die für die Anwesenheit des Colonels sprachen. Doch die Luft schien rein zu sein. Er begab sich zu dem vergoldeten Telefon, das auf dem Schreibtisch des Colonels stand. Er musste den Sender entfernen, den er am ersten Abend der Reise in der Sprechmuschel platziert hatte. Dieser übertrug ein schwaches Radiosignal zu einem Nagra-Minitonbandgerät, das in einer Spielekassette in Wils Kabine verborgen war. Mittels des versteckten Senders und des Nagras hatte er etliche Gespräche zwischen dem Colonel und politischen Führern aus Lateinamerika und Europa aufgenommen. Gespräche, die sich für die US-Regierung als enorm wertvoll erweisen würden, solange die Aufnahmen geheim blieben und die Bänder unversehrt dem US-Geheimdienst zugespielt wurden. Der Schlüssel einer erfolgreichen Operation bestand nicht nur darin, sich Informationen zu beschaffen. Vielmehr ging es auch darum, dies unbemerkt zu bewerkstelligen. Weswegen der Junge nun dabei war, die Suite des Colonels zu entwanzen. Anschließend hieß es nur noch über Bord mit dem Sender und zurück in seine Kabine. Wieder einmal würde eine Camp-Honor-Mission mit durchschlagendem Erfolg enden.

Der Junge langte gerade nach dem protzigen Telefon, als erneut ein Blitz aufzuckte.

Vor sich nahm er seinen Schatten auf dem Boden wahr – und daneben einen zweiten. Eine Gestalt, die sich von hinten näherte. Die Kontur eines Mannes – der eindeutig eine Waffe auf seinen Hinterkopf richtete!

Die antrainierten Instinkte übernahmen. Statt auszuweichen, sprang er nach hinten, um die Distanz zu verkürzen. Blitzschnell hieb seine Hand von oben auf die Waffe herab und krallte sich um den Pistolenschlitten. Doch der Lauf änderte nicht die Richtung. Stattdessen stieß der Hahn herab und biss sich in das Gewebe zwischen Daumen und Zeigefinger. Es schmerzte wie Hölle. Aber die Waffe ging nicht los.

Der Junge sah nun, wen er vor sich hatte. Den Colonel! Die Augen weit aufgerissen, das Weiße darin größer als normal. Offenbar geschockt. Mit aller Macht versuchte der Junge, die Pistole in seine Gewalt zu bekommen, während der Hahn ein zweites Mal herabstieß. Der Junge wartete nicht auf das dritte Mal und entriss seinem Gegner die Waffe.

»Hilfff…«, begann der Colonel zu schreien. Doch der Junge rammte ihm die Faust in den Solarplexus. Explosionsartig wich der Atem aus der Kehle. Die Luft wurde buchstäblich aus den Lungen gepresst. Der Colonel versuchte, sich auf den Jungen zu stürzen. Doch der duckte sich einfach. Mit einem simplen Ringermanöver schlüpfte er hinter den Colonel, nahm den Mann in den Würgegriff und trat ihm die Beine unter dem Körper weg. Fest grub sich der Unterarm des Jungen in die Carotis-Arterie des Colonels – was zugleich den Atem und den Blutfluss zum Gehirn blockierte. Das war's so ziemlich.

Der Colonel konnte es nicht fassen. Er hatte den Vorteil derart schnell verloren. Es kam ihm weder fair noch real vor. Er verdiente einen zweiten Versuch. So wie die Figuren in den Videospielen seines Sohnes. Aber dieses Kind, dieser Junge aus den Vereinigten Staaten, spielte nicht. Er war ein Profi. Der Colonel wusste, dass er sterben würde, und er konnte nicht das Geringste dagegen tun. Hätte er sprechen können, hätte er um sein Leben gebettelt. Gebettelt wie Tausende zuvor, die ihn um ihr Leben angefleht hatten.

Ich hatte einen ziemlich guten Lauf, musste sich der Colonel selbst eingestehen. Und jetzt hat mich dieses Kind, diese kleine Kackwurst, im Todesgriff.

Er empfand fast so etwas wie Hochachtung.

Etwa eine Stunde später war der Junge wieder in seiner Kabine am Heck der Jacht. Er lag auf dem Bett, das Radio spielte und die Wache döste auf dem Gang. Alles war wieder an Ort und Stelle: die Laken auf dem Bett, das Lukenfenster verschlossen, Taucherflossen und Tauchergürtel verstaut. So als wäre er nie fort gewesen.

Und dennoch war gar nichts in Ordnung. Eine Leiche trieb im Golfstrom dahin, beschwert mit einem bleiernen Türstopper. Eine Leiche, die der Junge dorthin befördert hatte. Ja, es gab einen Massenmörder weniger, der auf dem Planeten wandelte. Aber zugleich auch einen Verbrecher weniger, der die anderen in Schach hielt. Einen beschissenen Ehemann weniger. Einen Vater weniger.

Der Junge lag wach. Er lauschte dem Regen und fragte sich, was die Kette der Ereignisse, die er gerade in Gang gesetzt hatte, in den kommenden Tagen und Jahren mit sich bringen würde. Welche Veränderungen würde der Tod des Colonels nach sich ziehen? Was würde aus Wil werden, was aus dem Land des Colonels? Am dringendsten beschäftigte den Jungen jedoch die Frage, ob er seine Spuren perfekt verwischt hatte – oder ob man ihn morgen schnappen würde.

Er war sich da nicht sicher. Doch dafür hielt er eine kleine Schachtel Zyankali bereit. Schwer ruhte sie in seiner verschwitzten Hand – nur für den Fall, dass er doch einen Fehler begangen hatte.

# TEIL EINS

# Kapitel 1

**Anfang Juni 2017**
**Millersville County, USA**

Es waren nur noch zwei Tage bis zu den Sommerferien und Wyatt konnte einfach keine Ruhe finden. Schlaflos lag er bei offenem Fenster im Bett. Der auf ihn gerichtete Ventilator surrte auf Hochtouren. Aber die hereinströmende Luft war nicht viel kühler als der heiße Mief, der hinauszog. Und sie roch nach Zement, Teer und dem, was auch immer in der Mülltonne unmittelbar vor dem Fenstersims vor sich hingärte. Sprich: den Resten davon, was Wyatts Tante Narcissa verputzt und mit routiniertem Schnipp ihrer Wurstfinger zur Tür rausgepfeffert hatte. Eine Styroporbox, beschmiert mit Resten von Sesamhühnchen, leere Frühlingsrollen-Verpackungen, eine Dose SpaghettiOs, eine Packung Würstchen im Schlafrock, bis auf die Knochen abgenagte Grillrippchen …

Tante Narcy und ihre Knochenhaufen waren nicht immer dagewesen. Es war noch gar nicht lange her, da hatte Wyatts Mom zum Frühstück Pancakes in Superheldenkontur gezaubert oder Limonade gebracht, wenn sein kleiner Bruder und er ein Baseballspiel hatten. Sie organisierte Fahrgemeinschaften, half bei den Mathehausaufgaben … Aber diese Tage hatten vor acht Monaten ihr Ende gefunden. Wie jeden Monat hatte Wyatts Dad seine Tasche gepackt, um in seinen Sattelschlepper zu steigen und davonzubrausen. Nur dass er diesmal nie mehr nach Hause zurückkehrte. Kein Wort. Kein Anruf.

Die Tage verstrichen. Die Feiertage kamen und gingen: Thanksgiving, Weihnachten, Neujahr. Mit jedem Trick, den er kannte, durchkämmte Wyatt das Internet, um seinen Dad zu finden. Nicht eine einzige Spur, trotz Boolescher Suche und Vorstößen in die fernsten Weiten des Deep Web. Die Millersville Police war auch keine große Hilfe. Sie legte natürlich eine Vermisstenakte an, aber sie konnte nicht einmal seinen Truck aufspüren. Und da Monat für Monat Geld auf dem Konto von Wyatts Mutter einging, ging die Polizei davon aus, dass sie es nicht mit einem Mord zu tun hatten.

»Mrs Brewer«, sagte der leitende Ermittler eines Nachmittags in der Küche zu seiner Mutter. »Sie sollten die wahrscheinliche Möglichkeit in Betracht ziehen, dass Ihr Ehemann am Leben ist, aber untertauchen wollte.«

Die Vorstellung, verlassen worden zu sein, vernichtete Wyatts Mom regelrecht. Tagelang verkroch sie sich ins Bett. Es gab keine Pancakes mehr. Schließlich stellte sie das Kochen und Putzen völlig ein und die Schule wurde zur Nebensache. Ihre Schwester Narcy zog ein – angeblich, um zu helfen. Aber mit Narcy wurde alles sogar noch beschissener. Sie zog ständig über Wyatts Dad her und brachte seine Mom dazu, das Schlimmste zu denken: »Würde mich nicht wundern, wenn er eine andere Familie hätte«, raunte Narcy seiner Mutter eines Nachmittags zu.

Eine andere Familie? Noch abends im Bett musste Wyatt unaufhörlich daran denken. Mit weit geöffneten Augen lag er da, gebadet in Schweiß und den Ausdünstungen des Mülls vor dem Fenster. Plötzlich nahm er einen kleinen Lichtfleck wahr. Er kam von Fußende des Etagenbettes, das er sich mit seinem jüngeren Bruder Cody teilte. Sein Handy. Flimmernd spielte das Licht des Displays auf der Wand.

Wyatt beugte sich vor und lugte ins untere Bett hinab, um zu sehen, ob Cody wach war. Sein Bruder lag in Unterwäsche auf einem schweißgetränkten *Star Wars*-Laken. Sein Körper glänzte. Das lange Haar war ans Gesicht geklatscht, in dem es schwach zuckte. Wahrscheinlich hatte er gerade wieder einen seiner Albträume. Etwas, das in diesen letzten acht Monaten regelmäßig vorgekommen war.

Wyatt schnappte sich sein Handy, hüpfte vom Bett herunter und nahm den lautlosen Anruf entgegen. »Hallo«, flüsterte er.

Er konnte förmlich das Lächeln in der Stimme seines Freundes Derrick hören. »Wusst ich's doch! Wenn's drauf ankommt, bist von allen Kumpeln du derjenige, der rangeht. Bin froh, dass wir bald ein Jahr zusammen in Maple sind.«

Maple war die örtliche Highschool. Wyatt würde dort sein erstes Jahr als Freshman antreten, während Derrick dann schon Senior wäre. Sein Ruf als landesbester Runningback half zu kaschieren, dass er komplett verkommen war. Auch Wyatt war immer ein wenig wild gewesen. Doch das hatte sich nie in seinen Noten bemerkbar gemacht. Bis zum Verschwinden seines Dads hatte er jedes Halbjahr als Klassenbester abgeschnitten. Nachdem sein Vater sie jedoch verlassen hatte, wurde Wyatt im Handumdrehen zum Rabauken. Nicht lange und er verwandelte sich in die Art von Kid, das man besser im Auge behielt, damit es nicht klaute. Oder bei dessen Anblick man lieber die Straßenseite wechselte. Man hätte sich nicht vorstellen können, dass er als Achtklässler schon Highschool-Kids Nachhilfe in Mathe und Computerwissenschaft gab – vor allem, was die Programmierung in CSS, HTML, AJAX und einigen anderen Grundsprachen anbelangte. Tatsächlich war es der Nachhilfeunterricht, durch den er Derrick kennengelernt hatte. Die Sportskanone und der Nachwuchshacker mit einem Faible für Mathe und Regelbrüche: Die Chemie hatte sofort gestimmt.

»Weißte was, Bra?«, fuhr Derrick fort. »Ich brauch genau jetzt 'nen Freund. 'nen kleinen Bad Boy wie dich, dem ich trau'n kann. Ich red nich groß drumrum, Kumpel. Ich steck in Schwierigkeiten und ich möchte, dass du mich da rausholst. Kann ich auf dich zählen, Bra?«

»Bis in die verdammte Ewigkeit!«, antwortete Wyatt. Ihm wurde bewusst, dass er begonnen hatte, auf- und abzutigern. Ein erregendes Gefühl machte sich in ihm breit.

Wyatt öffnete die Tür einen Spalt. Narcy saß auf der Couch und glotzte QVC. Das blaue Licht des Flachbildschirms meißelte die Umrisse ihres Hinterkopfs heraus. Das krause kurze Haar erglühte wie ein tiefgefrorener Heiligenschein. Ihre Hand stieß in die Schüssel neben ihr hinab und hob sich wieder an den Mund. Mampf. Knusper.

Der Fernseher war leise genug gestellt, dass Wyatt das Gekaue, Geschmatze sowie eine Art Brummen hörte, das wie ein Stöhnen klang. Die Glotze hatte sie in ihren Bann gezogen, kein Zweifel. Aber dennoch musste Wyatt vorsichtig sein. Narcy mochte nicht die Schnellste auf den Beinen sein. Doch sie hatte Fledermausohren und eine Stimme wie ein Rauchmelder. Er musste sich leise wie ein Ninja bewegen. Er ließ sich auf die Knie sinken, schob die Tür auf und kroch geschmeidig und langsam nach draußen.

Der Flurteppich war dreckig und an einigen Stellen völlig abgetreten. Die durchgelatschten Stellen knarrten bereits, wenn man nur atmete. Also kroch er auf den saubereren, weicheren Rändern entlang, bis er den Vinylboden in der Küche erreichte.

Wyatt erhob sich und tastete nach dem Krug, der auf dem Küchentresen stand. Statt die Schlüssel herauszufischen, nahm er lieber gleich das ganze Teil mit, bevor er durch die Hintertür verschwand.

Narcys Schlitten – ein alter, im Carport abgestellter Lincoln – war einst als Wagen eines Autoverleihs im Einsatz gewesen. Laut Tacho hatte Narcy damit über 240 000 Kilometer abgerissen und ihr massiger Leib hatte die Springfedern des Fahrersitzes regelrecht platt gewälzt. Dennoch war Wyatt körperlich groß genug, um den Wagen zu fahren. Außerdem hatte sein Vater ihn auf Parkplätzen und Nebenstraßen herumkurven lassen, sodass er sich wegen des Fahrens keinen Kopf machte. Das Problem bestand darin, das Biest ohne Lärm aus dem Carport zu kriegen. Er würde es schieben müssen.

Vorsichtig öffnete Wyatt die Tür, beugte sich hinein, legte den Leerlauf ein und kurbelte das Seitenfenster herunter. Eine Hand ans Lenkrad gekrallt, stemmte er sich gegen den Türrahmen. Nichts bewegte sich. Er wollte gerade einen zweiten Versuch starten, als hinter ihm die Küchentür zur Garage aufging. Wyatt erstarrte und machte sich auf Narcys Gekreische gefasst.

»Wyatt«, flüsterte eine Stimme. Cody. Puh! In Unterhose stand sein kleiner Bruder da und kratzte sich den Bauch. »Hab geträumt. Daddy war in einem tiefen Loch. Hast versucht, ihn rauszuholen. Dann bist du gefallen und auf einem Brett voller Messer gelandet.« Cody rieb sich die Augen und blinzelte, um wach zu werden.

»Schon okay, Kumpel«, sagte Wyatt. »Geh einfach wieder ins Bett. Mach dir eine Geschichte an, wenn du magst.« Wyatt hielt ihm sein Handy hin und rief ein Hörbuch auf. »Versuch's mit … *Huck Finn*.«

Das war Wyatts alter Trost und Beistand. Als er noch kleiner gewesen war, hatte sein Vater ihn und Cody öfter mal auf einen Kurztrip mitgenommen. Hoch oben im Fahrerhaus des Sattelschleppers waren sie dahingefahren. Damit sich die Jungen dabei nicht langweilten, hatte ihr Dad *Huck Finn* abgespielt – wieder und wieder. Jetzt war es Wyatts Lieblingsbuch, und der Geschichte zu lauschen, half den Brüdern so manche Nacht in den Schlaf.

»Denk nur daran, das Handy anzuschließen. Nicht dass es leer ist, wenn wir morgen zur Schule gehen.«

»Okay.« Cody nahm das Handy und rieb sich die Augen. »Aber warum bist du hier draußen? Was machst du da mit Narcys Auto?«

»Es für eine kurze Spritztour ausleihen.«

Cody sah verwirrt aus. »Aber du kannst nicht fahren.«

»Kleine Klarstellung«, erwiderte Wyatt. »Ich *darf* nicht fahren. Was nicht bedeutet, dass ich es nicht kann. Ich muss einem Freund helfen. Komm, hilf mir schieben.«

Cody war erst elf. Er hatte langes Haar ebenso wie Wyatt und wirkte sehr jung und schmächtig. Aber das täuschte. Er war groß, stark und ähnlich wie Wyatt ein sportliches Naturtalent. Doch im Gegensatz zu seinem Bruder sagten die Trainer über Cody stets, dass er die Selbstdisziplin eines wahren Athleten besäße. Und so zog es Cody zum Sport – was ihm half, sich von Schwierigkeiten fernzuhalten.

»Los, komm schon. Stemm dich mit der Schulter dagegen«, sagte Wyatt.

Cody trat auf den Wagen zu, während in ihm noch die Gedanken ratterten. Er schüttelte den Kopf. »Ich hab ein mieses Gefühl dabei. Du warst in meinem Albtraum. Du darfst nicht gehen.« Mit finsterer Miene verschränkte er die Arme über der Brust und versuchte, den bitteren Geschmack des Erlebten zu verdauen. »Ne. Nicht heute Abend.« Reglos stand Cody da und starrte ihn an.

Wyatt wusste, dass es sinnlos war, mit ihm zu streiten, wenn er so drauf war. »Wie du meinst«, sagte er und wandte sich dem Wagen zu. Er ging in die Hocke, beugte sich vor und drückte mit aller Kraft, die er hatte.

Zentimeterweise kroch der Lincoln voran. Langsam kam er ins Rollen und setzte sich die Auffahrt hinunter in Bewegung. Erst einmal in Schwung geraten, kam er ziemlich in Fahrt und glitt wie ein Piratenschiff leise in die Nacht hinaus. Während er Kurs die kurze Auffahrt hinab nahm, wurde er so schnell, dass Wyatt zurückblieb. Er sprintete los, um ihn einzuholen.

Cody rannte in seiner Unterhose auf dem Bürgersteig neben dem Auto her und zischte: »Wyatt, Narcy wird dich umbringen! Fang das verdammte Auto ein!« Die hintere linke Stoßstange schrammte an einem rostigen Pick-up entlang, der auf der gegenüberliegenden Straßenseite parkte. Der Zusammenprall der Wagen erzeugte ein furchtbares metallenes Kreischen.

Wyatt warf sich halb durchs Seitenfenster. Hart riss er das Lenkrad nach rechts. Reifen quietschten. Metall knirschte über Metall. Wyatt zog sich vollends hinein und zerkratzte sich dabei höllisch die Brust, bevor er sich hinter dem Lenkrad aufrappeln und den Wagen in die Straßenmitte steuern konnte. Wyatt trat voll auf die Bremse. Mit einem Ruck kam der Lincoln zum Halten – einen Block von ihrem Haus entfernt und mit einer neuen langen Seitenschramme, die nun den zahllosen Dellen und Beulen Gesellschaft leistete. Mit offenem Mund kam Cody auf dem Gehweg angerannt. »Mann, Alter!«, sagte er. »Das

Auto! Los, sehen wir zu, dass wir es wieder die Straße hochkriegen.«

»Kein Zurück jetzt«, sagte Wyatt und steckte den Schlüssel ins Zündschloss. Der Motor des Lincoln erwachte wummernd zum Leben.

»Wyatt, lass mich nicht allein«, flehte Cody. »Bitte. Wenn dir was passiert … Ich darf dich nicht verlieren. Nicht dich auch noch.«

Wyatt sah seinen Bruder an. »Es wird alles gut. Ich bin bald zurück. Vertrau mir«, sagte er. »Ich lass dich nicht allein.«

Mit diesen Worten rammte Wyatt den Gang rein und brauste mit quietschenden Reifen davon. Im Rückspiegel sah er, wie Cody den Gehweg hügelaufwärts zu ihrem Haus zurückrannte. Hell leuchtete seine Unterhose in der dunklen Nacht.

# Kapitel 2

**Anfang Juni 2017**
**Millersville County, USA**

Drückende Luft strömte herein und umwehte Wyatt, während der Lincoln über den Asphalt glitt. Da er noch nicht alt genug war, um ein Auto fahren zu dürfen, und keinen Führerschein hatte, hielt er sich an die Nebenstraßen, die parallel zur Schnellstraße verliefen. Eine dünne Schicht aus kaltem Schweiß klebte auf seinem Nacken. Wellen aus Angst und Erregung durchfuhren ihn wie elektrische Entladungen. Es war gut, draußen in der stillen Nacht zu sein, dachte Wyatt.

Dann, ohne Vorwarnung, kamen plötzlich zwei Streifenwagen hinter Wyatt über die Hügelkuppe geschossen. Mit heulenden Sirenen rasten sie heran. Er stieß einen unterdrückten Fluch aus und trat auf die Bremse. Mit klopfendem Herzen lenkte er den Lincoln an den Straßenrand. Er betete, dass die Cops ihn nicht wegen seiner unerlaubten Spritztour verhaften, sondern mit einer Verwarnung davonkommen lassen würden.

Doch statt Wyatt anzuhalten, zogen sie hinter dem Lincoln auf die Gegenfahrbahn rüber. Mit hundertsechzig Sachen oder mehr rasten sie an ihm vorbei. Vielleicht ein Unfall, dachte Wyatt und stieß vor Erleichterung einen tiefen Seufzer aus. Er schwenkte wieder auf die Straße zurück und zwang seinen Herzschlag zur Ruhe, als er zu seinem Treffen mit Derrick weiterfuhr.

Mit Bergen von weggeschmissenem Zeugs, Bierdosen, rostendem Metall und verstreuten Haufen liegen gelassener Kleidung versprühte das Bahndepot die düstere Atmosphäre eines schäbigen Horrorfilms. Und zu dieser Nachtzeit war es noch dazu totenstill. Nervenzerfetzend still. Wyatt kurbelte die Fenster hoch und steuerte den Lincoln an einer Reihe Waggons entlang. Langsam fuhr er weiter, während der Kies unter den Reifen knirschte und sich die Strahlen der Scheinwerfer in dunkle und verdreckte Winkel bohrten.

Wyatt kannte das Depot gut. Cody und er waren hin und wieder mit ihren Rädern hier rausgefahren, um Flaschen zu zertrümmern und das Zeug zu verbrennen, das die Hobos zurückgelassen hatten. Die kampierten im nahen Wald und schliefen bei Regen in den Waggons. Aber bei Nacht war das Depot etwas ganz anderes – vor allem, wenn man allein war.

Wyatt fuhr so weit er konnte hinein und brachte den Wagen zum Halten. Derrick konnte überall sein. Instinktiv langte Wyatt nach seinem Handy, bevor ihm einfiel, dass er es ja Cody gegeben hatte. Sein Blick folgte den Lichtkegeln der Schweinwerfer. Wo war Derrick?

Wyatt öffnete die Tür. »D? – D? Biste da?«

Ihm war klar, dass Derrick mit einiger Wahrscheinlichkeit seinen Wagen nicht sehen konnte. Oder vielleicht dachte Derrick auch, er wäre ein Bulle – diese nervtötenden Faulenzer patrouillierten nämlich häufig hier im Depot herum.

Wyatt suchte im Handschuhfach nach einer Taschenlampe. Nichts. Er ließ den Motor laufen und stieg aus – sorgfältig darauf bedacht, nicht auf zerbrochenes Glas, eine alte Spritze oder gar einen Obdachlosen zu treten, der sich einfach irgendwo zum Schlafen hingelegt hatte. Er dachte daran, wie er einmal auf dem

Depotgelände auf einen Tierkadaver gestoßen war, den man inmitten eines provisorischen Camps auf einem Bratspieß geröstet hatte. Die halb gegessenen Reste des Tieres steckten immer noch auf dem Spieß. An mehreren Stellen waren offensichtlich größere Stücke aus dem Körper herausgesäbelt worden, der immer noch vor sich hinbrutzelte, während die Flammen nach ihm leckten: eine Hobo-Mahlzeit.

Wyatt konnte erst nicht sagen, um was für ein Tier es sich handelte – bis er in der Glut unter dem Spieß das Hundehalsband sah. Danach hatte Wyatt sich geschworen, niemals mehr zurückzukommen. Mit Sicherheit jedenfalls nicht allein. Und trotzdem: Hier war er und wanderte ins Licht der Autoscheinwerfer hinaus.

»Derrick!«, stieß er hervor, halb flüsternd, halb rufend.

Er hörte ein Rascheln und ein leises Stöhnen. Er starrte in das finstere Gehölz und versuchte, den Laut zu lokalisieren.

»Hey, bist du das?«, sagte er.

Wyatt vernahm eine unbekannte Stimme. »Bin ich, aber ich kenn dich nicht.« Vom Boden aus funkelten ihm aus einem schwarzen Gesicht zwei Augen entgegen. Dicht daneben schimmerte eine Flasche. Der Hobo bewegte sich ruckartig, als würde er versuchen aufzustehen. Dann verzog er das Gesicht und gab ein Knurren von sich. »Rrrrrraaahhhhh!!!« Sein Körper bebte vor Wut. Er machte Anstalten, sich hochzustemmen. Doch dann verdrehten sich seine Augen und er stürzte wieder in den Dreck.

Hastig machte Wyatt ein paar Schritte rückwärts, während im Gehölz verschlafene Stimmen ertönten. Vielleicht hatte er da drinnen gerade ein halbes Dutzend Hobos aufgescheucht.

Vergiss die Sache, sagte Wyatt sich. Er wirbelte herum und trat den Rückzug zu Narcys Wagen an. Und dann, wie aufs Stichwort, materialisierte Derrick plötzlich aus der Dunkelheit.

»Mann, was soll das?!«, keuchte Wyatt erschrocken.

»Musste sichergehen, dass du es bist«, erwiderte Derrick, während er neben ihm herlief, leichtfüßig und schnell wie auf dem Footballfeld. Seine schweißbedeckten Muskeln spannten sich im Licht der Scheinwerfer. Er hatte Shorts an und seine dreckbeschmierten Beine waren übel zerkratzt. Er trug eine kleine grüne Gürteltasche.

»Mann«, stieß Derrick hervor. »Jetzt bloß weg hier! Los! Los! Los!« Er trieb Wyatt zum Wagen und warf sich auf den Rücksitz. Wyatt stieg ein und ließ den Motor aufheulen. Derrick quasselte irgendetwas. Aber noch bevor seine Worte zu ihm drangen, kam sein Geruch bei Wyatt an. Der Gestank verbreitete sich wie ein Überschallknall. Derrick roch nicht einfach nur übel, nach Körpergeruch oder einem Furz, sondern nach einem Chemieunfall: ätzend, beißend und dazu noch schwach nach verbranntem Gummi.

Es erinnerte Wyatt daran, wie ihr Kater Tony gerochen hatte. Damals, als seine Mom das Tier in den Kofferraum verfrachtet und zum Tierarzt gefahren hatte. Bei ihrer Ankunft war Tony starr vor Angst gewesen. Er hatte die Krallen in den Teppich gebohrt und einen entsetzlichen Geruch verströmt, der sich allem anheftete. Nicht nur nach Pisse, sondern nach Pisse und Angst. Und genauso roch Derrick jetzt.

Derrick lag flach ausgestreckt auf dem Rücksitz. Wyatt kurbelte das Fenster einen Spalt runter, rammte den Rückwärtsgang rein und jagte eine Wolke aus Staub und Kies in die Luft.

»Geht wieder ins Bett, ihr dreckigen Hobos!«, brüllte Derrick aus dem Fenster.

»Also, was ist los, Mann«, fragte Wyatt, als sie auf dem Highway waren. »In was für Schwierigkeiten steckst du?«

»Da sprechen wir später drüber. Aber erst mal Respekt, Mann.« Derrick knuffte gegen die Rückseite des Fahrersitzes. »Ich wusste, dass du kommen würdest. Ich schulde dir was, Kumpel. Gleich erzähl ich dir alles.«

Derrick legte die grüne Tasche auf seiner Brust ab, schloss die Augen und sank in den Kunstledersitz zurück.

Stumm fuhr Wyatt weiter und lauschte einem Song im Radio, während er die silberne Front des Lincoln der nächtlichen Finsternis entgegenlenkte.

Das Lied im Radio verklang und die Nachrichten kamen. »Zeit für das Wetter und die Nachrichten. Pünktlich für euch zu jeder Stunde. Heute wird's kuschelig heiß im Tri-County-Gebiet. Mit Temperaturen im mittleren bis hohen Dreißigerbereich und einer Luftfeuchtigkeit von neunzig Prozent …«

In Wyatts Heimatstadt drehte sich das Gerede im Radio immer um dasselbe: schlechtes Wetter, günstige Schnäppchen und Sportmannschaften, die irgendwie nie den Basketballkorb oder das Tor fanden. Wyatt streckte die Hand aus, um das Radio auszuschalten, als etwas sein Interesse weckte.

»Die Polizei bittet die Einwohner um Wachsamkeit, nachdem die Citgo-Tankstelle in Millersville von einem maskierten Räuber überfallen wurde. Im Verlauf des Überfalls gab der Angreifer zwei Schüsse ab und verletzte einen Angestellten lebensgefährlich, bevor er zu Fuß fliehen konnte. Die Polizei und State Trooper suchen die Gegend ab. Die einheimischen Bürger werden gewarnt, keine Anhalter mitzunehmen. Es wird gebeten, jedes verdächtige Verhalten zu melden. Das Opfer wurde ins St. Mary's Hospital gebracht und ist in kritischem Zustand.«

Wyatts Gedanken flogen zum Streifenwagen, der vorhin an ihm vorbeigerast war. Er blickte in den Rückspiegel.

Mit geschlossenen Augen lag Derrick reglos da und tat, als würde er schlafen. Aber er konnte sich ein Lächeln nicht verkneifen. »Hätte dir sagen sollen, das Radio auszulassen«, sagte er, ohne die Augen zu öffnen. Diese Nachrichten sind doch nie zu etwas gut.«

»Du hättest mir sagen sollen, was los ist.«

»Hätte ich irgendwann. Wollte nur sichergehen, dass du auch auftauchst.« Sein Lächeln zog sich in die Breite. »Keine Bange, Wyatt. Wir teilen die Kohle. Okay, wir machen nicht fifty-fifty, aber du bekommst deinen Teil.«

»Ich will keinen Teil«, antwortete Wyatt. »Nicht von so was. Das geht zu weit. Hab keine Lust auf solchen Ärger. Ich will das Geld nicht.«

»Willst das Geld nicht, wie?« Derrick grinste, rutschte auf seinem Hintern herum und machte es sich auf dem Sitz bequem. »Bist zu gut dafür. Stimmt's?«

Wyatt sagte nichts.

»Ich wette, dein Daddy hätte einfach die Kohle genommen und dann nichts wie weg.«

»Halt die Klappe«, sagte Wyatt und trat auf die Bremse. »Ich will, dass du aussteigst.«

»Halt die Luft an. Das ist langsam nicht mehr witzig.« Derricks spielerisches Lächeln verblasste. Er schlug ein Auge auf. Seine Hand glitt in die grüne Tasche. Gleich darauf kam sie wieder zum Vorschein – samt einem silbern schimmernden Revolver mit braunem Griff. »Siehst du den hier?« Er fuchtelte mit der Waffe herum. »Sag mir, dass du ihn siehst. Ich will sichergehen, dass wir uns verstehen.« Seine Stimme nahm einen kalten scharfen Ton an. »Du steckst mit drin. Ob du es nun willst oder nicht … Sind wir uns da einig?«

Ihre Blicke hefteten sich im Rückspiegel aufeinander.

»Ja, du hast's kapiert«, sagte Derrick schließlich und lächelte erneut. »Und jetzt fahr mich nach Hause und schalt das Radio wieder ein.«

Derrick wohnte auf der Ostseite einer kleinen Anhöhe. Als sie auf der Westseite den Hang hochfuhren, nahm Wyatt vor sich in den Baumwipfeln rotierende Lichter wahr. Sie passierten die Hügelkuppe und unter ihnen erstrahlte Derricks gesamter Vorgarten in einem Meer aus Cop-Blaulichtern. Mindestens vier Streifenwagen parkten vor dem Haus. Die Cops waren überall, leuchteten mit Taschenlampen im Gebüsch herum, quatschten in einer Gruppe miteinander, zündeten sich Zigaretten an. Zwei von ihnen standen an der Haustür und sprachen mit Derricks Eltern. Ganz gebeugt stand Derricks Mom in ihrem schmuddelig pinken Nachthemd da. Ihr Haar war ein Wirrwarr aus plattgedrückten Locken und das tränenverschmierte Gesicht vor lauter Make-up verklebt. Mit verwirrtem Blinzeln starrte sie durch eine Wolke aus Zigarettenqualm, der ihr aus Mund und Nasenlöchern strömte. Derricks Dad stand mit dreist-betrunkenem Grinsen in der Tür und kratzte sich die Eier.

Das Licht von Wyatts Scheinwerfern spiegelte sich blitzend auf einem Streifen nackter Haut im Nacken eines Cops.

Derrick ließ sich wie ein Stein plumpsen, winkelte den Revolver an und drückte ihn Wyatt in den Hals. »Am besten fährst du einfach geradeaus weiter. Keine Bewegung und nicht langsamer werden.«

Der kalte Lauf bohrte sich zwischen Hals und Kiefer in Wyatts Haut. Er fuhr weiter und versuchte, sich so normal wie möglich zu benehmen. Polizeimarken funkelten auf dunklen Uniformen.

Derricks Dad war der Erste, der zu ihnen herüberblickte. Mit dumpfem Ausdruck blinzelte er dem Wagen entgegen. Dann, wie auf Kommando, folgten die Cops seinem Blick. Die Zeit dehnte sich, während sie vorbeirollten. Die Hälse der Cops reckten sich, als sie sich umdrehten und Wyatt fixierten. Er spürte förmlich, wie ihre Augen prüfend über die Dellen an der Wagenseite glitten. Dann sein langes Haar musterten – und irgendwie feststellten, dass er erst vierzehn war. Und dass ihm so was von die Düse ging.

Die Zeit rastete wieder ein. Die gaffenden Cops erwachten aus ihrer Starre und stürzten zu ihren Streifenwagen.

Wyatt trat das Gaspedal durch. Mit einem Satz schoss der Lincoln voran.

»Was machste da?!« Derrick stürzte in den Fußraum und fluchte volles Rohr.

»Sie wissen's!« Wyatt raste der nächsten Hügelkuppe entgegen.

»Hast du mich verpfiffen?«

»Wie denn?«, schrie Wyatt zurück.

Der Lincoln überquerte den Hügel. Wyatt und Derrick hatten einen kleinen Vorsprung vor den Cops, und als sie auf der anderen Seite herunterkamen, lugte Derrick über den Sitz. »Vor uns ist eine kleine verborgene Abzweigung. Fahr rein!«

Wyatt schoss rasend schnell darauf zu. Er riss das Lenkrad hart nach links und trat voll auf die Bremse. Nicht angeschnallt, krachte Derrick von hinten voll gegen den Beifahrersitz. Die Waffe fiel ihm aus der Hand und landete auf der Sitzfläche neben Wyatt. Mit ohrenbetäubendem Knall löste sich ein Schuss. Das Fenster auf der Beifahrerseite zersplitterte.

Mit klingelnden Ohren und einem Herzschlag, der fast durch

die Decke ging, machte Wyatt den Motor aus. Ohne nachzudenken, nahm er die Waffe. Wyatt spürte den Revolvergriff in seiner Hand. Die Waffe fühlte sich schwerer und sperriger an, als er gedacht hätte.

Derrick stemmte sich auf den Rücksitz hoch und runzelte die Stirn. »Verdammt. Meine Schuld.«

Wyatt drehte sich um. »Raus!« Er war selbst überrascht, wie entschlossen er klang, als er den Revolver genau zwischen Derricks Augen richtete.

Derrick starrte Wyatt durchdringend an. »Mann, das musst du nicht tun …«

»Raus!«, wiederholte Wyatt, kurz vorm Durchdrehen.

Derrick hielt einen Moment lang inne, bevor sich sein Gesicht zu einem breiten Grinsen verzog. »Viel Glück, Kumpel«, sagte er. Im Nullkommanichts war er aus dem Wagen und eilte aufs angrenzende Gehölz zu.

Selbst mit dem Klingeln in den Ohren konnte Wyatt Derricks Gelächter hören. »Jetzt liegt es an dir«, rief er, während er im Dickicht verschwand.

Im Rückspiegel rasten zwei Lichtkegel an der Abzweigung vorbei und sausten weiter den Highway entlang. Ein anderer Streifenwagen folgte. Gefolgt von zwei weiteren, die in kurzer Folge vorbeihuschten.

Wyatt glitt in den Sitz hinab und überlegte, was er machen sollte. Die Waffe. Er musste das Ding loswerden und irgendwie nach Hause kommen. Er packte das Lenkrad und langte nach dem Zündschlüssel. Was immer daheim dann auch passieren mochte, damit würde er sich später beschäftigen.

Als er noch einmal einen Blick in den Rückspiegel warf, sah er sie: Derricks grüne Tasche. Sie lag auf dem Rücksitz des Lincoln.

Die blutbespritzten Geldscheine lugten aus dem Reißverschluss hervor. Also hatte er nun die Waffe *und* das Geld am Hals. Nicht gut. Er beugte sich nach hinten zum Rücksitz, um sich die Tasche zu schnappen und aus dem Fenster zu schmeißen. Da tauchten hinter ihm zwei Schweinwerfer auf.

Der Wagen, eine Cop-Karre, bog zum Straßenrand ab, bremste und kam vor der Mündung der Abzweigung zum Halten: Wyatts Rückweg zur Hauptstraße war blockiert. Der Cop schaltete den Suchscheinwerfer an. Wie eine Schwertklinge durchschnitt der Lichtstrahl die Landschaft und bahnte sich den Weg durchs Gehölz in seine Richtung. Wyatt hoffte, dass das Licht wie im Film an ihm vorbeigleiten würde. Doch es verharrte auf dem Lincoln. Das Wageninnere mit Wyatt darin erstrahlte wie eine Glühlampe. Wyatt konnte sehen, wie der Cop in seinem Streifenwagen etwas in sein Funkgerät sprach.

Er hatte keine Zeit zu verschwenden. Wyatt drehte den Zündschlüssel und trat aufs Gas. Der Motor heulte auf und der Wagen schoss davon. Der Abzweigung weiter folgend, ging es leicht hügelaufwärts, bevor plötzlich ein Feldweg kreuzte. Wyatt bog rechts ein, ohne mehr zu wissen, als dass er nun Richtung Stadt unterwegs war. Weitere Streifenwagen rückten ihm von hinten auf die Pelle und schnell wuchs die Kette von Cop-Karren, die hinter dem Lincoln herjagten, Glied um Glied.

Eine riesige Öl- und Dreckwolke stieg hinter dem Lincoln auf. Ihr bräunlicher Dunst hüllte die Streifenwagen in einen Mantel, der im Schein der Blaulichter pulsierte wie eine sich vorwärtswälzende glühende Raupe.

Wyatt durchquerte eine Kurve und erblickte auf der Linken zwei provisorische Zuschauertribünen. Sie rahmten die Längsseiten eines sonnenverbrannten Footballfeldes ein, um das sich eine holprige Laufbahn zog. Nun wusste er genau, wo er war. Dort hatte er heute schon im Sportunterricht seine Runden gedreht. Auf der gegenüberliegenden Seite des Footballfeldes erspähte Wyatt sein Schulgebäude und trat auf die Bremse. Er riss das Lenkrad herum, fuhr geradewegs auf das Footballfeld und nietete den Fängerkäfig der Baseballspieler um. Wyatt wollte zum Parkplatz auf der anderen Seite des Schulgebäudes. Als er haarscharf um das Eckbüro des stellvertretenden Direktors herumschoss, sah er blinkende Lichter vor sich. Sie hielten direkt auf ihn zu.

Er scherte abrupt aus und der Lincoln schlingerte nach rechts. Um Haaresbreite verfehlte er einen Polizei-Van, der eine Vollbremsung hinlegte, um der Streifenwagenkolonne hinter Wyatt auszuweichen. Unkontrolliert schleuderte der Van um die eigene Achse, kippte auf die Seite und krachte geradewegs in das Willkommensschild der Millersville Middle School – eine Ziegelmauer, auf der in austauschbaren Buchstaben prangte: GLÜCKWUNSCH UNSERER SCHULMANNSCHAFT UND TOLLE SOMMERFERIEN!

Schule und Steinhaufen hinter sich lassend, zwang Wyatt den schlitternden Wagen auf die Hauptstraße und trat das Gaspedal bis zum Bodenblech durch. Der lange Rattenschwanz aus Streifenwagen war ihm immer noch auf den Fersen. Aber als er nun durch die Innenstadtstraßen fuhr, die er seit seinem sechsten Lebensjahr fast täglich mit Skateboard und BMX-Rad unsicher gemacht hatte, durchströmte ihn neue Zuversicht.

Der Eastman-Friedhof lag nicht weit vor ihm. Wenn er es bis dahin in einem Stück schaffte, rechnete sich Wyatt zumindest eine geringe Chance aus, davonzukommen. Wenige Kurven und Abzweigungen später tauchte das Tor der Friedhofsmauer zu seiner Linken auf. Mit einem Hüpfer bretterte er über den Bordstein und versuchte zu bremsen. Aber die Reifen rutschten über das nasse Gras und der Wagen knallte gegen die Mauer. Erst nachdem so ziemlich die Hälfte von Narcys Lincoln wegrasiert war, kam er schließlich, mit der Motorhaube gegen das Gemäuer gedrückt, zum Halten.

Wyatt schnappte sich die grüne Tasche, stopfte die Waffe hinein und stieg auf der Beifahrerseite aus.

Mit quietschenden Reifen kam die Polizei auf der Fahrerseite angeschossen. Den Lincoln als Schutzschild und Leiter nutzend, hüpfte Wyatt auf die zusammengefaltete Motorhaube und sprang zur Mauerkrone empor. So gerade eben konnte er seine Arme über die Mauerspitze schlingen. Doch hinüber schaffte er es nicht. Er stemmte die Beine gegen das Mauerwerk und versuchte hinüberzuklettern.

»Keine Bewegung!«, ertönte es im Chor, während die Cops aus ihren Wagen stürzten. Kugeln pfiffen durch die Luft, prallten vom Stein ab und deckten Wyatt mit einem Splitterregen ein. Mit Übelkeit erregender Klarheit wurde Wyatt plötzlich klar, dass die Polizei nicht versuchte, ihn aufzuhalten oder zu fangen. Sie wollte ihn umbringen. Wyatt hatte Videos von Teenagern gesehen – auf der Flucht vor Polizisten, die das Feuer auf sie eröffneten. Weder hatte er sich vorstellen können, dass er in der gleichen Situation weiterlaufen würde, noch, dass die Cops einem Teenager in den Rücken schießen würden. Die schreckliche Erkenntnis versetzte ihm den nötigen Adrenalinschub, um sich über die Mauer zu schwingen.

Wyatts Füße landeten im weichen Gras. Die grüne Gürteltasche wie einen Football unter dem Arm geklemmt, stürmte er schnurstracks eine Grabsteinreihe entlang. Hinter ihm kraxelten die Cops über die Friedhofsmauer. Wyatt erreichte das Ende des Gräberabschnitts und rannte weiter ins Gehölz. Während er unter den großen Eichen dahinsprintete, nahm er plötzlich wahr, wie die mächtigen knorrigen Äste zu schwingen begannen. Wind fegte in schweren Stößen auf ihn hinab und brachte das Geäst zum Knarren. Ein greller Lichtschein durchbrach das Laub der Baumkronen und tastete nach ihm. Wyatt war so verwirrt, dass er unwillkürlich an Aliens dachte.

Im nächsten Moment wurde ihm klar, dass es ein Helikopter war. *Ein verdammter Helikopter.*

Dann endlich hatte Wyatt sein Ziel erreicht: den Cachoobie River. Er rannte ans Ufer und schleuderte die grüne Gürteltasche so fest und weit er konnte aufs Wasser hinaus. In hohem Bogen segelte die Tasche dem tosenden Wasser entgegen.

Er sah nicht erst zu, wie die Tasche im Fluss landete. Augenblicklich wirbelte er wieder herum und stürmte flussaufwärts davon, um so weit wie möglich von der Stelle wegzukommen. Er lief auf einem Pfad, der sich neben dem Fluss dahinzog.

Zu seiner Linken tanzten die Taschenlampen der Cops durch das Gehölz. Polizeihunde kläfften. Rechts kam der Helikopter unter Baumwipfelhöhe herabgefegt. Im langsamen Rückwärtsflug über der Wasseroberfläche schwebend, nahm er ihn mit seinem Suchscheinwerfer ins Visier und blendete ihn.

Wyatts Lungen brannten. Es ist ausweglos, dachte er. Langsam blieb er stehen und hob die Hände.

»Hände hinter den Kopf«, hallte eine Donnerstimme von oben herab.

Gebeutelt von den Abwinden der Rotoren, gehorchte Wyatt und wartete – sich nur einer Sache sicher: Heute Nacht würde er nicht mehr nach Hause kommen und seinen kleinen Bruder sehen.

# Kapitel 3

**April 1984**
**Bahamas**

Claudia Degas schlug die Augen auf und ertappte ihr Ebenbild dabei, wie es von der verspiegelten Decke auf sie herabstarrte: Arme und Beine von sich gespreizt, die Augenmaske auf die Stirn geschoben, das Make-up verschmiert. Gleich neben ihrem Gesicht war irgendeine Art Snack in das Kissen geschmiert.

Oh nein, es kommt, dachte sie.

Ihr drehte sich der Magen um. Sie rollte sich von Bett, kroch auf allen vieren über den Boden und kotzte in die vergoldete Toilette ihres Gatten. Ob es immer noch die Seekrankheit war, jetzt am zehnten Tag der Reise? Oder nur ein heftiger Kater? Dabei konnte sie sich gar nicht erinnern, so viel getrunken zu haben. Okay, jedenfalls nicht mehr als sonst. Vielleicht war sie schwanger.

Der Gedanke machte sie blind vor Leid. Sie kniete neben der Toilette und betete. »Bitte Gott, keine Kinder mehr. Keine Kinder mehr von ihm. Bitte nicht mehr.«

Wo ist er eigentlich?, fragte sie sich, als sie sich vage bewusst wurde, dass er nicht neben ihr vor sich hinschnarchte. Sie blickte zum Bett zurück. Sein schmieriges Haupt und der weit klaffende Mund waren nicht da.

Vielleicht hat es ihn auf der Couch umgehauen, dachte sie. Sie kroch zur Tür hinüber und beäugte die Suite der Länge nach.

Licht strömte durch die Glastüren, die zum Balkon über dem

Wasser führten. Sie sah sich um. Nein, er war auch nicht auf der Couch.

Spielte er etwa immer noch im Salon? Das war möglich. Allerdings hatte selbst der Colonel irgendwann die Nase voll davon, gegen Freunde zu spielen, die ihn Blatt um Blatt gewinnen ließen. Vielleicht steckte er irgendwo in einer anderen Kabine. Zusammen mit einer seiner … Damen der Nacht.

Auch das war möglich. Aber der Anschein war wichtig für den Colonel. Es sah ihm nicht ähnlich, ihre Ehe so offenkundig zu missachten. Nein, die Arbeit war der wahrscheinlichste Übeltäter. Vermutlich war der Colonel früh aufgewacht, um sich dann einer wichtigen Angelegenheit zu Hause zu widmen. Schließlich hatte er dort sozusagen einen Bürgerkrieg angezettelt und sie waren jetzt hier auf Kreuzfahrt. Vielleicht stand ihnen eine unerwartete Unterbrechung bevor, überlegte Claudia.

Sie rappelte sich auf und taumelte durchs Schlafzimmer zum vergoldeten Telefon, das auf dem Schreibtisch ihres Mannes stand. Sie wollte nach Pablo rufen, dem Sicherheitschef des Colonels. Vielleicht konnte er ihren Gatten ausfindig machen. Als sie den Raum durchquerte, erweckte etwas im Augenwinkel ihre Aufmerksamkeit.

Die Hausschuhe ihres Gatten standen draußen auf dem Balkon, sorgfältig nebeneinander drapiert und mit den Spitzen auf das Karibische Meer gerichtet. Sein monogrammbestickter Frotteemorgenmantel hing über der Reling und sie konnte seine vergoldete Pistole in der Tasche sehen. Victor muss wirklich mal an seinem Vergoldungstick arbeiten, dachte sie. Toilette, Telefon, Waffe, Nagelbürste …

Bestimmt hatte er Lust auf ein frühes Bad im Meer gehabt, überlegte sie. Sie ging auf den Balkon und blickte hinaus, in der

Erwartung, ihren Gatten im Wasser planschen zu sehen. Es war nicht ungewöhnlich für den Colonel, auf ein kleines Tauchbad vom Balkon zu springen – eines jener Vorrechte, wenn man eine Jacht sein Eigen nannte.

Tatsächlich kam es Claudia sogar in den Sinn, sich Victor anzuschließen. Ein Bad würde helfen, den Kopf wieder klarzubekommen. Aber als sie über die Brüstung blickte, sah sie nichts als azurblaues Wasser, weißen Sand und eine einsame Meeresschildkröte, die auf den Schiffsrumpf zupaddelte.

»Victor!«, rief sie ihren Gatten. »Vicki, wo bist du?«

Keine Antwort.

Sie versuchte, ruhig zu bleiben. Sicherlich war ihr Gatte aus dem Spielsalon zurückgekehrt, hatte beschlossen, ein kleines Bad in der Karibik zu nehmen, und war nach dem Schwimmen noch nicht in ihre Kabine zurückgekommen – was bedeutete, dass er entweder noch im Schwimmanzug auf der Jacht umherwanderte oder …

Hastig ging sie wieder nach drinnen zum Telefon, um Pablo anzurufen.

Sie erwischte den Sicherheitschef in der Kombüse. »Hjaa«, sagte er, den Mund wahrscheinlich voll mit Rührei und Croissants.

»Guten Morgen. Ist mein Mann bei Ihnen?«, fragte sie.

»Nein.«

»Wann haben Sie ihn zuletzt gesehen?«

»Er wurde gestern Abend in seine Kabine eskortiert, nachdem Sie beide Wilberforce ins Bett gebracht haben«, sagte Pablo.

»Er hat nicht mehr gespielt?«, fragte sie überrascht. Auf ein Kartenspiel zu verzichten, nur um früh ins Bett zu gehen, sah ihrem Mann so gar nicht ähnlich. »Hat er sich gut gefühlt?«

»Ausgezeichnet, soweit ich das beurteilen kann.« Er hielt inne, um zu kauen. »Er ist nicht bei Ihnen?«

»Nein«, sagte sie und ihre Stimme schlug einen panischen Ton an. »Ist er nicht in einem der Gemeinschaftsbereiche oder auf dem Achterdeck? Vielleicht macht er auf dem Oberdeck ein Nickerchen? Sie wissen, wie viel er auf seinen Teint gibt.«

»Einen Moment.«

Claudia hörte ein Rascheln. Vor ihrem geistigen Auge sah sie, wie die Hörermuschel in Pablos dauerwellenartiger Brustbehaarung verschwand. Ein Funkgerät knisterte.

»Er ist weder auf dem Achterdeck noch in den Gemeinschaftsbereichen. Aber, äh …« Pablo atmete schwer und zögerte. »Gut möglich, dass er irgendwo auf dem Schiff steckt und mir noch nicht zur Kenntnis gebracht wurde, wo er … äh, sich aufhält.«

Claudia wusste genau, was Pablo machte – nämlich ihren Gatten decken, falls dieser auf irgendwelche neckischen Spielchen aus war.

»Lassen Sie mich das mit meinem Team überprüfen. Wir werden das Schiff durchsuchen und uns umgehend wieder bei Ihnen melden. Kein Grund zur Sorge.«

»Ich glaube nicht, dass er bei einer anderen Frau ist, Pablo«, sagte sie geradeheraus. »Ich glaube, er ist vielleicht gestern Abend noch Schwimmen gegangen. Oder ganz früh heute Morgen.«

»Schwimmen?« Es folgte eine weitere kleine Pause. »Ich komme sofort zu Ihnen.«

Klick.

Claudia schloss die Tür auf und wartete. Einige Minuten später kam Pablo hereingeplatzt, ein Walkie-Talkie in der einen, eine Waffe in der anderen Hand. Zwei bewaffnete Bodyguards folgten ihm. Ob Gesicht, Schnurrbart oder das Brusthaar, das aus seinem V-Ausschnitt hervorquoll – alles an Pablo perlte vor Schweiß. »Haben Sie die Tür nach dem Aufwachen aufgeschlossen oder war sie zugeschlossen?«, fragte Pablo.

»Zugeschlossen. Victor muss abgeschlossen haben, als er hereinkam. Pablo …« Claudias Stimme brach. »Ich habe das da gefunden.« Sie zeigte zum Balkon.

Pablo hastete an ihr vorbei und steuerte geradewegs auf den Morgenmantel des Colonels zu. Er steckte die eigene Waffe in den Hosenbund und zog die vergoldete des Colonels aus der Manteltasche. Schnüffelte am Lauf. Überprüfte die Kammer. Nahm das Magazin heraus und zählte die Munition.

»Voll, plus ein Schuss in der Kammer«, sprach er zu sich selbst. Er dachte einen Moment nach.

»Was bedeutet das?«, fragte Claudia. »Was machen Sie da?«

»Seien Sie ruhig«, sagte Pablo nur. Er trat zurück und begutachtete den Schauplatz.

Claudia beobachtete, wie er den Kopf wandte, als sein Blick erst vom Boden zu den Slippern, dann weiter zum Morgenmantel und dem Tisch mit dem Glas und der Flasche wanderte. Schließlich blickte er aufs Meer hinaus und drehte den Kopf wieder in ihre Richtung, um sich anschließend noch einmal dem Boden zuzuwenden. Mit zusammengekniffenen Augen kniete er sich nieder und fuhr mit den Fingern durch den dichten Luxusteppich. Er pickte etwas aus den Teppichfasern. Claudia konnte nicht erkennen, um was es sich handelte.

Pablo stand auf und brachte das Walkie-Talkie an die Lippen. »Informiert die Küstenwache in Nassau und die einheimischen Fischer. Sie sollen die Suche nach Colonel Degas' Leiche einleiten. In der Zwischenzeit steht das gesamte Schiff unter Lockdown. Sorgt dafür, dass alle Gäste und Bediensteten augenblicklich in ihre Quartiere zurückkehren. Durchsucht jede Kabine nach dem Ring des Colonels. Es wird ein Stein dran fehlen. Niemand verlässt seinen Raum. Versucht jemand, vom Schiff zu gehen, erschießt ihn.«

Einer der Bodyguards bewegte sich zur Tür, schloss sie und brachte sich mit schussbereiter Waffe davor in Position.

»Pablo«, sagte Claudia und hatte das Gefühl, womöglich gleich wieder kotzen zu müssen. »Was ist passiert?«

Pablo musterte sie, sagte jedoch nichts.

»Ich will meinen Sohn sehen«, sagte sie. »Ich will ihn bei mir haben.«

Pablo hob die Hand. Zwischen Daumen und Zeigefinger hielt er einen großen pinkfarbenen Diamanten, der in der Morgensonne nur so glitzerte und funkelte. »Wie kommt der hierher?«

»Keine Ahnung.« Claudias Stimme zitterte.

Mit höhnischem Grinsen ließ Pablo den Diamanten in seine Tasche gleiten. Er zog seine Waffe wieder aus dem Hosenbund und legte sie auf den Schreibtisch des Colonels. Dann öffnete er seinen Gürtel. Langsam zog er ihn aus den Hosenschlaufen.

»Pablo, was machst du da?«

Er trat auf sie zu. Wie eine Peitsche pfiff der Gürtelriemen durch die Luft und die silberne Gürtelschnalle klatsche auf ihre nackte Beinhaut.

Sie kreischte.

»Und jetzt spuck aus, was du mit ihm gemacht hast.«

Nach gut zwanzigminütiger Behandlung mit Gürtel und Fäusten hatte Claudia Pablo davon überzeugen können, dass sie nichts vom Verschwinden ihres Ehemannes wusste und dass sie tatsächlich die ganze Nacht geschlafen hatte. Höchstwahrscheinlich, so wurde ihr bewusst, hatte sie sogar tief und fest geschlummert, während ihr Mann unmittelbar neben ihr ermordet worden war. Muss an den Reisetabletten gelegen haben, sagte sie unablässig vor sich hin.

Ein Bodyguard klopfte an die Tür. »Sir, sie haben was gefunden.«

Pablo wirbelte herum. »Was?«

Der Bodyguard lauschte ins Funkgerät und gab die Information weiter. »Den Ring, der mit dem fehlenden Stein … und da ist auch noch anderer Schmuck.«

Wie ein Reptil wandte Pablo den Kopf wieder in ihre Richtung.

»Bleib hier«, befahl er. »Ich bin noch nicht fertig mit dir.« Er schob den Gürtel wieder durch die Hosenschlaufen, schnappte sich seine Waffe und das Walkie-Talkie und bedachte die Bodyguards mit einem Nicken.

Kaum waren sie fort, ließ Claudia sich auf den Boden plumpsen und schluchzte. Das hätte sie eine ganze Weile weiter getan, hätte sie nicht plötzlich Schritte gehört. Leise tappten sie über den Fußboden zum Balkon und anschließend wieder zu ihr zurück. Sie nahm das Blitzen einer Waffe wahr und hob den Blick – in der Erwartung, Pablo zu sehen.

»Mrs Degas?« Vor ihr stand Chris, der Freund ihres Sohnes. Er hielt ihr die Waffe ihres Manns entgegen.

»Die hier werden Sie brauchen«, sagte er mit leiser höflicher Stimme. »Und wir müssen zu Ihrem Sohn.«

Der alles verändernde Moment im Leben von Wilberforce Degas – alias der Glühwurm – begann an dem Morgen, als er auf der Megajacht seines Vaters erwachte und feststellte, dass er mit dem Gesicht auf dem Boden lag. Gedämpfte Laute drangen in sein Bewusstsein. Irgendjemand an Bord machte Radau.

Als Wil versuchte, sich hochzustemmen, stellte er fest, dass sein Gesicht auf dem Teppich klebte. Der Grund dafür war Blut. Sein Blut.

Eine riesige Wunde klaffte an seinem Kinn. Dort, wo sein Vater ihm am Abend zuvor einen Schlag verpasst hatte – ein tiefer Schnitt, den er dem Ring des Colonels zu verdanken hatte. Über Nacht hatte sich Wils Blut mit den Teppichfasern zu einer großen Schorfmasse vereinigt, die nun als Kleber fungierte und Wils Gesicht buchstäblich am Boden festnagelte. Bei jedem Versuch sich zu bewegen, empfand er einen brennenden Schmerz. Gepaart mit dem Gefühl von Demütigung und dem brennenden Verlangen, seinem Vater etwas anzutun. Ja, ihn sogar umzubringen.

Getrieben von einer Welle der Wut stemmte er sich hoch. Sein Gesicht ruckte zurück. Erneut spritzte das Blut. Er holte sich ein monogrammbesticktes Handtuch aus dem Badezimmer und presste es sich ans Gesicht. Er vernahm weiteren Radau und Geschrei von draußen. Was in Gottes Namen war da los? Schritte hallten dröhnend den Gang hinauf und hinunter. Er ging zur Tür, um sie zu öffnen. Doch sie war von außen verschlossen. Also presste er das Ohr dagegen und lauschte. Seine Mutter schluchzte. Er hörte die Stimme eines Mannes, gefolgt von dem Geräusch eines Schlages. »Sprich, Weib!«, sagte der Mann. Wil vermutete, dass es sein Vater war. Niemand sonst würde wagen, Hand an sie zu legen.

»Bitte, glaub mir doch, Pablo!«, schrie seine Mutter. »Ich weiß nichts!«

Pablo. Wil schwirrte der Kopf. Konnte das sein? Der treueste Stellvertreter seines Vaters schlug seine Mutter?

Dann vernahm Wil so etwas wie einen Knall. Als würde ein Ledergürtel auf nackte Haut klatschen. Wieder schrie seine Mutter.

»Lasst mich raus!« Wil hämmerte gegen die Tür. »Weg von ihr!«

Weitere wirre Geräusche drangen zu ihm. Dann veränderte sich etwas. Schritte polterten den Gang hinunter, fort von den Kabinen der Familie ... in Richtung der Gästequartiere. Wil presste das Ohr gegen die Tür. Die Stimmen klangen weiter entfernt. Aber er konnte Pablo schreien hören.

»Woher hast du den Ring des Colonels? Was weißt du? Sprich oder ich bring dich um!«

Die flehende Stimme eines Mannes antwortete. »Pablo, den hat jemand in meiner Kabine platziert. Ich habe keine Ahnung, wie er da hingekommen ist.«

»Lügner!« Wieder schrie Pablo. »Wo ist er? Was hast du mit ihm gemacht?«

»Ich weiß es nicht, um Gottes Willen«, kam die kreischende Antwort. »Ich schwöre, ich weiß nicht, was mit ihm passiert ist!«

Dann ertönten Schüsse, eine Menge. Wil duckte sich und kauerte sich vor die Tür. Stille.

»Sucht weiter«, rief Pablo. »Irgendjemand muss was wissen.«

Wil lauschte, während sich Schritte seiner Kabine näherten und draußen vor der Tür verharrten.

BAM!

Die Tür erzitterte.

BAM!

Jemand versuchte, sie einzutreten.

Wilberforce krabbelte durch den Raum und suchte nach einem Ausweg. Er kletterte gerade in eine Schlafkoje, als die Tür aus den Angeln brach.

»Ah!« Kreischend riss Wil sich eine Decke ans Kinn. Aber statt Pablo stand Chris in der Türöffnung – zusammen mit seiner Mutter, die die Waffe seines Vaters in der Hand hielt.

»Kumpel, wir müssen weg. Sofort.« Chris trug einen Rucksack und wirkte seltsam kaltblütig. »Runter vom Schiff. Los!«

»Was ist hier los?«, brachte Wil hervor. »Wo ist Vater?«

»Dein Vater wird vermisst«, antwortete seine Mutter mit sanfter Stimme.

»Was meinst du mit *vermisst*?«, fragte Wil. »Wir sind auf einem Schiff.«

»Spielt keine Rolle. Wir müssen los.« Während sie sprach, nahm Wil wahr, dass ihr Gesicht von Blutergüssen und Striemen überzogen war.

»Hat Vater dir das angetan? Ich werde ihn umbringen!«

»Pablo«, flüsterte seine Mutter. »Ich weiß nicht, was in ihn gefahren ist. Er verhört jeden auf dem Schiff. Und er hat Raul umgebracht.«

Wil bemühte sich zu begreifen, was da gerade vor sich ging. Der treueste Stellvertreter seines Vaters hatte seine Mutter geschlagen und gerade einen der besten Freunde seines Vaters umgebracht. Sicher, Raul war ein absolut ekelhafter Typ, aber einer der Favoriten seines Dads.

Ein Wort schoss ihm plötzlich durch den Kopf: Putsch. War dies ein Putsch? Hatte Pablo seinem Vater etwas zuleide getan? Wo *war* sein Vater? Zum ersten Mal seit langer, langer Zeit verspürte Wil das aufrichtige Verlangen, ihn zu sehen.

»Wir müssen los. Sofort!«, schrie Wils Mutter. Sie schlang

die Arme um ihn und versuchte, ihn aus seiner Trance zu reißen.

»Okay«, sagte er. Wil konnte hören, wie Pablo und seine Gangster auf den unteren Decks Kabine für Kabine durchsuchten. »Lass mich vorher nur noch was mitnehmen.«

Claudia und die beiden Jungen schlüpften an der Suite vorbei zum Hauptdeck und stürmten anschließend den Niedergang zum Unterdeck hinab. Die *Little Mule* – das kleine, aber schnelle Beiboot der *La Crema*, das sonst der Jacht im Schlepptau folgte – war von einem treuen Leibwächter Claudias ans Heck gezogen worden. Sie kletterten an Bord. Doch kaum hatte Chris den Motor angeworfen, tauchten Pablos Schlägertypen auf der Bildfläche auf. Unter lauten Drohungen richteten sie ihre Waffen auf sie.

»Señora Degas«, rief einer von ihnen. »Wir werden Ihnen vor Ihrem Sohn nichts zuleide tun. Sie können bleiben. Aber wenn Sie zu fliehen versuchen, müssen wir schießen!«

Claudia zog die Waffe des Colonels unter ihrer Bluse hervor. »Das lassen Sie besser. Der Colonel ist nicht tot. Pablo versucht nur, euch an der Nase herumzuführen. Er wird zurückkommen. Und wissen Sie, was dann passiert?«

»Ihr Gatte ist tot«, sagte einer der Gangster.

»Sind Sie sicher? Sind Sie absolut sicher? Denn wenn Sie falsch liegen … nun, Sie wissen, was dann passiert.«

Sie konnte sehen, wie das die Gorillas ins Grübeln brachte. Jeder, der ihren Mann kannte, war auch mit dessen Markenzeichen in puncto Folter vertraut: Der Colonel hätte die Männer bei lebendigem Leib gehäutet, um sie dann an Haie und Möwen zu verfüttern.

Die folgende Pause war genug für Chris, um das Tau zu zerschneiden, den Gashebel hinaufzurammen und damit die Kraft von dreitausend PS zu entfesseln.

Die Gangster eröffneten das Feuer. Aber es war zu spät. Das Powerboot sprang buchstäblich über das Wasser und raste in Richtung Miami davon. »Mrs Degas, übernehmen Sie das Steuer«, rief Chris, offensichtlich ein wenig unsicher, wie ein Boot zu fahren war. Der Junge tauschte mit ihr und sie brachte das Powerboot auf volle Geschwindigkeit. Jetzt konnten sie nur noch von einem Flugzeug oder einem Kreuzer der US-Küstenwache abgefangen werden – was genau das war, was Claudia wollte. Sie würde nie wieder heimkehren. Von diesem Punkt ihres jungen Lebens an wären Claudia Degas und ihr Sohn Getriebene. Sie wusste, sie würde der einzige Anker sein, den ihr Sohn jemals haben würde.

Die beiden Jungen saßen im Cockpit hinter Claudia, während das Boot mit über 140 km/h über das Karibische Meer dahinschoss – getrieben von den Propellerblättern, die Welle um Welle zerhackstückten und das Gefährt über das Wasser schoben. Chris blickte verstohlen zu Wil. Es schien, als wäre er in den letzten paar Minuten enorm gealtert. Seine Haut sah blass und angespannt aus. Sein Haar hatte zuvor bereits Anzeichen vorzeitiger Kahlheit verraten. Doch nun wirkte es besonders dünn und strähnig, während es vom Wind gepeitscht wurde, der vom Bug des Powerboots heranblies. Den Gegenstand, den Wil vor dem Verlassen der Megajacht noch aus seiner Kabine gerettet hatte, hielt er gegen die Brust gedrückt wie ein Kuscheltier: Es war sein Nintendo. Aus dem Schacht lugte die Donkey-Kong-Kassette hervor.

# Kapitel 4

## Juni 2017
## Gerichtsgebäude Millersville

Buschiges rotes Clownshaar. Mit Senfflecken besprenkelter Billiganzug. Eine *Star Trek Voyager*-Anstecknadel an der kastanienbraunen Krawatte. Auf den Schultern eine Schneeschicht frisch gefallener Schuppen. Für Wyatt sah sein vom Gericht bestellter Pflichtverteidiger aus wie jemand, mit dem Tante Narcy sich im Internet treffen würde … nur um ihm dann einen Korb zu geben. Wenn ein Typ nicht mal einen Quadratzentimeter seiner Anzugaufschläge frei von toter Haut halten konnte, wie sollte er dann Wyatt vor dem Gefängnis bewahren?

So richtig kam Wyatt aber ins Schwitzen, als er die Staatsanwältin sah, mit der sie es zu tun kriegen würden. Jung. Geduldig. Professionell. Sie sah aus, als würde sie jede Menge Zeit mit CrossFit verbringen … und als wüsste sie, wie man eine gute Figur machte. Dann ergriff sie das Wort: »Alter kann täuschen. Der Junge, den Sie vor sich sehen, ist noch keine fünfzehn. Dennoch ist er zu enormer Gewalt und Hinterhältigkeit fähig. Lassen Sie sich nicht von seiner Jugend täuschen …« Sie fing an darzulegen, warum eine Kaution abgelehnt werden sollte. In Wyatt schwand jede Hoffnung, straffrei auszugehen.

Die Position der Anklage war stark. Am Bauch des Helikopters, der Wyatt verfolgt hatte, war eine Kamera montiert. Dank dieser besaß das Police Department ein Video, das zeigte, wie Wyatt Derricks Gürteltasche in den Cachoobie River schleuderte.

Als diese sichergestellt wurde, fanden sich darin Bargeld und ein blutverschmierter Revolver. Vorläufige ballistische Tests der an der Tankstelle sichergestellten Patronenhülsen ergaben eine Übereinstimmung mit dem Lauf der Waffe aus der Gürteltasche. Obendrein waren auch noch Wyatts Fingerabdrücke darauf. Wyatts Hände und Unterarme waren zudem positiv auf Schmauchspuren getestet worden – schließlich war die Waffe in Narcys Wagen ja aus Versehen losgegangen. Und zu guter Letzt ergaben DNA-Tests schließlich, dass die Blutspuren auf dem Geld sowie der Tasche mit dem Blut auf Wyatts T-Shirt übereinstimmten. Er musste es an sein T-Shirt geschmiert haben, während er davonrannte. Alle Blutspuren passten zum Opfer, das nun im Koma lag.

Doch es gab nicht nur haufenweise physische Beweise, die Wyatt direkt mit dem Verbrechen in Verbindung brachten, sondern auch digitale. Die ermittelnden Polizeibeamten fanden heraus, dass die Tatwaffe im Internet gegen Bitcoins besorgt worden war – und zwar von Wyatts Computerarbeitsplatz in der Schule. Es war derselbe, an dem Wyatt auch Derrick Nachhilfe gegeben hatte.

Der Einzige, der zu Wyatts Gunsten hätte aussagen können, war der Tankstellenangestellte. Doch so bald würde der mit niemandem sprechen. Und da Derrick immer noch flüchtig war und es keinen anderen Verdächtigen gab, wurde Wyatt in dem Fall zum Hauptverdächtigen. Weil alles so klar gegen Wyatt sprach, verspürte die Staatsanwaltschaft wie so häufig in solchen Fällen wenig Lust, andere Ermittlungsansätze zu verfolgen und Derrick aufzuspüren.

Die Staatsanwältin wandte sich an den Richter. Wyatt spürte, wie sich sämtliche Blicke auf sie hefteten – von den Gerichtsangestellten über den Richter bis hin zur Presse in den Zuschauerrängen. Alle waren bezaubert von der Frau Staatsanwältin – einschließlich Wyatt.

»Euer Ehren«, sagte sie. »In Anbetracht der erdrückenden Beweise, die den Angeklagten mit dem Verbrechen in Verbindung bringen, seiner kriminellen Historie, der Schwere des Verbrechens sowie der Tatsache, dass der Angeklagte der Polizei eine Verfolgungsjagd geliefert hat, die den Steuerzahler schätzungsweise mehr als eine Viertelmillion Dollar kosten wird, bitten wir – das Volk – Sie, Wyatt Jennings Brewer eine Kaution zu verwehren.«

Keine Gerichtsentscheidung wurde jemals so zügig beschlossen.

»Kaution verweigert.« Bam. Krachend fuhr der Richterhammer nieder. Wyatt sollte in das berüchtigte Jugendgefängnis von Millersville County überstellt werden, um dort auf sein Gerichtsverfahren zu warten.

Wyatts Bruder Cody hatte alles im Gerichtssaal mitverfolgt. Kaum war die Entscheidung des Richters gefallen, vergrub er den Kopf in den Händen und schluchzte los. Sein langes blondes Haar bebte, während er vor sich hinweinte. Narcy ihrerseits fühlte sich ermutigt. Bestätigt. Die Hände an die Brüstung gekrallt, hievte sie sich schwankend auf die Schwabbelbeine. »Wyatt, du hast mein Auto auf dem Gewissen und bald auch deine Mutter. Ich hoffe, der Richter locht deinen smarten Arsch ein und bringt dir Respekt bei. Angefangen bei mir!«

Der Hammer sauste erneut herunter. Der Richter befahl Narcy, den Saal zu verlassen. Das tat sie auch – mit einem heulenden Cody im Schlepptau. Wyatts Mutter war sogar noch untröstlicher als Cody. Zuerst der Ehemann. Dann der Sohn. Es war zu viel.

Wyatt wurde gerade von den Justizbeamten aus dem Gerichtsgebäude geführt, als sein Anwalt angedackelt kam, um noch einmal zu versuchen, ihn für einen Deal weichzuklopfen.

»Sohn, bekenn dich des versuchten Totschlags schuldig und im Gegenzug gibt's fünfzehn bis zwanzig Jahre. 'nen besseren Deal kriegste nicht.«

# Kapitel 5

### JUNI 2017
### MILLERSVILLE COUNTY JUGENDGEFÄNGNIS

Einige Tage lang ließ man Wyatt in Ruhe. Seine Verhaftung hatte ihm fragwürdige Berühmtheit eingebracht. Genug, dass sein Ruf als harter Hund ihm die meisten Insassen vom Leib hielt. Dann stach ein Junge mit Spitznamen Spider Kid einen Wachmann in einem Einkaufszentrum nieder. Er wurde in Wyatts Zelle gesteckt, um auf seine Verhandlung zu warten.

Er war etwa siebzehn Jahre alt und der gruseligste Typ, dem Wyatt jemals in seinem Leben begegnet war. Ohne Einschränkung. Sämtliche Kinofilme eingeschlossen. In Spider Kids Mund prangten zwei Reihen verrotteter Zähne, die zu scharfen Spitzen heruntergefeilt waren. Seine schwarzen leeren Augen stachen aus dem bleichen, leichenhaft dürren Gesicht hervor. Eine riesige schwarze Spinne war so auf seinen Bauch tätowiert, dass es aussah, als würde sie seinen Nabel fressen – der sich infolge eines Geburtsdefektes unnatürlich weit aus dem Bauch vorwölbte. Ausgehend von der bauchnabelfressenden Spinne schlossen sich etliche weitere Tattoos an, die sich über Brust, Beine, Hals und Gesicht zogen.

Laut Wyatts Zellengenossen bedeuteten die Tätowierungen, dass Spider Kid einer Splittergruppe der berüchtigten mittelamerikanischen MS-13-Gang angehörte. Für Wyatt jedoch waren sie einfach nur höllisch freakig.

Einige Stunden nach dem Licht-Aus lag Wyatt immer noch

wach in seinem Bett, traurig, dass seine Mutter nicht zu Besuch gekommen war. Er dachte an seinen Fall, die anstehende Gerichtsverhandlung und fragte sich, ob er wohl einen neuen Anwalt finden könnte. Da drängte sich plötzlich ein unheimliches Gefühl in seine Gedanken – das Gefühl, beobachtet zu werden.

Sein Blick glitt suchend die Doppelstockbetten entlang und blieb auf der anderen Zellenseite auf einem Paar schwarzer leerer Augen haften, das ihn anstarrte. Spider Kid hatte bisher nicht eine Silbe geflüstert und sich keinen Nanometer vom Fleck gerührt. Nicht einmal geblinzelt hatte er. Dennoch sagte Wyatts Instinkt, dass was Übles in der Luft lag. Ähnlich, wie wenn sich zwei Hunde auf derselben Bürgersteigseite begegnen und es nur noch darum ging, dass entweder der eine oder der andere zerfleischt werden würde. Wyatts Adrenalin ging durch die Decke. Sein Herz raste.

Im nächsten Moment schnellte Spider Kid von seinem Bett hoch. Schnurstracks stürzte er sich auf Wyatt und holte schon zu einem gewaltigen Schwinger aus. Das Ganze geschah fast völlig lautlos. Wyatt rollte sich zusammen, bedeckte das Gesicht und machte sich darauf gefasst, einen Schlag einzustecken.

Ein gewaltiges BANNNNNG ertönte. Doch Wyatt spürte nichts. Er riskierte einen Blick und sah, wie Spider Kid zurücktaumelte und sich an die Stirn langte. Blut sickerte ihm in die Augen. Er war benommen. Wyatt wurde klar, dass Spider Kid voll mit dem Kopf gegen das obere Etagenbett geknallt war. Pures Glück. Wyatt hatte noch nicht einen Schlag ausgeteilt und Spider Kid war schon am Schwanken.

Wyatt versuchte, den Vorteil zu nutzen. Er rollte sich aus dem Bett, um zum Notrufknopf an der Tür zu krabbeln. Aber Spider Kid blockte ihn mit dem Unterarm. Ehe Wyatt wusste, wie ihm geschah, rammte ihm sein Gegner das Knie ins Gesicht. Wyatt flog nach hinten auf das untere Bett zurück. Spider Kid krallte sich am oberen Bettgeländer fest und trat wie ein Affe nach Wyatt. Die anderen Kids waren von dem Radau wach geworden und sahen dem Spektakel zu. Unter lautem Jubel stachelten sie Spider Kid an.

»Ja, Junge! Ja, tritt ihm ihn die Fresse!«

Wyatt krümmte sich auf dem Bett zusammen und rollte sich mit voller Wucht seinem Gegner entgegen. Spider Kid wich vom Bett zurück, während Wyatt runterfiel und mit dem Rücken auf dem Boden landete. Wieder trafen sich ihre Augen: Spider Kid war wie in Trance, völlig entrückt und von der Rolle.

So schnell er konnte, warf Wyatt sich auf den Bauch und versuchte Arme und Beine unter sich zu bringen. Aber Spider Kid trat ihm genau in den Mund. Ein greller Schmerz durchzuckte Wyatts Kopf und Nacken. Für einen Moment war er bewegungsunfähig und Spider Kid verpasste ihm schnurstracks einen Tritt ans Ohr. Wyatts Ohren klingelten, ihm wurde schwindlig und der Raum begann sich zu drehen.

Wyatt langte nach Spider Kids Knöcheln. Wenn er den Mistkerl von den Beinen holte, hätte er wieder eine Chance. Aber Spider Kid war schneller. Wie ein Insekt hüpfte er hin und her, während er Schlägen auswich und welche verteilte.

Faust. Sprung. Tritt. Faust. Faust. Sprung. Tritt. Unter Spider Kids Fäusten, Füßen und Knien hüpfte Wyatts Kopf auf und ab wie ein Jo-Jo. Das Klingeln in den Ohren übertönte sämtliche Geräusche. Ein gewaltiger Tritt warf Wyatt auf den Rücken und er schlug der Länge nach auf dem Zellenboden auf. Mit einem Satz warf sich Spider Kid auf ihn. Er setzte sich auf Wyatts Brust, presste ihn mit seinem Gewicht zu Boden und nagelte Wyatts

Arme mit den Knien fest. Im nächsten Moment prasselte ein Hagel von Faustschlägen auf Wyatt ein. Und er konnte nichts dagegen tun.

Nicht lange, und Wyatt lag nur noch schlaff da, am Ende und völlig erledigt. Spider Kid erhob sich. Wieder griff er nach dem oberen Bettgeländer. Er stand über Wyatt, hob den Fuß und ließ ihn in der Luft schweben. Wyatt starrte auf die Sohle der billigen Gefängnissandale, starrte auf Splitt, Haare und Blut. »Soll ich?«, brüllte Spider Kid in den Raum hinein. »Soll ich sein Gesicht zermatschen? Ich kann ihn auf der Stelle umbringen.«

»Tu es!«, gellte das einstimmige Urteil durch die Zelle. »Tu es!«

Spider Kid lehnte sich zurück, schloss die Augen und genoss den Jubel der Menge. Wyatt sah seine Chance gekommen. Neue Energie durchströmte seinen Körper.

Ein letztes Mal hob Spider Kid das Bein, um Schwung für den tödlichen Tritt zu holen. Blitzschnell rollte Wyatt nach links, geradewegs in Spider Kids Sandalenfuß. Er riss den Knöchel dicht ans Kinn und presste die Stirn gegen das Schienbein. Das rechte Bein des Gegners war blockiert. Wyatt hebelte es an, während er mit aller Kraft den Knöchel verdrehte und den Kopf gegen das Schienbein rammte. Der Knöchel knackte. Spider Kid stieß einen leisen Schrei aus. Taumelte nach hinten. Und krachte im Fallen mit dem Kopf auf das Metallgeländer des unteren Bettes.

Wyatts Zellengenossen jubelten. Freude und heimeliges Grauen über den Kampf entluden sich in Ohs und Ahs.

Wyatt hielt Spider Kids Bein gepackt, bis er merkte, wie die Muskeln erschlafften. Instinktiv wusste er, dass der Junge ohnmächtig war. Aber weder blickte er auf noch ließ er von ihm ab.

Er hielt einfach weiter fest und zerrte und drehte, als wollte er Spider Kid den Fuß abreißen. Bis er spürte, wie die Sehnen rissen. Brüllend erwachte Spider Kid wieder zum Leben und wimmerte vor Schmerzen.

Wyatt zerrte ihm die Gefängnissandale vom Fuß und begann damit auf ihn einzupeitschen. Dann steckte er die Finger durch die Zehenlöcher der Sandale. Jetzt waren Hand und Knöchel wie von einem Handschuh geschützt. Er hievte sich auf Spider Kids Brust und deckte ihn mit einem Hagel von Faustschlägen ein. Spider Kids Augen verdrehten sich in den Höhlen. Wyatt hämmerte härter auf ihn ein. Das Blut spritzte.

Wyatt hatte keine Ahnung, wie viele Male er den Jungen traf. Drei Mal. Fünf Mal. Fünfzig Mal? Er hatte komplett die Kontrolle verloren. All die Wut, die Wyatt empfand, entlud sich. Wut, über die er sich gar nicht richtig klar gewesen war. Wut auf seinen Vater, weil er sie verlassen hatte. Auf seine Mutter, weil sie so schwach war. Auf Narcy, weil sie so eine Last war. Auf Derrick, weil er ihn hereingelegt hatte. Auf sich selbst, weil er alles hatte geschehen lassen. Und auf diesen Spider Kid und alle, die jemals versucht hatten, ihn auszunutzen – all das strömte aus ihm heraus und fand den Weg in seine Fäuste.

Vage nahm Wyatt wahr, wie sich die Zuschauer plötzlich zerstreuten und die Zellentür sich quietschend öffnete. Stiefeltritte hasteten herein. Hände rissen Wyatt von dem Jungen fort. Verbogen ihm Arme und Beine. Stopften ihn in eine dieser Zwangsjacken für den ganzen Körper, die auch Kopf und Hals einschloss. Dazu gedacht, einen durchgedrehten Zelleninsassen zu beruhigen, hatten sie jedoch normalerweise den gegenteiligen Effekt, einschließlich Panik, Platzangst und Hyperventilation. Es war, als würde man jemanden geradewegs bis zum Herzinfarkt quetschen. Oder einem Krampfanfall. Wie eine Motte mit abgerissenen Flügeln zappelte, wand und bäumte sich Wyatt – bis er schließlich ohnmächtig wurde.

# Kapitel 6

## JUNI 2017
## MILLERSVILLE COUNTY JUGENDGEFÄNGNIS, EINZELHAFTTRAKT

Der Riegel glitt zurück, eine Tür knarrte, gummibesohlte Schuhe näherten sich quietschend auf dem Stahlfußboden. Sie stoppten und drehten sich Wyatt zu. Er hielt die Augen fest geschlossen und rollte sich auf der Metallpritsche zusammen. Er dachte an zu Hause und das Etagenbett, das er mit seinem Bruder teilte. Er wünschte, er könnte einfach wieder dort sein. Sogar trotz Narcy.

»Aufstehen.« Die Vollzugsbeamtin trat gegen die Pritsche.

»Ich geh nicht auf die Krankenstation. Ich warte, bis der Arzt hier ist, um meinen Zahn in Ordnung zu bringen.«

»Bin nicht hier, um dich auf die Krankenstation zu bringen. Du hast Besuch.«

Wyatt wurde hellhörig. »Ist meine Mom hier?«

»Davon weiß ich nichts. Die verraten mir nicht, wessen Name auf der Liste steht. Bin nur gekommen, um dich zu holen.« Sie stemmte die Hände in die Hüften. »Besser du bewegst dich, sonst bin ich wieder weg.«

»Moment.« Wyatt schälte sich von der Pritsche und stand auf. Die Hosen schlackerten mehr als sonst. Das Essen in der Einzelhaft – ranzige Fleischwurst mit Gummibrot – war so ekelhaft, dass er tagelang nichts gegessen hatte. Er folgte der Beamtin einen Gang entlang, der von grellen Leuchtstoffröhren erhellt war.

Statt in den Besucherraum ging es in einen kleinen Besprechungsraum, der für vertrauliche Treffen der Insassen reserviert war. Entweder mit Anwälten, die sie rauspauken sollten, oder mit Polizeibeamten, die genau das verhindern wollten. Wyatt hatte keine Ahnung, ob ihn nun ein Rechtsanwalt oder ein Cop auf der anderen Seite der Tür erwartete.

»Da stehen bleiben.« Die Wärterin zeigte auf eine gelbe Bodenlinie gegenüber eines kleinen Rundfensters, das in Hüfthöhe in der Tür eingelassen war.

»Wenn du fertig bist …«, sagte sie und zog ihre ID-Karte durch das Lesegerät, »… komm ans Fenster, dann lass ich dich raus.«

Die Tür schwang quietschend auf.

»Du kannst jetzt reingehen«, sagte sie und verschwand den Gang hinunter.

Als Wyatt den Raum betrat, fand er einen einzelnen Besucher vor. Der Mann war groß, etwa vierzig Jahre alt, hatte wettergegerbte Haut und trug eine Sonnenbrille und einen dichten Bart. Er saß an dem kleinen Metalltisch in der Mitte des Raumes. Der Typ war athletisch. Er sah aus wie ein Gorilla, den man in einen dunklen, blitzblanken Anzug gestopft hatte. Der Stoff spannte sich an allen Ecken und Enden. Unter den Hemdmanschetten lugten Tattoos hervor. Er rutschte auf dem Sitz herum, um seine Körpermasse wenigstens einigermaßen unterzubringen. Er erinnerte Wyatt an einen Biker, der einen auf seriösen Wachmann machte. Oder an einen Mixed-Martial-Arts-Kämpfer, der sich für den Termin beim Haftrichter extra in Schale geworfen hatte. Wyatt hatte keinen Zweifel, dass der Mann ein Cop war. Seine Instinkte sagten ihm, dass er auf der Hut sein musste. Kein Zweifel: Der Mann war mit Vorsicht zu genießen. Erschrocken zuckte Wyatt zusammen, als im nächsten Moment die schwere Zellentür krachend zuschlug.

Der Mann wies auf den Stuhl, der auf der gegenüberliegenden Tischseite mit dem Boden verschraubt war. »Nimm dir einen Stuhl. Wenn du es schaffst, dich zwischen die Armlehnen zu quetschen.«

Hatte er einen Witz gemacht? Wyatt setzte sich. Der Stuhl bot reichlich Platz.

Der Typ nahm die dunkle Sonnenbrille nicht ab und eine Weile starrte er Wyatt einfach nur an. Wyatt nahm wahr, dass sein Gesicht übel vernarbt war.

Die Wunden sahen frisch aus. Die Striemen auf der linken Wange waren immer noch rosa.

»Wyatt, ich komme gerade aus dem Krankenhaus, in das sie den Jungen gebracht haben, den du angeschossen hast. Little Ronnie ist sein Name, glaube ich. Die Ärzte meinten, er hatte 'ne üble Nacht. Sie glauben, er stirbt.«

Schlagartig fühlte sich das Metall des Stuhls kälter unter Wyatt an. Er fühlte sich plötzlich schwach und matt.

»Und der Junge, den du in der Zelle zusammengeschlagen hast«, fuhr der Mann fort. »Der mit den ganzen Tattoos. Dem geht's nicht viel besser. Einziger Unterschied ist, dass der Knallkopp hier jede Menge MS-13-Kumpel hat. Die brennen nur darauf, dass du aus der Einzelhaft kommst. Damit sie dich in die Finger kriegen.«

»Hätte ich der Polizei irgendetwas anderes zu erzählen, würde ich's tun«, sagte Wyatt. »Aber wenn ich gestehe, würde ich lügen. Ich habe auf niemanden geschossen. Und der Typ mit den Tattoos hat's verdient.«

»Also ich persönlich denke, dass dir übel mitgespielt wurde. Könnte sein, dass ich dir da mit einem Deal helfen kann.« Seine Stimme war leise, sachlich.

»Warum sollte ich der Polizei trauen, dass sie einen fairen Deal macht?«

»Wer hat gesagt, dass ich ein Cop bin?« Der große Mann lehnte sich zurück und verschränkte die Arme. Wyatt meinte zu hören, wie der Stoff sich spannte.

»Dann sind Sie also ... Anwalt?«, fragte Wyatt matt.

Der Mann gab einen langen Seufzer von sich. »Warum spielt es eine Rolle für dich, wer ich bin? Du solltest dir nur Gedanken darüber machen, was ich für dich tun kann ... und was du für mich tun sollst.«

Das geweckte Misstrauen brachte Wyatts Geist auf Hochtouren. »Und was genau wollen Sie?«

»Drei Monate.« Der Mann hielt drei dicke Finger in die Höhe.

»Und wofür?«, fragte Wyatt verblüfft. »Sorry, Mann. Aber ich kapier nicht. Was wollen Sie?«

»Drei Monate. Drei Monate deiner Zeit. Hier ist eine Verzichtserklärung.« Der große Mann zog ein dünnes Dokumentenblatt aus seiner Aktentasche und platzierte es vor Wyatt auf dem Tisch. Es sah aus wie die Speisekarte eines Nobelrestaurants – knochenweißes Papier, auf das oben ein edles Siegel geprägt war.

In der Mitte prangten in Gold die Buchstaben »CH« und eine Inschrift besagte: *United States of America – Department of Defense.*

Der Mann hielt Wyatt einen Stift hin. »Unterschreib das und wir können hier raus.«

**Ich, Wyatt Jennings Brewer, im Vollbesitz meiner geistigen und körperlichen Kräfte, erkläre mich einverstanden, mich einer dreimonatigen Internierung in Camp Honor zu unterziehen. Ich schwöre, die Existenz des Camps und**

alle darin stattfindenden Aktivitäten vertraulich zu behandeln. Jedwede Erwähnung des Camps und seines Programms wird mit Inhaftierung geahndet. Ich bin mir im Klaren darüber, dass meine einzige Kompensation in der Erfahrung selbst und der Möglichkeit besteht, nach einer Frist von neunzig Tagen wieder in die Gesellschaft zurückzukehren. Hiermit verzichte ich auf jedes Recht, die Regierung der Vereinigten Staaten, Camp Honor, dessen Mitarbeiterstab oder jedwede anderen Teilnehmer für körperliche oder seelische Verletzungen, Tod oder Verstümmelung während meiner Internierung verantwortlich zu machen.

Wyatt J. Brewer

»Wer sind Sie?«, fragte Wyatt, als er zu Ende gelesen hatte.

»Mein Name ist Sergeant Hallsy.«

»Und … was ist Camp Honor?«

»Ein Sommerprogramm für schwer erziehbare Jugendliche.«

Wyatt blickte auf. »Betrieben vom Verteidigungsministerium?« Er zeigte auf die Inschrift.

»An sich betreiben sie uns nicht. Sie finanzieren uns. Das Verteidigungsministerium verfügt über große Mittel und Budgets.« Der Mann grinste und enthüllte überraschend weiße Zähne. »Du solltest darüber vor Freude ausflippen.«

»Was soll das mit diesem Zeugs von Tod und Verstümmelung?« Wyatts Finger stieß auf das Blatt.

»Es ist eine Verzichtserklärung.« Der große Mann zuckte die Achseln. »So, als würdest du dir ein Fahrrad leihen oder in Disneyland eine Achterbahnfahrt machen.«

»Disneyland?«, schnaubte Wyatt. »Das hier hört sich eher nach so was wie einem Experiment an. Einem Ort, wo man gefoltert wird … oder einen orangen Overall verpasst bekommt und gezwungen wird, Müll aufzusammeln.«

»Kumpel, du steckst schon in einem orangen Overall«, stellte er fest und zeigte auf Wyatt. »Und würdest du nicht lieber draußen Müll vom Straßenrand klauben, wo dir der Wind um die Nase weht und du schön braun wirst?« Der Mann lehnte sich zurück und wartete. »Aber glaubst du wirklich, ich würde meine Zeit verplempern und einen Jungen aus dem Knast holen, damit er Zigarettenkippen und Bierdosen sammelt?«

»Was wär das denn für ein Job in Camp Honor?«

»Ich mag deine Neugier. Aber so funktioniert das nicht. Du willst es rausfinden? Dann musst du dich drauf einlassen!«

»Aber ich kann mich nicht einfach blind in irgendetwas reinstürzen«, protestierte Wyatt. »Hier zumindest weiß ich, was Sache ist: dass mir ein Gerichtsverfahren bevorsteht. Aber über das Programm weiß ich nichts. Über Sie weiß ich nichts. Ich meine, Sie haben mir Ihren Namen gesagt. Aber das könnte gelogen sein. Sie zeigen mir dieses Stück Papier da, aber …«

»Stopp! Hör zu. Es spielt nicht die geringste Rolle, ob du mich kennst oder nicht. Wie mein Name lautet. Was auf dem Papier steht. Oder was dich in Camp Honor erwartet. Vor dir liegt ein Leben im Knast – zum Teil hast du dir das selbst zuzuschreiben, zum Teil nicht. *Nichts* davon spielt eine Rolle. Der Weg, den du gewählt hast, hat dich an diesen Punkt gebracht. Es ist wie eine tiefe dunkle Grube, aus der du nicht entkommen kannst. Und da bin ich nun …« Er beugte sich zu Wyatt vor und blickte ihn über die Sonnenbrille hinweg an. Endlich konnte Wyatt seine Augen sehen. »… deine Brücke. Ich biete dir einen Weg aus der Grube hinaus in die Freiheit.« Er bewegte die Hand über den Tisch und tippelte mit zwei Fingern darüber. Eine Spur von Fingerabdrücken markierte den Weg. »Willst du den ersten Schritt machen oder nicht?« Er wischte die Fingerabdrücke mit seinem Jackettärmel fort.

»Drei Monate«, überlegte Wyatt. Drei Monate wo auch immer waren besser als drei Monate im Jugendknast. »Und dann bin ich frei? Ich kann nach Hause gehen?

»Genau wie es in der Verzichtserklärung steht«, antwortete der Mann und wies aufs Papier. »Ende des Sommers bist du pünktlich zu Schulbeginn wieder zurück und lässt dir Cheeseburger und Chicken Nuggets in der Kantine schmecken.«

Wyatt nahm den Stift, holte tief Luft und überlegte, was er machen sollte. Es ist nur ein Stück Papier. Ich kann jederzeit abhauen ... Und was soll dieser Hallsy-Typ schon dagegen machen? Mich verfolgen? Viel Glück!, schossen Wyatt die Gedanken durch den Kopf. Dann kritzelte er seinen Namen aufs Papier.

Grinsend ließ Hallsy das Dokument zurück in seine Aktentasche gleiten. Wortlos stand er auf. Er fischte seine ID-Karte aus der Tasche und zog sie durch das Lesegerät an der Tür. Erneut öffnete sie sich mit einem Quietschen. Er blickte zu Wyatt zurück. Lachfältchen umspielten seine Augen. »Wartest du noch auf jemanden?«

»Die Wärter«, sagte Wyatt.

»Warum?«, fragte Hallsy nur.

»Gibt's da nicht noch irgendwelchen Papierkram? Einen Termin beim Richter? Um irgendeine Erlaubnis zu kriegen? Und was ist mit meinen Sachen?«

Hallsy hob eine Augenbraue. »Richter? Der kann dir jetzt

auch nicht helfen.« Mit diesen Worten trat er hinaus und verschwand.

Die Tür blieb auf. Nach einigen Augenblicken stand Wyatt auf. Er sah sich um – voller Furcht, dass man ihn in eine Falle lockte. Er lugte durch das Fenster der Tür, durch die Hallsy gerade gegangen war. Die Wärterin, die ihn über den Gang geführt hatte, war nicht zu sehen. Niemand war da. Niemand passte auf.

Noch einmal blickte Wyatt durch die Tür. Offen lag sie vor ihm – dunkel, geheimnisvoll. Und rief nach ihm.

# Kapitel 7

APRIL 1984
MIAMI, FLORIDA

Das letzte Mal, dass Wil Degas seinen Freund Chris Gibbs zu sehen bekommen sollte, war im Biltmore Hotel in Coral Gables, einem Vorort von Miami. In den Stunden und Tagen nach der Flucht von der *La Crema* hatten Claudia Degas und ihre Anwälte die US-Regierung um politisches Asyl gebeten und sich abgestrampelt, das Familienvermögen der Degas' zu schützen. Ein fruchtloses Unterfangen. In der Zwischenzeit hatten sich Wil und Chris in Wils Zimmer verkrochen. Bei zugezogenen Vorhängen lebten sie von Minibar und Zimmerservice, während sie die Zeit mit endlosen Runden Donkey Kong, Duck Hunt, Tetris und Hogan's Alley verbrachten.

Wil hatte die Zimmermädchen ausgesperrt. Überall im Raum türmten sich Tablets, dreckiges Geschirr, Servietten und Snackverpackungen. Ebenso wie die Tageszeitungen, die die Jungs nach Neuigkeiten von Wils Vater durchforsteten. Der Colonel wurde für tot gehalten. Den Vermutungen nach dümpelte er irgendwo im Karibischen Meer umher. Aber bisher hatte man noch keine Leiche geborgen.

Was das Verschwinden des Colonels anbelangte, so waren drei grobe Theorien aufgekommen. Die erste wurde vor allem von den Behörden der USA und den Bahamas vertreten. Demnach war der Colonel im betrunkenen Zustand aus Versehen ertrunken. Vor allem mittel- und südamerikanische Nachrichtenquellen warteten mit einer alternativen Theorie auf. Diese ging von einem Attentat aus, hinter dem eine ausländische Macht wie die USA steckte – oder ein Verräter wie Pablo Gutierrez, Sicherheitschef und Nummer zwei des Colonels. Was durchaus einen gewissen Sinn ergab. Denn kaum hatte er seine Rivalen auf der *La Crema* kaltgemacht, hatte er den Colonel in Windeseile als mittelamerikanischen Paramilitär-Topgangster ersetzt.

Die dritte Theorie war der Liebling der Klatschpresse. Sie ging davon aus, dass Claudia Degas ihren Ehemann betäubt und über Bord geworfen hatte. Einige Blättchen spekulierten sogar, dass Wil ihr dabei geholfen hatte.

Wils persönlicher Theorie nach hatte einer der Männer seines Vaters, höchstwahrscheinlich Pablo, seinen Dad ermordet, um an die Macht zu kommen.

Drei Tage lang sprachen die Jungs kaum etwas. Die meiste Zeit verbrachten sie mit Videospielen, lasen Zeitung und warteten. Warteten auf Neuigkeiten und den gefürchteten Moment, an dem Chris' Eltern aus New Hampshire kommen würden, um ihn nach Hause zu holen. Der Verlust von Chris war für Wil mit seinen fünfzehn Jahren bei Weitem die dunkelste Bedrohung am Horizont. Weitaus dunkler, als Einzelheiten vom Tod seines Vaters zu erfahren, dunkler, als sein Familienglück zu verlieren, und dunkler, als niemals in sein Heimatland zurückzukehren. Schon seit ihren ersten Tagen auf dem Internat war Chris zu einem Vertrauten geworden, zur einzigen Quelle von Licht und Glück. Für Wil waren sie inzwischen mehr als beste Freunde. Sie waren Überlebenskameraden. Blutsbrüder. Und jetzt, in diesem abgedunkelten und vermieften Hotelzimmer, war Chris für ihn erneut die einzige Quelle des Lichts. Eine Quelle, die sich schnell trübte.

Als der Tag schließlich kam, starrten die beiden auf das klobige Zimmertelefon. Eine orangefarbene Anrufleuchte blinkte vor sich hin, während es klingelte und klingelte.

»Könnte der Zimmerservice sein«, sagte Chris hoffnungsvoll und warf einen Blick in die Ecke, wo sich Teller, Gabel, Messer und Tabletts türmten. »Wir haben das halbe Hotelbesteck hier.«

»Wünschte, es wär so«, antwortete Wil traurig. »Ich hab das mal durchgerechnet. Vom Haus deiner Eltern zum Biltmore sind es 2500 Kilometer. Das sind gut vierundzwanzig Stunden Autofahrt. Angenommen, sie können am ersten Tag sechs Stunden fahren, zwölf am zweiten und sechs heute Morgen nach dem Frühstück, plus einem Halt fürs Mittagessen – dann wären sie um 15 Uhr hier. Jetzt ist es 15 Uhr 30. Ich wette, sie hatten ein langes Mittagessen. Oder dein Dad hat heute Morgen dauernd auf die Schlummertaste gehauen.«

»Dann geh ich einfach nicht ran«, sagte Chris und ließ den Anruf auf die automatische Rufannahme überspringen. Das Telefon schwieg einige Sekunden. Dann klingelte es erneut.

Wil seufzte. »Kannst genauso gut rangehen. Die werden einfach kommen und dich holen, wenn du's nicht tust. Und ich will keinen sehen, wenn das okay für dich ist.«

»Bist du sicher?«

Wil nickte. Chris nahm den Hörer ab und sagte Hallo. Wil konnte Chris' Eltern am anderen Ende der Leitung hören. Seine Mutter war aufgeregt. Sie hatte Tränen in der Stimme, aber klang erleichtert. Chris' Eltern fragten, ob sie hochkommen sollten, um ihn zu holen. Er sagte Nein und dass er gleich unten wäre. Dann legte er auf.

Wil jagte derweil durch die Kong-Level. Eifrig klackerten seine Finger auf der Fernbedienung. Chris sammelte seine Sachen zusammen und trat in das bläuliche Licht neben dem Fernseher. Aber Wil blickte nicht von seinem Spiel auf.

»Wir sehen uns in einigen Wochen in der Schule«, sagte Chris.

In Wils Augen schimmerten Tränen, während er mit dem Blick Kong folgte. »Hoffentlich. Keine Ahnung … Ich habe keine Ahnung, was als Nächstes passiert.«

»Spielt keine Rolle«, tröstete Chris ihn. »Wo immer du auch hingehst, wir bleiben in Kontakt. Ich versprech's. Ich komm dich besuchen.«

»Und wo? Du weißt ja gar nicht, wo ich sein werde. Genauso wenig wie ich. Nicht mal Mom weiß das.«

»Wo immer es sein mag, ich werde kommen. Ich werde immer dein Freund sein, Wil. Ich schwöre.«

Endlich blickte Wil vom Fernseher auf. »Okay. Wünsch mir Glück, Chris. Ich werd's brauchen.«

Chris kniete sich neben seinen Freund und reichte ihm die Hand.

Wil schüttelte sie matt. »Warte«, sagte er. »Bevor du gehst, will ich noch was machen.« Er fischte ein Steakmesser aus dem Besteckberg. »Wir werden Brüder sein …« Er richtete die schmutzige Messerklinge nach unten. »Zockerbrüder.« Wil ritzte seine Initialen auf der Oberseite seines Nintendo ein und fügte das Datum hinzu: 14.04.1984. »Lass uns das nie vergessen.«

»Niemals.« Chris nahm das Messer und ritzte seine eigenen Initialen hinein: CMG.

Wil wandte sich wieder seinem Spiel zu.

Chris nahm seine Tasche auf. »Wil, versprich mir, dass du auch mal rausgehst. Verkriech dich nicht die ganze Zeit hier drinnen. Du brauchst frische Luft. Sonne. Dadurch wirst du dich besser fühlen.«

Wil verdrehte die Augen.

Chris' Stimme wurde ernst. »Nein, Kumpel. Das reicht mir nicht. Ich brauche dein Versprechen. Ich habe dir eines gegeben und nun will ich eines zurück. Oder ich zerr dich auf der Stelle aus dieser Bude, transportier dich auf der Schulter im Fahrstuhl nach unten und schmeiß dich in den Pool.«

Wil lachte. »Okay, okay. Ich verspreche es«, sagte er. »Vielleicht nicht heute. Vielleicht nicht morgen. Aber ich werde rausgehen. Ich schwöre.«

Wil drückte auf Pause. Die beiden umarmten sich und klopften sich auf die Schulter, kurz und knapp. Dann ging Chris in den Korridor hinaus.

Wil blickte Chris hinterher, bis ein Zimmermädchen aus einem Raum herauslugte und seine offene Tür sah. Eilig steuerte sie auf ihn zu. »Entschuldigen Sie, Sir. Kann ich …«

Wil schloss die Tür, legte die Kette vor und schmiss sich mit dem Controller wieder vor den Fernseher.

Ein paar Minuten saß er so in der Dunkelheit. Dann stand er auf und ging zum Fenster. Er zog die Vorhänge zurück und zuckte vor dem blendend grellen Licht Südfloridas zurück. Blinzelnd blickte er zum Zufahrtsrondell des Hotels hinab. Ein missmutig aussehender Mann vom Parkservice wartete neben einem rostigen Kombi mit New-Hampshire-Nummernschild. Wil sah ihm deutlich an, dass er sich das Trinkgeld schon so gut wie abgeschmiert hatte.

Chris' Dad kam zuerst. Er schmiss Chris' Tasche auf den Rücksitz und ging vorn um die Motorhaube herum. In puncto Biederkeit passte Mr Gibbs' Outfit perfekt zum Wagen: die Shorts bis über den Bauchnabel gezogen, zu knapp sitzendes Poloshirtimitat sowie über die beginnende Glatze gekämmte Haare. Er bewegte sich wie ein Kämpfer: geballte Fäuste, ausladende Schritte, eingezogenes Kinn, aufwärts gerichtete Augen. Zu Wils Überraschung und der des Manns vom Parkservice drückte ihm Mr Gibbs ein paar Scheine in die Hand. Wenigstens kein völliger Geizkragen, dachte Wil.

Chris' Mom sah aus, als wäre sie einer 50er-Jahre-Sendung entsprungen: eine passabel hübsche Lady mit rigoros frisiertem Haar und einem gepunkteten Kleid. Wil grinste bei dem Gedanken, wie verstört und fehl am Platz diese korrekte Lady sich in Miami fühlen musste. Chris machte seiner Mutter die Tür auf. Netter Zug, dachte Wil. Vornehm. Sie stiegen alle gleichzeitig ein. Er hoffte, dass Chris vielleicht noch einmal hochsah, um ihm zum Abschied zuzuwinken. Oder besser noch, um ihm zu sagen, dass er sich zu ihnen gesellen sollte. Stattdessen fuhren sie unter Ausstoß einer blauen Benzinwolke davon. Wil ließ die Vorhänge wieder zurückfallen und kehrte zu seinem Spiel zurück.

Wenige Tage später war Wil damit beschäftigt, sich selbst zu ermahnen: Du musst raus. An den Pool. In die Sonne. Du hast es Chris versprochen. Du hast versprochen, es zu tun.

Er fuhr mit den Selbstvorhaltungen fort, bis es an der Tür klopfte. Er war sicher, dass es seine Mutter war. Er würde ihr sagen, dass er an den Pool gehen würde und sie ihm nicht auf den Geist gehen musste. Sie wiederum würde sich über den Geruch beschweren, der aus der Tür in den Korridor drang. Um ihn dann bitten, die Zimmermädchen zum Saubermachen reinzulassen.

Aber als er die Tür aufmachte, stand seine Mutter einfach nur da, mit Tränen in den Augen. »Ich habe traurige Nachrichten«, sagte sie.

Wil vermutete, dass es um seinen Vater ging. Aber was sie ihm zu sagen hatte, war viel schrecklicher als alles, was er erwartet hatte. Es hatte einen Unfall gegeben. Der Scheißkombi der Gibbs hatte es schon den ganzen Weg bis nach Virginia geschafft, als sie von einem Sturm überrascht wurden. Mr Gibbs beschloss, sich trotzdem durchzukämpfen. Und verlor die Kontrolle über den Wagen, als sie während einer Blitzflut eine Brücke überquerten. Auf dem Asphalt blieben nichts als Bremsspuren zurück. Doch der Wagen verschwand im Fluss.

»Niemand hat überlebt«, flüsterte Claudia.

Wils Reaktion war schlimmer, als selbst seine Mutter erwartet hätte. Schaum trat aus seinem Mund. Er fiel, krampfte, plumpste auf den Boden, erschlaffte – und wand sich wie ein Wurm …

# TEIL ZWEI

# Kapitel 8

**JUNI 2017**

**NORDAMERIKANISCHE WILDNIS, AN EINEM UNBEKANNTEN ORT**

Verwirrt erwachte Wyatt auf kaltem, hartem Stahl. Warum war er wieder zurück in seiner Zelle? Aber die Luft roch anders … frisch, und kälter als gewohnt. Und sie bewegte sich, blies über seine Haut. Der Stahlboden kippte.

Wyatt öffnete die Augen und sah nichts als Schwärze. Etwas bedeckte sein Gesicht, nahm ihm die Luft. Er zog es weg. Ein Schlafsack. Licht blendete ihn. Er sah nur grau-grüne Schemen und einen weißen Würfel. Der Boden kippte zurück.

Er riss sich zusammen. Spannte die Muskeln. Blinzelte, bis sich die Augen auf etwas fokussierten … Was sah er da? Der Würfel entpuppte sich als Palette mit Lebensmitteln: Schachteln mit Konserven, Frühstücksflocken, Toilettenpapier. Einen Meter achtzig hoch gestapelt. Alles in Plastikfolie gewickelt und auf der Palette verzurrt. Darüber ein schiefergrauer Himmel. Ein Streifen aus gelblichem Morgenlicht kämpfte sich hinter einem Bergkamm hervor, der mit hohen Kiefern bewachsen war. Sie ragten aus einem tief hängenden Nebel heraus, der sich wabernd wie Trockeneisgas über eine silberne Wasserfläche ergoss. Er sah Wellen.

Er war auf einem Boot. Eine vage Erinnerung regte sich in ihm. Hallsy hatte ihn aus einem Auto gehievt und auf einen Schlafsack gelegt.

Ein Motor tuckerte vor sich hin. Ein scharfes Lachen durchschnitt die morgendliche Stille. Wyatt stemmte sich auf die Ellenbogen. Er reckte den Kopf und erblickte ein Ruderhaus. Er rappelte sich vollends vom Deck auf. Sein Körper fühlte sich mürbe und wund an. Aber gleichzeitig war er irgendwie auch zutiefst erfrischt. Seit Monaten hatte er nicht mehr so lange und fest geschlafen. Vielleicht sogar noch nie.

Langsam schleppte er sich über das flache Bootsdeck zum Ruderhaus. Drinnen stand Hallsy und lehnte sich gegen die einzige Sitzbank. Er trank Kaffee und begrüßte ihn mit einem Grinsen.

Neben Hallsy stand ein großer, stämmiger Indianer. Er trug ein rotes Flanellhemd. Auf seiner Pferdemähne aus pechschwarzem Haar thronte eine Baseballmütze der Toronto Blue Jays.

»Wo sind wir?«, fragte Wyatt.

»Er ist wach«, stellte Hallsy fest und ignorierte die Frage. Er wies auf den Indianer neben sich. »Wyatt, darf ich vorstellen: Mackenzie.«

»Angenehm«, sagte Mackenzie. Aus zusammengekniffenen Augen musterte er Wyatt über den Becherrand hinweg. »Du solltest sehen, dass sich das mal jemand anguckt.«

»Wie?«, murmelte Wyatt, immer noch wackelig auf den Beinen.

»Da tröpfelt Blut aus deinem Mund.« Mackenzie deutete mit gesenktem Becher auf Wyatts Brust. Wyatt blickte an sich hinab und stellte fest, dass sich unterhalb des Halses blutige Spucke in einer Falte seines Overalls sammelte. Er tastete mit der Zunge an dem Zahn herum. Er wackelte und fühlte sich danach sogar noch loser an als zuvor.

Hallsy klopfte Wyatt auf den Rücken. »Später wird ein Sanitäter da sein. Vielleicht kann er ihn retten. Wenn nicht, reiß ihn einfach raus.«

»Ne, der Zahn ist sowieso Geschichte.« Mackenzie wühlte in einem Haufen aus Karten und Zetteln herum, der sich hinter dem Steuerrad türmte. »Nimm das.« Er präsentierte ein versifftes Stück Angelschnur. »Kannst ihn selbst rausziehen. Faden. Schlinge. Türknauf. Plopp.«

»Mir gefällt diese Option«, sagte Hallsy.

Wyatt wurde schummrig. Er tastete nach Halt. »Ich warte auf den Sanitäter.«

»Wie du willst.«

Mackenzie steuerte das Boot eine Weile weiter vor sich hin. Dann hob er den Kopf und spähte zum Himmel. »Der Nebel verzieht sich bald.« Sein langes schwarzes Haar begann sich zu kräuseln, als eine Windbö eine starke Brise mit sich brachte. Der Nebel, der über dem Boot hing, teilte sich und gab den Blick auf eine große Insel frei.

Mackenzie zeigte mit dem Kaffeebecher drauf. »Da sind wir.«

Die Insel war dicht bewaldet. Im Dunst zeichneten sich Kiefern und spinnengliedrige Zedern ab. Von der Küste aus vorspringend, zogen sie sich steil hangaufwärts. Hinter einem hohen, fernen Bergkamm stieg Rauch empor. Oder war es Nebel? Es war schwer zu sagen.

Sie umrundeten eine felsige Halbinsel und fuhren in eine halbmondförmige Bucht ein. Ein Sandstrand und ein breiter Bootsanleger aus Beton kamen in Sicht. Unweit vom Ufer erhoben sich hügelaufwärts eine weiß-rot gestrichene Lodge und eine Reihe weißer Hütten. Eine amerikanische Flagge flatterte in der Brise und das Sonnenlicht, das nun durch den bedeckten Himmel brach, ließ sie geradezu erstrahlen.

T-Shirts und Handtücher hingen von Wäscheleinen und am

Strand lagen Kanus kieloben. Der Sand war wie von Pockennarben mit Fußspuren übersät. Am Ende des Anlegers verkündete ein einfaches, an einen Pfosten gehämmertes Schild: CAMP HONOR. Doch merkwürdigerweise sah Wyatt keine Menschenseele.

Dafür roch es nach Essen: Frühstück … Schinkenspeck und Ahornsirup. Es musste Essenszeit sein. Das letzte Essen, das Bekanntschaft mit seinen Lippen gemacht hatte, war auf ein Tablett geklatscht und durch einen Türschlitz in die Zelle geschoben worden. Beim Duft des zünftigen Frühstücks schien sein Körper fast in sich zusammenzuklappen. Wyatts Magen knurrte nicht nur, er schrie förmlich.

Mackenzie sah ihn mit hochgezogener Augenbraue an. »Kohldampf, was?«, sagte er und legte den Rückwärtsgang ein. Vorsichtig glitten sie an den Anleger. Mackenzie warf eine Tauschlinge um einen Pfosten und hielt das Boot fest. »Willkommen in Camp Honor, Wyatt. Ich wünsche dir viel Glück.«

»Wird er brauchen.« Hallsy huschte an Wyatt vorbei, schleuderte sich einen riesigen Rucksack auf den Rücken und trat auf den Anleger hinaus. Wyatt folgte mit schwankenden Schritten. Denn nach der Schaukelei auf dem Boot musste sich sein Körper erst wieder an festen Boden gewöhnen.

Hallsy steuerte geradewegs den kleinen Hügel hinauf zur Lodge. Wyatt eilte hinterher, während ihm der Schweiß den Rücken hinunterlief. Wie es schien, hatte der Tag schlagartig von kalt auf heiß gewechselt. Über eine Treppe gelangten sie auf die Veranda und schoben sich durch eine Fliegengittertür.

Die Lodge war in drei Bereiche unterteilt. Unmittelbar zu Wyatts Linken erstreckte sich ein einfacher Speisesaal mit langen Holztischen. Dahinter schloss sich ein großer, höhlenartiger

Raum mit riesigem Kamin und Versammlungsbereich an. Er war mit Bärenfellteppichen und allerlei Erinnerungsstücken dekoriert: Schneeschuhen, Feuersteinmessern, Kanupaddeln und Collegewimpeln. Geradeaus waren die Küche sowie der Wartungsbereich. Eine Saloon-Schwingtür führte dort hinein. »IN« stand auf einem Türflügel, »OUT« auf dem anderen. Und direkt zu seiner Rechten befand sich eine Wand mit lauter Fotos.

Wyatt blickte sich suchend um und stellte fest, dass die Lodge komplett verlassen war. Die Tische waren abgeräumt und sauber gewischt. Nur der Duft nach Frühstück und Reiniger hing in der Luft.

Hallsy sah auf seine Uhr. »Verdammt. Das Frühstück haben wir knapp verpasst. Schätze, wir warten dann bis zum Mittagessen.«

Ungewollt gab Wyatt ein Stöhnen von sich.

Hallsy blickte ihn mitfühlend an. »Halb so wild. Hier lang.« Er steuerte auf die Küche zu und Wyatt folgte. Unauffällig warf Wyatt einen Blick auf die Fotos, die rechts an der Wand hingen: lauter Porträts von Teenagern und unter jedem eine Plakette.

Auf den Plaketten waren keine Namen eingraviert, sondern jeweils nur ein Jahr und ein kurzer Satz. Für jedes Jahr hing ein Foto an der Wand und die Reihe ging zurück bis 1941. Wyatt las eine Inschrift.

**1987**

**BEWIES UNTER EXTREMEN BEDINGUNGEN BEMERKENSWERTEN MUT, EINEN KÜHLEN KOPF UND GROSSE FÜRSORGE FÜR IHRE CAMP-KAMERADEN**

»Wer sind die?«, fragte Wyatt und zeigte auf die Porträts.

»Das ist die Ehrenwand. Der beste Camp-Teilnehmer eines Sommers bekommt eine Plakette.«

Wyatt fiel auf, dass einige Porträts wie von einem Schleier mit durchscheinendem, schwarzem Stoff verhängt waren. »Warum sind einige Fotos verhüllt?«

»Ist das Foto verhüllt, heißt das, sie sind von uns gegangen.«

»Sie meinen tot?«, fragte Wyatt.

Hallsy schob sich durch die »IN«-Tür. »Komm schon. Hier lang gibt's was zu essen.«

Kaum hatte er die Nase in die Küche gesteckt, nahm Wyatt neue Gerüche wahr: Knoblauch, Fisch und Sauerteigbrot. Und endlich sah er Leute, allerdings keine Camper. Im Hintergrund war ein alter Punker in Tanktop und Schürze dabei, Knoblauch kleinzuhacken und Fisch zu filetieren. Aus einem Kopfhörer hämmerten ihm die Sex Pistols »God save the Queen« in die Trommelfelle. Er trug einen kurzen Iro auf dem Kopf, hatte ein Ohr voller Ring-Piercings und wirkte indianisch. Mit der schrillen Musik im Ohr war es kein Wunder, dass er Wyatt und Hallsy nicht kommen hörte. Etwas näher zu ihnen stand eine ältere Frau. Über ein hölzernes Schneidebrett gebeugt, rollte sie gerade Teig aus.

»Entschuldigen Sie, Mum«, sagte Hallsy mit größerer Höflichkeit, als Wyatt bisher an ihm festgestellt hatte. »Ist noch was vom Frühstück übrig, das wir eventuell haben können?«

»Hab das letzte gerade in die Komposttonne geschmissen.« Ohne aufzublicken, wies die alte Frau mit dem Kinn auf eine riesige Mülltonne – in der die Überreste eines herrlichen Brunchs mit Eierschalen, Schinkenspeckfett und Dreck vermengt waren.

Schlimmer noch: Auf das Ganze waren die Reste von Industriekaffeefiltern gepfeffert worden, sodass über allem ein kleiner Berg aus Kaffeesatz lag.

»Eric«, fuhr die alte Lady fort, ohne aufzublicken, »mit Sommerbeginn sollen wir alles dransetzen, die regulären Essenszeiten einzuhalten. Du solltest es besser wissen, als so was zu fragen.«

»Sie haben recht. Entschuldigen Sie, Mum.« Hallsy schlenderte zum Mülleimer hinüber. »Was dagegen, wenn wir da ein bisschen herumstöbern?«

»Im Müll? Nur zu.«

Hallsy stocherte im Essenberg herum. »Komm schon. Du wirst dir auch was in den Bauch schlagen wollen, glaub mir. Wir haben 'ne kleine Wanderung vor uns.« Er fegte eine Lage Kaffeesatz beiseite.

»Ich warte bis zum Mittag.«

»Wie du willst, Wyatt.«

Die Frau hörte auf, den Teig auszurollen. Sie blickte sich zu ihnen um und blies ein paar graue Haarsträhnen weg, die ihr in die Augen gefallen waren. »Du bist also Wyatt?«, sagte sie.

Hallsy fischte einen halb gegessenen Keks aus der Tonne. »Höchstpersönlich!« Er blies ein paar Eierschalenreste weg und nahm einen Bissen.

Die alte Lady wischte die Hände an ihrer Schürze ab. »Ich habe mich schon gefragt, wann du zu uns kommst.« Sie trat an den Ausgabetresen und streckte eine knochige Hand aus. »Du kannst mich Mum nennen.«

Wyatt nahm ihre Hand. Sie hatte dünne Pergamenthaut, die sich über arthritisch geschwollene Knöchel spannte.

»Ich bin die Frau des Direktors«, erklärte sie. »Mein Job ist es aufzupassen, dass auf alle achtgegeben wird und jeder was zu essen kriegt – zumindest während des Aufenthalts im Camp.«

Ihre großen, wässrigen blau-grauen Augen musterten Wyatt von Kopf bis Fuß und blieben schließlich an seinem Gefängnisoverall hängen – an dem Blutrinnsal, das sich von seinem lädierten Gesicht die Brust hinabzog. »Und wie es aussieht, kannst du etwas Fürsorge gebrauchen. Ich sag dir was. Gib mir ein paar Minuten und ich zaubere etwas zusammen.«

Hallsy schmiss seinen Keks in den Müllhaufen und spuckte aus. »Nett, dass Sie das jetzt schon sagen!«

Das »Etwas«, das Mum zusammenzauberte, stellte sich als wahres Frühstücksfest heraus: fluffige Rühreier, Schinkenspeck, frische Buttermilchbiscuits mit Soße und Marmelade. Wortlos schaufelte Wyatt das Essen in sich hinein, kaute und schluckte selig. Hallsy tat dasselbe.

Keiner von beiden schien zu bemerken, dass Mum die Küche verlassen hatte und mit einem Arm voll Kleidung zurückgekommen war. »Während der Jahre vergessen die Camper gerne mal ein paar Sachen«, sagte sie und legte den Haufen neben Wyatt auf dem Tisch ab: eine Cargo-Shorts, einen Gürtel, Unterwäsche, Socken, ein Paar Duck Boots von L. L. Bean und etwas, das wie ein original Tony-Hawk-T-Shirt aussah – aus robustem, rot kariertem Wollstoff, so wie auch Mackenzie eins trug.

Die Sachen waren sauber und sorgfältig zusammengefaltet. Allerdings sahen sie alt aus und rochen etwas muffig. Dem Tony-Hawk-T-Shirt nach zu urteilen, waren sie vielleicht an die dreißig Jahre alt.

»Dieses T-Shirt ist ja total vintage«, staunte Wyatt. »Sind Sie sicher, dass ich es tragen soll?«

Mum machte ein finsteres Gesicht. »Tut mir leid, dass die Sachen nicht der neuesten Mode entsprechen.«

»Nein, so meine ich es doch nicht«, versicherte Wyatt, dem klar wurde, dass er die Frau beleidigt hatte. »Das T-Shirt ist supercool! Tony Hawk ist eine Legende. Was ich meine ist, dass das Shirt eben vintage ist. Ich kenne Typen, die so was sammeln – oder es jedenfalls versuchen. Bei eBay ist es … bestimmt zweihundert Dollar wert. Vielleicht mehr. Ich könnte es für Sie verkaufen.«

»Dafür wirst du keine Zeit haben«, sagte sie lächelnd. »Wenn es dir passt, solltest du es tragen. Los, probier's an.«

»Okay.« Wyatt machte den Reißverschluss seines Overalls auf, froh, da herauszukommen. Er zog das T-Shirt an. Es saß genau so, wie er es mochte. Ein wenig locker. Aber genau richtig. »Perfekt«, sagte er. »Aber wenn Sie Ihre Meinung ändern, lassen Sie mich es wissen.«

»Klar.« Mum nickte. Sie wandte sich wieder der Küche zu und wollte zu ihrem Tisch zurück, als sie zögerte.

»Das könnte dir vielleicht auch gefallen.« Sie zog etwas aus ihrer Schürze hervor: ein Jagdmesser in einer Lederscheide. Es war alt und besaß einen Perlmuttgriff. Jemand hatte es gut gepflegt. Das Leder war weich und die Klinge rasiermesserscharf.

»Mum, das können Sie nicht tun«, protestierte Hallsy. »Er hat sich noch nicht einmal qualifiziert!«

»Das wird er«, antwortete sie. »Da bin ich sicher.«

Hallsy schüttelte den Kopf. »Der Morgen ist noch nicht mal rum und Sie verwöhnen ihn schon.«

Hallsy verließ die Küche und betrat einen Schotterweg, der auf den imposanten Berg in der Inselmitte zuführte. Wyatt folgte ihm und äugte nach rechts zu den Hütten. Dort nahm er weitere Lebenszeichen der anderen Camper wahr: Klamotten, die über Verandabrüstungen hingen; Rucksäcke, die gegen Türöffnungen lehnten; Zelte, die auf einem Flickenteppich von Sportplatz zum Trocknen ausgebreitet waren; und eine Feuerstelle, die noch leicht vor sich hinkokelte. Aber immer noch keine Spur von den Campern selbst.

Die Sonne brannte heiß vom wolkenlosen blauen Himmel herab. Wyatt war erleichtert, als der Weg sich im schattigen Wald fortsetzte. Zwischen üppig wachsendem, hüfthohem Farn und hohen Kiefern ragten riesige Felsbrocken hervor. Der Waldboden war von einem dicken Teppich abgefallener Tannennadeln bedeckt.

Sie bewegten sich schnell voran. Und obwohl die Luft im Wald kühler war, zog Wyatt schließlich sein neues langärmliges Shirt aus und band es sich um die Hüfte. Er spürte, wie die Messerscheide im Gehen wippte und sanft gegen seine Seite stieß. Er hatte sie am Gürtel befestigt, den Mum ihm gegeben hatte. Dabei war ihm eine abgewetzte Stelle aufgefallen. Eine dicke Kerbe im Gürtelleder, wo irgendwann zuvor bereits ein Messer samt Scheide gehangen und sich in das Leder gedrückt hatte. Gut möglich, dass diese Kerbe von einem anderen Messer stammte. Aber das glaubte Wyatt nicht. Sowohl die Kleidung als auch das Messer gehörten einst demselben Camper. Da war Wyatt sich ziemlich sicher.

Das Gelände, das sie durchquerten, wurde nach und nach steiler. Die Felsbrocken kamen immer häufiger vor und machten schließlich Felswänden Platz. Sie marschierten gerade auf eine solche Wand zu, als dort plötzlich ein Mädchen um die Ecke bog. Sie rannte auf dem schmalen Pfad hinab direkt auf sie zu. Endlich ein Camper, dachte Wyatt. Und noch dazu ein ziemlich süßer: hochgewachsen, dunkles Haar, etwa siebzehn Jahre alt, knappe Laufshorts, Tanktop. Sie trug einen Gegenstand, den sie sich an einem Riemen über die Schulter geschlungen hatte. Es sah aus wie eine Yogamatte oder ein Schlafsack.

»Morgen, Dolly«, begrüßte Hallsy sie.

»Guten Morgen, Sergeant Hallsy.« Das Mädchen wies mit einem Nicken auf ihre Schulter. »Gerätefehlfunktion. Bin gleich wieder zurück.«

»Roger.«

Im Laufschritt setzte sie sich wieder in Bewegung und kam mit misstrauischen Blick auf Wyatt zu. Als sie näher kam, konnte er ihr Gesicht deutlicher erkennen. Er sah nun, wie außerordentlich schön sie war, umwerfend schön sogar. Nie hätte er erwartet, so jemanden in einem Camp für schwer erziehbare Jugendliche zu treffen.

»Würde es dir was ausmachen, ein bisschen Platz zu machen?«, sagte sie. Sie wies mit einem Nicken auf den Pfad, wo Wyatt ihr den Weg versperrte. Wyatt wurde rot, als ihm klar wurde, dass er stumm wie ein Pfosten dastand und sie anglotzte.

Er trat beiseite. Als sie an Wyatt vorbeiflitzte, sah er, was sie auf der Schulter trug. Es war … eine Bazooka.

Moment mal, dachte Wyatt. Hab ich richtig gesehen? Sie kann doch keine Bazooka tragen.

Er blickte sich nach Dolly um, die weiter den Pfad hinunterrannte. Auf ihrer Schulter thronte eine grün-schwarze, über einen Meter lange Röhre. Sie war mit Zielvisier, Handgriff, Abzug und Schulterriemen ausgestattet. Wyatt hatte so was schon viele Male in den Berichten über Afghanistan und den Irak gesehen. Oder in den Kriegsfilmen, die er sich mit seinem Dad angeschaut hatte. Und nun tatsächlich auch bei dieser Dolly da, die aussah, als wäre sie den Seiten eines Reebok-Kataloges entsprungen … Lässig, als wär's nichts anderes als eine Yogamatte, ließ sie eine Waffe über die Schulter baumeln, mit der man ein Flugzeug vom Himmel holen konnte.

»Mach den Mund zu, bevor noch Fliegen reinkommen«, rief Hallsy zurück, der bereits weitergangen und hinter der Felsecke verschwunden war. Wir müssen uns beeilen.«

»W… war das etwa eine Bazooka?«, stammelte Wyatt, als er Hallsy eingeholt hatte.

»Stinger-Rakete.«

Bevor Wyatt etwas sagen konnte, schnitt Hallsy ihm das Wort ab. »Spar dir deine Fragen … Schon bald wirst du weitere haben. Glaub mir.«

Mit Hallsys langen Schritten mitzuhalten, hatte Wyatt ganz schön ins Schwitzen gebracht. Daher war die frische Brise sehr willkommen, die plötzlich nahe des Berggipfels einsetzte. Die Kühle war eine Wohltat für die erhitzte Haut und die brennenden Lungen. Unter ihnen erstreckte sich in der Ferne ein endloser Flickenteppich aus grünen Inseln und blauem Wasser. Sie befanden sich inmitten eines riesigen, größtenteils unbewohnten Inselmeeres. Beim Unterschreiben der Verzichtserklärung hatte er geglaubt, immer noch abhauen zu können, falls die Dinge schlecht liefen. Doch jetzt, wo er auf diese Wildnis starrte, wurde ihm klar, dass Flucht unmöglich war. Es gab kein Zurück mehr. Was auch immer ihn in Honor erwartete: Er würde sich dem stellen und einfach weitermachen müssen.

Vor ihnen zog sich der letzte Bergkamm zum Gipfel hinauf.

Wyatt machte sich an den Aufstieg. Mechanisch und mit gesenktem Kopf setzte er einen Fuß vor den anderen – und wäre beinahe die nackte Felswand hinunter in den Tod gestürzt.

Der Kamm fiel jäh senkrecht in einen tiefen Abgrund ab. Wyatt taumelte zurück.

»Hoppla!«, sagte Hallsy und packte Wyatt am Tony-Hawk-T-Shirt. »Sachte, Kamerad.«

Wyatt erkannte, dass die Felswand in Wirklichkeit Teil eines zerklüfteten, ringförmigen Kesselrandes war – eines riesigen Kraters, der sich gut einen Kilometer tief in die Inselmitte hinabsenkte und einen Durchmesser von über drei Kilometern aufwies.

In der Umgebung von Millersville, wo er aufgewachsen war, hatte Wyatt mehr als genug Bergwerke gesehen.

»Ist das eine Tagebaugrube? Oder ein Steinbruch?«, fragte er.

»Ein Vulkankrater.« Hallsy kauerte sich über seinen Rucksack und trank etwas Wasser aus einer Flasche. »Die Insel, auf der wir uns befinden, ist ein alter Vulkan. Vor langer Zeit erloschen. Hoffen wir jedenfalls«, fügte er mit einem Augenzwinkern hinzu und reichte Wyatt seine Wasserflasche.

Wyatt trank und starrte in den Kraterkessel hinunter. Die zerklüfteten Felsseiten fielen steil in das Bassin hinab. Es war von üppigem Pflanzenwuchs überzogen und übersät von natürlichen Teichen mit kristallklarem Wasser. Mitten in das Grün hineingewoben waren ein Hindernisparcours, ein Schießplatz, ein Schwimmbecken, ein Fußballfeld, eine Kletterwand, eine Landepiste, ein Heliport, ein Sammelsurium von Militärfahrzeugen (Panzer, Jets, Drohnen, Strandbuggys usw.) und, ja tatsächlich: Camper. Wie die Ameisen wuselten sie über die Anlage.

»Was ist das hier?«, fragte Wyatt.

»Hab ich doch gesagt«, erwiderte Hallsy. »Ein Vulkankrater. Einige von uns nennen es auch die Zuckerschale.«

»Ich meine, was geht hier ab.«

Hallsy machte eine beschwichtigende Geste. »Warte einfach ab. Du wirst alles auf einmal erfahren.«

Sie hörten ein summendes Geräusch. Zuerst war es leise, doch dann wurde es schnell lauter. Wie ein Hovercraft kam eine riesige Drohne aus dem Krater geschossen.

Hallsy stöhnte. »Wächterdrohne. Keine Bewegung.«

Die Drohne sauste geradewegs auf Wyatt zu. Das war schon nervenaufreibend genug. Was Wyatt jedoch wirklich vor Angst fast zum Ausrasten brachte, war die kleine Kanone, die unter dem Bauch der Drohne montiert war. Sie bestand aus einem großkalibrigen Gewehr mit Trommelmagazin – eine fliegende Thompson-Maschinenpistole sozusagen, die direkt auf Wyatts Gesicht gerichtet war.

»Halt! Sie betreten widerrechtlich Eigentum der US-Regierung«, hallte es ihm von der Drohne entgegen … eine Stimme mit merkwürdigem Akzent.

Ein Projektil rotierte aus dem Magazin in die Patronenkammer.

»Hallsy«, flüsterte Wyatt voller Panik. »Was geht hier ab?«

Die Drohne fuhr fort. »Hände hinter den Kopf und runter, mit dem Gesicht auf den Boden. Sofort.«

Wyatt ließ die Flasche fallen. Das Wasser gluckerte heraus. Er riss die Hände hoch und begab sich Richtung Boden. Da trat Hallsy zwischen Wyatt und die Drohne.

»Avi«, sagte Hallsy in genervtem Ton. »Das ist ein neuer Camper. Er hat später angefangen. Also ist er noch nicht durch die Unterweisung. Nun mal locker!«

»Ich habe keine biometrischen Daten von diesem Individuum.«

»Ich weiß. Ich hab dir doch gesagt, dass er gerade erst angekommen ist.«

»Das ist kein Standardprotokoll. Wir müssen das lösen, sobald Sie im Basiscamp angekommen sind. Oder ich werde Ihnen Ihre Sicherheitsstufe entziehen.«

»Fein. Dann geh damit doch zum Alten.«

Die Drohne zog sich zurück, um gleich darauf auf Hallsy zuzuschwirren. »Setzen Sie Ihre Sonnenbrille ab«, sagte die Stimme mit dem seltsamen Akzent.

»Avi, willst du mich etwa scannen?« Hallsy gab ein gepresstes Lachen von sich und wich zurück. »Kumpel, du siehst doch: Ich bin's nur!«, fügte er mit gespieltem Lächeln hinzu. »Dein guter alter Kumpel Hallsy.«

»Mir egal, wie lange wir uns kennen. Ich habe keine Kumpel. So sorge ich für unsere Sicherheit und halte unsere Existenz geheim. Keine Bewegung.« Die Drohne schoss herab und blieb nur Zentimeter vor Hallsys Nase schweben. Hallsys Barthaare kräuselten sich im Wind der Drohnenrotoren.

Hallsy nahm die Sonnenbrille ab. Ein grüner Lichtstrahl kam aus der Drohne und glitt über sein rechtes Auge.

»Hallsy, beim nächsten Protokollverstoß wird mir nichts anderes übrig bleiben, als Sicherheitsmaßnahmen einzuleiten.«

»Ja, danke vielmals, Kumpel.«

»Es ist nicht meine Schuld, dass Sie nachlässig sind. Und Sie wissen besser als jeder andere, wozu Nachlässigkeit führen kann.«

Hallsy sah plötzlich wütend aus, richtig wütend. »Sag mir das ins Gesicht, wenn du dich nicht hinter einer Drohne versteckst.«

»Ja, aber sicher doch«, antwortete die Drohne. Dann drehte sie scharf ab und schoss in die Zuckerschale davon.

»Camp-Security ist nicht gerade meine Lieblingsabteilung.« Hallsy kickte einen Stein vom Boden. »Eines Tages schnappe ich mir noch mal eine von diesen Drohnen und fütter Avi damit.«

»Avi? Klang so, als hätte er einen Akzent«, sagte Wyatt.

»Gutes Ohr! War früher im Mossad.« Hallsy hob die Flasche vom Boden auf, wischte den Schmutz ab und schraubte wieder den Deckel drauf. »Israelischer Geheimdienst. Er ist unser neuer Sicherheitschef.«

»Neu? Hörte sich an, als würden sie sich schon lange Zeit kennen«, sage Wyatt.

»Ich habe ein wenig mit Avis Bruder zusammengearbeitet. Ging nicht gut aus.« Hallsy wandte den Blick in die Ferne. »Na egal, mach dir nichts aus Avis Mangel an Charme. Er ist sehr erfahren und diszipliniert. Wenn auch von Natur aus paranoid, tödlich und pedantisch. Keine spaßige Kombi. Komm schon. Es warten Leute darauf, dich kennenzulernen.« Hallsy warf sich den Rucksack über die Schulter und machte sich an den Abstieg.

Je tiefer Wyatt in den Kraterkessel kam, desto surrealer wurde es. Auf dem Fußballfeld nahm er ein zartgliedriges, etwa elfjähriges Mädchen wahr, das in einen heftigen Nahkampf mit einem Bären von Mann verwickelt war. Der Kerl musste bestimmt an die hundertzwanzig Kilo wiegen und versuchte, sie mit einem Baseballschläger zu erwischen. So hart er konnte. Eine Gruppe Kinder sah zu. Wyatt war ziemlich sicher – oder hoffte es zumindest –, dass der Mann nur ihr Ausbilder war. Denn er schlug mit solcher

Wucht auf sie ein, als würde er versuchen, ihr den Kopf wegzufetzen. Was angesichts der zarten Größe ihres Kopfes durchaus passieren konnte. Und trotzdem wich dieses Mädchen unerschrocken den Hieben aus und ging mit unglaublicher Geschwindigkeit auf ihn los, während sie ihm geschickt Schlag auf Schlag verpasste.

Auf der Schießbahn zeigte ein Ausbilder einem Jungen gerade, wie man einen Flammenwerfer bediente, indem er ein Auto abfackelte.

Ein paar Reihen weiter schleuderte ein junges Mädchen Handgranaten auf eine Lehmhütte, wie es sie mitten in Afghanistan gab.

Wyatt wurde schlagartig etwas klar. Das, was er vom Boot aus gesehen hatte – der Nebel oder Rauch, der über die Kammlinie gestiegen war – stammte von einem Dunstmix explodierender Handgranaten und brennendem Auto.

Als Hallsy und er sich einem Picknickbereich näherten, trafen sie auf ein Mädchen. Sie war etwa in Wyatts Alter, hatte kurze Haare und weiche Gesichtszüge. Sie stand tief über einen grob behauenen Holztisch gebeugt. Schweiß rann ihr von der Stirn in die Augen, während sie sich auf etwas konzentrierte, das sich vor ihr auf dem Tisch befand. Wyatt nahm an, es wäre ein Knoten oder irgendeine Art Puzzle. Aber er konnte es nicht erkennen.

»Was macht das Mädchen da?«, fragte er Hallsy.

»Schauen wir mal.« Hallsy ging näher und bedeutete Wyatt, ihm zu folgen. Sie hatten den Tisch fast erreicht, als eine Frau plötzlich von irgendwo aus den Schatten trat. Zuerst dachte Wyatt, es wäre Dolly, so ähnlich sah sie ihr. Dann erkannte er, dass sie älter und offensichtlich eine Ausbilderin war. Ebenso wie

Dolly war sie sehr hübsch und schien ausgezeichnet in Form zu sein. Aber sie hatte etwas Härteres an sich. Mit einer Stoppuhr in der Hand marschierte sie schnurstracks zum Tisch und wandte sich weder Hallsy noch Wyatt zu, um sie zu begrüßen.

Hallsy machte Wyatt ein Zeichen, stehen zu bleiben. »Dürfen wir näher kommen?«, fragte er die Ausbilderin.

»Solange ihr leise seid«, antwortete sie und winkte sie heran. Dabei nahm Wyatt wahr, dass ihre rechte Hand sowie ein Teil des Unterarms fehlten. Darüber hinaus war ihre komplette rechte Körperseite von einem Geflecht feiner Narben überzogen. Sie trug eine umlaufende Sonnenbrille. Ihr rechtes Auge war so starr, dass Wyatt ziemlich sicher war, dass es künstlich war.

»Rory«, sagte die Ausbilderin zu dem schweißgebadeten Mädchen am Tisch. »Du hast noch eine Minute. Wie sieht's aus?«

Rory rieb sich die Schläfen. Sie starrte nach unten und schüttelte den Kopf. »Nicht gut.«

Die Ausbilderin blickte auf ihre Uhr. »Es wird knapp. Zeit zu handeln. Oder abzuhauen.«

»Ich weiß.« Das Mädchen stützte den Kopf mit der Hand ab. Schweiß tropfte. »Ich denke nach.«

Als sie noch näher rückten, sah Wyatt, was auf dem Tisch lag: Es war eine Bombe. Ja, tatsächlich eine Bombe.

Wyatt hatte keine Ahnung von Bomben. Aber sogar für sein ungeübtes Auge sah es aus, als könnte die da ernsthaften Schaden anrichten. Mindestens acht in Zellophan gewickelte Dynamitstangen waren mit Klebeband zu einem kompakten Bündel vereint worden. An den Enden ragten Sprengzünder hervor. Ein Gewirr von Drähten verband das Dynamit mit einem alten Handy, das das Mädchen geöffnet hatte, sodass dessen Eingeweide heraushingen. Allerdings konnte Wyatt sehen, dass der LED-Bildschirm funktionierte: 40 Sekunden noch auf der herunterzählenden Uhr.

Die Ausbilderin begann, auf- und abzutigern. Sie fühlte sich sichtbar unwohl in ihrer Haut. Wie gebannt starrte Wyatt auf ihre fehlende Hand, bevor sein Blick zu ihrem vernarbten Gesicht und der Bombe auf dem Tisch huschte. Unwillkürlich schoss ihm durch den Kopf, dass früher einer ihrer Schüler genau diese Übung irgendwie vermasselt hatte.

»Rory, du hast noch fünfunddreißig Sekunden, dir was auszutüfteln, oder wir sind alle tot.« Die Ausbilderin zählte herunter: »Vierunddreißig … dreiunddreißig … zweiunddreißig …«

Instinktiv wich Wyatt zurück. Doch Hallsy legte ihm die Arme auf die Schultern und hielt ihn zurück. Wortlos gab er ihm mit einem Blick zu verstehen, ruhig zu sein.

Wyatt wollte davonrennen. Die Ausbilderin fuhr mit ihrem Countdown fort: »… fünfzehn … vierzehn … Komm schon, Rory. Krieg's hin oder wir sind alle tot.«

Das Mädchen, Rory, blinzelte heftig. Ihre geröteten Augen sprangen nervös hin und her.

»Sieben … sechs …«

Wyatt spannte sich unter Hallsys Händen und drängte zurück. Aber Hallsy leistete standhaft Widerstand.

»Hallsy, wir müssen abhauen«, flehte Wyatt.

»Psst!«, fauchte die Ausbilderin, als Rory sich mit einer Schere dem Gewirr aus Drähten näherte, das aus dem Handy hervorquoll.

»Drei … zwei …«

Rory drehte ihr Gesicht von der Bombe weg.

BAM!

Ein lauter Knall erschütterte den Krater. Ein Flammenstrahl

schoss aus dem Handy und fuhr in die Zündkapseln. Wyatt riss sich von Hallsy los, warf sich ins Gras und vergrub Kopf und Gesicht in den Armen. Doch die Explosion kam nicht.

»Alles in Ordnung«, sagte Hallsy. »Wir haben eine kleine Stichflamme integriert, um die Entschärfungsübung ein klein wenig realistischer zu machen. Aber netter Hechtsprung.«

Wyatt lugte unter den Armen hervor und sah, wie eine zitternde Rory merkwürdig stumm vor sich hinweinte.

Die Ausbilderin stand hinter dem Mädchen schlug mit der Hand auf den Tisch. »Du bist tot, Rory. Tot. Dein Glück reicht nicht einmal dafür …« Sie hielt ihr den rechten Unterarmstumpf vor die Nase. »Du musst dich zusammenreißen oder du endest als Wurmfutter.« Sie pfefferte die Stoppuhr auf den Boden.

Dann starrte sie Wyatt an. Die Haut auf der linken Gesichtshälfte war pink und wirkte neu, während die rechte Seite vernarbt war wie die Borke einer Krüppeleiche. »Du«, sagte sie zu ihm. »Lenk noch einmal eins meiner Mädchen ab und du wirst dir wünschen, ohne Mund auf die Welt gekommen zu sein.«

Ihr wütender Blick richtete sich nun auf Hallsy. »Und du …«

Hallsys Hände fuhren in die Höhe. »Ich weiß. Ich weiß. Mein Fehler, Cass. Mach nicht den neuen Jungen dafür verantwortlich.«

Das harte Narbengewebe, das ihr Gesicht überzog, glättete sich etwas. Es folgte ein durchdringender Blick. Dann nickte sie. Sie bückte sie sich, hob die Stoppuhr auf und prüfte, wie spät es war. »Rory, du kannst im Laufen heulen, oder? Wir werden am Hindernisparcours erwartet. Jetzt!«

Rory wischte sich die Tränen aus den Augen und die zwei joggten davon.

Wyatt stemmte sich aus dem Gras empor und klopfte sich den

Dreck von der neuen alten Kleidung, die nun voller grüner Flecke war. »Wer war das?«

Hallsy trat näher. »Erinnerst du dich an Dolly, das Mädchen vorhin am Berg?«

»Die mit der Stinger-Rakete?«, sagte Wyatt. »Wie könnte ich die vergessen?«

»Cass ist ihre ältere Schwester. Nach einer Weile wird sie sich schon wieder einkriegen. Aber fürs Erste bleibst du im eigenen Interesse besser auf Abstand. Lass sie sich erst mal beruhigen.«

Wyatt seufzte. Er war noch nicht einmal einen Tag hier und schon hatte er sich eine Feindin gemacht.

Plötzlich hörte er wieder ein brummendes Geräusch, das sich näherte. »Kommt die Drohne zurück?«

»Nein, das ist ein Helikopter.« Hallsy wandte den Kopf gen Himmel.

Das Brummen verwandelte sich in ein Wummern. Außerdem nahm Wyatt noch ein völlig anders Geräusch wahr. »Ist das etwa Musik?«

»Mein Fehler«, sagte Hallsy kopfschüttelnd. »Hätte ihnen niemals sagen sollen, sich *Apocalypse Now* anzugucken. Diese Angeber.«

Genau in diesem Augenblick kam ein blaugrauer Hubschrauber hinter dem Rand des Kraters emporgeschossen: mit an den Landekufen montierten Lautsprechern und dem schwarz-goldenen Camp-Honor-Logo an Türen und Unterseite. In einer jähen Steilkurve ging er Richtung Heliport in den Sinkflug, wirbelte Staub auf und rüttelte die Bäume durch. Laut echote die Musik durch den Kraterkessel und endlich konnte Wyatt sie einordnen. Es war »Enter Sandman« von Metallica.

Es war viel zu laut, um über den Lärm der Rotoren hinweg etwas zu verstehen. Also machte Hallsy Wyatt ein Zeichen, ihm zum Heliport zu folgen. Überall im Krater verließen Camper unter dem verärgerten Blick ihrer Ausbilder ihre Übungen. Der Hubschrauber sank auf den dicht belagerten Landeplatz herab. Die Rotoren wurden abgeschaltet. Touchdown.

Die Türen öffneten sich und sechs Passagiere tauchten auf. Wyatts erster Gedanke war: Saß die Pilotin eigentlich auf einem Telefonbuch oder einem Kindersitz?

Sie konnte nicht älter als dreizehn sein. Blondes Haar quoll hervor, als sie den Helm abnahm. Ihre Lippen funkelten in pinkem Lipgloss, während ihr Mund pausenlos Kaugummiblasen produzierte. Bei vier der fünf anderen handelte es sich ebenfalls um Teenager. Mit ihren abgeschnittenen Jeans, Laufschuhen, Tanktops, Sonnenbrillen und den nach hinten gedrehten Basecaps waren sie angezogen, als wäre sie gerade aus dem Skatepark gekommen. Aber sie trugen auch taktische Helme mit aufmontierten Nachtsichtgeräten (NVGs), über und über mit Munitionsmagazinen bestückte Westen und jeweils eine Faustfeuerwaffe. An Riemen hingen AR-15-Sturmgewehre über ihren Schultern. Es waren zwei Mädchen und drei Jungen. Wyatts Schätzung nach waren die meisten nur wenige Jahre älter als er. Aber sie strahlten eine Aura gebändigter Kraft und Selbstvertrauen aus. Selten hatte Wyatt diese Art von Selbstsicherheit bei Erwachsenen gesehen, ganz zu schweigen bei Teenagern. So wie sie sich bewegten und gruppierten erkannte Wyatt, dass sie den sechsten Passagier beschützten, der als Letzter aus der Maschine stieg.

Der Mann war alt. In seinen späten Siebzigern. Groß gewachsen, schlank, zerfurchtes Gesicht, ernst. Er war wie ein Sportlehrer aus einem 80er-Jahre-Film gekleidet: Golfshirt, zu knappe

Shorts, Laufschuhe und bis zu den Knien hochgezogene Socken. Wyatt hätte bei seinem Anblick kichern können. Doch der alte Kerl war nicht zum Lachen. Geschmeidig und bedachtsam glitt er dahin, ohne eine überflüssige Bewegung zu machen – als würde er sich an eine Beute anpirschen. Dann ließ er seine blassblauen Augen auf Wyatt ruhen. Augenblicklich hatte Wyatt das Gefühl, als nähmen die Teenager seine Stirn ins Visier.

»Entspannt euch!« Der Alte nickte seiner Eskorte zu. »Seht, dass ihr was zu essen bekommt, während der Vogel aufgetankt wird. Ihr geht wieder raus, bevor es dunkel wird.« Der Alte entfernte sich zielstrebig vom Helikopter und kam auf Wyatt zu. Seine Lippen verzogen sich zu einem Cowboylächeln, als er herankam. »Willkommen.«

# Kapitel 9

1984–2010

Miami, Florida

Die Nachricht vom Tod seines Freundes ließ Wilberforce Degas' fragile Psyche nicht nur brechen, sondern regelrecht implodieren. Die schiere Zahl an Tragödien, die ihm sein bislang kurzes Leben beschert hatte – und noch weiter bescheren würde –, hätte fast jeden umgehauen. Aber kompliziert und zart zugleich, wie Wilberforce war, warf die Unglücksserie ihn nicht einfach um, zerbrach ihn oder warf ihn ein paar Jahre zurück. Sie verdrahtete ihn völlig neu.

Wils Wesen kehrte sich von innen nach außen. Sein gesamtes Denken wurde kurzgeschlossen. Sein Gehirn überschrieben, seine Lebensgeschichte umprogrammiert. Der verachtete Vater – derjenige, der ihn geschlagen und gedemütigt hatte – wurde zu seinem Helden, zu seinem Mentor und Idol. Für alle Traurigkeit in seinem Leben machte Wil nicht seinen Vater verantwortlich, sondern den Tod seines Vaters. Und der hatte zu seiner Trennung von Chris geführt, vom Internat, der Welt da draußen, von Freundschaft jeglicher Art. Wilberforce wurde besessen davon, den Mörder seines Vaters zu finden.

Seine Instinkte sagten ihm, dass es Pablo gewesen war. Auch wenn er dafür keine echten Beweise hatte. Dennoch tat Wil sein Bestes, um Pablos Bewegungen in Lateinamerika nachzuspüren – mithilfe der Presse und eines neu aufkommenden Computernetzwerks namens Internet. Nur wenige Jahre nach dem Mord an seinem Vater schien Pablo jedoch Lateinamerika verlassen zu haben, um unterzutauchen. Wils Vermutung nach in Europa.

Claudia Degas – einst Star der mittelamerikanischen High Society – wurde in gewissem Sinne zu seiner Krankenschwester, Dienerin und einzigen Gesellschaft. Sobald Wil der Welt da draußen für immer abgeschworen hatte, wagte sich seine Mutter für ihn hinaus. Ihre abgöttische Liebe wurde die einzige Rettungsleine zur Außenwelt. Sie brachte ihm Essen, frische Kleidung (die er selten anzog) und natürlich Videospiele.

»Etwas Schreckliches ist mit Wil passiert«, hörte er eines Nachmittags seine Mutter flüstern, als sie mit einer Freundin telefonierte. »Es ist … als hätte sich seine DNA verändert.«

Es stimmte, dass der Junge biologisch irgendwie anders war. Er hatte immer dazu geneigt, drinnen zu hocken. Doch nun hatte er eine körperliche Allergie gegen die Sonne entwickelt. Ohnehin nie besonders gesellig, verlor er jegliches Interesse an Freunden. Er büßte seinen Geschmacks- und Geruchssinn ein. Was er sich in den Mund schob, war für ihn annähernd das Gleiche wie das, was am Ende rauskam. Weder Essen noch Trinken bereiteten ihm richtig Freude. Aber er verspürte den Drang zu essen. Und zu konsumieren.

Wils bevorzugtes Mittel dafür war die Telefonleitung. Von immer schmuddeligeren Hotels aus, die er mit seiner Mutter bewohnte, kämpfte er darum, das schwindende Familienvermögen und Macht zurückzugewinnen. Und tatsächlich fand er einen wirksamen Weg, seine besonderen Fähigkeiten und Talente zu Geld zu machen und Einfluss zu gewinnen. Er wurde ein Telefon-Phreaker. Mithilfe von Signaltönen hackte er Anbieter für Ferngespräche und verkaufte deren Leistung an Dritte.

Aber im Gegensatz zu anderen frühen Hackern wie Steve Jobs

und Steve Wozniak vermittelte Wil nicht einfach nur Telefongespräche. Er hörte mit.

Als Telefon-Phreaker und besessener Videospieler war Wil der geborene Hacker. Schon bei seinem ersten Hack in ein Netzwerk kam Wil dahinter, wie man wertvolle Informationen aus dem System zog. Und wie man daraus Geld machte.

Wil entwickelte Videospiele, die er gratis anbot. Diese waren mit einer Malware infiziert, einem sogenannten Trojaner. Durch den erlangte er nicht nur Zugriff auf die Festplatte des Spielers, sondern auch auf dessen Hardware. Wil räumte Geldfonds ab, scheffelte Daten und erpresste. Er liebte es, seine Opfer zu erpressen. In Hackerkreisen und selbst in der kleinen Gruppe von Hackern und Spieledesignern, die ihm half, wurde er als der Glühwurm bekannt. Niemals ging er nach draußen. Und ebenso wie die Glühwürmchen in den pechschwarzen Höhlentiefen Mexikos und Südamerikas lockte er seine Opfer im Internet mit glitzernden Ködern in die Falle: Geld, Macht und Zugang.

Durch seine kriminellen Aktivitäten war der Glühwurm schließlich gezwungen, die Vereinigten Staaten zu verlassen und seine Organisation nach Panama zu verlegen. Dort leitete er sein Lockspiel-Imperium von einem fensterlosen Wolkenkratzer aus – kurioserweise mit Blick auf den Strand. Ein Immobilienmakler hatte das Gebäude für ihn aufgetrieben. Diesem hatte er erzählt, er wolle den schönsten Blick auf den Strand. Doch kurz vor dem Einzug ließ er die Fenster abdunkeln, jegliche Lichtquelle und alles beseitigen, was irgendwie so etwas wie einen Ausblick bieten konnte. Hinter dem Turm aus Glas und abgedunkelten Fenstern versammelte der Glühwurm eine Armee von Ingenieuren, Hackern und – natürlich – zwielichtigen maskierten Gestalten mit Waffen. Es war eine wahrhafte Freakshow von einer Todesschwadron. Die Aufstellung dieser dunklen Horde diente zweierlei Zwecken: Schutz vor dem Gesetz und Rache, sobald er herausgefunden hatte, wer seinen Vater umgebracht hatte.

Wenn es eines gab, das den Glühwurm irgendwie noch menschenähnlich bleiben ließ, dann die Erinnerung an Chris Gibbs. Das und die Einsicht, dass Freundschaften zwischen Menschen zumindest möglich waren – auch wenn ihn das selbst nicht länger interessierte. In Gedenken daran nahm der Glühwurm die 8-Bit-Nintendo-Konsole mit ihren beiden Initialen überallhin mit.

Um 2010 herum starb plötzlich Wils leidgeprüfte Mutter. Wil hatte beiläufig erwähnt, dass ihm nach frischem Hackfleisch wäre. Also war sie losgezogen, um ein Ferkel aufzutreiben. Sie hatte es gerade besorgt und war dabei, es zum Metzger zu treiben, als sie mit einem Herzinfarkt tot umfiel. Der Verlust kappte jeden realen Kontakt zur menschlichen Gesellschaft. Mit dem Tod seiner Mutter starb in ihm auch der letzte winzige Rest des einstigen kleinen Wil. Und damit hörten auch die Sorgen und Wünsche eines normalen Jungen auf, für ihn zu existieren.

Er war nun jenseits von seelischem Schmerz oder Traurigkeit. Und sein einziges Verlangen bestand darin, anderen Schmerz und Traurigkeit zu bereiten. Darüber hinaus war er eine praktisch veranlagte Kreatur. Der Tod seiner Mutter stellte den Glühwurm vor ein Problem. Er musste immer noch essen. Oder besser gesagt: konsumieren. Und wie er erkannt hatte, brauchte er noch etwas anderes. Wollte er weiter aus der Finsternis heraus wahren Schmerz über die Welt da draußen bringen, brauchte er etwas Helles und Glitzerndes, um seine Beute anzulocken.

Er brauchte ein schönes, glänzendes Ding – eines, das in seinem Inneren einen scharfen gekrümmten Haken verbarg.

# Kapitel 10

JUNI 2017
CAMP HONOR

In den alten Bergwerksschächten war es feucht, dunkel und modrig. Eine Reihe altmodischer Glühbirnen sorgte für spärliche Beleuchtung. Drohnen schwirrten vorbei und schossen wie elektrische Fledermäuse in scharfem Schlangenlinienflug zwischen ihnen hindurch. In immer neuen Windungen passierten Wyatt, Hallsy und der Alte unzählige Korridore und Lagerräume voller Nahrung und Waffen. In einem der größeren höhlenartigen Räume – einem Drohnenhangar – entdeckte Wyatt eine Ladestation. Sie bestand aus einer Reihe von Kupferplatten, auf denen immer wieder Drohnen landeten, um sich aufzuladen.

Schließlich erreichten sie einen riesigen, kellerartigen Raum, der von einem Neufundländer bewacht wurde. Der riesige Hund hatte es sich auf einem großen Perserteppich gemütlich gemacht. Tief und fest schlummerte er vor sich hin, während ihm der Speichel aus dem offenen Maul rann. An der Wand gegenüber stand ein langes Bücherregal, das bis auf die letzte Lücke mit unzähligen Büchern, *National Geographic*-Ausgaben und Aktenordnern vollgestopft war.

In der Ecke gluckerte ein Luftentfeuchter vor sich hin. Die Mitte des Raumes wurde von einem riesigen Schreibtisch eingenommen. Er war über und über mit Landkarten und Papierblättern bedeckt sowie einem Laptop, der beiseitegeschoben worden war.

»Kommt dir das bekannt vor?«, sagte der Alte und zeigte auf den Schreibtisch. Im warmen Lichtkegel einer antiken Messinglampe sah Wyatt dort eine aufgeschlagene braune Aktenmappe. Sie war mit seinem Festnahmebericht und anderen Unterlagen über ihn vollgestopft. Seine neuesten Verbrecherfotos lagen ganz zuoberst auf dem Papierstapel.

Wyatt hatte diese Fotoserie noch nie zuvor gesehen. Es gab andere, die er kannte. Aber die Fotos, die man nach seiner letzten Verhaftung gemacht hatte, waren neu für ihn. Auf den Bildern – eins mit dem Gesicht nach vorn, das andere im Profil – sah er wie ein Geistesgestörter aus. Sein langes, wirres Haar hing ihm ins verschwitzte Gesicht und umrahmte ein Leckt-mich-Grinsen. Verlegenheit wallte in Wyatt beim Gedanken auf, dass der Alte gerade seine Akte studiert und auf seine idiotische Trottelvisage gestarrt hatte.

»Nicht mein bester Tag«, sagte Wyatt.

»Da stimme ich dir zu«, antwortete der Alte. »Aber diese Pleite war nicht gänzlich deine Schuld. Wir kommen eben nicht als Spitzenfahrer auf die Welt. Die Natur hat dich mit fantastischen Reflexen ausgestattet, aber man muss dir noch einiges an Können beibringen.«

Der Alte fischte eine Brille vom Schreibtisch und begab sich auf die andere Seite des Raumes. »Hättest du gewusst, was du tust, wärst du vielleicht entkommen.«

Wyatt war sich nicht ganz sicher, was er davon halten sollte. »Tut mir leid«, sagte er. »Können Sie das noch mal wiederholen?«

»Du bist kein guter Fluchtwagenfahrer«, lächelte der Alte. Er setzte sich die Brille auf die Nase und ließ den Blick über die Buchrücken im Regal gleiten. Offensichtlich suchte er nach einem ganz bestimmten Titel. »Und zu Fuß warst du auch nicht viel besser. Aber auch dabei können wir dir helfen. Ah, da ist es ja.«

Der Alte fand das gesuchte Buch: *Herr der Fliegen*.

Wyatt warf einen Blick zu Hallsy. Meinte der alte Typ das ernst?

Hallsy zuckte die Achseln. »Ich für meinen Teil fand seinen Fahrstil eher beeindruckend – also für einen Jungen, der noch nicht mal einen Führerschein hat.«

»Da ist was dran, Sergeant.« Der Alte schlug das Buch auf und blätterte durch die Seiten. »Er zeigt vielversprechende Ansätze.« Er hörte auf zu blättern, benetzte sich den Finger und schlug vorsichtig noch ein Blatt um. So schräg von der Seite sah es absolut genauso aus wie die anderen – sah man von seiner Oberfläche ab, auf der eine Digitalanzeige samt einem Tastenfeld schimmerten.

Der Alte tippte einen Code ein. »Ruger, beweg dich!«

Der Neufundländer hievte sich hoch und trottete beiseite, gerade als der Schreibtisch zur Seite schwang und den Blick auf eine verborgene Treppe freigab.

Die Knie des Alten knackten, als er die erste Stufe nahm. »Dann mal runter.«

Es ging in die Tiefe. Fast augenblicklich spürte Wyatt, wie sich die Luft veränderte. Die Treppenstufen wurden zusehends trockener, je tiefer sie kamen. Irgendwo musste es hier eine Klimaanlage geben. Am Treppenende schwang eine schwere bombensichere Stahltür auf. Ein Kopf mit dunklen, an den Spitzen gefärbten Stachelhaaren lugte daraus hervor. Eine VR-Brille bedeckte die Augen des Mannes. Er schob sie runter auf den Hals und reckte den Kopf nach oben, um zu verfolgen, wie die drei die Treppe herunterkamen.

Satt zu antworten, schrie der Mann los und zeigte auf Wyatt. »Er hat keine Freigabe für diesen Bereich.« Es war die Stimme von der Drohne, die Stimme des Mossad-Agenten mit dem unverkennbaren Akzent. »Ich habe seine biometrischen Daten nicht. Das ist eine Code-7.2-Verletzung. Wozu haben wir überhaupt Sicherheitsprotokolle, wenn wir uns nicht daran halten?« Sein Zeigefinger wanderte zu Hallsy. »Und genau das habe ich Ihnen gesagt. Sie müssten es eigentlich besser wissen, aber stattdessen …«

»Avi«, sagte der Alte mit ruhiger Stimme. »Was brauchst du von dem Jungen?«

»Was ich brauche? Respekt vor den Regeln. Das brauche ich von dem Jungen und …« Seine Augen weiteten sich vor Wut. »… von meinem sogenannten Kollegen.« Erneut funkelte er Hallsy wütend an.

Hallsy nahm die Hände hoch. »Schuldig im Sinne der Anklage, Bruder. Bin nicht so der Regeltyp.«

Avi schüttelte angewidert den Kopf. Dann wandte er sich an Wyatt. »Aber wo der Junge schon mal da ist …« Avi tippte sich nachdenklich an die Lippen. »Warum nehme ich eigentlich nicht gleich sein Blut? Und seine Iris.«

»Sicher«, sagte der Alte. Ohne Zeit zu verplempern, förderte Avi ein Gerät zutage, das wie eine Spritze aussah, und rammte es Wyatt in die Schulter. Wyatt spürte, wie das Ding sich in ihn hineinbohrte, sich ein Stück Fleisch krallte und blitzschnell wieder zurückzog.

»Ssssshhhiiiiit!«

»Erledigt«, sagte Avi und presste ein Stück Verbandsmull auf die Wunde. »Jetzt habe ich Blut und eine Gewebeprobe.« Wieder langte er in seine Tasche. »Stillhalten, ich muss dein Auge haben.«

»Pfoten weg von meinen Augen!« Wyatt wich zurück, gerade als Avi etwas aus seiner Gesäßtasche zog.

»Sorry, deine Iris meine ich natürlich«, erklärte Avi. »Ich brauche nur ein Foto. Können wir mit dem Smartphone machen.« Und tatsächlich hielt er ein iPhone in der Hand. »Nicht bewegen.«

Wyatt zwang sich stillzuhalten. Avi hielt die Smartphone-Kamera vor seine Augen und scannte die Iris. »Okay.« Er verstaute das Telefon wieder in der Tasche und zeigte auf eine Tür. Sie war mit der Markierung »S7« versehen. »Wenn du was brauchst, findest du mich da drinnen. Aber wenn du mich schon störst, erwarte ich auch, dass du genau weißt, was du willst. Ich bin sehr beschäftigt. Ich kann es nicht leiden, wenn man meine Konzentration stört. Du bist also willkommen. Aber sei gewarnt: keine Dummheiten!«

Klar komm ich vorbei, schoss es Wyatt durch den Kopf. Wenn die Hölle zufriert …

Avi schob sich die VR-Brille wieder auf die Augen und verschwand hinter seiner Tür.

»Er ist ein ausgezeichneter Sicherheitschef. Aber es hat schon seinen Grund, dass wir ihn in einer Höhle halten«, sagte der Alte. »Komm weiter.«

Wyatt folgte ihm in den angrenzenden Raum: den »Hot-Room«. Er sah aus wie die Kommandozentralen in Kriegsfilmen: die Wände gespickt mit Computerbildschirmen, auf denen Datenströme, Landkarten und Kamera-Liveübertragungen zu sehen waren.

Der Alte drehte sich um. »Wyatt, wie du inzwischen bestimmt ahnst, ist Camp Honor kein normales Sommercamp.«

»Dank der Camper, die mit Bazookas und Flammenwerfern rumrennen, bin ich schon auf den Trichter gekommen, ja«, erwiderte Wyatt mit verschmitztem Grinsen. »Ich habe das Gefühl, dass wir uns hier nicht viel mit Kunsthandwerk beschäftigen werden.« Wyatt lachte über seinen eigenen Witz und bereute es auf der Stelle.

»Im Gegenteil.« Der Alte bedachte ihn mit ernstem Blick. »Du wirst jede Menge Kunsthandwerk lernen. Hauptsächlich Kampfkunst und das Spionagehandwerk. Mit dem einzigen Unterschied, dass die Folgen für dich und unser Land absolut katastrophal sind, wenn du nicht ordentlich lernst.« Der Gesichtsausdruck des Alten wurde milder. »Würdest du gerne wissen, warum?«

»Ja, Sir«, antwortete Wyatt. Unbewusst nahm er wahr, wie natürlich ihm das »Sir« über die Lippen gekommen war.

»Schön.« Der Alte nickte Hallsy zu, der daraufhin eine Fernbedienung auf die Bildschirme richtete und klickte. »Hier ist ein kleiner Anreißer, den wir gemacht haben. Er wird dir helfen, eine Vorstellung davon zu bekommen, was dich hier erwartet.«

Zum Klang wummernder Motivationsmusik wurde ein Video auf den Monitoren abgespielt: Ein Flugzeug rast über den Himmel; ein Teenager-Mädchen in Wingsuit springt mit einem Rückwärtssalto heraus – ein Messer zwischen den Zähnen; ein Motorrad wird in wilder Jagd durch eine Stadt verfolgt; ein blutüberströmter Junge – etwa elf Jahre alt – schlachtet einen Seelöwen am Rand einer Eisscholle und isst ihn, während seine Kumpane mit Pressluftgeräten und Neoprenanzügen unter dem Eis tauchen.

Der Alte schritt auf und ab. »Camp Honor ist eine topgeheime Ausbildungseinrichtung. Du wirst es auf keiner Karte finden und kein Flugzeug – mit Ausnahme unserer eigenen – wird Camp Honor auch nur überfliegen. Außer Camp-Angehörigen ist unsere Existenz nur dem Präsidenten der Vereinigten Staaten, dem Direktor der CIA, dem Verteidigungsminister und einigen wenigen Partnern aus Kreisen der Spezialeinheiten bekannt.«

»Warum die Heimlichtuerei?«, fragte Wyatt. »Und wofür ist die Ausbildung?«

»Gute Frage«, sagte der Alte. »Hier in Honor machen wir schwererziehbare Jugendliche mit der richtigen Mischung ausfindig. Der Mischung aus Intelligenz, Talent, Liebe zur Gefahr, Charakterstärke und …« Der Alte hielt inne und wählte sein nächstes Wort sorgfältig. »… Motivation.«

»Was bedeutet«, schaltete sich Hallsy ein. »dass Honor dir die Chance bietet, straffrei aus dem Knast zu kommen. Wir wollen hier nur Mädchen und Jungen, die kapieren, dass Scheitern keine Option ist. Das ist das, was er mit Motivation meint.«

»Danke, Hallsy«, sagte der Alte. »Ja. Wir finden Leute mit dem richtigen Mix aus Eigenschaften und Motivation, damit sie zu Aktivposten für die US-Regierung werden. Und dann trainieren wir sie entsprechend.«

»Entschuldigen Sie.« Plötzlich fühlte sich Wyatt schüchtern. »Kann ich eine Frage stellen?«

»Sicher.«

»Aktivposten …« Wyatt hielt inne, um sich eine schemenhafte Erinnerung an eine Diskussion im WiPo-Unterricht ins Gedächtnis zu rufen. »… sind das nicht eigentlich Dinge? So was wie eine Couch, ein Haus, ein Finanzinstrument … oder ein Bulldozer?«

»Ja, das sind Aktivposten. Aber in unserem Geschäft sind das Spione, Attentäter oder Field Agents, die in der Lage sind, verschiedene Aufgaben auszuführen. Jemand, der mit richtiger Ausbildung und Missionsunterstützung von vitalem Nutzen für sein oder ihr Land sein kann.«

»Attentäter?«, fragte Wyatt. Unwillkürlich wich er einen

Schritt zur Tür zurück, während sich sein Puls beschleunigte. »Sie meinen, ich werde Leute umbringen müssen?«

»Das haben wir nicht gesagt.« Der Alte hob beschwichtigend die Hände. »Nicht im Moment jedenfalls.«

»Was werde ich dann tun müssen?« Wyatt spürte, wie Panik in ihm aufstieg. Er wich einen weiteren Schritt zurück.

»Alles, was wir dir befehlen.« Hallsy beugte sich zu ihm vor und blockierte die Tür.

»Nun mal eines nach dem anderen«, sagte der Alte. »Das gilt für beide.« Er bedachte Wyatt und Hallsy mit eindringlichem Blick. »Sergeant Hallsy, warum erzählen Sie Wyatt nicht etwas über das Sommerprogramm? Damit er eine etwas bessere Vorstellung bekommt, was ihn erwartet?«

»Sicher. Der Sommer gliedert sich in drei Phasen: Unterweisung, Praktisches Lernen und Realbasierte Instruktion und Praxis, kurz: RIP. Phase eins, Unterweisung, ist genau das, wonach es klingt. Es bedeutet, wir sorgen für deine Integration und Einweisung ins Campleben. Weil du in Einzelhaft warst, hast du die Unterweisungsphase verpasst.« Hallsy deutete mit einem Nicken zu Avis Unterschlupf. »Weswegen Avi sich auch so ins Hemd macht.«

»Ja, du hast da einiges nachzuholen«, sagte der Alte. »Aber wenn du das Lerntempo an den Tag legst, wie wir es erwarten, sollte das kein Problem sein. Wir sorgen für deine Unterweisung, während du schon in Phase zwei eintrittst …«

»Mit Phase zwei oder dem Praktischen Lernen«, fuhr Hallsy fort, »beginnen wir, dich auf deine mentale und körperliche Operationsfähigkeit vorzubereiten. Gleichzeitig absolvierst du ein Waffen- und Kampfgrundtraining. Es ist ähnlich wie die militärische Grundausbildung, jedoch viel straffer, und wir betonen die Lernkomponente. Wir bilden dich nicht einfach nur taktisch aus. Wir bringen dir auch bei, wie ein Field Agent zu denken.« Hallsy legte eine Bedeutungspause ein. »Wir können dir beibringen, fast jede Aufgabe zu erfüllen. Aber wir wollen, dass du auch das Warum verstehst. Und dass du eigenständig Probleme lösen kannst. Ergibt das einen Sinn?«

»Ich denke schon«, erwiderte Wyatt. »Hört sich ziemlich an wie das, was mein Dad immer gesagt hat. Über den Unterschied, jemandem das Angeln beizubringen oder einfach nur, wie man isst.«

Hallsy grinste. »Exakt! Also, das ist die Lernkomponente. Nun zur ›Live‹-Komponente. Die bezieht sich auf die Umwelt. Zuerst bilden wir euch innerhalb der Inselgrenzen aus. Dann setzen wir euch in anderen realen Umgebungen aus und entfernen allmählich die Sicherheitsnetze. Währenddessen setzen wir alles daran, diese Ausbildung sicher zu machen. Aber mach lieber keine Fehler … wir haben schon Camper verloren.« Hallsy hielt inne, um das einsinken zu lassen. »Das Praktische Lernen beginnt morgen. Lass mich dir eine Frage stellen. Wyatt, bist du vertraut mit dem SEAL BUD/S-Programm? Und das, was sich während deren Hell Week abspielt?«

»Ich bin nicht mal sicher, was dieses BUD/S heißt«, antwortete Wyatt ein wenig verlegen. »Sollte ich das?«

»BUD/S steht für Basic Underwater Demolition Training/SEAL, also SEAL-Basistraining Unterwasser und Zerstörung«, erklärte der Alte. »Und es ist besser, dass du keine Vorstellung davon hast. Es genügt zu sagen, dass unser Programm genauso hart ist – wenn nicht noch härter. In unserer Hell Week wird sich deine Klasse wahrscheinlich um die Hälfte reduzieren.«

Verlegen zuckte Wyatt die Achseln. »Nichts für ungut, Sir.

Aber was die Hell Week angeht, so komme ich gerade aus der Hölle. Ist schwer, sich irgendetwas Härteres vorzustellen als das, was ich gerade erlebt habe.«

Wyatt registrierte, dass der Alte und Hallsy sich verschmitzt angrinsten. »Na schön«, sagte Hallsy. »Sollte also kein Problem für so einen taffen Typen wie dich sein.«

»Es tut mir leid, Sir, wenn ich einen falschen Eindruck gemacht habe«, sagte Wyatt, während er jäh wieder die Tage der Einzelhaft vor sich sah. »Ich wollte nicht sagen, dass ich taff bin. Es ist nur schwer, sich etwas, nun ja, Höllischeres vorzustellen als das, was ich gerade durchgemacht habe. Ich gehe niemals wieder dorthin zurück.«

»Verständlich«, nickte der Alte. »Und wenn deine Leistung stimmt, werden wir alles tun, um sicherzustellen, dass du nicht zurückmusst. In Honor werden wir dich herausfordern, antreiben und formen. Du wirst auf unendlich vielfältigere Weise daran wachsen, als du es im Jugendknast würdest. Oder eingesperrt in einem Loch.« Der Alte fuhr fort. »Diese Erfahrungen sind bedeutungslos. Das Leiden in Honor jedoch hat ein Ziel. Solltest du die Hell Week überstehen, wirst du stärker und leistungsfähiger sein, als du es je für möglich gehalten hättest. Und du wirst anfangen, unzerbrechliche Bande zu deinen Mitcampern zu knüpfen.«

Wyatt hob eine Hand. »Wie meinen Sie das mit dem ›Überstehen‹?«

Der Alte blickte zu Hallsy. »Haben Sie Wyatt etwas übers Aufgeben gesagt?«

»Nein«, antwortete Hallsy. »Technisch gesehen, bist du nur ein Kandidat, solange du die Hell Week noch nicht geschafft hast. Und als Kandidat kannst du zu jeder Zeit aufgeben. Dafür musst du nur Bescheid geben und in ein Horn blasen und das Camp ist für dich zu Ende. Das kannst du jederzeit machen, sogar noch nach der Hell Week. Allerdings steigt selten ein Camper aus, wenn er oder sie die erst einmal geschafft hat. Genauso wie die Navy SEALs oder andere Elite-Trainingsprogramme wollen wir nur Leute, die auch wirklich hier sein wollen – und das mit der gleichen unbedingten Entschlossenheit wie wir einst.«

»Moment mal«, sagte Wyatt. »Dann waren Sie früher also auch Camper? Sie beide?«

»Natürlich«, erwiderte der Alte mit verschmitztem Lächeln. »Alle Ausbilder waren das.«

Wyatt platzte geradewegs mit der Frage heraus, die ihm plötzlich auf der Seele brannte.

»Heißt das, Sie beide waren auch schon mal im Gefängnis?« Ihre überraschte Reaktion brachte ihn dazu, das Ganze noch einmal anders auszudrücken. »Ich meine, sind Sie jemals verhaftet worden … oder waren in Schwierigkeiten?«

Hallsy und der Alte sahen sich an. »Die Einzelheiten, wie es uns nach Honor verschlagen hat, sind nicht relevant«, sagte der Alte. »Und außerdem geheim. Es gibt nur einen Weg, um etwas über uns zu erfahren: Du musst die richtige Sicherheitsstufe erlangen, um Zugang zu dieser Information zu bekommen. Fürs Erste jedoch musst du nur wissen, dass wir dir niemals etwas befehlen werden, was wir nicht auch getan haben. Merke dir das gut, Wyatt. Denn man wird dir einiges an Furcht einflößenden Sachen befehlen.«

Wyatt nickte.

»Und das alles dient einem Zweck«, fügte der Alte hinzu. »Dein ganzes Training führt dich zu Phase drei: Realbasierte Instruktion und Praxis. Oder RIP. An diesem Punkt bringen wir dir bei, wie man zum Field Agent wird. Neben einem Spionagetraining bekommst du Fähigkeiten auf höchstem Niveau vermittelt und wirst mit Aufgaben konfrontiert, um diese in die Praxis umzusetzen. Du erlernst Schlüsselqualifikationen, wie sie sonst nur Angehörige der Navy SEALs, DELTA-Forces oder der CIA beherrschen. Solltest du nächstes Jahr wieder hierher eingeladen werden, nimmst du in der B-Gruppe teil und erlernst noch höhere Fertigkeiten. Und im darauffolgenden Sommer wechselst du in die A-Gruppe.«

»A-Gruppe?«, fragte Wyatt. »Was ist das?«

»Die A-Gruppe ist das, wo du reinwillst«, erklärte Hallsy. »Die As sind fast während des gesamten Sommers und des normalen Schuljahres operativ tätig – was bedeutet, dass sie immer wieder Missionen ausführen. Sie kehren nur für kurze Erholungsphasen, Ausrüstungsreparaturen oder für gelegentliche, gesteigerte Trainingseinheiten nach Honor zurück.«

Der Alte nickte. »Du hast sie bestimmt vorhin mit mir zusammen gesehen: Die Gruppe, die mich im Helikopter hergeflogen hat. Das waren alles Mitglieder der A-Gruppe, die besten Elitekrieger, die wir hier haben.«

Wyatt dachte an die kaugummikauende Pilotin, die ausgesehen hatte, als müsste sie auf einem Telefonbuchstapel sitzen. Der Alte fuhr fort: »Diesen Sommer haben wir insgesamt fünf As: drei Jungen und zwei Mädchen. In fast permanenter Rotation kommen sie normalerweise in kleinen Teams zum Einsatz und sind beinahe immer in RIP-Phase. Wie Hallsy erwähnte, hat jeder Camper ebenso wie jeder Ausbilder hier das Ziel, dich in die A-Gruppe zu bringen. Und wir zeigen dir auch, warum.« Der Alte nickte und wieder klickte Hallsy auf die Fernbedienung.

Auf den Bildschirmen des Hot-Rooms tauchte eine Weltkarte

auf, die mehr und mehr von roten Punkten gesprenkelt wurde. Hallsy wies auf die Monitore. »Die US-Regierung und unsere Verbündeten gehen jeden Tag Zehntausenden möglicher Verschwörungen nach: von Terroristenzellen über Gangs, Cyberkriminellen bis hin zu Schurkenstaaten. Hin und wieder identifizieren wir eine Bedrohung, ein Ziel oder eine fragwürdige Gruppe.«

Das Bild auf dem Monitor sprang zu einer grobkörnigen Videoaufnahme einer Highschool. Die Bilder stammten offensichtlich von einer Überwachungskamera und zeigten zwei zwielichtige Teenager, die sich draußen vor der Schule trafen: der eine ein Nerd mit Tasche, der andere ein Schüler im University-of-Michigan-Sweatshirt.

»Der Junge mit der Tasche gehört einer Zelle an, die wir zu infiltrieren versucht haben. Der andere im University-of-Michigan-Shirt war in der A-Gruppe des letzten Jahres.« Und dann fügte er geheimnisvoll hinzu: »Ein extremer High-Performer.«

Bei dem Video handelte es sich um das grobkörnige Filmmaterial einer Überwachungskamera. Aber wie es Wyatt schien, lag ein digitaler Schleier auf dem Gesicht des Jungen im U-of-M-Shirt. »Ist sein Gesicht absichtlich unscharf?«, fragte Wyatt.

»Gut beobachtet«, sagte der Alte. »Ja, der junge Mann hat Honor hinter sich gelassen. Er ist jetzt im Einsatz für eine andere Geheimdienstorganisation mit drei Buchstaben. Noch einmal: Solange du keine Sicherheitsstufe hast, können wir dir seine Identität nicht verraten.«

Wyatt nickte und sah weiter zu. Auf dem Video füllen sich die Gänge mit Schülern. Der Nerd mit der Tasche will gerade etwas daraus hervorholen … als der andere Schüler ihm einen blitzschnellen Hieb verpasst. So schnell und ansatzlos, dass niemand etwas mitbekommt. Der Nerd scheint ohnmächtig zu werden und fällt dem Jungen im U-of-M-Shirt direkt in die Arme: dem Jungen, der ihn geschlagen hat, dem Jungen aus der A-Gruppe. Eine andere Schülerin eilt herbei und nimmt die Tasche. Ihr Gesicht ist nicht unkenntlich gemacht. Augenblicklich erkannte Wyatt in ihr die Pilotin. »Das ist die Pilotin von vorhin.«

»Ja«, bestätigte Hallsy. »Sie war letztes Jahr eine A, hat aber nicht den Abschluss geschafft. Also ist sie wieder zurückgekommen.«

Das Mädchen sprintet mit der Tasche aus der Schule. Der Nerd, der sie ursprünglich hatte, wird zu einem Lehrerbüro geschleppt – aus dem im nächsten Moment Hallsy heraustritt. Er ist angezogen wie ein Lehrer und geleitet sie in einen Raum, anscheinend zur medizinischen Hilfe. Die Tür schließt sich. Das Bild auf dem Monitor springt zu einem Schutzraum. In der Einstellung ist die Tasche zu sehen. Die Kamera äugt hinein: Die Tasche ist voller automatischer Waffen und Handgranaten.

»Man beachte die fehlerlose Ausführung. Das Teamwork«, sagte Hallsy. »Keiner der Anwesenden hat was von der Aktion mitbekommen. Die drei Field Agents haben die Bedrohung binnen Sekunden beseitigt.«

Wyatt staunte über die Schnelligkeit. Es stimmte: Niemand auf dem proppenvollen Gang hatte mitgekriegt, was da vor sich gegangen war.

Der Bildschirm wurde schwarz. »Das war eine simple Mission«, fuhr Hallsy fort. »Aber hätten wir den Geschehnissen ihren Lauf gelassen, hätte das zum Tod Dutzender, womöglich Hunderter Schüler führen können. Doch wir haben das Ganze beendet, die Terrorzelle vernichtet. Und niemand weiß davon.« Hallsy sah ihn geradewegs an. »Missionen wie diese sind der Grund, warum wir hier sind.«

»Du siehst also, Wyatt«, schaltete sich der Alte wieder ein. »Einige Bedrohungen handhabt man besser mit einem oder einer Handvoll Teenagern, so wie du sie hier in Honor siehst. Sie sind sogar besser geeignet als gut trainierte Field Agents, die Polizei oder auch das FBI. Die Techniken, die wir in Honor nutzen, sind breit gefächert, aber extrem wirkungsvoll und bei nahtloser Ausführung äußerst effektiv. Manchmal haben wir es mit Verschwörungen oder Anschlagsplänen zu tun, die von Kindern oder Teenagern ausgeführt werden. Sie operieren sozusagen unter dem Radar in Schulen oder Colleges, sowohl hier als auch im Ausland. Und der einzige Weg, diesen Zielpersonen nahe zu kommen, ist, einer von ihnen zu werden. In anderen Fällen sind bei einer Zelle oder einer Bedrohung Erwachsene involviert. In den Fällen ist das beste Mittel der Infiltration ein Kind, das keine Aufmerksamkeit auf sich lenken wird.«

»Und manchmal sind wir eben einfach besser«, fügte Hallsy hinzu. »Manchmal findet sich die beste Person für einen Job – schlicht und einfach und unabhängig vom Alter – genau hier auf dieser Insel.«

Der Alte nickte. »Häufig besteht die richtige Lösung darin, Ressourcen mit der richtigen Einstellung zu kombinieren. Wyatt ... wir mögen Regelbrecher. Leute, die schon in jungen Jahren anders denken. Die Verrückten, die die Dinge auf ihre eigene Art erledigen. Diejenigen, die die Welt für sich passend machen. Das haben wir hier in Honor. Das ist das, was wir wollen.«

»Hört sich ganz nach Kriminellen an«, platzte es aus Wyatt heraus.

»Ja«, lächelte der Alte. »Ganz wie du und vielleicht die meisten von uns in Honor. »Stimmt's, Sergeant Hallsy?«

Hallsy verschränkte seine riesigen tätowierten Arme vor der Brust. »Ich würde sagen, es gibt ein Outlaw-Gen in jedem von uns.«

Vor Verlassen des Höhlenkomplexes wurde Wyatt mit ein paar Ausrüstungsgegenständen ausgestattet: Rucksack, Schlafsack, Thermoüberlebensdecke, Wollpullover, Blechteller, Landkarte, Gabel, Taschenlampe, Streichhölzern, Kompass, ein paar grundlegenden Hygieneartikeln sowie einer Wasserflasche. Er schleuderte sich den ganzen Packen über die Schulter und folgte Hallsy in den Vulkankessel hinaus, zurück Richtung Basiscamp.

Erneut verpassten sie eine Mahlzeit. Aber Mum war rechtzeitig vorgewarnt worden. Daher hatte sie unterarmlange Sandwiches hinterlassen – wahrhafte Heldenteile, vollgestopft mit Truthahn, Dressing, allerlei Füllung und Cranberrysoße. Hallsy ließ sein Sandwich in seinen Rucksack gleiten. Doch als Wyatt es ihm nachtat, hinderte er ihn daran. »Ich kann warten mit dem Essen. Du nicht.«

»Warten ist okay für mich«, antwortete Wyatt.

»Nein. Es ist schon Licht-Aus. Du und die anderen Kandidaten sollten im Bett sein.«

Wyatt wickelte sein Abendessen aus. So schnell es ging, ohne sich Zähne und Gaumen zu verletzen, vertilgte er das Riesensandwich.

»Hallsy«, sagte Wyatt, als sie auf die Hütten zusteuerten. »Weiß meine Mutter, dass es mir gut geht?«

»Sie denkt, dass du noch im Gefängnis bist … Also sag du mir: Glaubt sie, es geht dir gut?«

Wyatt antwortete nicht. Als sie sich den Hütten näherten, erblickte er Dolly und Cass. Sie standen mit einem anderen Jungen zusammen mitten auf dem Feld und besprachen sich offenbar. Der Junge mochte etwa sechzehn oder siebzehn Jahre alt sein. Er hatte pechschwarze Haare und blasse Haut. Aufmerksam musterte er Wyatt, als er zusammen mit Hallsy auf die Hütten zusteuerte, die mit »C-Boys« und »C-Girls« markiert waren.

»Sergeant Hallsy, ist das der letzte C-Gruppen-Kandidat?«, rief der Junge.

»Ja. Warum kommst du nicht und sorgst dafür, dass er sich zurechtfindet?«, erwiderte Hallsy, woraufhin sich der Junge zu ihnen in Trab setzte.

Wyatt wies mit einem Nicken auf den Jungen und sagte zu Hallsy: »Ich dachte, es wär schon Licht-Aus.«

»Dolly und Hud sind die ›Blues‹ der C-Gruppe.«

»Was ist ein ›Blue‹?«

»Ein Blue ist so etwas wie ein Teamkapitän oder Offizier«, erklärte Hallsy. »Dolly ist der Blue für die Mädchen, und Hud – Abkürzung für Hudson – der Blue für die Jungen. Sie sind deine Altersgenossen und gehören derselben Gruppe an. Aber sie haben letztes Jahr bereits an einer Art Juniorprogramm in Honor teilgenommen. Sie wissen also schon mehr oder weniger, wie der Hase läuft. Außerdem haben wir ihnen einige Extraprivilegien und Verantwortungsbereiche gegeben – wie zum Beispiel die Anwesenheitskontrolle. Was der Grund dafür ist, dass sie noch auf sind. Und am Wichtigsten: Die Blues sind dazu da, dir zu helfen, vor allem zu Anfang. Zu Beginn des Sommers braucht jeder Hilfe. Stimmt's, Hud?«, fragte Hallsy, als Hud angetrabt kam. »Du bist hier, um zu helfen?«

»Ja, Sir. Natürlich«, antwortete Hud. Wyatt nahm wahr, dass Hud ein grünes und ein blaues Auge hatte: Richtige Wolfsaugen, die sich nun aus schmalen Schlitzen auf Wyatt richteten. »Folge mir«, sagte Hud und setzte sich Richtung Hütte in Marsch. Wyatt ging neben ihm her. Als er noch mal einen Blick zurückwarf, konnte er in der Ferne Dolly erkennen, wie sie in ihre Hütte zurückging. Sie sah viel zu hübsch für Honor aus.

»Weißt du, was sie ausgefressen hat, um hier zu landen?«, fragte Wyatt Hud, als sie außer Hallsys Hörweite waren.

Huds zweifarbige Wolfsaugen blitzen ihn an. »So etwas zu fragen, steht dir nicht zu. Nicht am ersten Tag.« Huds Augen glitten zum Messer an Wyatts Gürtel hinab. »Und dafür ist es auch viel zu früh. Das steht dir erst zu, wenn du die Hell Week überstanden und dich qualifiziert hast.«

»Ich hab nicht danach gefragt. Es wurde mir gegeben.«

»Exakt!« Hud schlenderte zur Veranda empor und stieß die Tür auf. Von außen hatte die Hütte still und leer gewirkt. Aber nun sah Wyatt, dass sie voller Etagenbetten stand und vor Aktivität förmlich brummte. Nur ein Viertel der Jungen war schon in den Schlafsäcken. Der Rest hing noch herum.

Ein großer, orientalisch aussehender Junge spielte Würfel mit einem drahtigen Hinterwäldlertyp mit nacktem Oberkörper. Er war blass, hatte weißblondes Haar und trug ein Tattoo von Kentucky auf seinem rechten Brustmuskel. Ein schwarzer Junge, der aussah, als würde er die ganze Hütte ausfüllen, machte Liegestütze. Und so gut wie jeder war am Quasseln.

Wyatt konnte kein freies Bett sehen. »Wo schlafe ich?«

»Auf dem Boden«, antwortete Hud knapp und rief dann: »Herhören!« Mit gemessenem Schritt hielt Hud auf die Mitte des Raumes zu. Alle verstummten. Alle, bis auf einen asiatischen Jungen, der anscheinend vor einem Zwillingspaar groß herumprahlte – zwei spindeldürren Jungs, die ihm mit offenen Mündern lauschten.

»Dann sind die also auf mich los. Aber ich war in meinem Honda. Den, den ich als Driftcar aufgemotzt habe. Hab die Knarre tief auf dem Sitz gehalten, etwa so ....« Der asiatische Junge tat, als würde er eine Waffe tief im Anschlag halten, während er seine Geschichte erzählte.

Hud baute sich hinter ihm auf. »Conrad, ich sagte ›Herhören‹.«

»Ja, klar. Wenn ich fertig bin.« Conrad bedeutete ihm zu verschwinden und fuhr mit seiner Geschichte fort. »Also hatte ich entweder die Wahl zu verduften oder ...«

Hud legte dem Jungen die Hand auf die Schulter. Conrad schoss hoch und wirbelte herum. »Was rückst du mir auf die Pelle, Mann?« Conrad hob die Faust zum Schlag. Aber Huds Reaktion kam blitzschnell. Ein Hieb an den Kehlkopf und der Junge ging zu Boden. Kurz war er ohnmächtig. Aber dann kam er röchelnd wieder zu Bewusstsein, während er verzweifelt nach Luft rang.

Ohne hinzugucken, pflanzte Hud seinen Fuß auf Conrads Brust und nagelte ihn auf dem Boden fest. »Die Hälfte von euch wird morgen schon nicht mehr hier sein. Also ist es mir scheißegal, wenn ihr die ganze Nacht auf seid und euch selbst reinreitet. Aber ich will meinen Schlaf. Denn den werd ich brauchen. Werden wir alle, um es bis Tag zwei zu schaffen. Mal abgesehen bis zum Ende des Sommers. Oder es zum Topcamper zu bringen – was, wie ich euch allen jetzt mal verrate, genau der Preis ist, den ich zu verlieren habe. Also, ihr seid gewarnt.«

Hud blickte sich in der Hütte um, während die Kandidaten in ihre Betten huschten. »Danke!« Er langte nach unten, zerrte den Schlafsack von Conrads Bett und schmiss ihn auf den Boden. »Alles klar, Wyatt. Jetzt hast du ein Bett.«

# Kapitel 11

**Frühjahr 2010**
**Beirut, Libanon**

Raquel mochte ihr Kibbeh roh: Lammhack, Gewürze, Bulgur, ein paar Ölspritzer über das Ganze, einige Prisen Salz, serviert mit Scheiben roher Zwiebeln und eingelegter Rüben. Sie war erst neun. Aber es war ihr Lieblingsgericht. Ihre Verwandten zogen sie dauernd damit auf. »Raquel sieht aus wie ein Zuckerpüppchen. Und dann mag sie rohes Fleisch!« Und sie sah tatsächlich aus wie ein Püppchen, süß und lieblich. Sie war eine echte Libanonblondine, auch wenn sie nur von väterlicher Seite libanesisch war. Von mütterlicher Seite stammte sie aus Syrien.

Seit dem Tod ihrer Eltern lebte sie bei ihrem Großonkel Samir, der das Phoenicia besaß – ein Restaurant, das als eine der kulinarischen Perlen Beiruts galt. Jeden Nachmittag wies Samir einen Kellner an, für sie draußen auf dem Gehweg einen Tisch aufzustellen. Da aß Raquel dann allein und genoss den Blick auf das Mittelmeer, die stillen Straßen und die sinkende Sonne. Perfekt.

Und genau dort befand sie sich, als die Touristen um die Ecke kamen. Japaner?, überlegte Raquel. Nein, Koreaner. Zwei Männer, eine Frau.

Die Männer trugen fette Kameras. Alle waren alt, ein wenig grau und plapperten und schnatterten wie die Schulkinder. Oder Enten. Raquel fand, dass sie wie Enten klangen. Sie lächelte, als sie sie sich als Enten auf einer Geflügelfarm vorstellte. Und sich dann ausmalte, wie ein kleines Mädchen mit einem Hackebeil hinter ihnen lauerte.

Sie sahen ihr Lächeln und schmolzen dahin. Sie kamen zu ihr. Die drei versuchten, sich verständlich zu machen – in extrem gebrochenem Englisch, gespickt mit hektisch auf dem Handy gegoogelten Arabischbrocken. Die alte Lady übernahm die Wortführung. Sie erklärte, dass sie Großmutter sei und daheim in Korea Enkeltöchter habe, die genauso wären wie sie. Wohl eher nicht genauso wie sie, hätte Raquel hervorheben können – wenn es sie denn gekümmert hätte.

Die alte Lady packte einen der Männer am Arm und sagte, das sei ihr Ehemann. Der andere Typ hingegen war ihr Schwager. Sie erklärte, dass sie in Korea Food-Blogger wären.

»Nicht wie Beruf«, hob ihr Schwager kichernd hervor. »Hobby. Leidenschaft-Hobby. Wir Feinschmecker.«

Das kleine Mädchen klimperte sie mit ihren Wimpern an. Und endlich rückte die alte Lady damit heraus, was sie von ihr wollten. Mit sich überschlagender Freundlichkeit fragte sie, ob sie Raquel beim Kibbeh-Essen fotografieren könnten, für ihren Blog. Sie versprachen, darüber zu schreiben. Die Leute in Korea würden sehr interessiert daran sein, sie beim Kibbeh-Essen zu sehen.

Während die alte Lady sprach, stellte sich das kleine Mädchen eine Ente mit grau melierten Augenbrauen vor. Die schnatterte und schnatterte, bis ihr der Kopf abgeschlagen wurde. PÖFITTT! Ein Blutstrahl und der Entenkopf segelte mit immer noch schnatterndem Schnabel in einem Bogen durch die Luft. Raquel lächelte verschlagen und kicherte. Die Brüder mit den Kameras und die alte Lady hielten dies für das Okay weiterzumachen und schossen ein paar Fotos.

Kameras rückten ihr zu Leibe. Finger drückten auf Auslöser.

Immer wieder. Für Raquel war jedes Klicken der Kameras wie eine Kugel, die sie durchbohrte.

Niedergeschossen. Bombardiert. In Stücke zerfetzt. Schlimmer noch: Beim Anblick der großen Linsen stellte sie sich Augäpfel vor. Teleskopmäßig kamen sie durch die Luft geschossen, um sie zu berühren und wie schleimige Murmeln über ihre Haut zu rollten. Sie wollte schreien. Angreifen. Ihre Gabel nehmen und sie der alten Lady ins Ohr rammen. Ihre Hand zitterte, als es sie nur so juckte, zuzustoßen. Aber das Lächeln auf Raquels Gesicht blieb süß wie eine Schale Milchreis.

Das Fotoshooting dauerte nur siebzig Sekunden und die Kameras hörten auf. Das Trio verneigte sich mehrere Male, sprach unzählige Male seinen Dank aus und beging anschließend seinen bis dahin größten Fehler. Den Gipfel der Unverfrorenheit. Den eigenen Todesstoß.

Der Schwager der alten Lady zog ein Bündel libanesischer Pfundnoten aus der Tasche und ließ ein paar Geldscheine auf den Tisch fallen. Ein Trinkgeld. Das Mädchen machte ein finsteres Gesicht.

Weitere Verbeugungen. Höfliche Entschuldigungen. »Viele Dank.« Dann betraten die drei das Restaurant und schickten sich an, ein Festmahl zu ordern: Hummus, Kafta, Froscheier, Makdous, Sujuk und natürlich: rohes Kibbeh. Sie fotografierten jedes Gericht. Ganz nah. Viele Male. Ein schöner Abend. Kein Zweifel.

Als die Koreaner gingen, war die Sonne gerade untergegangen. Niemandem von ihnen fiel der Teller mit dem Kibbeh auf. Unberührt stand er auf dem Tisch, an dem das Mädchen zuvor gesessen hatte. Nur ein Fliegenpärchen summte um das unberührte Fleisch herum. Die Gabel steckte immer noch in der aufgespießten Zwiebel. Doch das Messer fehlte.

Am folgenden Morgen wurden drei koreanische Touristen – Ehemann und Ehefrau samt einem Schwager – ermordet in ihrer Hotelsuite aufgefunden. Man hatte ihnen im Schlaf die Hälse aufgeschlitzt. All ihr Geld, ihre Computer, Telefone und die teuren Kameraausrüstungen waren fort. Dies veranlasste die Ermittler zunächst zu dem Schluss, dass Raub das Mordmotiv war. Ein merkwürdiges Detail sorgte in dem Fall jedoch für Verwirrung: Den beiden männlichen Opfern waren im Sterben die Augen ausgestochen worden.

Die Morde machten international Schlagzeilen und der Fall erweckte die Aufmerksamkeit koreanischer Politiker. Diese übten beträchtlichen Druck auf die libanesische Polizei und die libanesischen Geheimdienste aus, um die Morde aufzuklären und die Täter zur Rechenschaft zu ziehen.

Eine Sache, die als nicht allzu schwer angesehen wurde. Der oder die Killer waren mit einer gestohlenen Keycard in das Hotelzimmer gekommen. Das Hotel hatte Kameras in sämtlichen Fluren, der Lobby und den Außenanlagen. Doch als die Ermittler das Videomaterial auf dem Hotelserver untersuchten, stellten sie fest, dass er gehackt worden war. Binnen einer Stunde nach erstem Bekanntwerden der Morde hatte sich jemand in das Hotelnetzwerk gehackt und 24 Stunden digitaler Bildüberwachung gelöscht. Alle Zeichen deuteten auf einen staatlichen Akteur oder eine Terroristengruppe hin.

Erneut saß Raquel im schwindenden Sonnenlicht vor dem Restaurant ihres Großonkels. In aller Ruhe ließ sie sich ihr rohes Kibbeh mit Zwiebeln und eingemachten Rüben schmecken. Dieser Nachmittag unterschied sich kaum von anderen. Abgesehen davon, dass sie nun einen nagelneuen Computer made in Korea besaß und im Internet shoppte, als der Computerbildschirm plötzlich nicht mehr auf ihre Befehle reagierte. Eine Box mit einer Textnachricht poppte auf: **Glühwurm12 möchte dein Freund sein und hat dir eine Nachricht geschickt. Klick hier, um sie anzusehen.**

Sie klickte. Eine Datei öffnete sich. Es war ein Video. Eines, das sie noch nie zuvor gesehen hatte – und auch nie zu sehen gehofft hatte. Es handelte sich um Überwachungsbilder des Hotels. Auf ihnen war eine neunjährige Killerin zu sehen. Bildmaterial, von dem es in den Nachrichten geheißen hatte, dass es auf mysteriöse Weise gelöscht worden sei. Raquel sah sich im Hotelflur … und dann das Zimmer der Koreaner betreten. Prickelnde Angst durchströmte sie. Sie packte den Laptop, um ihn ins Meer zu schmeißen. Da fiel ihr Blick auf eine neue Nachricht: **Hab keine Angst. Ich habe die Dateien gelöscht, um dich zu schützen.**

**Raquel: Wer bist du?**
**Glühwurm12: Dein größter Fan … Mein ganzes Leben habe ich nach jemandem wie dir gesucht.**
**Raquel: Wo bist du?**

Pause.

**Glühwurm12: Willst du es sehen?**
**Raquel: Ja.**

Die Kamera an ihrem Computer aktivierte sich. Ein Chat-Fenster öffnete sich und ehe sie wusste, wie ihr geschah, starrte sie in abgrundtiefe Finsternis. Dann näherte sich eine Gestalt ihrem Bildschirm …

# Kapitel 12

JUNI 2017
CAMP HONOR

Wyatt blickte auf seine Uhr: 5:25 morgens. Die Luft war noch feucht. Es war immer noch nicht ganz hell und entsetzlich kalt. Wyatt bibberte im Schwimmanzug vor sich hin – ebenso wie die fünfundzwanzig anderen Camper-Kandidaten der C-Gruppe, die man gerade aus ihren Träumen gerissen hatte. Träumen von einem schönen Sommer zu Hause, mit Sonntagmorgen-Cartoons in der Glotze, ein bisschen Baseball-Geditsche, Videospielen und faulen Tagen, in denen man sich über nichts anderes den Kopf zerbrechen musste als darum, wie man sich am besten um die Sommerlektüre der Schule drückte. Nun starrten sie auf das eiskalte Wasser. Ruhig und glatt lag es in der beginnenden Morgendämmerung vor ihnen.

Im wirbelnden Nebeldunst marschierte Hallsy auf den Anleger, ein langes Karbonfaserpaddel in der Hand. »Ihr müsst nichts anderes tun, als euch auf das zu konzentrieren, was ihr gerade macht. Dann werdet ihr es auch durch dieses Programm schaffen. Dann kriegt ihr die Chance, Geschichte zu schreiben. So einfach ist das. Konzentriert euch auf das Jetzt. Wenn ihr daran denkt, was in zehn Stunden passiert, werdet ihr scheitern. Denkt ihr eine Stunde voraus, werdet ihr scheitern. Denkt nicht einmal zehn Minuten oder gar zehn Sekunden voraus. Gebt mir einfach hundert Prozent vom Jetzt, und ich werde euch sagen, wann ihr lockerlassen könnt.

Tut das und ihr werdet Großes vollbringen. Wenn ihr euch erst fragt, warum ihr hier seid und ob ihr es schaffen könnt – wenn ihr an den Weg denkt, der vor euch allen liegt – dann werdet ihr zwei Kämpfe ausfechten: einen jetzt und einen später. Lasst den anderen Kampf warten. Ihr werdet früh genug dorthin kommen. Zuallererst ist dies ein mentales Spiel. Lasst euch durch euren Geist leiten. Dann wird der Körper folgen.«

Hallsy wandte sich zur Bucht um. Dort trieben mehrere zu Bündeln zusammengebundene Kanus, in denen Ausbilder bereit saßen. In trägen Wölkchen entwich ihr Atem in die Luft, während sie darauf warteten, dass das Schwimmen begann.

»Bevor wir anfangen, will ich, dass ihr euch eine Belehrung darüber anhört, was ein guter Ruf bedeutet«, sagte Hallsy. »Ruf und Ansehen sind alles. Und heute legt ihr euren Grundstein dafür. ›Aber dies ist ein geheimer Ort‹, mögt ihr euch vielleicht sagen. ›Warum soll so was eine Rolle spielen? Zu Hause weiß niemand, ob ich aufgegeben, geschummelt oder nicht diese hundert Prozent gegeben habe.‹

Die Wahrheit ist, dass *ihr* es wissen werdet. *Ich* werde es wissen und eure Kameraden in der C-, B- und A-Gruppe werden es wissen. Ruf und Ansehen spielen immer eine Rolle. Was ihr hier in den nächsten drei Monaten macht, wird euch für den Rest eures Lebens begleiten. Ob ihr nun zu den SEALs, der DELTA-Force, der CIA oder in den Privatsektor geht. Euer Verhalten in Honor wird euch – unter denen, die euch kennen – künftig definieren. Jetzt und hier wird der Grundstein für euren guten Ruf und euer Ansehen gelegt. Legenden werden hier gemacht. Denkt daran.«

Die Jungen und Mädchen stellten sich in einer Reihe am Ufer auf, während sie über die emotionalen Worte sowie das Konzept von einem guten Ruf nachdachten – und es komplett in die Tonne traten.

»Wie wär's, wenn er seinen Arsch selbst mal zum Schwimmen ins Wasser schwingt«, murmelte der große, arabisch aussehende Junge, der Würfel gespielt hatte. Gekicher setzte ein. Wyatts Blick fiel auf den Jungen mit dem Kentucky-Tattoo. Er war so dürr, dass er in der morgendlichen Frische fast wie ein Skelett aussah. Er zitterte bereits kräftig und seine bebenden Knochen stachen unter der Haut hervor. Aber er lächelte.

Hallsy bekam nichts mit. »In Ordnung.« Er blickte auf seine Uhr. »Genug gequatscht. Zeit, an die Arbeit zu gehen. Wir werden den Tag mit einem Sprung ins Wasser beginnen – sprich, den Morgen mit einen Schwimmausflug nach Flint Rock starten. Das sind drei Kilometer.«

»Drei Kilometer?«, hörte Wyatt einen anderen Camper sagen. »Das ist irgendwie … ganz schön weit, Mann.«

»Hast du ein Problem damit? Wenn ja, kannst du auf der Stelle zurück in den Knast.« Hallsys Blick durchbohrte sie. »Euch gefällt das hier nicht? Dann könnt ihr herzlich gerne wieder in euren Zellen abchillen. Na, wer möchte?« Niemand sagte etwas. »Also, okay dann. Für diejenigen von euch, die sich noch nicht qualifiziert haben, ist dies euer Schwimmtest. Später werden wir Schwimmpartner bestimmen. Fürs Erste jedoch ist es euch untersagt, anderen Campern zu helfen. Okay, dann machen wir uns mal nass.« Hallsy trat vom Anleger auf ein Paddelbrett – ein mächtiger Gorilla von einem Mann, wie er da scheinbar wie auf einer Nebelwolke schwebend hinausglitt.

Die kältestarren Camper tauschten unsichere Blicke. Ging es jetzt wirklich los? Hinein in dieses eisigkalte Wasser?

»Wie wär's, wenn ich es euch einfacher mache?«, sagte Hallsy, während er sein Paddel eintauchte und das Brett aufs offene Wasser hinausschießen ließ. »Der Letzte am Felsen schwimmt die Strecke zweimal.«

Die Camper stürmten los. Arme, Beine, Körper durchbrachen die stählern schimmernde Wasseroberfläche. Wyatts Haut stach, als würden Nadeln in sie piksen. Sein Herz hämmerte.

Zunächst fiel es Wyatt sehr schwer, nicht daran zu denken, wie weit drei Kilometer waren. War er überhaupt jemals so weit geschwommen? Er fror zum Gotterbarmen. Würde das Wasser wärmer werden? Würde jeder Tag so ein? Würde jeder Morgen mit einem Bad im Meer beginnen, das so kalt war, dass er nur noch schreien wollte?

Hör auf, sagte Wyatt sich. Hör auf zu denken.

Einfach Arm strecken, durchziehen, Beinschlag, atmen und von vorn das Ganze. Arm strecken, durchziehen, Beinschlag, atmen, strecken, durchziehen, Beinschlag, atmen. Schwimm einfach. Ein Zug nach dem anderen.

Es funktionierte. Konzentrier dich auf das Jetzt, ermahnte er sich. Keinen Schwimmzug vorausdenken.

Noch vor Flint Rock entschieden sich zwei Camper, aufzugeben und lieber ins Gefängnis zurückzugehen.

Einer von ihnen war Conrad, das Großmaul vom letzten Abend. Er und ein anderer Junge wurden aus dem kalten Wasser gefischt. Triefend nass ließ man sie in ein Kanu plumpsen. Sie wurden in Decken gehüllt, bekamen eine riesige Pille verabreicht und etwas Warmes zu trinken. Dann legte man ihnen Handschellen an und transportierte sie zur Insel zurück.

Wyatt versuchte, nicht zu den beiden hinüberzublicken. Er war sich nicht sicher, ob er bleiben wollte. Aber todsicher wollte er nicht zurück in den Jugendknast. Arm strecken, durchziehen,

Beinschlag, atmen und noch mal von vorn. So ging es weiter, bis plötzlich das Ufer vor ihm materialisierte. Er zog sich auf einen riesigen, zwölf Meter breiten Felstreifen: der »Strand« von Flint Rock. Dieser wurde von der aufgehenden Sonne beschienen und somit war es nun wärmer. Mit der Brust nach unten lag er auf dem Felsen und ließ die Sonnenwärme in sich eindringen – zu müde und durchgefroren, um etwas anderes zu machen, als Luft zu holen und zu zittern.

»Du schwimmst besser, als du fährst.«

Wyatt blickte zu Hallsy auf, der von seinem Paddelbrett auf ihn hinabsah. »Du schwimmst fast so gut wie die Blues.« Hallsy wies mit einem Nicken zu Hud und Dolly. Sie waren die einzigen Kandidaten, die Wyatt im Wettschwimmen zur Insel geschlagen hatten. Hud war der mit Abstand stärkste Kandidat in der Gruppe. Somit war es keine Überraschung gewesen, dass er als Erster den Felsen erreicht hatte, gefolgt von Dolly.

»Bleib weiter so hart am Ball«, sagte Hallsy, während er wieder den eintreffenden Schwimmern entgegenpaddelte. »Dann wirst du es vielleicht gerade eben so durch den Rest des Tages schaffen.«

Als Wyatts Zähne endlich zu klappern aufhörten und sich seine Muskeln lockerten, setzte er sich auf. Er wollte zusehen, wie die anderen Camper ankamen. Wieder gab eine Kandidatin auf. Sie wurde nicht weit vom Ufer herausgezogen. Man hüllte sie in eine Decke, gab ihr was zu trinken und verabreichte ihr die Pille, bevor sich die Handschellen um ihre Handgelenke schlossen.

Wyatt wandte sich an das große athletische Mädchen, das neben ihm saß. »Was geben die ihr für eine Pille?«, fragte er.

»Die ist dafür da, dass wir vergessen.«

»Vergessen?« Die Stimme kam von dem riesigen schwarzen Jungen, der am Abend zuvor die all die Liegestütze gemacht hatte. »Wie machen die das?«

»Keine Ahnung. Eine Droge. Die lassen sie dich nehmen, damit das alles hier bei deiner Rückkehr nur eine verschwommene Erinnerung ist. So was wie ein Traum.«

»Verdammt.« Der schwarze Junge schüttelte den Kopf. »Mir wird das nicht passieren.«

»Mir auch nicht«, sagte das Mädchen.

»Ich bin Ebbie.« Der schwarze Junge streckte die Hand aus.

»Annika«, antwortete das athletische Mädchen.

Der Junge mit dem Kentucky-Tattoo hob einen Finger. »Sanders. Und kein Schimmer, warum ihr hier seid. Aber ich bin's, weil ich mit Vorliebe schöne Autos fahre, für die andere bezahlt haben.«

»Dein Name ist Sanders? Und wenn ich das richtig mitgekriegt habe, kommst du aus Kentucky?«, fragte Ebbie ungläubig. »So wie Colonel Sanders. Der Alte von Kentucky Fried Chicken?«

Der Junge nickte. »Klar, KFC forever, Baby.«

»Und wer bist du?«, fuhr Ebbie fort und wandte sich an Wyatt. »Alle haben sich schon gefragt, was das für ein Typ ist, der in persönlicher Begleitung von Hallsy und dem Alten herumläuft.«

»Ich heiße Wyatt. Und bin niemand besonderes. Keine Ahnung, warum ich hier bin.«

»Lass mich dir da auf die Sprünge helfen«, sagte Ebbie. »Du bist hier, weil du böse bist. Und entbehrlich ... Und jetzt lasst mich eine Frage stellen, nachdem diese drei Idioten schlappgemacht haben: Wer mag wohl der arme Lutscher sein, der als Letzter ankommt und zurückschwimmen muss?«

Wie sich herausstellte, wurde es am Ende nicht einmal knapp. Der Vorletzte war schon längst im Ziel, als endlich auch der letzte Schwimmer triefend nass auf den Felsen gekrochen kam. Der Junge war sehr groß, vielleicht ein Meter neunzig. Ein Araber oder Afghane. Er hatte eine riesige Hakennase und große Hände.

Keuchend lag er da. Hallsy kam heran. Alle dachten dasselbe. Würde er zurückschwimmen müssen? Oder würden sie ein Auge zudrücken? Zweifellos hatte es nicht an seinem Einsatz gelegen, dass er das Wettschwimmen zum Flint Rock verloren hatte. Sondern daran, dass er kaum schwimmen konnte.

Hallsy ließ ihn wieder zu Atem kommen, bevor er sich neben ihm hinhockte und sagte: »Wie geht's denn so, Samy? Hätte nicht gedacht, dass du es packst. Bist du okay?«

Der große Araber blinzelte und runzelte leicht die Stirn, während sein Gesicht noch auf dem Felsen klebte. »Jo, perfekt, Boss. Wieder okidoki-startbereit!«, antwortete der Junge in einem Mischmasch aus Mittelost-Akzent und Ghettoslang.

»Gut, denn du hast noch mal drei Kilometer vor dir.« Hallsy erhob sich und blickte Richtung Basiscamp zurück, das im Meer aus Inseln nicht zu sehen war. »Ich geb dir fünfzehn Minuten zum Ausruhen und Warmwerden. Dann heißt es wieder rein mit dir.«

Samy rümpfte die Nase und sah aus, als würde er irgendetwas in seinem Mund schmecken. Er stand auf. Seine Haut war ganz blau. Seine Gelenke knackten und ganz offensichtlich hatte er Schmerzen. Er blies einen Strahl Rotz aus der Nase und blickte dann Richtung Camp zurück. »Wieso Pause?«

»Wie bitte?«, sagte Hallsy.

»Sir, Kamele brauchen keine Pause.« Samy klopfte sich gegen die Brust.

»Kamel, was?«, erwiderte Hallsy. »Du hast nichts dagegen, wenn man dich ein Kamel nennt?«

»Macht mir nix, wenn man mich so nennt. Das sind krasse Tiere. Passen Sie auf! Samy sprang mit einem Platscher wieder ins Wasser. Ein langsamer Atemzug, ein langsamer Armzug und er machte sich wieder auf den Rückweg.

Hallsy klatschte in die Hände. »Also schön. Keine Pause für das Kamel.«

Während Samy schwamm, paddelte der Rest der C-Gruppe locker in den Kanus zurück. Doch offensichtlich nicht locker genug. »Schaltet mal einen Gang runter, Leute«, wiesen die Ausbilder sie zurecht. »Ihr werdet eure Energie noch brauchen.«

Wyatt konnte einfach nicht den Blick von Samy wenden, der sich hinter ihnen abstrampelte. Mit fahrigen, schlampigen Bewegungen arbeitete er sich voran und gab alles, um überhaupt über Wasser zu bleiben. Wieder zurück am Strand beim Basiscamp zwiebelte man die C-Gruppe sogleich mit Liegestützen, Situps und Burpees, während Samy noch irgendwo zwischen Flint Rock und dem Ufer halb am Ertrinken war.

Minuten vergingen. Arme wurden taub. Beine steif. Der Fitnessdrill im Sand war noch übler als das kalte Wasser – so jedenfalls kam es den Campern vor. Sie stöhnten und ächzten, während Sand und Sonne die Willenskraft zu Staub zermahlten.

Die Sonne kroch weiter über den Himmel. Immer noch kein Samy. Gemurre machte sich unter den Campern breit. »Was macht er überhaupt hier, wenn er nicht schwimmen kann?«

»Worauf warten wir?«

»Wo ist er?«

Als Wyatt während der Liegestütze hochlugte, sah er, wie

Hallsy auf dem Brett in die Bucht glitt. Im nächsten Moment tauchte neben dem Brett ein Körper auf, der sich unter Spritzen und Platschen durchs Wasser quälte. Der große Junge hatte es geschafft. Oder jedenfalls fast.

Weniger als zweihundert Meter vom Ufer entfernt, begann Samy zu versinken. Die Arme glitten unter Wasser. Sein Kopf verschwand. Hallsy beugte sich über die ruhige Wasserfläche und spähte in die Tiefe. Samy tauchte wieder auf. Versank … tauchte erneut auf. Seine Bewegungen beunruhigten Wyatt.

Sein Vater hatte ihm schon in jungen Jahren das Schwimmen beigebracht – und zwar die richtige Schwimmtechnik und nicht nur, wie man sich über Wasser hielt. Es war eines der Dinge, die sie zusammen getan hatten. Sein Vater war regelmäßig über Monate mit seinem Truck auf Achse gewesen. Aber in den kurzen Zeiten, die er während des Sommers zu Hause gewesen war, hatte er Wyatt immer mit zum Jagen und Fischen genommen. Wyatt hatte sich in den trüben Flüssen und warmen Stauseen von Millersville County ganz in seinem Element gefühlt. Man hatte ihn kaum aus dem Wasser herausbekommen. Darüber hinaus hatte sein Vater ihm ein paar einfache Rettungsschwimmertechniken gezeigt. Vermutlich weil Wyatt – aus Sorge um Cody – wissen sollte, was man machen musste, wenn jemand am Ertrinken war. So wie Samy sich jetzt im Wasser bewegte und abstrampelte, hatte er Wyatts Vermutung nach einen Krampf. Aber Samy würde nicht aufgeben.

Wyatt konnte hören, wie Hallsy mit verlockenden Worten versuchte, ihn zum Aufgeben zu bewegen. »Kumpel, greif einfach ans Brett und du hast es hinter dir. Mach's dir doch nicht so schwer …«

Aber Samy dachte nicht daran.

Die Situation war so ernst, dass sogar der Alte darauf aufmerksam wurde. Er kam von der Veranda der Lodge zum Strand herunter, um sich zur C-Gruppe zu gesellen.

»Okay. Herhören«, sagte er. »Wir haben noch keine Schwimmpartner bestimmt. Aber der Junge da steckt in Schwierigkeiten. Er ist jetzt schon fast sechs Kilometer geschwommen. Er hat seinen Schwimmtest bestanden. Wenn ihr wollt, dass er weiter in der C-Gruppe dabei ist, erlaube ich, dass ihr ihm helft.«

Wyatt rappelte sich auf. Eine Hand packte ihn am Arm und hielt ihn zurück.

»Warte«, sagte Hud. »Er kann kaum schwimmen. Er sollte rausfliegen. Er ist für uns alle nur eine Belastung. Er wird uns nur aufhalten.«

Wyatt blickte Hilfe suchend zum Alten.

»Da hat dein Blue nicht ganz unrecht«, sagte der Alte. »Ihr beide solltet euch im Klaren darüber werden, was es bedeutet, wenn ihr helft.«

Hud hielt Wyatts Arm fest umklammert. »Es ist scheiße. Aber lass ihn jetzt rausfliegen. Es ist die harte Wahl, aber die richtige.«

Wyatt blickte hinaus aufs Wasser, wo Samy wie ein Fisch an der Leine zappelte.

Wyatt nickte. »Du hast recht. Er wird uns nur aufhalten.«

Hud löste seinen Griff.

Wyatt wartete eine Sekunde. »Genauso wie ich irgendwann.« Er stürmte den Anleger hinunter und hechtete ins Wasser. Mit aller Kraft und so schnell er konnte, schwamm er los.

Als er Hallsys Brett erreichte, war Samy nicht zu sehen. Wyatt tauchte und tastete nach ihm. Samy trieb unter der Wasseroberfläche. Verzweifelt griff sich der Junge an das verkrampfte Bein, während er versuchte, es zu strecken. Wyatt schlang die Arme unter Samys Brust und zog ihn hoch. Sie durchbrachen die Wasseroberfläche.

»Lass mich! Ich kann noch.«

»Er ist ein Camper«, rief Hallsy von seinem Brett herunter. »Er darf dir helfen. Ist okay.«

Das musste Samy scheinbar erst einmal verarbeiten. Er nickte … und sank erneut in die Tiefe. Mit energischen Beinschlägen schleppte und zerrte Wyatt den vor Kälte steifen und weiter von Krämpfen gequälten Jungen an den Strand zurück. Plötzlich merkte Wyatt, dass noch jemand neben ihm im Wasser war – jemand, der ihm half. Dolly.

Andere schlossen sich an, unter ihnen Hud. Sie trugen Samy den Strand hinauf und ließen ihn in den Sand plumpsen. Mackenzie brachte eine Wärmedecke. Dann half er Samy, das Bein zu strecken und den Krampf zu lösen. Der Körper des Jungen war ganz blau geworden, die Lippen dunkellila angelaufen.

»Ihr habt fünf Minuten, euch auszuruhen«, sagte Hallsy, als er mit dem Paddelbrett unter dem Arm wieder den Anleger herunterkam.

Die Mitglieder der C-Gruppe versammelten sich im Sand. Wyatt nickte Dolly zu. »Danke.«

»Hud hatte recht. Willst du das nächste Mal Held spielen, denk zuerst an die Gruppe.« Dollys Reaktion überraschte Wyatt.

Sie starrte ihn finster an. »Auf einer Mission wird uns so ein Fehler alle umbringen. Er musste es allein herschaffen.«

»Er brauchte nichts weiter als nur noch einen kleinen Schubs«, erwiderte Wyatt.

»Dies ist Tag eins. Wenn er es jetzt nicht schafft, meinst du, er ist dann bereit für Tag neunzig? Wenn's richtig hart wird? Du denkst, du hilfst. Aber du hast dem Jungen einfach nur mehr Schmerzen eingebrockt. Und uns auch.« Dolly wandte sich ab und ging den Strand hinunter, wo Hud wartete. Sie tranken abwechselnd aus einer Wasserflasche.

»Wen juckt's schon?«, hörte Wyatt Hud zu Dolly sagen, die ihn immer noch anfunkelte. »Die sind beide bald Geschichte.«

»Euer Schwimmpartner ist ebenso euer Landpartner wie auch euer Luftpartner und euer Alles-und-überall-Partner. Euer Schwimmpartner ist nicht nur euer Freund, nicht nur eure Familie. Euer Schwimmpartner ist weitaus wichtiger für euch«, erklärte der Alte. »Eure Schwimmpartner seid ihr selbst in einem anderen Körper. Ihr seid gegenseitig für euch verantwortlich und ihr werdet aufeinander aufpassen. Wenn euer Schwimmpartner es vermasselt, vermasselt ihr es auch. Wenn er verloren geht, geht auch ihr verloren. Ihr müsst denjenigen, der euch zugeteilt ist, nicht mögen. Ihr müsst ihn lieben, als würde euer Leben davon abhängen. Denn das tut es auch.«

Hud hob eine Hand. »Was, wenn unser Schwimmpartner aufgibt?«

»Niemandem schmeckt das, wenn so was passiert. Aber das tut und wird es. Gibt euer Schwimmpartner auf, werden unsere Ausbilder euch mit jemand anderem zusammentun.«

Der Alte beendete seine Rede, indem er jedem einen Partner zuteilte. Und wie Wyatt es sich fast hätte denken können, tat man ihn mit Samy zusammen.

Hud hatte recht damit, dass Samy ihn aufhalten würde. Nach den fünf Minuten Pause zitterte Samy immer noch vor Kälte und war nicht in der Lage zu joggen. Also musste Wyatt dem großen Jungen die ganze Strecke den Vulkan hinauf und wieder zurück helfen. Erschöpft und als Letzte kamen sie ins Ziel. Die Strafe bestand diesmal aus fünfzehn Burpees vor dem Mittagessen. Wyatt sah auf die Uhr, als sie alle in einer Reihe in die Lodge marschierten. Am Beginn des Morgens hatten sich fünfundzwanzig Kandidaten der C-Gruppe ins Wasser gestürzt. Jetzt war es noch nicht mal zwölf Uhr und sie waren nur noch achtzehn.

Mums warmes Mittagessen würde ihnen wenigstens eine Atempause verschaffen. Es gab frittierten Fisch, Maisbrot, Suppe und Salat. Einige Kids starrten einfach nur wie die Zombies auf ihre Teller. Ansonsten nichts als Gesichter, die sich auf- und abbewegten, mahlende Kiefer, fliegende Gabeln, schlürfende und schlingende Mäuler. Aber niemand sagte ein Wort … Mittagessen in Honor.

Wyatt fand sich an einem Tisch zusammen mit Ebbie, Sanders und Annika wieder. Nicht, dass er großartig darauf achtete. Mit dem Gesicht tief über die Suppe gebeugt, hörte er plötzlich, wie ein Stuhl am Tisch zurückgezogen wurde. Schräg gegenüber ließ sich Samy auf die Sitzfläche plumpsen. Seine Haut hatte wieder von bläulich zu hellbraun gewechselt. Samy sagte kein Wort. Stattdessen hielt er ihm die Faust zum Gruß entgegen. Vor Wyatt schwebte sie über dem Tisch. Eine schweinegroße Faust, braun und schuppig.

Wyatts Augen glitten zu Dolly hinüber, die auf der anderen Seite des Speisesaals zusammen mit ihrer Schwester Cass, Hud und Rory saß. Rory hatte schon der B-Gruppe angehört, war aber nach dem Fiasko mit der Bombe in die C-Gruppe zurückversetzt worden. Sie würde den Sommer zusammen mit ihnen zu Ende bringen müssen, wenn sie weiterkommen wollte. Sie kannte natürlich Dolly und Hud vom letzten Sommer und war bei ihnen hängen geblieben. Wyatt konnte spüren, wie sich über die

Schwimmpartnerschaften hinaus Allianzen zu bilden begannen. Sei's drum, dachte er. Er streckte die Faust aus, um sie gegen Samys zu stoßen. Ebbie und Annika taten es ihm nach.

Der große Junge lächelte. »Verdammt, Mann«, sagte er. »Die Leute hier sollten wissen, dass Kamele nicht schwimmen können. Aber dafür fressen. Passt mal auf.« Er nahm ein schuhsohlengroßes Stück Fischfilet auf. Hielt es zwischen zwei seiner Riesenfinger in die Höhe. Und ließ es in den Mund plumpsen. Das ganze Ding. Er klopfte sich auf die Brust, während er kaute. »So machen Kamele das«, sagte er in seinem schrägen Ghettoslang. Und dann lachte Samy, seine Hände klatschten auf den Tisch und er schrie: »Yeah, Baby. Das wird richtig spaßig!«

Das Mittagessen war viel zu kurz. Hastige dreißig Minuten später waren sie schon wieder im Wasser. Schwimmen und rennen. Fitnessdrill. Schwimmen und rennen. Fitnessdrill. Und noch mal das Ganze.

Die letzte Übungseinheit des ersten Tages bestand aus einer Stunde Wassertreten. Wyatt war sicher, dass Samy diesen Test nicht bestehen würde. Aber da sie nun Schwimmpartner waren, fürchtete er, dass Samy auch ihn mit reinreißen würde.

Sie stiegen wie die vorigen Male gerade vom Anleger ins tiefe Wasser, als der riesige arabische Junge sagte: »Keine Angst, Junge, ich pass auf dich auf.« Wyatt musste unwillkürlich lächeln.

Und hinein ging es ins Wasser. Samy musste augenblicklich alles geben, um sich oben zu halten. Seine Beine wirbelten, als würde er rennen. Seine Hände fuchtelten verzweifelt umher, während er darum kämpfte, den Kopf über Wasser zu halten.

»Nun chill doch mal«, sagte Wyatt. »Du kannst nicht schwimmen, wenn du angespannt bist. Versuch, nicht so hart zu treten.

Schalt mit Armen und Beinen einen Gang runter. Weniger Bewegung. Geh's locker an und es wird leichter.«

Samy versuchte es. Zuerst sank er schneller. Aber mit ein wenig Übung und weiteren Verbesserungstipps kriegte er den Bogen raus. Samy hielt die Lippen über Wasser, während er versuchte, seinen Hundepaddelstil zu kontrollieren. »Schätze, Kamele können doch schwimmen.«

Die Stunde verging langsam. Für jeden von ihnen bestand die Herausforderung nicht im Schwimmen, sondern in der Kälte. Als sie wieder auf den Anleger kletterten, waren alle Camper heftig am Zittern.

»Wer hat Lust auf ein Feuer?«, fragte Cass.

Mit klappernden Zähnen nickten alle.

»Okay, dann mir nach.« Cass führte die nassen Camper in den Wald zu einer riesigen, halb umgestürzten Fichte. Sie war schon vor Jahren abgestorben und von einem Sturm umgeweht worden. Nun lag sie auf der Seite, silberfarben und von der Sonne gebleicht. Cass hackte das Geäst ab und die Camper schleppten die Zweige zur Feuerstelle. Währenddessen zersägte Cass den riesigen Baumstamm in drei Teile, spaltete die Holzblöcke in Scheite, die sich dann mithilfe von Streichhölzern und etwas Kienspan leicht entzünden ließen. Im Nu züngelten knisternde Flammen am trockenen Holz empor und erwachten brüllend zum Leben.

Das Abendessen – Brot mit herzhaftem Eintopf – wurde neben dem Feuer serviert. Als alle gegessen hatten, wandte sich der Alte an die Camper: »Herzlichen Glückwunsch an alle, dass ihr Tag eins des Trainings durchgestanden habt. Ich weiß, dass für viele dieser Tag ein Schock war und zu einem gewissen Grad auch der härteste in eurem Leben. Die Tage werden nur noch schwieriger werden. Aber ihr auch besser, um damit fertig zu werden.«

# Kapitel 13

**OKTOBER 2015**

**ROYAL PANAMANIAN HOTEL UND CASINO, MONACO**

Mit achtzig konnte Pablo Gutierrez nicht nur immer noch trinken. Er konnte saufen wie ein Loch. Kopf nach unten, das kleine Schnapsglas an die violetten Altmännerlippen und – zack! – Kopf in den Nacken. Wieder und wieder. Vom späten Vormittag bis in die frühen Morgenstunden des nächsten Tages saß er nun schon an der Bar und kippte sich das Gift mit einer Kondition in den Rachen, die selbst junge Männer und Frauen in die Knie gehen ließ. Sie waren allesamt mit dem Gesicht auf der Theke geendet, während Pablo munter auf seinem Barhocker herumwirbelte wie ein Kind vor einem Softdrinkspender. Nicht dass seine Trinkfestigkeit jemand hätte überraschen oder beeindrucken müssen. Pablo hatte genug Zeit in Russland verbracht, mit richtigen Sowjetkerlen, um zu lernen, wie man auch wie so einer trank.

Pablo war in den späten Achtzigern von Honduras nach Russland geflohen, damals noch Teil der Sowjetunion. Wie die meisten mittelamerikanischen Gangstertypen hatte Pablo den Druck gespürt, als die USA in der Region Reinschiff machten. Er war gerade noch rechtzeitig rausgekommen. Ein paar Monate, bevor sein alter Kumpel Manuel »Ananas Face« Noriega hopsgenommen und anschließend nach Miami gebracht wurde. Wo er seine letzten Tage in einem Bundesgefängnis damit verbrachte, Kakerlaken Kunststücke beizubringen.

Mann, dieser Ronald Reagan hat gewusst, wie man die Peitsche schwingt, dachte Pablo. Er hob das Glas zu Ehren des alten Hollywood-Präsidenten. Dann erhob er ein weiteres Glas, um die Glücksgöttin zu ehren, die ihm so viele Male aus der Klemme geholfen hatte. Salud.

Ja, Pablo führte ein bezauberndes Leben. In den ersten Jahren nach dem Verschwinden des Colonels hatte er viel Zeit und Mühe mit dem Versuch verbracht, das Rätsel zu lösen. Aber die Zeiten waren ihm hold gewesen und das Glück sogar noch holder. Er hatte Millionen Dollar aus der verarmten Bevölkerung gepresst und deren Land verwüstet, während er das politische Erbe des Colonels fortführte. Eine Tätigkeit, die Pablo fast genauso genoss wie der Colonel. Mit dem Unterschied, dass er sich nie wirklich für Politik oder regionale Macht interessiert hatte. Und wenn er ehrlich war, hatte er Mittelamerika sogar nie richtig gemocht. Es war viel zu schwül dort und die Kerle zu machomäßig drauf, zu temperamentvoll. So wie diese herausgeputzten Tanzgockel aus Lateinamerika, die immer auf eine heiße Keilerei scharf waren. Außerdem waren die Frauen brünett. Dabei mochte Pablo Blondinen. Keine wasserstoffblonden – auch wenn die es in der Not taten. Nein, er bevorzugte echte, wahre Blondinen. Ja, um ehrlich zu sein, hatte das Schicksal Pablo geradezu dazu bestimmt, die Region zu verlassen und nach Norden zu ziehen.

Als ihm also das Pflaster zu heiß wurde und Ronald Reagan an die Tür klopfte, verließ Pablo die Stadt. Er fand Arbeit, Schutz und Glück als Söldner für Topleute des KGB – dieselben Leute, die nach dem Fall der Sowjetunion zum Kern der russischen Oligarchenklasse mutierten. Als das geschah, tauschte Pablo seine Uniform gegen einen geschniegelten Anzug. Er wurde zu der Art Typ, dem man nicht begegnen wollte – vor allem, wenn man es mit einem der frischgebackenen Russenmilliardäre verkackt hatte. Während seine alten KGB-Kumpel in absurdem Maß wohlhabend wurden und Jachten, Apartments in New York und Privatzoos mit Zebras und Gazellen sammelten, änderte sich ihre Haltung zu Pablo. Er wurde ihr Lakai, ihr Laufjunge.

Außerdem wurde es immer seltener erforderlich, irgendwelche Kerle mit Fäusten und Autobatterien aufzumischen, wenn man sie auch mit Bündeln von Rubeln zuscheißen konnte.

All das wusste Pablo. Aber es war ihm egal. Er verdiente trotzdem haufenweise Geld, brachte hier und da mal einen Kerl um und war von blonden Frauen umgeben. Das einzige Problem bestand darin, dass die meisten etwa dreißig Zentimeter größer waren. Na ja, man konnte wohl nicht alles haben.

In seinen frühen Siebzigern wurde der einstige Paramilitärgangster langsam arthritisch. Er bekam es leid, sich den Hals nach all den hübschen jungen Mädchen zu verrenken. Also hielt er nach dem nächsten Job Ausschau. Und dieses Mal beschloss er, es mit etwas Legalem zu versuchen … oder zumindest etwas Ähnlichem.

Pablo hatte genug Geld und Gefälligkeiten angehäuft, dass er Russland im allgemeinen Einvernehmen verlassen konnte. Er setzte sich stilgerecht in Monaco zur Ruhe und kaufte ein gemütliches kleines Casino auf.

Im Royal Panamanian Hotel und Casino verkehrten fast ausschließlich Russen und Kriminelle, was häufig ein und dasselbe war. Pablo schwebte im siebten Dreckskerl-Himmel. Er war reich und wurde reicher. Fett und immer fetter. Jetzt gerade betrunken und zunehmend betrunkener. Und sozusagen als Bonus kam er hin und wieder dazu, einen harmlosen Touristen aufzumischen. La buena vida, Baby!

In dieser Nacht, als er kurz von seinem Schnapsglas hochlugte, erblickte er sie: eine waschechte Blondine. Es war, als würde er auf ein magisches Einhorn starren. Er blinzelte, um sicherzugehen, dass ihm seine Augen keinen Streich spielten. Nein. Taten sie nicht. Gegenüber seiner Bar, an einem Pokertisch im Casino, saß das Mädchen seiner Träume. Dunkle Augen, olivfarbene Haut, runde Kurven. Gezwängt in ein rotes Kleid, das sich wie ein Gummihandschuh an ihren Körper schmiegte – so hauteng, dass es jedwede Üppigkeit aus dem Ausschnitt ihres Kleides presste. Etwa einsfünfundsechzig groß. Hieß also einsfünfundsiebzig in Stilettos. Hieß wiederum, dass Pablo auf der Tanzfläche zu ihr würde aufblicken müssen. Zumindest wenn er nicht seine Schuhe mit den höheren Absätzen trug, denn dann wären sie gleich groß. Sie war achtzehn, vielleicht jünger. Und selbstverständlich war ihr Haar natürlich blond. Sogar ihre Strähnchen sahen echt aus.

Unglücklicherweise saß sie neben einem seiner gefährlichsten Freunde: Dimitrius Nabowutschjomowitsch – oder Dimmy, wie er in der russischen Unterwelt genannt wurde. Pablos Vermutung nach war sie zusammen mit Dimmy da. Was bedeuten würde, dass sie tabu für ihn war, denn der Kerl war ein echter Psychopath.

Aber während er sie so über die Bar hinweg beobachtete, wurde ihm etwas klar: Das Mädchen versuchte eindeutig, dem permanenten Zigarettenqualm zu entkommen, der Dimmys braunem Mund und Nasenlöchern entströmte. Und damit nicht genug: Sie beklaute ihn. Pablo verfolgte, wie sie ein Gewinnerblatt nach dem anderen hinlegte und Dimmy sechs Mal in Folge ausstieg. Dabei stieg Dimmy niemals aus.

Wer ist diese Frau?, dachte Pablo, als das Mädchen grinsend ihre Hände mit den pink lackierten Nägeln nach dem bonbonfarbenen Chipsturm austreckte. Langsam zog sie ihn von der Tischmitte zu sich heran. Was Poker anbelangte, wusste dieses geflügelte Pferdchen ein ordentliches Blatt zu spielen. Pablo musste etwas unternehmen. Oder er würde es für den Rest seines Lebens bereuen.

Er ließ ihr eine Flasche 1942er Dom Perignon bringen – wovon es nur noch siebenunddreißig Flaschen auf der Welt gab, demnächst sechsunddreißig. Pablos Flasche hatte den Kerl, der sie besessen hatte, einst hundert Riesen gekostet. Pablo hatte nicht mehr investieren müssen, als die Flasche aus dem Haus des Typen zu tragen – nachdem er ihn dort über mehrere Stunden hinweg mit Stromschlägen exekutiert hatte. Aber der emotionale Wert der Flasche war für Pablo umso größer.

Eine ausgefeilte Zeremonie nahm ihren Lauf, als sich der Sommelier des Casinos mit der Flasche zu dem Mädchen an den Tisch begab. Das Spiel mit den hohen Einsätzen wurde jäh unterbrochen. Die Weinfreaks gafften. Der Sommelier zückte ein kleines Schwert und köpfte den Flaschenhals. Ohs und Ahs, während der Champagner perlte. Das Mädchen lächelte und winkte Pablo zu. Dann signalisierte sie, die Flasche mit dem Tisch zu teilen. Eine noble und teure Geste, dachte Pablo. Damit hatte er nicht gerechnet.

Die Spieler lächelten, schnupperten an den Gläsern und prosteten anschließend erst dem Mädchen und dann Pablo zu. Alle am Tisch tranken. Sogar Dimmy, der wegen Blähungen normalerweise nichts mit Kohlensäure anrührte, stürzte seinen Champagner in einem einzigen, grimmigen Schluck hinunter.

Alle tranken, außer dem Mädchen. Die Augen wie Dolche auf Pablo gerichtet, setzte sie ihr Glas wieder ab. Langte neben sich in die Qualmwolke. Zog die Zigarette aus Dimmys Lippen. Und ließ sie in ihren Schampus plumpsen. Pablo konnte das Zischen nicht hören. Aber er meinte es über die gesamte Distanz des Saales hinweg zu spüren. Ihm blieb schier das Herz stehen. Nicht nur, dass das Mädchen unglaublich schön war – elegant auf verruchte Weise, noch dazu von Natur aus blond. Sie war auch noch verdammt taff. Seine perfekte Zehn. Pablo geriet ins Schwärmen und es war um ihn geschehen. Lebte er noch lange genug, um einundachtzig zu werden, so schwor er sich, würde er das Mädchen heiraten. Selbst wenn sie achtzehn war und ihn wahrscheinlich für einen alten Knacker halten würde. Zum Glück, dachte Pablo, muss man in Monaco nicht schön sein oder jung oder smart. Ja nicht einmal cool. Klar, diese Eigenschaften halfen. Aber Geld … Nun, Geld war magisch.

Das Mädchen stand vom Tisch auf, sammelte ihre Chips ein und schnipste ein paar dem Dealer und dem Sommelier zu. Sie ging zur Kasse. Pablo schwankte hinterher und stellte fest, dass sein Bein vom stundenlangen Gehocke auf dem Stuhl eingeschlafen war. Hektisch winkte er seiner Casino-Security zu, sie aufzuhalten. In der Warteschlange des Parkservice holte er sie schließlich draußen ein.

»Warum halten Sie mich auf?«, stellte sie ihn zur Rede.

»Es ist nicht sicher, kleines Mädchen«, antwortete Pablo, während er versuchte, wieder Leben ins sein eingeschlafenes Bein zu bekommen. »Sie habe gerade Zehntausende Euro gewonnen. Sie können nicht einfach so auf den Straßen herumlaufen. Nicht hier. Kriminelle gibt's überall. Man kann nie genug auf Nummer sicher gehen. Erlauben Sie, dass ich Ihnen meinen eigenen Wagen zur Verfügung stelle. Mein Fahrer wird Sie überall hinbringen, wo Sie wollen.«

Pablo schnippte mit den Fingern. Ja, ein billiger Zug. Aber

auch irgendwie passend für die Gelegenheit. Reifen quietschten und ein Maybach materialisierte am Bordstein. Türen öffneten sich und gaben den Blick auf eine Flasche Champagner frei, die in einem Sektkühler auf dem Sitz bereitstand.

»Da ich gemerkt habe, dass Ihnen meine letzte Wahl nicht zusagte, dachte ich mir, Sie möchten vielleicht einen anderen Jahrgang probieren. Dieser ist sogar noch seltener.«

Das Mädchen blickte in den Wagen – unbeeindruckt, aber nicht gerade beleidigt. »Die Flasche, die Sie uns an den Tisch geschickt haben …«, begann das Mädchen.

»*Ihnen* an den Tisch geschickt habe«, korrigierte Pablo.

»War sie teuer?«

»Sehr!«

»Nun, dann tut es mir leid, dass Sie sie an mir vergeudet haben. Ich trinke nicht, jedenfalls keinen Alkohol.«

»Dann wären Sie vielleicht so nett, mich etwas von der Flasche in Ihrer Gesellschaft genießen zu lassen. Es wäre mir eine Ehre, Sie auf Ihrer Fahrt zu begleiten. Nur zu Ihrer Sicherheit natürlich.«

Das Mädchen dachte einen Augenblick darüber nach. »Okay«, sagte sie. »Aber würde es Ihnen etwas ausmachen, mir eine Sprite zu besorgen?«

Ein weiterer Fingerschnipser. Pablos Hotelpage flitzte ins Casino zurück, um gleich darauf mit dem Getränk wiederzukommen.

»Und nun müssen Sie mir verraten«, sagte Pablo, »was für einen Namen jemand so Liebreizendes wie Sie hat.«

Das Mädchen spießte die Kirsche in ihrer Sprite mit einem Cocktailspießchen auf. »Raquel«, erwiderte sie lächelnd.

Raquel wies den Fahrer an, sie zum Hotel Hermitage zu bringen, einem der nobelsten Hotels in Monaco. Pablo nahm es stillschweigend zur Kenntnis. Dieses Mädchen musste über einiges an Vermögen verfügen. Als der Wagen durch die Straßen von Monaco glitt, begann er ihr auf den Zahn zu fühlen. Er fragte, wo sie herkam und warum sie in Monaco war.

»Ich bin Libanesin«, antwortete Raquel. »Aber ich bin vor einigen Jahren von dort weg. Jetzt lebe ich in Panama.«

»Oh?«, hakte Pablo neugierig nach. In Panama hatte er sich einst regelmäßig aufgehalten.

»Ja, mein Vormund arbeitet in der Tech-Industrie. Er besitzt eine panamaische Spielefirma. Die entwickeln sogenannte Massen-Multiplayer-Videospiele. Wissen Sie, wie zum Beispiel World of Tanks.«

Pablo schüttelte den Kopf. »Da kann ich nicht folgen.«

»Unter Massen-Multiplayer versteht man Spiele, die etliche Menschen gleichzeitig spielen können, umsonst. Millionen von Menschen, um genau zu sein.«

»Umsonst?«, fragte Pablo, als hätte man ihn beleidigt. »Wie verdient Ihr Vormund dann Geld?«

»Mit Daten … Informationen«, sagte Raquel. »Er erfährt Dinge über die Leute, die seine Spiele spielen. Und mit diesen Informationen … nun ja, bringt er sie dazu, Geld zu zahlen.«

»Zu viel Technik verwirrt mich. Aber worüber Sie da reden, hört sich nach guter alter Erpressung an. Das verstehe ich«, sagte Pablo und lachte.

Mit zaghaften Lächeln zuckte sie die Achseln.

»Sie sagten, die Firma ist aus Panama, korrekt?«

»Ja.«

»Ist zwar schon einige Jahre her, aber in jungen Jahren bin ich ziemlich viel in Mittelamerika rumgekommen. Wusste gar nicht, dass es in Panama viele Start-ups gibt.« Er warf das Wort Start-up ein, als würde er es andauernd benutzen. Er kam sich cool vor, hipp und auf der Höhe der Zeit. »Sie sind weit weg von Panama. Was hat sie nach Monaco verschlagen?«

»Ich bin hier mit meinem Vormund, und der ist wiederum hier, um eine alte Geschäftsschuld zu begleichen.«

»Kommt Ihr Vormund aus Panama?«, fragte Pablo.

»Nein. Ich glaube, er wurde in Honduras geboren. Aber er ist in den USA aufgewachsen.«

»Ergibt Sinn«, warf Pablo ein und wurde noch neugieriger. »Wie alt ist Ihr Vormund? Ich hatte selbst einst geschäftlich in Honduras zu tun. Ich kenne es ziemlich gut. Und ich mag mir vielleicht selbst schmeicheln, wenn ich behaupte, dass ich in der Region ein ziemlich bekannter Geschäftsmann war.« Pablo straffte sich und warf sich in die Brust. »Vielleicht kenne ich ihn.«

»Oh, das bezweifle ich«, lächelte Raquel. »Sie sind eindeutig ein bedeutender Mann. Und mein Vormund war ein Niemand. Ah, da sind wir ja«, unterbrach sie sich, als der Maybach vor dem Prachteingang eines der großartigsten Hotels Monacos vorfuhr.

Ein weißbehandschuhter Page öffnete Raquel die Tür. Fieberhaft suchte Pablo nach einem Vorwand, sich ihr anzuschließen, nur ein wenig mehr Zeit mit ihr zu verbringen. Aber zu seiner Überraschung lieferte ihm das Mädchen dann selbst eine Vorlage.

»Sie scheinen sehr neugierig zu sein, was meinen Vormund anbelangt. Wenn Sie ihn gerne kennenlernen möchten, können Sie mich ins Hotel begleiten.« Sie stieg aus dem Wagen und reizte Pablo mit ihren langen, sonnengebräunten Beinen. »Vielleicht könnten wir dann später alle zusammen eine Kleinigkeit essen.«

»Es wäre mir eine Ehre«, sagte Pablo. Ein breites Grinsen ließ sein künstliches Gebiss aufblitzen, während er sich mühsam aus dem Wagen hievte.

Sie nahmen einen Privataufzug in den dritten Stock. Ganz verrückt nach ihr, starrte Pablo Raquel auf der kurzen Fahrt nach oben an. Er konnte ihr Parfüm riechen, ebenso wie ihr Shampoo. Und er bildete sich ein, ihren roten Lippenstift zu schmecken, den sie gerade neu aufgetragen hatte. Er konnte ebenfalls den faden Zigarettenqualm riechen, mit dem Dimmy sie vollkommen eingenebelt hatte. Das dämpfte die Stimmung etwas. Aber trotzdem war Pablo buchstäblich am Sabbern. Wäre nicht eine Fahrstuhlbegleitung dabei gewesen – ein grinsendes achtzehnjähriges Pickelgesicht in gesteiftem Smoking und weißen Handschuhen –, hätte Pablo womöglich die Taste für den Notstopp gedrückt, um auf der Stelle über sie herzufallen.

Die Türen öffneten sich und gaben den Blick auf fast völlige Finsternis frei. Raquel trat aus dem Fahrstuhl. Doch Pablo zögerte. »Warum ist es hier so dunkel?«

»Mein Vormund ist sehr lichtempfindlich. Daher haben wir alle Fenster verhängt. Und sämtliche andere Lichtquellen gedimmt.«

»Aber was ist mit den anderen Gästen auf der Etage?« Pablo lugte aus dem Fahrstuhl. »Beschweren die sich denn nicht?«

»Wir haben die gesamte Etage gebucht. Damit wir arbeiten können. Mein Vormund hört nie auf zu arbeiten. Und überall, wo er hingeht, bringt er eine ganze Horde von Angestellten mit. Und wie alle Spieledesigner starren die den ganzen Tag nur auf Bildschirme. Daher arbeiten sie im Dunkeln. Das ist sehr üblich. So sehen sie besser, was auf dem Schirm ist.«

Pablo blinzelte. Matt konnte er nun vor sich hinglimmende Bildschirme erkennen, die den höhlenartigen Korridor sprenkelten. »Kein Job für mich«, scherzte Pablo.

Lachend ließ Raquel ihre Hand in seine gleiten. »Kommen Sie mit. Keine Angst, Ihre Augen werden sich anpassen.«

Sie traten aus dem Fahrstuhl in die Dunkelheit, die sich noch weiter verfinsterte, als sich die Fahrstuhltüren schlossen. Pablos Augen mühten sich, etwas zu erkennen. Aber sie waren zu träge, um sich anzupassen. Vorübergehend blind, verspürte er einen Anflug von Furcht. Vielleicht zum ersten Mal, seit er ein Kind gewesen war. Etwas wackelig auf den Beinen zog er das Mädchen an der Hand zurück.

»Sind Sie okay?«, fragte Raquel.

Plötzlich fühlte sich Pablo alt. Sehr alt. »Ja, aber ich kann nichts sehen.«

»Wie ist es jetzt?« Ein Lichtkegel bohrte sich durch die Finsternis. Das Handy des Mädchens. Sie nahm erneut seine Hand und sie drangen tiefer in die Räumlichkeiten vor. Die Türen zu den Suiten standen auf beiden Korridorseiten offen. Dicke schwarze Plastikbahnen waren über die Fenster geklebt. In den Luxussuiten waren billige Bürozellen aufgestellt worden, die aussahen wie Honigwaben. Hunderte von emsig tippenden Leuten schienen die Etage zu bevölkern. Das rhythmische Geklacker der Keyboards hörte sich an wie Kaugeräusche. Wie Tausende Kreaturen, die in der Finsternis gefüttert wurden.

Bei den Angestellten handelte es sich nicht um die Art Leute, wie sie Pablo von Monaco vertraut war. Teure Anzüge, knappe Kleidchen und den gelegentlichen idiotischen Tourist im Hawaiihemd suchte man vergeblich. Hier war er von blassen Jungs und Mädchen umzingelt, die über und über mit Tattoos und Piercings bedeckt waren. Flotte Frisuren, die eher zu durchgeknallten Landstreichern passten als zu jungen Männern und Frauen, vervollständigten das Bild. In den Räumen und Korridoren roch es säuerlich, als könnte der Teppichboden und mit ihm sämtliche Wesen darauf eine Power-Wäsche vertragen. Alle Angestellten trugen die gleichen schwarzen Hoodies mit GLÜHWURM GAMING INC-Schriftzug auf dem Rücken, dessen Buchstaben im Dunkeln leuchteten.

»Hier sind mehr Leute, als ich gedacht hätte«, meinte Pablo. »Alle diese Menschen arbeiten für Ihren Vormund, sagten Sie?«

»Ja. Aber Sie sollten erst das Hauptquartier in Panama sehen«, antwortete Raquel. »Wir haben ein ganzes Gebäude, so was wie einen Wolkenkratzer.«

»Es muss sehr schwierig für Ihren Vormund sein, zu reisen.«

»Das ist es. Er hat eine eigene 747 dafür. Und die Fahrten zum oder vom jeweiligen Flughafen, ohne ihn dem Sonnenlicht auszusetzen, stellen eine Herausforderung dar. Daher verlässt er selten Panama. Das macht er nur, wenn er das Gefühl hat, dass er unbedingt muss.«

»Sie sagten, er wäre hier wegen einer Geschäftsschuld. Muss eine ziemlich große sein.«

»Ja, eine sehr große. Eine alte Schuld. Eine seiner ältesten.«

Raquel führte Pablo in die größte Suite auf der Etage. Vor den offenen Doppeltüren, durch die sie gelangten, hing rotes Samttuch, um zusätzlichen Schutz vor Licht zu bieten. Als sie sich durch den Samtvorhang schoben, wurde Pablo klar, woher der saure Verwesungsgestank kam. In der Suite war es heiß und es roch wie eine Mischung aus Achselschweiß und Metzgerladen. Pablo hatte das Gefühl, als würde er jeden Moment von einer sterbenden Kreatur verschlungen werden.

Als sie reinkamen, zuckte irgendetwas im Hintergrund zusammen und huschte davon.

»Meine Augen! Sperrt das Licht aus!«, krächzte eine Stimme. Es lag eine Spur von honduranischem Akzent in ihr, untermalt von einem seltsamen Schlürfen.

Raquel zog die Vorhänge wieder zu und schaltete ihr Handy aus. Fast vollständige Finsternis erfasste sie.

Pablo blinzelte. Mit Mühe erkannte er riesige Computerbildschirme, die über den ganzen Raum verteilt waren. Ihre Helligkeit war so niedrig eingestellt, dass sie aussahen wie matt glühende Asche auf Holzkohle. Das luxuriöse Bett und andere Möbel waren beiseitegeschoben worden, um Platz für das Computerequipment zu schaffen. Gegen die ebenfalls mit Samt verhängten Fenster hatte man schwarze Müllsäcke gestapelt.

»Besser«, sagte die Stimme. Sie drang hinter der hohen Lehne eines Bürostuhls hervor, dessen Umrisse sich im matten Licht der Bildschirme abzeichneten. »Bist das, Raquel? Eigentlich solltest du es besser wissen.«

»Tut mir leid«, antwortete sie. »Aber ich habe da jemanden, der dich kennenlernen möchte. Er lebt hier in Monaco, kennt aber Honduras sehr gut.«

»Oh, wie nett«, sagte die schlürfende Stimme. »Ich frage mich, ob ich ihn kenne.«

»Ehrlich gesagt«, hustete Pablo. »Halte ich das nicht für wahrscheinlich.«

»Nun, lassen sie mich das beurteilen«, antwortete die Stimme, während sich der ergonomische Stuhl zu drehen begann. »Dann werfen wir doch mal einen Blick auf Sie.«

# Kapitel 14

JULI 2017
CAMP HONOR

Nachdem sie den Hindernisparcours geschafft hatten, rannten die zwölf verbliebenen Kandidaten der C-Gruppe den steilen Hang des Vulkankraters hinauf. Das Rennen würde sie aus der Zuckerschüssel hinaus und anschließend zum Anleger hinunterführen – wo sich dann ein Wettschwimmen zum Flint Rock und wieder zurück anschloss.

Sie hatten erst eine Stunde zuvor Mittag gegessen. Die heiße Sonne stand hoch am Himmel. Wyatt und Dolly wetteiferten nahe der Spitze der Meute um Platz zwei und drei. Samy hielt dicht hinter ihnen mit, während Hud – natürlich – die Führung hatte. Als Zweiter oder Dritter ins Ziel zu kommen, wurde für Wyatt langsam zur Gewohnheit. Gerade erst hatte er auf dem Hindernisparcours seine persönliche Bestzeit hingelegt und war verdammt stolz darauf. Aber trotzdem war er damit immer noch sieben Sekunden langsamer als Hud an dem Tag. Und das war noch nicht mal Huds Bestzeit. Erster beim Schwimmen, Erster beim Laufen, Erster, der die endlos scheinenden Burpees beendete. Auf der Schießbahn fühlte Hud sich zu Hause wie Chris Kyle, der legendäre Navy-SEAL-Scharfschütze. Beim Ringen dominierte er. Sogar Holz hackte er besser als jeder andere und produzierte makellose Scheite.

Widerwillig musste Wyatt zugeben, dass der Bastard gut war. Mürrisch und arrogant. Aber gut. Verdammt gut.

Obwohl er Blue der C-Gruppe war, ging Hud nicht völlig über Leichen, um in Honor zu überleben. Klar, er hatte gewollt, dass Samy früh rausflog, damit es die Gruppe leichter hatte. Doch jetzt, fast einen Monat später, hatte Wyatt genug freundliche Seiten an ihm festgestellt, um zumindest verwirrt zu sein. Mal war Hud ein totales Arschloch. Mal war er, na ja, ein Held. Wie zum Beispiel bei der Baumstamm-Challenge.

Jedes Mitglied der C-Gruppe sollte einen 70-Kilo-Baumstamm vom Strand bis zum Rand des Kraters hochschleppen. Dieses Kunststück allein zu schaffen, war für viele nicht nur hart, sondern schlicht unmöglich. Schließlich war der Stamm schwerer als über die Hälfte der Kandidaten, einschließlich aller Mädchen. Aber genau das war der Punkt. Die Ausbilder in Honor wollten es den meisten Kandidaten unmöglich machen, die Aufgabe allein zu bewältigen.

Die zwölf stellten sich in einer Linie auf und starrten auf die Baumstämme. In jeden war ein Name eingeritzt.

Hallsy tigerte vor ihnen im Sand auf und ab. »Der erste Kandidat, der die Kraterspitze erreicht, bekommt einen vollen Tag Pause. Der zweite kriegt einen Nachmittag frei und der dritte eine Axt, die er während der Hell Week einsetzen kann. Die anderen verbringen den Rest des Tages mit Training. Der Letzte, der seinen Baumstamm über die Ziellinie schleppt, schiebt nach Licht-Aus drei Extrastunden Training.«

Niemand stöhnte. Aber alle zwölf Kandidaten sackten ein wenig in sich zusammen. Kein leichter Tag, der elf von ihnen bevorstand. Aber für den zwölften würde es ein Tag und eine Nacht in der Hölle werden. Und um sich eine Pause zu verdienen, wäre eine Anstrengung erforderlich, zu der nur die stärksten fähig waren.

Die Aussicht auf eine Auszeit war weitaus verlockender als alles, was Honor den Kandidaten der C-Gruppe hätte bieten können. Ein Erholungstag oder selbst nur ein halber war etwa so, wie Lebenspunkte in einem Videospiel zu sammeln – eine Chance, länger zu kämpfen.

Und dann rammte Hallsy ihnen sozusagen noch einmal das Messer tief rein, um es genüsslich umzudrehen. »Ach ja, es gibt da noch eine finale Herausforderung. Wir werden die Zeit stoppen. Jeder, der die Challenge nicht unter vier Stunden schafft, fliegt raus. Der Wettbewerb beginnt jetzt.« Hallsy zog seine Pistole aus seinem Holster und gab einen Schuss in die Luft ab.

Die stärksten Kandidaten in puncto brutaler Körperkraft – Samy, Ebbie und Hud – sprinteten los. Sie hievten die Stämme an, um sich darunterzustemmen. Dann fingen sie an, sie bergauf zu schleifen.

»Hud«, sagte Dolly, als sie versuchte, ihren Stamm wegzuzerren. »Das werd ich nie schaffen. Ich brauche deine Hilfe.«

Hud, der schon fünfzig Meter weg war, rief zurück: »Sobald ich oben bin, komm ich zu dir zurück.«

Wyatt dachte über Huds Antwort nach. Wenn es überhaupt einen Kandidaten in der C-Gruppe gab, der den ganzen Nutzen für sich allein haben wollte, dann Hud. Trotzdem bedeutete Dolly ihm etwas. Vielleicht sogar mehr als er sich selbst. Obwohl Dates in Honor nicht erlaubt waren, hatte Wyatt gehört, dass Hud und Dolly im letzten Sommer eine Beziehung gehabt hatten. Dolly hatte Schluss gemacht. Aber Hud war offensichtlich noch in sie verknallt. Mit frischem Elan stürmte Hud voran.

Wyatt schaffte es, seinen Stamm von der Stelle bewegen. Aber er würde schwer unter Druck kommen, wenn er in der Zeit bleiben wollte. Unter normalen Umständen brauchte man im langsamen Joggingtempo mindestens eine halbe Stunde bis zur Kraterspitze. Mit dem Baumstamm im Schlepptau würde es knapp werden. Und ein Blick auf Rory verriet ihm, dass die Challenge für den Großteil der Klasse wohl das Aus bedeuten würde. Und für die meisten Mädchen mit Sicherheit.

Rory, die kleinste und leichteste in ihrer Gruppe, hatte die Arme um ihren Stamm geschlungen. Mit jedem Gramm Kraft, die ihr sehniger Körper aufbringen konnte, zog und zerrte sie daran herum. Der Stamm zitterte nicht einmal. Wieder und wieder versuchte sie es. Keine Chance. Sie stemmte die Hände in die Hüften und starrte auf die unmögliche Aufgabe, die ihr gestellt worden war.

»Aussichtslos. Ich bin erledigt.« Es war nicht so, dass sie zu müde oder zu schwach war. Oder dass es ihr an Willenskraft fehlte. Es war schlichtweg unmöglich.

Wyatt ließ seinen Stamm fallen und lief zu Rory zurück. »Wenn wir es alle schaffen wollen, müssen wir uns aufteilen.« Und dann wurde Wyatt etwas klar. »Und der Stärkste muss sich mit der Schwächsten zusammentun. Dolly, du musst Hud zurückholen. Er hört nur auf dich.«

»Er wird später zu mir zurückkommen«, antwortete Dolly prompt, obwohl Wyatt eine Spur von Zweifel aus ihrer Stimme heraushörte. »Nicht jeder wird es schaffen, Wyatt. So läuft das hier nun mal.«

»Nein. So läuft es nicht«, sagte Wyatt. »Du kapierst es nicht. Ja, Hud kann seinen Stamm abliefern und zurückkommen, um dir den Arsch zu retten. Aber dabei geht es in der Challenge nicht. Es geht nicht darum, dass man einige wenige, starke Kandidaten bestehen lässt. Denk doch mal nach: Wir sind zwölf. Wir haben vier Stunden. Wenn wir uns in Dreiergruppen aufteilen, können wir vier Stämme in einem Durchgang hochbringen. Das sind drei Trips: eineinhalb Stunden hoch und wieder runter für die ersten beiden und eine Stunde hoch für den Letzten. Sie wollen, dass wir es schaffen – und zwar gemeinsam.«

Dolly starrte Wyatt an, während sie über seine Worte nachdachte. Doch sie trat nicht in Aktion. Er drängte sie: »Wir haben keine Zeit mehr. Hol ihn zurück, jetzt.«

»Okay. Ich werd versuchen, Hud zu überzeugen. In der Zwischenzeit sollten die Schwächsten den Stärksten hinterher, die schon unterwegs sind. Rory, du kommst mit mir. Wir werden uns Hud anschließen. Kat, du gehst mit Ebbie. Emmerson …« Sie wandte sich an einen groß gewachsenen, aber zarten kalifornischen Surfertypen. »… du mit Samy. Und Wyatt …«

Wyatt wusste, wer noch übrig war: Annika, die aussah und sich verhielt wie eine Jägerin der Amazonen, und der klapperdürre Sanders aus Kentucky. »Hab kapiert.« Wyatt nickte und setzte sich in Marsch, um die anderen zu finden.

Mir nichts, dir nichts trennten sie sich und stürzten sich auf die Aufgabe.

Zum Glück für die Gruppe erkannte Hud die Logik in Wyatts Plan und hörte auf Dolly. Mehr noch: Da sich alle bereits aufgeteilt und beschlossen hatten, es gemeinsam unter vier Stunden zu schaffen, legte er sich mit erstaunlich zielgerichteter Energie ins Zeug.

Hud hatte es bereits allein halb den Krater hochgeschafft, als Dolly und Rory ihn einholten. Zu dritt rannten sie danach so schnell zurück, dass sie Wyatts Team tatsächlich bei ihrem zweiten Marsch den Berg hinauf überholten. Beim dritten Durchgang dämmerte Wyatt, dass sein Team hoffnungslos weit zurücklag. Sie würden den Baumstamm niemals rechtzeitig zur Kraterspitze bekommen – es sei denn, sie fingen an zu joggen. Und wie um die Dinge noch schlimmer zu machen, war in den letzten Stamm, den sie trugen, sein Name eingeritzt.

Sanders nahm kein Blatt vor den Mund. »Wyatt, wir machen, so schnell wir können. Aber ich bin nicht sicher, ob wir dich da hochkriegen.«

»Geht einfach weiter«, sagte Wyatt. »Wir schaffen es schon.«

Als Wyatt, Sanders und Annika seinen Baumstamm Richtung Ziellinie schleppten, war die Situation endgültig klar: Wyatt war der einzige der zwölf Camper, der seinen Baumstamm noch nicht auf die Kraterspitze geschafft hatte. Und er hatte nur fünf Minuten Zeit für einen gut Zehnminutenweg bis nach oben. Andernfalls würde er rausfliegen Und alle drei Camper waren vollkommen ausgepumpt. Die Akkus waren leer.

»Lauft!« Wie aus dem Nichts war Hud plötzlich aufgetaucht und lief den Berg hinunter auf sie zu. Er ging am Baumstammende in Position und plötzlich spürte Wyatt, wie der Stamm um die Hälfte leichter wurde.

»Bringen wir's zu Ende«, sagte Hud und Wyatt, Sanders und Annika stemmten die Beine in den Boden. So schnell sie konnten, rannten sie vorwärts, bis sie eine Minute vor Ablauf der Zeit über die Ziellinie stolperten.

Japsend lagen Wyatt, Sanders, Annika und Hud auf der Erde. Dann stemmte Hud sich hoch. Seine Arme und Beine bluteten. Mach mal Pause, du Angeber, dachte Wyatt.

»Gute Arbeit, Team.« Hallsy trat heran und applaudierte. »Es ist nur noch ein Stamm übrig. Also wird nur einer von euch es vielleicht nicht schaffen.«

»Aber ich bin über die Linie!«, schrie Wyatt. Es war schon übel genug, dass er als Letzter des Wettbewerbs nach dem Abendessen noch drei Stunden Training vor sich hatte. Aber nun forderte man ihn offensichtlich heraus, es allein zu Ende zu bringen. Er zeigte zum Ende seines Baumstammes, der gute 50 Zentimeter hinter der Ziellinie lag. »Mein Stamm ist eindeutig hinter der Linie. Na, scheißegal …«, sprudelte es aus ihm heraus, während er sich hochhievte. »Zieh ich ihn eben noch weiter.«

»Nicht dein Stamm«, sagte Hallsy.

Wyatt war verwirrt. Dann sah er, wie Hud den Berg hinabhumpelte. In Wyatts Kopf wirbelten die Gedanken. Er hatte zwölf Kandidaten auf der Spitze des Vulkans gezählt, einschließlich ihm selbst. Alle waren oben. Zu wem lief er da?

Dann kapierte Wyatt. Abseits neben dem Weg lag – für die anderen Kandidaten nicht zu sehen – der letzte verbliebene Baumstamm. Der Einzige, der die Ziellinie noch nicht überquert hatte: Huds. Hud hatte seinen Stamm nicht über die Ziellinie gebracht und Wyatt wurde augenblicklich klar, warum. Er war der Stärkste. Von allen zwölf war er derjenige, der das Extratraining verkraften konnte.

Unter den Augen der ganzen Gruppe zerrte dann ein blutender, verdreckter und zerschundener Hud seinen 70-Kilo-Stamm allein über die Ziellinie – zehn Sekunden vor Ablauf der Zeit.

Als sich Wyatt und Samy mehrere Wochen später beim Joggen darüber unterhielten, tat Samy Huds heldenhafte Anstrengung mit einem Achselzucken ab. »Fall nicht drauf rein. Der Typ schleimt nur rum. Er versucht sich reinzuwaschen. Den Mist abzuspülen, der noch wegen dem an ihm klebt, was er mir angetan hat. Und außerdem: Hast du gesehen, wie Dolly ihn am Ende der Baumstamm-Aktion angesehen hat? Er wollte einfach Eindruck schinden.«

Wyatt hatte in der Tat mitbekommen, wie Dolly ihn bewundernd angestarrt hatte. Aber er war sich nicht so sicher, ob Samy recht hatte. Sicher versuchte Hud was von seiner früheren Rücksichtslosigkeit wieder gutzumachen. Und sicher wollte er vor Dolly gut aussehen. Aber wer wollte das nicht? Insgeheim wollten alle Kerle in Honor sie beeindrucken. Einschließlich Wyatt.

Sie besaß diesen Mix aus Schönheit und Gleichgültigkeit, auf die Jungs abfuhren – wobei der Teil mit der Schönheit wirklich die entscheidende Zutat im Liebestrank war. Trotzdem meinte Wyatt, noch etwas anderes in der Baumstamm-Challenge zu erkennen – zu gerne wollte er daran glauben, dass Hud dabei war, sich zu ändern.

Tatsächlich waren sie alle dabei, sich zu ändern. Und die Fähigkeiten und Stärken, die sie mit nach Honor gebracht hatten, schälten sich immer deutlicher heraus. Samy zum Beispiel war ganz bestimmt immer noch kein guter Schwimmer. Aber binnen weniger Wochen war aus ihm so etwas wie ein aufsteigender Star geworden, einer der stärksten Kandidaten. Für solch einen riesigen, langgliedrigen Kerl schlug er sich auf dem Hindernisparcours und beim Joggen hervorragend. Alles, was Kraft erforderte, war ein Klacks für ihn. Schwimmen war immer noch seine größte Schwäche. Aber er hatte sich dramatisch verbessert, nachdem es ihm richtig beigebracht worden war.

Samy schlug Wyatt regelmäßig beim Ringen. Allerdings war er auch knapp zwanzig Kilo schwerer. Auf der Schießbahn machte er keine üble Figur. Und natürlich waren da auch noch Fähigkeiten, die für das Training keine Rolle spielten, aber später wertvoll werden würden. So war Samy zum Beispiel der Sohn eines afghanischen Übersetzers und einer palästinensischen Mutter. Er sprach Englisch, Arabisch, Paschtu und Urdu und behauptete, auch Spanisch zu können. Aber dafür gab es keinen anderen Beweis, als dass er vage wie ein Latino aussah.

Ein weiterer Star bei den Jungen war Ebbie. Ebbie war in Detroit aufgewachsen. Ein nobles Vorortinternat hatte ihn für seine Footballmannschaft rekrutiert. Ebbie brachte eine einzigartige Kombination aus bodenständigem Straßenimage und sozialem High-End-Schliff mit nach Honor, abgesehen von einer brutalen Stärke. Er war fünfzehn, fast einsachtzig groß und bestand aus hundertzehn Kilo Muskeln. Seine Sportarten waren Football und Schwimmen. Beim Ersten war er buchstäblich nicht zu stoppen. Beim Zweiten schlug er mit seinem Schmetterlingsstil so hohe Wellen, dass die Bahnmarkierungen tanzten.

Ebbies Verstand übertrumpfte seinen Körper jedoch um Längen. Er war ein Ingenieursgenie mit liberaler Ader. Er war in Honor gelandet, weil man ihn für schuldig erklärt hatte, Schulgelder veruntreut zu haben – haufenweise Schulgelder.

Ein wohlhabendes Elternteil hatte der Schule dreizehn Millionen Dollar gespendet. Damit sollte eine topmoderne Reitanlage gebaut werden – für nur vier- oder fünfhundert Schüler, darunter die beiden Sprösslinge des Spenders. Ebbie hatte sich daraufhin in das Finanzverwaltungssystem der Schule gehackt und die Spende umgeleitet. Für jeden einzelnen Schüler der öffentlichen Schulen in Detroit – fast 48 000 Kinder – hatte er ein Tablet erworben. Auf den Tablets waren alle Kurse vorinstalliert, die an der Privatschule unterrichtet wurden. Und obendrein gab's noch eine *My Little Pony*-App. Ebbie hatte die Anschuldigungen nie dementiert oder bestätigt.

Und natürlich war Rory ein weiterer Star. Nicht physisch. Nicht einmal mental – obwohl sie höllisch smart war. Sie war eine der Besten schlicht und einfach durch pure Entschlossenheit. Und ebenso wie ein paar andere Camper hatte Rory ein Stofftier, das ihr Trost gab: einen blauen Elefanten. Den hatte sie selbst gemacht, mit einer Decke, Kissenfüllung, Garn und zwei Knöpfen für die Augen. Sie verwahrte ihn in den Tiefen ihres Schlafsackes. Dort kuschelte sie dann abends mit ihm, nachdem sie Drohnen geflogen, Krieg gespielt und »den Feind ausgeschaltet« hatte. Wyatt konnte nicht anders, als dieses kleine Biest zu respektieren.

Obwohl die Jungen im Durchschnitt schneller und stärker waren, konnte man die Mädchen in Honor nur als Hardcore bezeichnen. Dolly war mit Abstand die Härteste von allen – und außerdem das schönste Mädchen, das Wyatt in seinem Leben gesehen hatte. Auf dem Hindernisparcours war sie fünf Sekunden schneller als er, konnte ihn auf langen Laufdistanzen durchaus schlagen (hatte aber im Sprint keine Chance) und war auch im Wasser jedes zweite Mal schneller. Im Ringkampf war er bisher noch nicht gegen Dolly angetreten, die in brasilianischem Jiu-Jitsu ausgebildet war. Samy hatte gegen sie allerdings schon krachend verloren. Der Sieg hatte nichts mit Größe oder Stärke zu tun gehabt, sondern mit Geschick, Schnelligkeit und dem Wissen über die Schmerzpunkte des menschlichen Körpers. Tatsächlich hatte sie den vor Schmerz schreienden Samy sogar zum Abklopfen gezwungen – einfach indem sie den richtigen Hebel auf einen seiner Finger ansetzte.

»Bruder …«, hatte Samy danach zu Wyatt gesagt. »Das war echt peinlich, gegen ein Mädchen zu verlieren … aber Mann, oh Mann, das war es absolut wert.«

»Was meinst du damit?«, hatte Wyatt gefragt.

»Ihre Haare. Sie rochen so gut, mein Freund. Dieser Geruch

war es wert, gegen sie zu verlieren. Einfach meine Hakennase in ihren Locken zu vergraben … der Himmel.«

Das Bild von seiner in Dollys Haaren vergrabener Nase verstörte Wyatt. Er versuchte, den Gedanken zu verdrängen. Trotzdem musste er es einfach fragen: »Wonach rochen sie denn?«

Samy kratzte sich den spärlichen Teenagerkinnbart. »Ein wenig nach Seife. Ein wenig nach Schweiß. Und ich glaube, da war auch noch ein Spritzer Parfüm dabei.«

»Was für ein Parfüm?«

»Chanel No. 9«, antwortete Samy mit Pokerface.

»Was? Was ist Chanel No. 9? Und woher weißt du, wie das riecht?«

Ein Lachen machte sich auf Samys Gesicht breit. »Ich habe keinen Schimmer, Kumpel. Ich mach nur Spaß. Hab Chanel No. 9 nur in der Werbung gesehen. Denkst du denn, ich weiß, wie das …«

»Ach, nicht wichtig«, unterbrach Wyatt ihn. Er joggte weiter und bereute, dass er seine große Klappe nicht hatte halten können.

»Warum fragst du?«, rief Samy ihm hinterher. »Warte mal.« Samy flitzte ihm nach. »Warum machst du dir einen Kopf, wie ihr Haar riecht? Was für ein Parfüm sie hat? Bruder, du steckst in der großen Nummer. Die hat dich voll am Winkel.«

»Was für eine große Nummer?«

»Liebe heißt sie. Und Ärger bringt sie«, antwortete Samy.

»Auf gar keinen Fall. Dolly ist mit Hud zusammen … glaube ich.«

»Glaubst du? Du meinst, du hast auch *darüber* nachgedacht? Du machst mich fertig, Mann.« Samy joggte weiter, vor Lachanfällen halb vornübergebeugt. »Aber jetzt mal im Ernst, Mann.

Sieh zu, dass du das in deinem Kopf auseinandergedröselt und geregelt bekommst.«

»Ich weiß immer noch nicht, wovon du sprichst.«

»Du weißt genau, wovon ich spreche.« Samy beäugte ihn. »Du bist verknallt. Und Honor will so was nicht. Aber ich sag dir was. Wenn ich eins im Leben gelernt hab – und ich behaupte nicht, dass ich es auch wirklich habe –, dann, dass es am Ende einzig und allein auf die Menschen ankommt.«

»Ja, klar«, zog Wyatt ihn auf. »Und wie willst du das mit deinen fünfzehn Jahren rausgefunden haben?«

»Wenn du und alle in deiner Familie Flüchtlinge sind und alle zu Hause entweder umgebracht worden sind oder sich verstecken müssen, lernst du ziemlich schnell.« Samy biss die Zähne zusammen und joggte voraus.

»Tut mir leid …«, sagte Wyatt und erinnerte sich, dass Samys Vater als Übersetzer für die U. S. Special Forces gearbeitet hatte. »Ich hätte nicht fragen sollen. Es geht mich nichts an.«

»Wenn ich nicht gewollt hätte, dass du's weißt, hätte ich's dir nicht erzählt.«

Wyatt wurde nicht aus Dolly schlau. Und das machte ihn schier verrückt. Dabei war es nicht so, dass er sich die ganze Zeit fragte: Mag sie mich? Er wusste definitiv, dass sie es nicht tat. Was er sich vielmehr fragte, war: Hasst sie mich total?

Die Sache mit seinem Zahn war das beste Beispiel dafür. Die Heilung hatte seit dem ersten Tag keine großen Fortschritte gemacht. Das Zahnfleisch war immer noch empfindlich. Und so langsam nahm der Gedanke in ihm Form an, dass er ihn würde rausreißen lassen müssen. Tatsächlich sagte ihm jeder in der Gruppe, dass er das sollte, einschließlich Dolly.

»Wyatt«, sagte sie. »Ich bin es echt leid mitanzusehen, wie du dauernd an deinem Zahn herumspielst und herumwackelst und das Blut aus deinem Mund suppt. Geh zu Hallsy. Oder Mum, wenn dir jemand Sanfteres lieber ist. Sieh zu, dass sich jemand darum kümmert.«

»Ja, Dolly, danke. Aber ich denke, ich werd ihn behalten.«

Sie schüttelte den Kopf. »Glaub mir, du wirst glücklicher ohne das Ding sein. Wovor hast du Angst? Davor, wie du dann aussiehst?«

Wyatt war tatsächlich ein wenig über sein Aussehen besorgt, wenn ihm ein riesiger Frontzahn fehlte. Er würde wie eines dieser Landeier aussehen, mit denen er aufgewachsen war. Und dabei hatte er doch wirklich alles gegeben, um nicht ganz so zu werden wie die.

Wyatt konnte sich nur ansatzweise vorstellen, wie Dolly ihn verachten würde, wenn er plötzlich in diesem durchgeknallten Zahnlos-Look daherkam.

Eines Nachmittags dann saßen sie in der Lodge beim Mittag. Dreckstarrend, müde wie Hölle und verzweifelt bemüht, die Augen aufzuhalten, während sie sich das Essen in den Mund schaufelten. Da kam die Unterhaltung auf die Hell Week zu sprechen: Wann sie starten, wer sie wohl zu Ende bringen würde und so weiter. Zu diesem Zeitpunkt hatten die verbliebenen zwölf Kandidaten das Gefühl, sie könnten mit allem fertig werden, womit Honor sie konfrontieren würde – jedenfalls solange sich das nicht zu dramatisch änderte.

»Die Hell Week ist der X-Faktor«, sagte Ebbie. »Etwas, das einfach nicht einzuschätzen ist. Es könnte fünfmal härter sein oder sogar hundertmal. Wir wissen es nicht.«

»Alles, was ich weiß«, antwortete Samy, »ist, dass ich bereit bin, ein paar Spionagetricks zu lernen. Diese Routine hab ich so langsam satt.«

»Sei vorsichtig mit deinen Wünschen«, sagte Rory. Sie saß am anderen Tisch mit Hud und Dolly. Wyatt hörte ihnen zu, während er mit der Zunge an seinem Zahn herumpulte.

»Ich war letztes Jahr hier«, fuhr Rory fort. »Und ich hab gesehen, wie die Leute, die jetzt in der B-Gruppe sind, von der Hell Week wiedergekommen sind. Sie sahen aus wie … verzweifelte Menschen auf der Flucht. Oder schlimmer noch. Sie sahen aus wie überfahrenes Wild, das noch nicht ganz tot ist.«

»Wyatt!«, blaffte Dolly vom anderen Tisch aus.

Wyatt schreckte hoch.

»Dein Mund.« Dolly starrte ihn an.

Wyatt hatte es nicht einmal bemerkt. Aber Blut tropfte ihm auf das Kinn hinab.

Dolly stand auf, schmiss ihre Serviette hin und kam um den Tisch herum zu ihm rüber. »Mir wird ganz anders, wenn ich dich da so an deinem Zahm herumspielen seh. Mir nach.«

»Wenn er rausfällt, fällt er eben raus. Aber ich lasse ihn mir nicht ziehen.«

»Folg mir einfach«, sagte sie, um mit etwas sanfterer Stimme hinzuzufügen: »Vertrau mir.«

Wyatt stand auf und folgte Dolly aus der Lodge hinaus in die heiße Sonne.

»Wohin gehen wir?«

»In Mums Garten.«

Wyatt blieb stehen. »Ich lass mir nicht …«

»Vertrau mir«, widerholte sie. »Ich will dir nicht helfen. Aber ich werde dir helfen.«

»Okay.« Wyatt folgte ihr nach hinten um die Lodge herum

zum Steilufer. Dort hatte Mum ihren Garten, wo sie einen Großteil des Gemüses anbaute, das sie aßen. Die Tage waren lang und brachten viel Sonnenschein. Daher warf der Garten reichlich Gemüse und Früchte ab. Mum hatte sich darüber hinaus ein kleines Gewächshaus gebaut – für Arten, die ein feuchteres und wärmeres Klima brauchten. Genau dorthin brachte Dolly Wyatt nun.

Dolly öffnete die Tür. »Ist es fertig?«, fragte sie Mum, die sich drinnen gerade um ein paar Pflanzen kümmerte.

»Hallo, Dolly«, begrüßte Mum sie. »Ich dachte, wir wollten noch ein wenig warten, bevor wir Wyatt deine Überraschung präsentieren.«

Überraschung?, dachte Wyatt.

»Ich ertrag es nicht mehr, auf seinen Zahn zu glotzen. Lass es uns einfach jetzt versuchen.«

»Was ist los?«, fragte Wyatt. »Was für eine Überraschung?«

»Oh«, sagte Mum. »Du hast es ihm nicht gesagt?«

»Mir was gesagt?«, fragte Wyatt.

Dolly dachte eine Sekunde nach. »Ich weiß, wie ich deinem Zahn helfen kann. Oder ich weiß, wie man es versuchen kann. Als Blue kann ich um spezielle Nahrung bitten. Ich wollte die eigentlich nicht an dich verschwenden. Aber um ehrlich zu sein, hab ich dann doch was für dich bestellt – nachdem deine Überlegungen geholfen haben, die Baustamm-Challenge zu bestehen.« Dolly zeigte auf eine blühende Sukkulente, die im Gewächshaus wuchs.

»Eine Pflanze? Das ist keine Nahrung.«

»Die Wurzel ist die Nahrung. Na ja, technisch gesehen ist es ein Gewürz. Kurkuma. Streichst du frisches Kurkuma auf dein Zahnfleisch, trägt es dazu bei, es zu straffen.«

Dolly grub eine Wurzel aus. Ohne Wyatt um Erlaubnis zu fragen, zog sie sein Messer aus der Scheide und schnitt ein Stück ab. Sie hielt es ihm entgegen. »Versuch es.«

»Woher weißt du, dass es funktioniert?«

»Du musst mir nicht vertrauen«, erwiderte Dolly und legte die Wurzel weg. »Dann versuch's eben nicht.« Sie trat an ihm vorbei und steuerte wieder Richtung Lodge zurück. »Viel Spaß dabei, wenn dir die Zähne ausfallen.«

Wyatt blickte ihr nach. Dann nahm er das Wurzelstück auf und drehte sich zu Mum um. »Funktioniert das wirklich?«

Mum lächelte. »Ich habe keine Ahnung. Das hat Dolly für dich bestellt. Nicht ich.«

Wyatt ließ die Wurzel in den Mund gleiten. Sie schmeckte säuerlich und bitter, sodass er unwillkürlich den Mund verzog.

Zwei Tage später hatten sie Unterricht bei Cass, die ihnen beibrachte, wie man Benzin als Brandbeschleuniger benutzte. Ein paar Liter Benzin, hatte Wyatt mal gehört, waren genauso wirksam wie eine Stange Dynamit. Cass zeigte ihnen nun, wie man zwei Typen von Bomben baute: eine Autobomben-Sprengfalle und eine Limobombe. Die Autobombe war simpel: Cass brachte eine Handgranate so an der Innenseite des Tankdeckels an, dass beim Öffnen der Sicherungsstift der Granate gezogen wurde.

»Sobald die Granate zündet, zünden auch fünfundsiebzig Liter Benzin. Das bringt alle im Wagen und im Umkreis von drei Metern um.«

Die Limobombe war schon interessanter, wenn auch schwerer zu ergründen, wie man sie benutzte. »Füllt eine Limoglasflasche mit Gas, schraubt den Deckel zu und schmeißt sie ins Feuer. Was denkt ihr, wird passieren? Sie wird explodieren, richtig?«

Falsch. Wyatt und die anderen Kandidaten sahen zu, wie der

Deckel von der Flasche wegbrannte, das heiße Gas in der Flasche explosionsartig aus der Flasche schoss und sich in einem grandiosen Gasfackeleffekt entzündete.

»Die Limobombe«, sagte Cass, »ist sozusagen so was wie ein Molotowcocktail mit Stil.«

Die Klasse befand sich gerade innerhalb des Kraters auf dem Schießplatz. Auf dem Weg zur nächsten Veranstaltung versuchte Wyatt, Dolly einzuholen. Im strammen Walkingtempo hastete er schließlich auf dem schmalen Pfad neben ihr her. Es waren erst zwei Tage vergangen. Aber sein Zahnfleisch war wieder fest und er wollte sich bedanken.

»Hey, Dolly. Cooler Unterricht von deiner Schwester eben. Würde mich gern mal mit ihr unterhalten, wie man die Limobombe einsetzen könnte. Mir sind da gerade ein paar Ideen gekommen.«

Ohne zurückzublicken, antwortete sie über die Schulter: »Und warum erzählst du es dann mir und nicht ihr?«

Okay. Das lief nicht wie geplant, dachte Wyatt. »Klar. Werd ich. Hör mal, ich wollte dir nur was sagen. Wegen dem Kurkuma. Er wirkt. Danke. Ich weiß, dass du und andere auf was verzichtet haben, damit ich die Wurzel krieg. Ich weiß das zu schätzen.«

Sie blickte zurück und nickte.

Obwohl die Kandidaten der C-Gruppe viel Zeit miteinander verbrachten, gab niemand richtig etwas von sich preis. Sie teilten ihre jeweiligen Geschichten nur oberflächlich miteinander. Man wusste ein wenig darüber, woher jeder kam, und kannte ein paar knappe Einzelheiten, wie es diejenige oder denjenigen nach Honor verschlagen hatte. Aber darüber hinaus war da nicht viel mehr. Der Grund für diesen Informationsmangel lag zum Teil daran, dass alle viel zu beschäftigt waren. Es blieb schlichtweg keine Zeit für die Art von Unterhaltungen, in denen sich behütete Menschen einander öffnen würden. Andererseits: Hätten sie wirklich mit anderen über ihr jeweiliges Leben reden wollen, hätten sie auch die Zeit gefunden. Außer praktischen gab es andere Gründe, warum sie sich bedeckt hielten.

Die zwölf Kandidaten der C-Gruppe, die von den ursprünglichen fünfundzwanzig noch übrig waren, waren von Natur aus vorsichtig und verschlossen. Selbst ein großer Redenschwinger wie Samy tat sich schwer damit, jemandem etwas Persönliches und Tiefgründiges anzuvertrauen.

Tatsächlich war sich Wyatt gar nicht sicher, ob das meiste, was Samy sagte – und das war viel –, auch wirklich stimmte. Womöglich hatte er sich manches auch nur spontan ausgedacht, um allgemein für ein bisschen Unterhaltung zu sorgen.

In diesen seltenen Momenten forderten sie sich geradezu heraus, etwas Persönliches aus ihrem Leben zu erzählen. Aber niemand wollte so recht. Am allerwenigsten Wyatt. »Komm schon, Wy«, meinte Ebbie, als sie auf dem Rückweg von einer langen Paddeltour waren und Kanu an Kanu nebeneinander herfuhren. »Erzähl uns was von deiner Familie. Woher kommst du? Haste ein Mädchen, das auf dich zu Hause wartet?«

»Nächste Frage«, sagte Wyatt.

»Nein, Mann. Ich mein's ernst«, ließ Ebbie nicht locker. »Ich hab dir alles erzählt. Woher ich komme und wie ich hier gelandet bin. Warum fängst du nicht einfach mit deinem Heimatort an … Wo ist der?«

Wyatt wechselte das Thema. »Was ich lieber wissen würde, ist nicht, woher wir kommen, sondern wo wir gerade sind.«

»Du meinst, wo das Camp liegt?«

»Jup. Wo sind wir?«

»Das brauchst du nicht zu wissen«, schaltete sich Hud in die Unterhaltung ein. »Dass sie uns nicht sagen, wo wir hier sind, ist nur zu unserer Sicherheit. Ende des Sommers oder vielleicht in Phase drei, der RIP-Phase, sind wir in echten operativen Missionen tätig. Bis dahin braucht ihr nur zu wissen, dass wir weit im Norden sind. Weit weg von allem.

»Ich glaube, wir sind in Montana«, sagte Annika. Sie stemmte sich in ihr Paddel und zog es durch das eisig-blaue Wasser. »Oder Alaska.«

»Netter Trick, Wyatt«, sagte Ebbie. »Gut gemacht, die Unterhaltung vom wirklichen Leben auf Geografie zu lenken.«

»Ich will eben einfach nicht über mein Leben reden. Ich glaube, das geht hier allen so.«

Alle nickten.

»Richtig«, sagte Samy. »Allen außer mir und Ebbie!« Gelächter hallte über die Bucht.

»Wisst ihr, was das Verrückteste ist?«, sagte Rory feierlich vom Bug in Hudsons Boot aus. »Wir sind jetzt zwölf. Und wir sind alle eng miteinander verbunden. Aber trotzdem sind wir wie Fremde. Es ist, als wärt ihr die engsten Fremden, die ich jemals kennengelernt habe.«

»Nach der Hell Week …«, antwortete Hud, »… wird die Hälfte von uns wieder zu total Fremden …«

»Ja, Mann«, sagte Ebbie. »Nimm die Pille, mach die Augen zu. Und vergiss alles. Aber nicht mit mir.«

*Enge Fremde*. Wyatt verstand gut, wie man einem absolut Fremden nahestehen konnte. Als die Zeit weiter verstrich, hatte Wyatt den engsten Fremden, dem er in Honor begegnen sollte, urplötzlich von Angesicht zu Angesicht vor sich. Und zwar, als er am Ende des Anlegers aus dem Wasser auftauchte und direkt in die getönte Sonnenbrille eines Ausbilders blickte – aus der ihm sein eigenes Spiegelbild entgegenstarrte. Wyatt sah einen Jungen vor sich, den er nicht erkannte: ein Gesicht wie gemeißelt, tiefblaue Augen, knackig, ernst und muskulös … richtig muskulös. Vor seiner Ankunft in Honor hatte Wyatt eine Figur, die man vielleicht großzügig als passabel hätte beschreiben können. Jetzt hatte er Rippen, Bauchmuskeln und Bizeps. Und das einst lange Haar war nun kurz. Grob geschnitten und gebleicht von der Sonne.

Alle waren überrascht gewesen, als Wyatt dem Haarschnitt zugestimmt hatte. Seine schmuddelige blonde Haarmähne war zu einer zerzausten, widerborstigen Matte geworden.

»Ich halt den Anblick nicht mehr aus«, sagte Dolly eines Tages, als sie am Lagerfeuer saßen.

»Was meinst du?«, fragte Wyatt.

»Deine Haare. Auf dem Hindernisparcours kriegst du sie dauernd ins Gesicht. Das macht mich wahnsinnig. Und sie stinken.« Dolly nickte. »Sorry, dass ich es bin, die's dir sagen muss. Aber es stimmt.«

Wyatt langte nach den Locken auf seiner Schulter und schnüffelte. Er verzog das Gesicht. »Du hast recht.«

»Weiß ich«, antwortete Dolly. »Die Frage ist nur …« Sie grinste. »Bist du bereit?«

»Für was?«

»Gib mir dein Messer und ich zeig's dir.«

Wyatt blickte zum Griff seines Jagdmessers herab, der aus der Scheide lugte.

»Nein, Bro!«, protestierte Samy. »Du denkst doch nicht ernsthaft daran, Dolly mit einem Messer an deine Haare zu lassen!«

Wyatt zog es heraus und fuhr prüfend über die Klinge. Rasiermesserscharf. Er musste an seinen Dad denken. Dem Trucker mit dem schütteren Haar, dem ungepflegten Ziegenbärtchen und dem Hass auf Autoritäten. Sein Dad hatte ihn immer ermutigt, das Haar lang wachsen zu lassen. Ein Rebell zu sein … und kein Schlipsträger.

»Leg los«, sagte Wyatt. Er gab Dolly das Messer.

Die um das Feuer versammelten Kandidaten der C-Gruppe brachen in lautes Gejohle aus. Dolly schnitt Wyatts Haare in langen Streifen ab und schmiss sie händevoll ins Feuer. Jedes Mal loderten die Flammen auf, begleitet von reichlich Qualm und entsetzlichen Gestank. »Volle Deckung!«, sagte Dolly, als ein paar Camper auseinanderstoben und sich die Nase zuhielten. Samy krümmte und schüttelte sich vor Lachen. Hud schmollte am Rand des Feuers vor sich hin.

Als der Gestank von Wyatts verbranntem Haar sich verflüchtigte und die Flammen wieder gemütlich prasselten, schweifte Wyatt in Gedanken wieder zurück zu seinem Vater. Aus Wyatt war ein Rebell geworden. Und doch war er nun hier: auf dem besten Weg, in eine Waffe für die US-Regierung verwandelt zu werden. Wyatt fragte sich, was sein Dad, der freiheitsliebende Herumtreiber, wohl jetzt von ihm halten würde.

Der Alte und Hallsy waren heruntergekommen, um nach ihnen zu sehen. Sie kicherten und rissen Witze darüber, dass Wyatt »geschoren« worden sei. Aber in ihrem Humor spürte Wyatt so etwas wie Traurigkeit. Etwas stimmte nicht. Ihr Lächeln war unecht und verbarg ihre Gedanken. Und das wusste Wyatt, weil er etwas aufgeschnappt hatte.

Zuvor an diesem Tag war Wyatt gerade auf dem Weg aus dem Höhlenkomplex gewesen, als er am Büro des Alten vorbeigekommen war. Die Tür stand offen und Wyatt wurde Zeuge eines Streits.

»Ich war selbst bei der Eingreifaktion vor Ort … diese Gruppe spielt keine Spielchen. Wenn das Verteidigungsministerium mit fünfundvierzig Millionen einsteigt, werden sie zu niedrig liegen. Du musst deine Kontakte spielen lassen, um mehr Geld locker zu machen. Wir verlieren ihn.«

»Du denkst, ich weiß das nicht?! Er ist wie ein Sohn für mich!«, schrie der Alte zurück. »Ich mache so viel Druck, wie ich kann. Aber du weißt verdammt gut, dass man in vorderster Front ohne Sicherungsnetz und doppelten Boden agiert.« Die Stimme des Alten hielt inne.

Wyatt hörte, wie sich Schritte der Tür näherten. Er versuchte, sich schnell zu verkrümeln. Aber da schwang auch schon die Tür auf. Der Alte hatte ihn nicht direkt beim Lauschen erwischt, doch es war verflixt nah dran. Er wandte sich zu Hallsy um. »Reden wir unten weiter.« Damit hatte sich die Tür geschlossen.

Wyatt beobachtete die beiden, wie sie nun bei ihnen am Feuer kauerten. Nach Art erfahrener Soldaten hockten sie da, lächelnd und dennoch irgendwie bedrückt. Keiner von beiden hatte Wyatt an diesem Abend bisher in die Augen gesehen. Wyatt wusste nicht, ob er schon darauf und dran war, paranoid zu werden. Aber er hatte das Gefühl, dass sie sich über etwas gestritten hatten. Über etwas, das mit ihm zu tun hatte.

»In Linie antreten!«, rief Hallsy eines Nachmittags. Wyatt hoffte, dass dies ihre letzte Schwimmrunde vor dem Abendessen wäre. Er schleuderte die Stiefel von den Füßen, zog sein zunehmend fadenscheinigeres (und stinkendes) Tony-Hawk-T-Shirt aus und stapfte hastig durch den Sand, um sich in die Formation fürs Schwimmen einzureihen.

Es war etwa eine Woche nach der Sommersonnenwende, dem längsten Tag des Jahres – und die Tage in Honor waren wirklich verflixt lang. Es war kurz vor achtzehn Uhr. Doch so hoch, wie die Sonne noch am Himmel stand, kam es einem früher vor. Sie würde erst gegen 22 Uhr 30 untergehen.

Wyatt hatte gerade einen Sechs-Kilometer-Lauf über sehr steiles Gelände hinter sich. Doch er fühlte sich nicht erschöpft. Nichts weiter als eine dünne Schweißschicht auf der Haut, gepaart mit der Erwartung, dass der Tag mit dem Trip nach Flint Rock und wieder zurück noch ein wenig härter werden würde. Aber das wär's dann auch schon. Wyatt war sich gar nicht – oder vielleicht nur vage – bewusst, dass er inzwischen mit all den Herausforderungen warm geworden war.

Hallsy, der Alte, Mum, Cass, Avi und die anderen Ausbilder kamen zum Anleger herunter. Als die Kandidaten der C-Gruppe auf Instruktionen warteten, nahm Wyatt einen vertrauten Geruch wahr, der über dem Wasser schwebte. Zunächst konnte er nicht recht einordnen, was die Brise da heranwehte.

Dann hörte er die *Sea Goat.* Einen Augenblick später sah er auch schon Mackenzie im Ruderhaus, der das Boot in die Bucht steuerte. Vorn am Bug waren dünne Schachteln aufgestapelt – etwa an die zwanzig und in zwei akkuraten Türmen auf ein Podest geschichtet, damit sie nicht nass wurden. Instinktiv wusste Wyatt, worum es sich handelte. Er spürte, wie sein Magen einen Hüpfer machte, als er an den Inhalt der Schachteln dachte: Pizza.

»Rührt euch!«, befahl der Alte. »Für diesen Abend hat es eine Planänderung gegeben. Der Mitarbeiterstab und ich müssen in die Stadt für ein Notfallmeeting.«

Wyatt versuchte, etwas in ihren Gesichtern zu lesen. Aber die Mienen waren unergründlich.

Der Alte fuhr fort. »Wir werden fast zwei Stunden für den Hinweg brauchen, eine, um unsere Angelegenheit zu erledigen, und zwei wieder für den Rückweg. Während dieser Zeit werdet ihr allein und ohne Aufsicht auf der Insel gelassen. Wir haben Pizza für euch besorgt. Ein Filmprojektor ist am Feuerplatz aufgebaut.« Der Alte wies auf den Outdoor-Versammlungsbereich. »Unsere Mitarbeiter haben eine kleine Auswahl ihrer Lieblingsfilme für euch zusammengestellt. Wenn ihr es auf die Reihe kriegt, ein Bettlaken aufzuspannen, könnt ihr euch ein paar Filme ansehen. In den Kühlschränken findet ihr auch Limonade und Eiscreme, wenn ihr mögt.«

Wyatt warf einen verstohlenen Blick auf die Gesichter seiner Camp-Honor-Gefährten. Konnte es wirklich sein, dass sie sich gleich bei Pizza, Limo und Eiscreme Filme reinziehen würden? Ohne Ausbilder? Alle versuchten, ihr Lächeln zu unterdrücken.

Alle bis auf Hud. Ganz offensichtlich fühlte er sich unwohl bei dem Gedanken, einen Abend lang wieder einfach nur ein Kind zu sein. Wyatt spürte, dass Hud zu jenen Typen gehörte, die nicht einfach nur abhängen konnten. Dauernd mürrisch und nervös, musste er sich stets beweisen.

»Da wir euch heute Abend etwas früher frei geben, könnte der morgige Tag etwa herausfordernder sein. Daher empfehlen wir euch, rechtzeitig ins Bett zu gehen. Und da auch Avi fort sein wird, solltet ihr euch vielleicht um Sicherheitsvorkehrungen kümmern. Aber das überlassen wir euch. Ihr habt unter Aufsicht Verantwortungsbewusstsein bewiesen. Daher wollen wir euch jetzt ohne testen. Viel Spaß zusammen und erholt euch. Ihr habt euch den freien Abend wirklich verdient.«

Lauter Jubel brach bei diesen Worten aus und die Pizzas wurden auf den Anleger ausgeladen.

»Wenn ich euch noch einen Rat geben darf, Camper«, rief Hallsy über die Schulter, als er schon auf dem Weg den Anleger hinunter war. »Vergesst nicht, dass ihr gerade versucht, euch eure Ich-komm-aus-dem-Gefängnis-frei-Karte zu verdienen. Ein Ausrutscher und ihr geht womöglich einfach wieder zurück.«

Der Mitarbeiterstab begab sich an Bord der *Sea Goat*. Als mit dem Boot auch Kontrolle und Aufsicht verschwunden waren, spürte Wyatt ein unwiderstehliches Prickeln in seinem Bauch: ein Gefühl, das er seit der Nacht nicht mehr empfunden hatte, als er Narcys Wagen gestohlen hatte. In ihm vibrierte und summte es förmlich vor Freiheit.

# Kapitel 15

**Oktober 2015**
**Hotel Hermitage, Monaco, dritter Stock**

Pablo hatte in seinem Leben schon so einigen schrägen und gruseligen Scheiß erlebt. Jede Menge sogar. Wie zum Beispiel die alte Lady, die von den Toten zurückgekehrt war. Es war in seinen frühen Tagen mit dem Colonel gewesen. Sie hatten gerade wieder eine Lumpenbande von Dörflern niedergemäht und die alte Lady lag in einer Grube – mit Lungenschuss, halb verbrannt, nicht mehr atmend. Pablo schaufelte ihr gerade eine Spatenladung Erde ins Gesicht, als sie plötzlich jammernd hochgeschossen kam. Mit verbranntem Haar und blutiger Kopfhaut stürzte sie sich auf ihn.

»MAHHHHHHH!«, hatte sie gekreischt. In letzter Sekunde sah Pablo, dass sie einen High-Heel-Schuh in der Hand hielt, um ihm die Absatzspitze ins Gesicht zu rammen.

Pablo riss schützend die Arme über den Kopf und kreischte vielleicht sogar ein bisschen. Der Colonel jedoch legte lässig das Gewehr an und verpasste der Lady zwei kurze Feuerstöße. Sie flog in die Grube zurück, mit einigen Gramm Blei im Hirn. Pablo hatte einfach nur schwer atmend am Grubenrand gestanden und hinabgestarrt, während sein Verstand noch alles zu begreifen versuchte.

Bei Gott! Die versengte alte Lady mit dem High Heel hatte sein Herz ins Stolpern gebracht. Aber sie war nichts gegen das gewesen, war er jetzt sah. Der ergonomisch designte Bürostuhl schwang herum und Pablo erblickte eine erschreckende Kreatur.

Das Wesen sah vage männlich aus. Über seinen Körper spannte sich eine bunt schillernde Haut. Es hatte schwarze Augen. Und es war nackt – sah man einmal von etwas ab, das eine Turnhose oder eine Erwachsenenwindel sein mochte, die seine Genitalien bedeckte. Es war vollkommen von einer vaselineartigen Geleeschicht bedeckt. Nur an wenigen Stellen war es noch von Kopf- und Körperhaar bedeckt, das in klumpig-zotteligen Matten herabhing. Pablo konnte nicht sagen, ob es nun tatsächlich seine Haut oder das Gelee war, das glühte. Aber über den Körper des Mannes lief ein ständiges grünliches Schimmern und Funkeln. Es war, als hätte jemand eine Handvoll Glühwürmchen in einen Mixer getan, auf »Frappé« gedrückt und die glühende Emulsion in seine Adern injiziert, damit sie durch sein Gefäßsystem gepumpt wurde.

Selbst als alter Mann arbeitete Pablos Hirn immer noch mit detektivischem Spürsinn. Er rief sich den Schriftzug in Erinnerung, den er auf dem Rücken der Hoodies gesehen hatte: GLÜHWURM GAMING.

Und hier ist er nun, dachte er. Der Glühwurm.

Die Füße des Glühwurms waren lang, knochig und konnten mit stolzen fünfzehn Zentimeter langen Fußnägeln aufwarten. Jesus, dachte Pablo. Er spürte, wie ihm Gallenflüssigkeit die Kehle hochstieg. Merkwürdigerweise, so registrierte er, waren die Fingernägel des Glühwurms manikürt. Musste wohl so sein, damit er tippen konnte. Ein Computerding.

Der Mund des Glühwurms war schwarz und eingefallen. Seine Zunge spielte nervös um die Lippen. Pablo erkannte nun auch, woher das Schlürfen kam, das er vorhin gehört hatte. Der Grund waren die vollständig fehlenden Zähne. Wohl schwerlich hätte Pablo auf den Gedanken kommen können, dass der Glühwurm sich aus freien Stücken die Zähne hatte entfernen lassen. Genauso wie er beschlossen hatte, sich eine Nahrungssonde in den Magen implantieren zu lassen – einen durchsichtigen Schlauch, der sich aus seinem Bauch heraus zu einer Maschine schlängelte, die Nahrung in den Mann pumpte. Die Pumpe befand sich auf seinem Schreibtisch, neben einer alten Nintendo-Spielekonsole und einem Standmixer. Neben dem Gerät waren diverse Eiweißpulver, welkes Gemüse und Haufen von rohem Hackfleisch drapiert. Was für Fleisch genau, daran wollte Pablo lieber erst gar nicht denken.

Das Allergruseligste jedoch waren die Diodenreihen, die sich über den gesamten Körper verteilten. In pulsierendem Rhythmus jagten sie elektrische Signale in die Muskeln und brachten sie zum Zucken. Auf diese Weise kam er in den Genuss eines Workouts, ohne den Stuhl verlassen zu müssen. Und wie es schien, zeigte das Training Wirkung. Der Glühwurm war muskulös. Aber nicht auf natürliche, menschliche Art. Sein Körper sah aus wie die Männer in El Grecos Gemälden. Er war eigentlich klapperdürr – doch auf das klapperdürre Gestell waren einige sich unnatürlich vorwölbende Muskel aufgesetzt. Unablässig zogen sie sich in spasmischen Bewegungen zusammen und dehnten sich, während die Augen und das Gesicht absolut reglos blieben.

»Komm näher«, brach der Glühwurm schließlich das Schweigen. »Ich kann dich gut sehen. Aber ich bin nicht sicher, ob du in diesem Licht mich auch erkennst.«

Pablo trat näher heran. Der Glühwurm verströmte einen Körpergeruch wie eine Horde Zombies und ihm wurde übel.

»Erkennst du mich nicht?«, fragte der Glühwurm freundlich.

Die fehlenden Zähne, das grün schimmernde Zeugs, mit dem er beschmiert war, die Dioden … Trotz aller ablenkenden Veränderungen, die die Jahre mit sich gebracht hatten, sah Pablo es plötzlich wieder, als er näher kam: das Gesicht des eigenbrötlerischen, fünfzehnjährigen Jungen, den er vor fast dreißig Jahren gekannt hatte.

»Wilberforce«, sagte Pablo.

»Schön, du erkennst mich«, antwortete der Glühwurm und wechselte ins Spanische. »Ich bin nicht mehr Wilberforce. Ich bin der Glühwurm. Oh, was für Erinnerungen wir doch gemeinsam haben«, kicherte er. »Ich hab dich immer Onkel genannt, Pablo. Jedenfalls bis du meinen Vater umgebracht und mit mir und meiner Mutter dasselbe versucht hast. So viele Jahre habe ich mich auf diesen Tag gefreut. Und ich kann dir versprechen …« Der Blick des Glühwurms glitt zum Mixer auf dem Tisch. »… dass ich vorhabe, meine Rache lang und ausgiebig zu genießen.«

Pablo spielte nicht einmal mit dem Gedanken, wegzurennen oder sich zu verteidigen. Er konnte absolut nichts tun.

Die Suite, die er – abgesehen vom Glühwurm und Raquel – für leer gehalten hatte, war es gar nicht. Sie steckte voller Wachen, die in diesem Augenblick aus der Dunkelheit auftauchten – ganz in Schwarz gekleidet, schwer bewaffnet und mit Nachtsichtgeräten ausgerüstet. Weitaus beunruhigender als die auf ihn gerichteten Waffen jedoch war das, was Raquel in der Hand hielt: ein fünfzehn Zentimeter langes, rasiermesserscharfes japanisches Messer, das dazu gedacht war, Fleisch von Knochen zu lösen. Und vielleicht noch beunruhigender als das Messer war das Lächeln auf ihrem Gesicht. Strahlend, unheimlich und wunderschön. Ein hungriges Lächeln.

Aber Pablo hatte noch eine Karte zum Ausspielen. »Wilberforce« sagte er und verbesserte sich augenblicklich. »Ich meine, Glühwurm. Ich weiß, dass du mich töten wirst, was ich auch verdiene. Ja, ich habe deine Mutter ein wenig aufgemischt.«

»Ein wenig!« Der Glühwurm riss den Mund auf. Speichelfäden zogen sich über das offene schwarze Loch. Es sah aus, als würde er noch etwas sagen wollen. Stattdessen hustete er wie eine Katze, die einen Fellknäuel hochwürgte. »Ein wenig? Ich habe gehört, wie du sie geschlagen hast. Ich habe ihre blauen Flecke und das Blut gesehen.«

»Du hast recht. Vielleicht ein bisschen mehr als ein wenig.« Pablo nickte zustimmend. »Und wenn's nach mir gegangen wäre, hätt ich sie vielleicht umgebracht. Aber ich habe es nicht. Und deinen Vater auch nicht.«

»Lüge!« Die Beine des Glühwurms zuckten und bebten. Dann begann die Kreatur, sich von seinem Stuhl zu erheben. Raquel rückte näher und hielt Pablo die Klinge an den Hals.

»Du lügst!«, sagte der Glühwurm.

»Dein Vater war ein böser, schrecklicher und grausamer Mann.« Pablos Stimme zitterte. »Und ich hätte es auch gar nicht anders haben wollen. Er war mein Held. Mein Mentor. Und ich habe es mir zum Lebensziel gemacht, das Rätsel um seinen Mörder zu lüften. Ich bin fast einhundert Prozent sicher, dass ich es gelöst habe. Und dass der Killer noch am Leben ist. Du kannst mich jederzeit umbringen. Aber warum hörst du mir nicht erst einmal zu, bevor du das tust? Dann wirst du vielleicht erkennen, wer deine Rache wirklich verdient.«

»Bis jetzt habe ich nichts gehört. Nur heiße Luft und gegenstandlose Beteuerungen. Langweilig. Jetzt ist es an der Zeit, dass du hörst.« Der Glühwurm nickte Raquel zu.

Raquels Bewegung kam so schnell, dass Pablo ihrer Hand und

dem Messer kaum folgen konnte. Er nahm eine schemenhafte Bewegung wahr und schon verspürte er einen schneidenden Schmerz an der Kopfseite.

Pablo schrie und langte an sein linkes Ohr. Aber es war fort. Er spürte nichts als einen rohen Knorpelklumpen und sickerndes Blut.

Das dämonische Mädchen hob das Ohr auf. Bleich und haarig sah es in ihrer Hand aus. Sie biss ein Stück ab und kaute wie auf einem Kaugummi darauf herum, bevor sie es wieder ausspuckte. »Schmeckt ekelhaft.«

Der Glühwurm kicherte und richtete die Augen auf Pablo. »Mein Hunger nach Rache ist allverschlingend. Ich will die Person, die mich um meine Kindheit gebracht hat, leiden sehen. Und mich an diesem Leid laben. Das ist mein einziger Wunsch. Wenn du was zu sagen hast, komm auf den Punkt. Andernfalls würde ich lieber anfangen, dich auseinanderzunehmen.«

»Verständlich.« Pablo verbeugte sich. Er versuchte, es auf die coole Art zu spielen, während ihm die Schweißperlen auf Gesicht und Hals standen. Er zog das sorgsam gefaltete Seideneinstecktuch aus der Brusttasche seines Anzugs und presste es sich gegen die Kopfseite. »Aber mich umzubringen, würde dich um diese Befriedigung bringen. Hast du jemals daran gedacht, dass der Killer deines Vaters ein Agent der USA gewesen sein könnte, ein beauftragter Attentäter? Würde das Sinn ergeben?«

Der Glühwurm zuckte die Achseln. »Sicher. Das ist möglich. Das war seinerzeit eine von zwei konkurrierenden Theorien. Eine lautete, dass du meinen Vater getötet hast. Nach der anderen hat das jemand im Auftrag der Amerikaner getan. Natürlich hättest du auch sowohl für dich als auch als Agent der USA gehandelt haben können.«

»Komm schon«, sagte Pablo mit gereizter Stimme. »Du beleidigst mich. Das kannst du nicht ernst meinen. Man hat mir viele Schimpfnamen in meinem Leben verpasst … Mistkerl, Verbrecher, Mörder … Aber Freund der Amerikaner gehört zu denen, die ich noch nie gehört habe.«

»Alles ist möglich, Pablo.«

»Da ist was dran.« Pablo hob einen Finger. Er war feucht von seinem blutenden Ohr – oder dem Stück Hautlappen, wo sein Ohr eigentlich hätte sein sollen. »Denk daran! Alles ist möglich. Lass mich dir daher eine andere Frage stellen: Gab es jemanden auf der Jacht, der ungewöhnlich freien Zugang zu deinem Vater hatte?«

»Nur mich und meine Mutter …« Der Glühwurm beugte sich vor. »Und du.«

»Ja, aber du vergisst etwas. Gab es dort noch jemand anderen, der womöglich in eure Kabinen durfte? Um vielleicht Beweismittel zu platzieren oder Informationen zu stehlen … Gab es jemanden, der mit dir fast die ganze Zeit zusammen war?«

»Du meinst natürlich meinen Freund Chris Gibbs.« Der Glühwurm schwang sich auf seinem Stuhl herum und langte nach der Spielekonsole auf dem Schreibtisch. Er legte sie sich in den Schoß, um sie dann wie ein Kätzchen zu liebkosen.

»Weißt du, wie viele Leute an Bord der Jacht nicht von mir verhört worden sind?« Pablo streckte zwei blutige Finger hoch. »Zwei.«

»Klar. Ich nicht. Und Chris nicht. Aber nur, weil dir dafür keine Zeit mehr blieb.«

Pablo nickte und äugte in sein Taschentuch, das nun getränkt mit Blut war. »Mir blieb tatsächlich keine Zeit. Jemand hat deiner Mutter geholfen, aus ihrer Kabine zu fliehen. Weißt du, wer ihr geholfen hat?«

»Meine Mutter hat uns gerettet.«

»Nicht ganz«, sagte Pablo. »Wer kam zuerst zu *ihrer* Rettung? Wer hat ihr aus der Kabine geholfen? Kannst du dich an diese Einzelheit erinnern?«

Der Glühwurm lenkte seine Gedanken zu dem Tag zurück, an dem sein Vater umgebracht worden war. Er lag wieder auf dem Boden seiner Kabine. Das Gesicht klebte auf dem Teppich. Schüsse hallten draußen im Gang.

Pablo hatte Raul getötet, den Freund seines Vaters. Dann waren Pablos Männer zu einer anderen Kabine weitergezogen. Neue Schritte ertönten. Dann wurde die Tür zu seiner Kabine aufgetreten … von Chris. Seine Mutter stand hinter ihm, die vergoldete Waffe seines Vaters in der Hand. Der Moment, in dem Chris und seine Mutter ihn gerettet hatten, war wie ein Lichtstrahl in seinen dunkelsten Zeiten gewesen. Und nun spürte er, wie der Boden unter seinen Füßen zu kippen begann.

»Du hast recht. Ich hatte immer gedacht, dass sie ihn geholt hat. Aber auch möglich, dass Chris in die Kabine meiner Mutter gegangen ist. Und sie dann zu mir geführt hat.« Geistesabwesend klickten die Finger des Glühwurms auf den Power- und Eject-Tasten der Konsole herum.

»Und wie viele Amerikaner waren auf der Jacht?«

Der Glühwurm wirkte gedankenverloren und auf einmal seltsam verletzlich, seltsam menschlich. »Aber er war mein bester Freund.«

»Ja, es tut mir leid, dir das jetzt sagen zu müssen. Aber Chris war ein Agent der USA.«

»Aber er war nur ein Junge. Wir waren beide nur Jungen.«

Pablo schüttelte den Kopf. »Er war nicht nur ein Junge. Ich habe allen Grund zur Annahme, dass er Teil eines amerikanischen Eliteprogramms war, das junge Agenten und Attentäter ausbildet.«

»Aber wie konnte er in die Räume meines Vaters kommen? Er war in seiner Kabine eingeschlossen, auf der anderen Seite der Jacht.«

»Ausgezeichnete Frage«, sagte Pablo. Auf einmal glaubte er, einen möglichen Weg vor sich zu sehen, wie er diese Begegnung nicht nur überstehen, sondern sogar lange genug am Leben bleiben konnte, um damit zu prahlen. »Und genau da habe ich tatsächlich einen Beweis. Ich besitze Fotos, die zeigen, wie dein Freund sich Zugang zur Suite deiner Eltern verschafft hat. Und wie er sich Zugang zur Suite jenes ziemlich bedauernswerten Burschen verschafft hat, dem man einige Schmuckstücke untergeschoben hat. Wie du weißt, hab ich ihn umgebracht, nachdem wir das Zeug gefunden haben …« Er hielt inne und fügte dann hinzu: »Vielleicht etwas voreilig.«

»Wo sind die Beweise?«

»Zu Hause, auf meinem Computer.«

Pablo sah etwas Weißes blitzen, als der Glühwurm in der Dunkelheit die Augen verdrehte.

»Wir haben deinen Computer durchsucht. Wären Beweise darauf, hätten sie meine Leute gefunden.«

Pablo hielt dagegen. »Dann haben sie sie übersehen. Bring mir meinen Computer und ich zeige es dir.«

»Meine Leute machen keine Fehler … nicht zweimal jedenfalls.« Der Glühwurm ließ sich in seinen Stuhl zurücksinken. Der Schleim, der seinen Körper bedeckte, erzeugte ein ekelerregendes Schmatzen. Er schnalzte mit den Fingern und jemand verließ den Raum, um Pablos Computer zu holen.

»Bitte nur noch ein bisschen Geduld«, flehte Pablo erneut. Seit über einer Stunde versuchte er nun schon, den versprochenen Beweis zu finden. Aber wie die meisten alten Menschen stand er mit allem Digitalen auf Kriegsfuß.

Gelangweilt und voller Zweifel saß der Glühwurm auf seinem Stuhl. Die Nintendo-Konsole im Schoß sah er zu, wie der alte Gangster das Ordnerchaos auf seinem Desktop durchforstete und unzählige Dateien öffnete und wieder schloss.

»Ah, ich glaube, das ist es.« Pablo klickte auf ein Foto.

Der Glühwurm verzog das Gesicht, anscheinend leicht angewidert beim Anblick Pablos, wie er seinen fünfundsiebzigsten Geburtstag an Bord einer russischen Jacht vor Ibiza feierte. Mit betrunkenem Lächeln hielt Pablo eine Angelrute in der Hand. Sein Bierbauch quoll über eine knappe Badehose. Goldketten, Männertitten und weißes Brusthaar, das so buschig war, dass er wie ein Silberrücken-Gorilla mit Glatze aussah, vervollständigten das Bild.

»Tut mir leid. Wieder die falsche Datei. Moment.« Pablo scrollte eine Reihe von Ordnern hinunter. »Hier ist es.« Hustend öffnete er einen Ordner namens »Salzspuren auf Schiffsrumpf«, der eine Reihe von JPEGs enthielt. Er öffnete die ersten beiden, die jeweils kaum voneinander zu unterscheiden waren. »Bei diesen Dateien handelt es sich um Scans von Fotos, die 1994 gemacht wurden«, erklärte Pablo. »Sie zeigen den Fiberglasrumpf der *La Crema*.«

»Ich seh nichts«, sagte der Glühwurm nur.

»Lass es mich heranzoomen. Wir müssen es von Nahem betrachten.« Pablo vergrößerte das Bild, bis ganz schwach tennisballgroße, runde Salzflecke und Schmutzspuren sichtbar wurden. Er zeigte auf das erste Foto. »Diese Spuren wurden an der Außenseite der *La Crema* gefunden. Sie zogen sich den Schiffsrumpf hinauf und hinab – unterhalb der Kabine, in der dein Vater und deine Mutter geschlafen haben.« Dann ging er auf das zweite, fast gleiche Foto ein. »Diese anderen, identischen Spuren wurden auf der gegenüberliegenden Seite des Schiffrumpfes gefunden. Auf der anderen Seite der Jacht, wo wir den Ring deines Vaters und anderen Schmuck entdeckten. Was für mich beweist, dass sie dort bewusst platziert wurden.« Pablos Finger fuhr an den Rändern der Verschmutzungen entlang. »Siehst du diese runden Umrisse? Die stammen von einer Kletterapparatur, die mit Saugtechnologie arbeitet. Der Killer ist so hochgeklettert.« Pablo ahmte pantomimisch nach, wie man damit eine Bordwand hochkroch. »Dein Freund Chris ist mit diesen Saugglocken hochgeklettert. Er hat sich Zugang zur Kabine deines Vaters verschafft, ihn umgebracht und ist dann rüber auf die andere Seite der Jacht, um die Beweise zu platzieren: den Ring und noch andere Schmuckstücke deines Vaters.«

»Salzflecken …«, sagte der Glühwurm, während er die Information noch verarbeitete. »Wann hast du sie gefunden?«

»Einen Tag, nachdem du die Jacht verlassen hast.«

Der Glühwurm blickte skeptisch. »Und woher weißt du, dass sie nicht von dem Mann stammten, bei dem ihr den Ring gefunden habt?«

»Eine sehr gute Frage.« Pablo betastete die Bandagen, die mittlerweile sein Ohr bedeckten. »Das hielt ich tatsächlich für möglich. Und anfangs haben mich diese Flecken im Glauben bestärkt, den richtigen Mann umgebracht zu haben. Nachdem wir die Flecken entdeckt hatten, haben wir jedoch den Rest der Jacht sehr sorgfältig durchsucht und dies dabei gefunden.« Pablo öffnete ein weiteres Foto. Auch das war eine Aufnahme des Schiffsrumpfs. Auf ihr waren sehr schwach Salzschmierspuren zu erkennen – als hätte jemand versucht, die Saugmale wegzuwischen. »Diese Spuren sind unmittelbar über der Wasserlinie entstanden, unterhalb von Chris' Kabine. Du kannst sehen, wie sich die Salzspur zu verlieren scheint, je höher man die Bordwand hochkommt. Wir haben herausgefunden, dass der Junge ein Bettlaken aus dem Fenster gelassen hat, um die Spuren zu verwischen.«

»Und welche Maßnahmen hast du unternommen, nachdem du zu diesem Ergebnis gekommen bist?«, fragte der Glühwurm.

»Nun, zunächst darfst du eines nicht vergessen: Wer immer deinen Vater auch getötet hatte, würde es – so fürchtete ich – womöglich auch mit mir versuchen. Und diese Salzrückstände waren nur eine Spur von mehreren. Um ganz ehrlich zu sein, hatte ich lange vor Chris Gibbs zunächst jene in meinem engsten Kreis im Verdacht … und ein paar von denen habe ich auch umgebracht.« Er zuckte die Achseln. »Darunter übrigens ein paar sehr enge Freunde. Außerdem hatte ich dann zu Hause erst einmal andere Probleme. Ich war mitten in einen Machtkampf verwickelt und diese Untersuchung war nicht meine einzige Sorge.« Als er die Reaktion des Glühwurms registrierte, fügte er hinzu: »Obwohl sie natürlich für mich stets höchste Priorität hatte.«

»Wie ich es auch erwartet hätte«, sagte der Glühwurm.

»Selbstverständlich.« Pablo hustete und fuhr hastig fort: »Auf jeden Fall, als sich meine Ermittlungen auf deinen Freund Chris als Hauptverdächtigen konzentrierten, versuchte ich ihn an deinem Internat ausfindig zu machen. Und da erfuhr ich dann, dass er vermutlich tot war.«

Der Glühwurm wand sich in seinem Stuhl. Aus seiner Kehle entstieg ein tiefes Knurren. »Vermutlich? Du denkst, es war ein Fake?«

»Zweifellos.« Pablo nickte energisch. »Und ein sehr sorgfältig inszenierter. Es gab Zeitungsberichte über einen Autounfall und eine Trauerfeier auf deinem alten Internat. Aber ich bin nie auf Beweise für einen tatsächlichen Unfall gestoßen. Und in seiner Schule sind alle Berichte über ihn verschwunden. Ich schloss daraus, dass er nur dort angemeldet wurde, um sich mit dir anzufreunden.«

Pablo beobachtete die Reaktion des Glühwurms. Sein Gesicht hatte einen grünlich-roten Ton angenommen.

Pablo fuhr fort. »Unglücklicherweise musste ich aus Mittelamerika fliehen. Daher konnte ich meine Ermittlungen nicht zu Ende bringen oder weiter irgendwelchen Spuren folgen, die mit Chris in Verbindung standen. Aber meiner Schlussfolgerung nach ist der unter dem Namen Chris Gibbs bekannte Hochstapler Teil eines speziellen Programms. Eines Programms, das dazu dient, junge Agenten und Attentäter auszubilden.«

»Das hast du schon gesagt«, erwiderte der Glühwurm, nun wieder munter. »Was ist das für ein Programm? Und könnte es wohl noch aktiv sein?«

»Es ist schwer, genau zu sagen, wie es nun aussieht oder ob es noch aktiv ist … Ich vermute, ja. Jemand muss den Jungen ausgebildet haben. Die Russen, mit denen ich gearbeitet habe, hatten immer den Verdacht, dass es solch ein Ausbildungsprogramm gibt. Was Beweise dafür anbelangt, nun, das ist eine andere Sache.«

Der Glühwurm gab ein leises Zischen von sich. »Wenn Chris Gibbs lebt und er verantwortlich für alles ist, dann … Ich will ihn finden. Wo?« Der Körper des Glühwurms bebte. »Wo kann ich ihn finden?«

»Ich kann dir nicht sagen, wo er zurzeit steckt. Aber …«, fügte

Pablo schnell hinzu, »… ich kann dir verraten, wie ich vorgehen würde, um ihn aufzuspüren.«

»Schnell, raus damit!«

»Nun, ich weiß, wie Geheimdienstorganisationen operieren. Ist er noch am Leben, muss ich davon ausgehen, dass er immer noch einen wertvollen Aktivposten darstellt. Einen Aktivposten, den die Vereinigten Staaten unbedingt in ihrem Portfolio für Spezialeinsatzkräfte würden behalten wollen. Lebt er noch, wäre er an die fünfzig Jahre alt. Er hätte entweder den Status eines Direktors in der CIA oder beim SOCOM, dem Kommando für Spezialoperationen der Vereinigten Staaten. Oder aber er ist noch im operativen Dienst tätig. Dann wäre er vermutlich auf einer der vielen Kriegsbühnen der USA zu finden, wo er sich als Zivilist ausgibt. Also täte ich Folgendes: Ich würde anfangen, nach Männern Ausschau zu halten, auf die diese Beschreibungen passen. Dann würde ich versuchen, diesen älteren Gibbs zu identifizieren, und zwar mit sämtlichen Fotos, DNA-Spuren und Fingerabdrücken, die wir irgendwie auftreiben können.«

»Wir?«, hakte der Glühwurm nach. »Heißt das, du hast Interesse, mir zu helfen? Dich vielleicht sogar dem Team von GLÜHWURM GAMING anzuschließen?«

»Daran hatte ich gar nicht gedacht«, sagte Pablo. »Aber da ich im Ruhestand bin, habe ich viel freie Zeit.«

Der Glühwurm nickte. »Gut, ich glaube, wir könnten da bald eine offene Stelle haben.« Bedeutungsvoll tippte er sich mit einem schleimigen Finger an die Lippe. Er dachte über etwas nach. Dann sagte er: »Bringt mir denjenigen oder diejenige aus der Firma, die für die Recherchen zu Pablo und dem Tod meines Vaters verantwortlich waren.«

Wenige Augenblicke später wurden zwei junge Hacker – beide

in den Dreißigern – in die dunkle Suite geführt. Der eine war groß, blond und käsig und hatte eine Stachelfrisur. Bei dem anderen handelte es sich um einen dunkelhäutigen Typ mit dichtem, ausgefranstem Bart und ungewaschenen Cargo-Shorts. Beide Hacker trugen identische GLÜHWURM GAMING-Hoodies und sahen aus, als hätten sie tagelang weder geschlafen noch sich gewaschen. Ein Paar verängstigte Techno-Affen.

Der Glühwurm hob seine Hand vom Nintendo und richtete einen bleichen Schleimfinger auf Pablos Laptop. »Ihr habt den Computer dieses Mannes gründlich durchsucht, oder?«

Der blonde Junge trat vor. Er trug dicke Ohrringe und seine Unterlippe war mit einem Diamanten gepierced. »Ja, haben wir. Fouad hat mir letzten Monat beim Reinhacken geholfen.« Der blonde Junge wies mit einem Nicken auf sein dunkleres Pendant. »Für die Durchsuchung des Computers war jedoch in erster Linie ich verantwortlich. Ich hab einen Klon von seinem Computer gemacht und mir auf den Desktop gezogen. Ich hab jeden Datenfitzel auf dem Computer gecheckt. Wenn Sie es noch einmal überprüfen möchten?«

»Du hast keinen Fehler gemacht?«, fragte der Glühwurm.

»Nein, da bin ich sicher.« Der Diamantknopf an der Unterlippe des Jungen begann zu zittern. »Ist alles okay?«

»Ja. Nur eine routinemäßige Leistungsüberprüfung«, sagte der Glühwurm beiläufig. Kurz wanderte sein Blick zu Raquel, die daraufhin einen Schritt zurücktrat. »Danke für deine Transparenz. Aber wie du weißt, wird Versagen nicht toleriert.«

Ohne Warnung schoss der Glühwurm von seinem Sitz hoch, riss den Nintendo hoch über den Kopf und stürzte sich mit einem Satz auf den Hacker. Mit voller Wucht ließ er die Konsole auf den Kopf des Jungen krachen.

Der ging augenblicklich zu Boden. Aber der Glühwurm hörte nicht auf, mit dem Nintendo auf ihn einzuhämmern. Er schlug und schrie einfach immer weiter.

»Versagen wird nicht toleriert! Enttäusch mich nie, nie wieder!« Er fuhr fort, bis der Junge zuckend in seiner eigenen Blutlache lag, inmitten der Luxussuite des Glühwurms, umgeben von Metall- und Plastikstückchen. Raquel machte seinem Leben gnädigerweise mit einem Schwung ihres Messers ein Ende. Es war so scharf, dass sie den Kopf fast vom Rumpf trennte.

Der Glühwurm ließ sich wieder auf seinen Sitz plumpsen, während sich sein Atem normalisierte. Der dunkelhäutige Junge, der zusammen mit dem blonden Hacker gekommen war, taumelte zu einer großen Porzellanvase und übergab sich.

Der Glühwurm richtete seinen durchdringenden Blick auf Pablo. »Willkommen bei GLÜHWURM GAMING, Pablo. Fouad …« Der Glühwurm zeigte auf den jungen Ingenieur, der noch immer in die Vase kotzte. »… wird dir helfen, dich einzuleben.«

# TEIL DREI

# Kapitel 16

**Juli 2017**
**Camp Honor**

Seile wurden an die Ecken eines riesigen weißen Lakens gebunden. Es wurde hochgezogen und festgezurrt. Im Nu war ein Feuer entzündet und der Projektor angeschlossen. Einen Augenblick später flimmerte schon *Wet Hot American Summer* über die Baumwollleinwand, eine klassische Sommercamp-Komödie. Die Camper schlugen sich die Bäuche voll und sprachen sehnsuchtsvoll von zu Hause. Dolly stellte einen Wachplan auf, demzufolge jeder eine Stunde an der Reihe sein würde. Aber niemand hörte ihr so richtig zu.

Ebbie vernichtete ganz allein zwei Pizzen, Samy verschlang sogar zweieinhalb. Zucker strömte in die Blutbahnen. Gelächter erhob sich. Straffe, halb ausgehungerte Körper wurden satt. Die harten Züge auf sonnenverbrannten und rissigen Gesichtern glätteten sich. Die Gedanken fingen an zu schweifen. Wonne und Glückseligkeit. Endlich konnten sie sich für einen Moment ihrem Alter entsprechend benehmen. Honor loslassen und vergessen.

Wyatt legte sich unter dem gigantischen Flimmerbettlaken ins Gras und sah Paul Rudd in seiner Rolle als Campbetreuer zu. Da ließ sich Dolly neben ihn plumpsen. Sie bedachte ihn mit einem kurzen Blick und einem Lächeln. »Was dagegen, wenn ich mich zu dir setze?«

»Überhaupt nicht«, sagte Wyatt.

Dolly lege sich neben ihm nieder. Nicht so dicht, dass sie sich berührten. Aber dicht genug, dass Wyatt spürte, wie ihm das Herz in der Brust hämmerte. Hätte sie ihm noch eine Frage gestellt, hätte er nicht antworten können. Er brachte kein Wort mehr heraus. Der Film und das flimmernde Bettlaken, die anderen Camper … all das war plötzlich Tausende Kilometer entfernt. Ferne Sternenpunkte am nachtschwarzen Himmel.

Wyatt fühlte sich in einer Weise von Dolly angezogen, die ihm fast Angst machte. Ihr Gesicht sah im Licht des Projektors aus wie Porzellan. Ihre Lippen schimmerten rot. Sie erwiderte seinen Blick und der Instinkt sagte ihm wegzusehen. Aber das tat er nicht. Er ließ den Blick auf ihr ruhen. Und sie wich nicht zurück. Grinsend richtete sie ihre Augen wieder auf den Film. Wyatt verlor jedes Gefühl für Raum und Zeit. Er konnte sich nicht erinnern, wann er das letzte Mal so glücklich gewesen war.

»Dolly«, ertönte Huds Stimme von der anderen Seite des Feuers und riss Wyatt aus seiner Träumerei. »Würdest du mir mal ’ne Cola rübergeben?«

Alles verschob sich. Die Neigung des Planeten, die Wyatt Dolly so nahe gebracht zu haben schien, verlagerte sich in die andere Richtung.

Dollys Lächeln verwandelte sich in ein Stirnrunzeln, in einen Ausdruck von Unsicherheit. »Ja, klar.« Verlegen erhob sie sich. Sie ging zur Kühlbox, fischte eine Dose heraus und brachte sie zu Hud.

Sie kam nicht zurück, sondern setzte sich neben Hud. Sogar näher, als sie es bei Wyatt gemacht hatte. Wyatt wollte seine Hand ins Feuer stecken. Vielleicht auch seinen Kopf. Er wartete ein paar Minuten, während sich um ihn herum das Lachen fortsetzte. Dann erhob er sich vom Feuer. Er musste sehen, dass er etwas Abstand zwischen sich und die beiden brachte.

»Wohin gehst du, Kumpel?«, fragte Samy und reckte den Kopf zu ihm empor.

»Ins Bett.« Wyatt zog sich aus dem Lichtkreis zurück, den der Projektor warf. »Weck mich, wenn ich mit Wache dran bin.«

Wyatt betrat die Hütte. Leer. Dunkel. Muffig. Ein Blick auf sein Bett verriet ihm, dass er nicht bereit zum Schlafen war. Zu viel Zucker. Zu viel Frust. Und er roch übel. Richtig übel.

Wyatt fand ein dreckiges Seifenstück und ein steifes Handtuch. Statt zum Vulkankrater hochzuwandern, wo es Duschen gab, ging er zur Bucht hinunter. Die Nacht war warm und dunkel.

Am Strand zog er sich bis auf die Unterwäsche aus. Er watete ins Wasser. Es war erfrischend kalt und er schwamm ein Stückchen hinaus zu einer Felsgruppe. Er streifte seine Boxershorts ab und begann sich langsam einzuseifen. Dort draußen im schwarzen Wasser musste er plötzlich daran denken, wie er bei den Jagdausflügen mit seinem Vater und Cody immer in Flüssen gebadet hatte. Würde sein Vater jemals zurückkommen? Wollte Wyatt das überhaupt?

Vollständig eingeseift tauchte er schließlich unter. Mit angehaltenem Atem schwebte er unter Wasser. Er rieb sich die Seife aus Gesicht und Haaren, verharrte unter der Oberfläche und ließ sich von der Kälte umarmen, bis er es nicht mehr länger aushielt.

Er erhob sich. Mit verschränkten Armen und bis zur Hüfte im Wasser stand er da und blickte in den Himmel. Die Sterne funkelten scharf und klar. Das Nordlicht waberte in grün-schwarzem Leuchten. Die Filmgeräusche und das Gelächter, die vom Basiscamp herübergedrungen waren, waren inzwischen verklungen.

»Dachte, du wolltest ins Bett.«

Wyatt machte vor Schreck einen Satz und drehte sich um. Dolly stand am Ufer.

»Hast du Seife dabei?«

»Ich bring sie dir«, antwortete Wyatt. »Wollte sowieso gerade zurück.«

»Ist okay. Ich hol sie mir«, sagte sie. Sie zog ihr Hemd und ihre Shorts aus. In Unterwäsche und Sport-BH watete sie ins Wasser. Mit einem Hechtsprung warf sie sich hinein und schwamm zum Fels hinaus. Sie zog sich empor und nahm zitternd neben ihm Platz. »Seife.« Sie streckte die Hand aus.

Wyatt gab ihr das Seifenstück. Sie nahm es und musterte ihn. »Ich dachte, du wolltest wieder zurück.«

»Stimmt«, erwiderte Wyatt. Er ließ sich ins Wasser gleiten und setzte sich Richtung Ufer in Bewegung.

»Hey«, rief Dolly ihm nach. »Was hast du für ein Problem?«

»Problem?« Wyatt machte im Wasser halt, drei Meter von ihr entfernt.

»Ja. Du benimmst dich, als könntest du mich nicht ausstehen.«

»Dasselbe könnte ich von dir sagen«, antwortete Wyatt, mittlerweile völlig verwirrt. »Du hast gerade gesagt, ich soll zurück.«

»Na ja«, sagte Dolly. »Ich will nicht, dass du zurückgehst.«

»Was willst du dann, zum Teufel?«, blaffte Wyatt und machte ein paar Schritte auf sie zu. »Willst du, dass ich rausfliege? Damit du und Hud hier etwas weniger Konkurrenz habt?«

»Wie meinst du das?«

»Du weißt genau, was ich meine. »Seit dem ersten Tag habt ihr zwei erbarmungslos auf euer Wunschteam hingearbeitet, um euch zu qualifizieren.« Wyatt beobachtete Dollys Reaktion. »Stimmt doch, oder?«

»Es ist nicht so, dass es da so was wie eine Verschwörung gibt.

Wir wollen nur ein verlässliches Team. Wir wollen die besten auf dem Feld. Und …«, fügte sie hinzu, »… wir wollen, dass du es schaffst.«

»Ihr wollt beide, dass ich es schaffe?«, fragte Wyatt, immer noch wütend. Dolly machte Anstalten zu antworten. Aber Wyatt schnitt ihr das Wort ab. »Vergiss es. Ist mir scheißegal, was Hud will. Und das sollte es dir auch sein.«

Dolly starrte ihn an, während sie über seine Worte nachdachte. Das Mondlicht, das auf sie herabfiel, schien ihr Gesicht weicher zu machen. »Du hast recht. Ich sollte mich nicht darum kümmern, was er denkt. Denn in Honor ist kein Platz für irgendwelche Gefühle. Sei es für Hud oder sonst wen … ist es das, was du willst, Wyatt?« Sie sah ihn durchdringend an. »Dass ich für niemanden etwas empfinde?«

Wyatt dachte über seine Antwort nach. »Ich will, dass du dir deine eigene Meinung bildest.«

»Okay, jetzt genau in diesem Moment, während ich noch hier bin und du noch hier bist, will ich, dass du bleibst. Und auf mich wartest.«

»In Ordnung«, antwortete Wyatt und watete zu ihr zurück. Er wartete im hüfttiefen Wasser, während sie sich einseifte. Dann ließ sie sich hinabgleiten und verschwand unter der schwarzen Spiegelfläche. Gleich darauf tauchte sie neben ihm wieder auf. Ihr nasses Haar lag eng am Kopf. Ihre Augen waren unverwandt auf ihn gerichtet.

»Du frierst«, sagte sie. »Du zitterst.«

»Ich spüre gar nichts«, sagte Wyatt, als sie näher kam.

»Dir ist nicht kalt?«, fragte sie, während sich ihr Kiefer verkrampfte und ihr Körper unfreiwillig zu zittern begann.

»Nicht, wenn ich bei dir bin«, sagte Wyatt, fassungslos, dass ihm die Worte tatsächlich über die Lippen gekommen waren. Sie war ihm nun so nahe, dass er die Schwingung ihrer Wimpern sehen konnte. Was passiert hier?, dachte Wyatt, als sie ihren Körper gegen ihn presste. Beide spürten die Wärme des anderen. Aber keiner rührte sich von der Stelle. Sie sahen sich nur an.

Da zerriss ein grelles Licht die Nacht und ein ohrenbetäubender Donner rollte über das Wasser hinweg, als ein Blitz über den Himmel zuckte. Plötzlich wieder schüchtern, wichen sie voreinander zurück. In der Ferne war ein leises Rascheln und Knistern zu hören, als Wind aufkam. Dann schoben sich Wolken vor die Sterne.

»Es wird bald regnen«, sagte Dolly. »Wir sollten zurückgehen. Und zwar nicht zusammen«, fügte sie hinzu.

Wyatt spürte, wie etwas elektrisierend Verschwörerisches von ihm Besitz ergriff. »Ich will nicht weg«, hörte er sich sagen. Er war erneut schockiert über seine Worte. »Noch nicht.«

»Ich auch nicht.« Sie zog ihn an sich. Die Wärme kehrte zurück. Ihre Augen versanken ineinander. Und dann kam der Regen. Kalt und stechend fegte er über das Wasser heran.

»He, Dolly, wo bist du?«, rief eine Stimme aus der Finsternis.

»Hud«, flüsterte Dolly mit gepresster Stimme. Ihr Gesicht wurde blass.

»Es wird sowieso Zeit«, sagte Wyatt. »Du zuerst.«

»Aber du frierst.«

»Mir geht's gut«, stieß Wyatt zwischen klappernden Zähnen hervor.

»Okay. Bis morgen.« Rasch küsste sie Wyatt auf die Wange. Wyatt verfolgte, wie sie zurückwatete, während der Regen ihm auf Nacken und Schultern peitschte. Dann ließ er sich in das dunkle, kalte Wasser fallen.

# Kapitel 17

**Juli 2017**

**Camp Honor, 3 Uhr 30**

Der Regen trug dazu bei, dass niemand etwas mitbekam, als das Wasserflugzeug landete. Fünf schwer bewaffnete Gestalten – allesamt schwarz gekleidet und mit Nachtsichtgeräten ausgerüstet – krochen kurz darauf auf das Basiscamp zu. Zu ihrer Linken zischten und qualmten die Reste eines Lagerfeuers vor sich hin. Eine Glocke aus Rauch schien über verkohlten Scheiten und Pizzaschachteln zu schweben. Der Boden war übersät von durchweichten Pizzarändern und Limodosen.

Die Veranda und die Lodge waren menschenleer und ohne jeden Wachposten – abgesehen vom eigentlich Wachhabenden Emmerson, der auf der Veranda vor sich hinschlief. Auf ein Signal hin rückte die Gruppe weiter auf die Hütten vor, die mit den Mädchen und Jungen der C-Gruppe belegt waren.

Es war, als würde ein Baseballschläger gegen sein Bett krachen, als die erste Explosion Wyatt aus dem Schlaf riss. Die ganze Hütte bebte. Die alten Holzträger, auf denen das dünne Dach ruhte, erzitterten. Staub und Sand regneten auf die sieben wach werdenden Jungen herab.

Weitere Explosionen folgten – aus tiefer Position vom Hüttenboden aus. Automatische Sturmgewehre begannen zu feuern. Wyatt sah eine schwarz gekleidete Gestalt mit Nachtsichtgerät in der Türöffnung – eine AR-15 im Anschlag, deren Lauf und Verschluss rote Flammen spuckten, als die Projektile herausjagten.

Draußen vor der Tür stand eine weitere schwarz gekleidete Gestalt. In hohem Bogen schleuderte sie eine Blendgranate in die Hütte.

Wyatt versuchte zu fliehen. Aber er konnte sich nicht rühren. Arme und Beine waren im Schlafsack gefangen. Fieberhaft tasteten seine Finger nach dem Reißverschluss. Heißer, beißender Rauch breitete sich in der Hütte aus. Er nahm Wyatt jede Sicht und brannte in Augen und Lungen.

»Raus! Raus!«, brüllten irgendwelche Stimmen. Bei den Explosionen und dem Gewehrfeuer konnte Wyatt nicht feststellen, wer da schrie. Er streifte den Schlafsack von sich. Barfuß stürzte er sich aus dem Bett. In geduckter Haltung und die Hände schützend über den Kopf gelegt, wich er Funkenschweifen aus, die prasselnd über den Boden fegten.

Körper drängten sich an ihm vorbei ins Freie. Die Augen so weit aufgerissen, dass das Weiße darin zu sehen war. Panik überall. Schüsse pfiffen durch die Luft. Explosionen brachten die Wände zum Beben. Wyatt vergewisserte sich, dass niemand in den Betten zurückgeblieben war. Die Hütte war leer. Er taumelte hinaus – vorbei an zwei vermummten Gestalten, die in die Luft schossen und Knallkörper und Rauchbomben in die Hütte warfen.

»In Linie antreten!«, brüllte eine von ihnen. Sie schob Wyatt vor sich her, den Gewehrlauf auf seinen Hinterkopf gerichtet. Mittlerweile schüttete es wie aus Kübeln. Die übrigen Jungen kauerten blinzelnd und zitternd auf dem Sportplatz unter Aufsicht einer weiteren bewaffneten Wache.

Wyatt rannte hinüber und schloss sich dem Rest der Gruppe an. Als er sich zu ihnen kauerte, flüsterte Hud ihm zu: »Wo ist Emmerson?«

»Hä? Wieso?«

»War er in der Hütte? Emmerson fehlt.«

Wyatt blickte sich um, ohne ihn zu sehen. Blitzschnell stellte er im Kopf eine Zählung an. Dann fiel es ihm ein. »Er hatte Wachdienst.«

Frustriert ließ Hud die Faust in den Matsch klatschen.

»Ruhe!« Die zwei bewaffneten Gestalten näherten sich von der Hütte und gesellten sich zu dem Dritten. Sie streiften ihre Sturmhauben ab: Hallsy, Mackenzie und der Alte.

Wyatt wurde auf der Stelle klar, dass sie hereingelegt worden waren. Eine Lektion, die sie sich hinter die Ohren schreiben sollten. Und ein Fehler, den Honor nicht noch mal verzeihen würde.

»Sir«, sagte Hud. »Wir vermissen Emmerson.«

»Der ist auf dem Weg nach Hause«, sagte Hallsy. »Und der Rest von euch könnte sich ihm bald anschließen.«

Cass brachte die Mädchen herüber und ließ sie neben den Jungen in Linie antreten. Wyatt und Dolly tauschten einen nervösen Blick. Sie wussten, dass sie beide für einige Zeit nichts mehr zu lachen haben würden. Nun würde es richtig hart zur Sache gehen.

»Wir haben euch gerade einmal fünf Stunden allein gelassen.« Hallsy marschierte die Reihe der angetretenen Camper auf und ab. »Euch ein paar Pizzaschachteln und Limo gegeben. Und nicht einer von euch ist wach, als wir zurückkommen. Nicht ein einziger Kandidat! Ihr seid wie eine Horde verzogener Kinder. Babys. Ach was, Babys wachen auf, wenn man sie auch nur anpustet. Nicht ein Einziger hier hat sich überhaupt gerührt. Hätte es während unserer Abwesenheit ein Sicherheitsleck gegeben, wärt ihr jetzt alle tot. Und unsere Feinde hätten so Einiges an gefährlichem mächtigem Spielzeug in die Finger gekriegt.« Hallsy schüttelte den Kopf. »Beschämend. Verdammt beschämend. Aber wir werden euch großzügig dafür bezahlen lassen.« Hallsy grinste, während hinter ihm ein Blitz den Himmel zerriss. »Mädels und Jungs: Wir sind jetzt in der Hölle.«

Hinter dem Leiden, das die sadistischen Genies von Camp Honor ausgeheckt hatten, verbarg sich nichts anderes als eine höllische Foltermaschine aus Trainingsmanövern. Fitnesstraining, Überlebenstraining, Kampf- und Waffenmanöver sowie sieben aufeinanderfolgende Wettkämpfe, die selbst die hartgesottensten Spartaner an ihre Grenzen gebracht hätten. Das alles war in eine Woche gestopft und wurde schlicht Hell Week genannt.

Allen elf Kandidaten wurden einige neue Ausrüstungsgegenstände ausgehändigt, die stets mitzuführen waren. Hierzu gehörten ein Dummy-M4-Gewehr (mit verstopftem Lauf), ein schwarzer Hockey-Helm, zwei Kilo Verpflegungspakete, ein Nachtsichtgerät und ein Jagdmesser. Das heißt, allen außer Wyatt wurde ein Messer ausgehändigt, der seines bereits hatte: Das Messer mit Perlmuttgriff, das Mum ihm an seinem ersten Tag gegeben hatte.

Als Wyatt und die anderen Camper rasch die Rucksäcke für die Hell Week packten, wurde ihm plötzlich klar, warum Hallsy und andere sich an dem Geschenk gestört hatten. Das Messer zu bekommen, war eine Ehrerweisung für jene, die es bis zur Hell Week geschafft hatten. Es behalten zu können, war dann die Belohnung dafür, dass man sie durchgestanden hatte. Schaff es durch die Hölle und gewinn ein Messer! In diesem Moment beschloss Wyatt, dass er niemandem Grund geben würde, Mums Vertrauen in ihn zu hinterfragen, ihren Glauben daran, dass er es schaffen würde.

Sieben Tage, sagte Wyatt sich. Einen Tag nach dem anderen, eine Stunde, eine Minute. Einfach immer weitermachen und du schaffst es.

Der Tag begann mit einem simplen Befehl: »Kriecht!« Hallsy zeigte auf die Vulkanspitze. »Und schön unten bleiben. Oder man pustet euch den Kopf weg. Wir sind auf Feindgebiet.«

Alle elf fielen auf die Knie. Gewehre in Bereitschaftsstellung. Der langsame Gewaltmarsch den langen, mit Schiefersteinchen übersäten Pfad hinauf begann. Der sturzbachartige Regen wurde noch stärker. Finger versanken schmatzend im tiefen Schlamm. Knie schürften sich blutig. Wyatts Nacken kreischte vor Schmerz.

Nach zwanzig Minuten den Pfad hinauf kam Samy neben ihn gekrochen. »Hey, Mann! Weißt du, warum sie die Gewehrläufe während der Hell Week verstopfen?«

»Ne«, sagte Wyatt. »Du?«

»Hab Gerüchte gehört. Ist schon komisch, 'ne Knarre mit sich rumzuschleppen, die gar nicht funktioniert.«

»Was für Gerüchte?«

Hud blickte sich zu ihnen um. Er legte den Finger an die Lippen und bedeutete ihnen, leise zu sein.

Samy flüsterte. »Hab gehört, dass die Ausbilder die M4s während der Hell Week verstopfen, damit die Camper keine Waffen gegen sich selbst richten.«

Auf halbem Weg zur Vulkanspitze hinauf hörte Wyatt einen Stock im Gebüsch knacken. Er erhob sich auf die Knie, um nachzusehen, was es war. Augenblicklich blitzte das umgebende Gehölz im Licht von Maschinengewehrfeuer auf. Leuchtspurgarben fetzten über die Köpfe hinweg, Blendgranaten explodierten auf beiden Seiten des Pfades. Wyatts Helm erglühte in neonoranger Markerfarbe und gab einen ohrenbetäubenden Ton von sich.

Hallsy kam angerannt und brüllte Wyatt an. »Ich sagte, unten bleiben! Jetzt ist deine Birne weg. Fünfzig Liegestütze.«

Wyatt grub seine Nase in den Schlamm und begann zu pumpen.

»Da draußen«, sagte Hallsy und wies ins Gehölz, »werden euch die ganze Woche Geister beobachten. Jede einzelne eurer Bewegungen. Und kein Fehler wird ihnen entgehen. Und Wyatt«, fuhr Hallsy fort, als der Ton des Helms verstummte und die Farbe wieder von Orange zu Schwarz wechselte. »Ich hätte nicht erwartet, dass du der Erste bist, der Scheiße baut. Reiß dich zusammen. Oder du fliegst raus. Hast du mich verstanden?«

»Ja, Sir«, sagte Wyatt und haute einen weiteren Liegestütz raus.

»Okay, sobald Wyatt fertig ist, fangen wir von vorn an.«

Und so ging der Marsch der Qualen weiter.

Wyatt zog sich auf den flachen Felsrand des Vulkangipfels, als die Sonne gerade über den Horizont lugte. Gelbes Licht ergoss sich über die Nachbarinseln und das Meer.

»Steht bequem«, sagte Hallsy. »Fünfzehn Minuten Pause für Frühstück und Trinken.«

Hallsy wandte den Blick ins Gehölz. Als wäre er direkt aus einem großen Busch materialisiert, trat ein Ausbilder aus dem Dickicht. Er trug einen riesigen Rucksack und zwei Kanister mit Wasser. Es war der Punkrocker, den Wyatt an seinem ersten Tag in Honor gesehen hatte: der Küchenhelfer Fabian Grant, Mackenzies Bruder. Er ließ die Wasserflaschen fallen und ersetzte ihre verbrauchten Verpflegungspakete.

»Geil! Weiter so«, feuerte Fabian sie an. »Nicht schlappmachen, immer weiter mit den alten Kadavern.«

Wyatts Geister wurden wieder munter.

Hallsy tigerte unter ihnen auf und ab. »Seht zu, dass ihr esst und trinkt. Ihr solltet euren Proviant nicht horten. Im Feld müsstet ihr euch einschränken. Aber während der Hell Week wollen wir, dass ihr eure Flüssigkeit- und Kalorienzufuhr hoch haltet. Ihr werdet zwischen sieben- und zehntausend Kalorien am Tag verbrennen. Also seht zu, dass ihr ordentlich trinkt und futtert. Achtet nur drauf, dass ihr euch nicht vollstopft. Wir setzen uns bald wieder in Marsch. Esst jetzt.«

Mit Feuereifer schaufelten und kippten die Kandidaten die Sachen in sich hinein.

Als die Camper mit dem Essen fertig waren, zog Fabian auf demselben Weg wieder davon und verschwand im Dickicht.

Hallsy erteilte den nächsten Befehl. »Da wir bald eine Schwimmtour vor uns haben, können wir getrost erst einmal ordentlich schwitzen.«

Wen interessierte es schon, dass sie bereits schlammverschmiert und schweißgebadet waren und buchstäblich im Regen schwammen, der weiter in Kaskaden vom Himmel fiel.

»Drei Fünfzehnersätze. Auf geht's!«

Ein Fünfzehnersatz bestand aus fünfzehn Burpees, fünfzehn Liegestützen, fünfzehn Sit-ups und hundertfünfzig Sekunden Beinscheren, an die sich vierzehn Burpees, vierzehn Liegestützen, vierzehn Sit-ups und hundertvierzig Sekunden Beinscheren anschlossen und so weiter, bis man runter auf null war. Die niedrige Zahl der Wiederholungen war trügerisch. Fünfzehn Burpees? Kein Problem. Aber wie sieht es mit hundertzwanzig aus?

Ein Fünfzehnersatz beinhaltete 375 Übungen, die alle ordentlich ausgeführt werden mussten und nicht heruntergeleiert werden durften. Einfacher ausgedrückt: Drei Fünfzehnersätze waren eine Bestrafung.

Wyatt war sich nicht sicher, wie weit sie mit den Sätzen schon fortgeschritten waren. Er versuchte, nicht zu zählen. Da riss sich Sanders – der knallharte Autodieb aus Kentucky – plötzlich den Rucksack vom Rücken, griff sich an den Bauch und wankte ins Unterholz. Er hatte sich überfressen. Großer Fehler.

Er war noch keine zehn Meter vom Pfad weg, als sein Schuh an einem verborgenen Stück gespannter Angelschnur hängenblieb. Eine getarnte Bombe. Der Boden um Sanders herum explodierte in einem Vulkan aus Dreck, Steinen und Tannennadeln und Sanders wurde zur Seite geschleudert.

Ebenso wie Wyatts Helm vorher lauthals losgetönt war und sich verfärbt hatte, wurde nun auch Sanders Helm orange und fing wie verrückt an zu schrillen.

»Ihr seid ein erbärmlicher Haufen«, sagte Hallsy. »Noch nicht mal sieben Uhr morgens und wir haben schon zwei Tote. Sanders, wenn du das nächste Mal kacken musst, fragst du besser erst.«

»Wird kein nächstes Mal geben«, sagte Sanders und griff nach seinem Helmriemen. »Ich will raus. Ich bin fertig!« In komischem Watschelgang steuerte er auf Hallsy zu. Wyatt wurde klar, dass er sich in die Hosen geschissen hatte, als die Explosion losgegangen war.

»Geben Sie mir das Horn«, sagte Sanders und streckte die Hand aus.

Hallsy musterte den Jungen, sein rotes Gesicht, das immer dunkler wurde, als die Scham in ihm aufwallte. »Ich sag dir was«, antwortete Hallsy mit sanfterer Stimme. »Du darfst dich umziehen und waschen. Gib nicht auf.«

»Geben Sie mir das verdammte Horn!« Tränen rannen Sanders die Wangen hinab.

Hallsy nickte. Das Nebelhorn ertönte. Zwei weitere Ausbilder materialisierten aus dem Unterholz, legten Sanders Handschellen an und führten ihn ab.

Geschockt verfolgten Wyatt und die restlichen Kandidaten, wie Sanders verschwand. Er war ein zäher Misthund. Und ein guter Junge. Er hatte aufgeben und war nun fort. Ohne Zeit gehabt zu haben, auf Wiedersehen zu sagen.

Wyatt rückte seinen Helm zurecht und spuckte aus.

»Weg«, sagte Samy. »Einfach so.«

Hallsy zuckte die Schultern. »Nur kein Mitleid. Wenn ein bisschen Kacke in der Hose euch aus der Bahn wirft, ist das hier nichts für euch.«

Nach den Fünfzehnersätzen seilten sich die verbliebenen zehn Kandidaten an einem Steilkliff auf der Vulkanrückseite ab, direkt in eiskaltes Wasser. Dann befahl man ihnen, mit Waffen und Rucksäcken beladen zu einem nahen Ufer zu schwimmen. Dort fanden sie drei Schlauchboote vor. Sie waren auf den Strand hinaufgezogen und am Fuß eines steilen Wanderweges abgestellt worden.

Nach einem weiteren Fünfzehnersatz erteilte Hallsy die Instruktionen. Sie sollten die Boote bis ans Ende des Wanderweges tragen und dort auf weitere Befehle warten. Jedes Boot wog über hundertdreißig Kilo. Sie würden sich in Teams aufteilen müssen, um das zu bewerkstelligen.

Nach einem raschen Blick auf seine Landkarte schätzte Wyatt, dass der Checkpoint acht Kilometer tief in feindlichem Territorium lag. Währenddessen hatte Wyatts Freundin Annika – im

Aussehen und Verhalten das Ebenbild einer kriegerischen Amazone – probehalber eines der Boote an der Seite angehoben. Sie schüttelte den Kopf und sagte nur: »Horn.« Es war noch nicht einmal elf Uhr.

# Kapitel 18

## WINTER 2015/2016
## MONACO UND PANAMA

Pablos Barhocker im Casino blieb für Wochen leer. Dann wurden aus Wochen Monate und schließlich bedeckte ein anderer fetter Arsch den heiligen, glänzenden Metallsitz. Ein anderer Kerl thronte nun auf Pablos Hochsitz, wie ein Toupet – eine billige, schlecht sitzende Kopie anstelle des Originals.

Pablos eigens für ihn aus Russland georderter Wodka begann sich langsam zu stapeln. Der Barkeeper strich ihn vom Bestellformular. Die Stammgäste des Casinos, die ursprünglich wegen der Gratisdrinks gekommen waren, die Pablo immer ausgeteilt hatte, erkundigten sich anfangs nach ihm. Aber dann vergaßen sie ihn rasch. Denn eigentlich bevorzugten sie eine friedliche Umgebung ohne das tyrannische »Prost! Prost!«-Gejohle des alten Angebers. Was machte es schon, wenn man für seine Drinks bezahlte?

Ein paar wenige Angestellte spielten kurz mit dem Gedanken, die Polizei über sein Verschwinden zu informieren. Aber sie hatten lange genug mit angehört, wie Pablo mit seiner russischen Mafiavergangenheit prahlte. Und ihre Gehaltschecks kamen weiter pünktlich. Warum also sich darauf einlassen? Selbst Pablos beste Freunde fühlten sich wohler ohne ihn. Denn es war leichter, das Casino zu bescheißen, wenn Pablo ihnen nicht dauernd über die Schulter lugte. Alles in allem wurde Pablos Casino in Abwesenheit seines Besitzers zu einem malerischen und behaglichen Ort.

Niemand machte sich wirklich Sorgen um Pablo. Als man ihn zuletzt gesehen hatte, hatte er das Casino schließlich in Begleitung eines schönen jungen Mädchens verlassen. Er war ein Glückspilz. Die meisten dachten, er wäre auf einem längeren Ausflug oder wegen einer illegalen Sache für irgendeinen Oligarchen unterwegs. Oder auf einem Saufgelage. Einige wenige Leute raunten natürlich, dass Pablo Gutierrez' Leiche womöglich irgendwo verrottete. Aber das wurde nur unter vorgehaltener Hand gesagt.

Ob Freunde, Feinde oder Untergebene: Niemand, der Pablo jemals gekannt hatte, wäre darauf gekommen, wo der alte Paramilitärgangster tatsächlich steckte. Pablo hatte Monaco verlassen, um in Panama zur Schlüsselfigur eines der zwielichtigsten Start-ups unserer Zeit zu werden.

Ja, Pablo hatte seine Zehntausend-Dollar-Anzüge gegen einen Hoodie, ein abgewetztes fleckiges T-Shirt und ein Bluetooth-Headset getauscht, das in seinem noch verbliebenen Ohr steckte. Statt den ganzen Tag Wodka in sich hineinzuschütten, nippte er nun Pu-Erh-Tee aus einer antiken Reisschale und hockte über einem Keyboard. Statt tagelang besoffen vor einer Horde abgewracktem Gesindel herumzuprahlen, hatte Pablo nun die ungeteilte Aufmerksamkeit eines der größten und hinterhältigsten Köpfe, die die Tech-Industrie je hervorgebracht hatte.

Pablo arbeitete nicht einfach nur bei GLÜHWURM GAMING. Er leitete eine ihrer wichtigsten und geheimsten Abteilungen, die den Codenamen *Projekt Privatschule* trug. Pablo Gutierrez führte das Team, das vom Glühwurm den Auftrag hatte, den Tod seines Vaters zu rächen. *Projekt Privatschule* hatte zwei klare Ziele: Chris Gibbs gefangen zu nehmen oder umzubringen und das Programm zu vernichten, das ihn ausgebildet hatte.

Natürlich wurde Pablo nicht im eigentlichen Sinne für die Leitung von *Projekt Privatschule* bezahlt. Nicht in Dollars, Euros oder gar Bitcoins. Pablos Honorar kam in einer viel wertvolleren Währung daher: in zusätzlicher Lebenszeit.

Pablo war sowohl erleichtert als auch entsetzt gewesen, als Raquel den Hacker erledigt hatte, dem die Salzfleckenfotos auf seinem Computer entgangen waren.

Es verkündete eine mächtige Botschaft und Pablo war eines klar: Jedes Versagen, Ergebnisse zu liefern, wäre für den Glühwurm und Raquel ein willkommener Vorwand, ihn auf bestialische Weise umzubringen. Und so suchte Pablo weiter die Erde heim – so weit ihn sein Erfolg und die Gnade des Glühwurms trugen.

Pablo lebte wie ein moderner Tech-Sklave. Endlos lange Arbeitsstunden und ständig unter Druck, zu liefern. Obwohl er praktisch ein Sklave war, fand Pablo seinen neuen Job überraschenderweise befriedigend. Und manchmal war er sogar erfüllt von einem Geist der Bestimmung, Kameradschaft und Wissbegierde. Die Gesundheitsvorzüge bei GLÜHWURM GAMING waren auch nicht übel. Um Pablo produktiv (und am Leben) zu halten, gewährte der Glühwurm ihm eine ähnliche Medikamentenbehandlung, wie er sie selbst bekam. Hierzu gehörten menschliche Wachstumshormone, Anti-Aging-Substanzen (intelligente Drogen), 2000 mg B-12 täglich und eine ordentliche Dosis guter altmodischer Amphetamine.

Pablo brachte sein Bauchfett rasch zum Schmelzen. Nur allzu gerne hob er das Hemd an, um seinen Bürozellenkumpeln seinen »Hänge-Sixpack« zu zeigen. Er fühlte sich tatsächlich so klasse, dass er sich für die CrossFit-Kurse anmeldete, die im Tiefgeschoss des Gebäudekomplexes in Panama stattfanden. Manchmal leitete

Raquel die Kurse. Pablo genoss diese CrossFit-Tage. Schon bald wurde er als König der Kugelhanteln bekannt – jedenfalls bis er sich in einem Eins-zu-eins-Burpee-Wettkampf gegen Raquel das Handgelenk brach.

Ja, in vielerlei Hinsicht war Pablo wieder im Spiel, Baby. Er war muskulös und sah mit achtzig aus wie ein angegrauter, mit Steroiden vollgepumpter Geek, der aus der Krankenhausgeriatrie abgehauen war. Er fühlte sich jünger und böser als je zuvor. Doch wenn Pablo jemals hier rauskommen wollte, dann brauchte er ein Ticket in die Freiheit. Und das bestand darin, das Rätsel um Chris Gibbs und das amerikanische Programm zu lösen, das ihn geschaffen hatte.

Pablo war klar, dass das nur gelingen würde, indem man die Vergangenheit mit der Gegenwart verglich.

Die Chapan School for Boys, auf der sich Chris und Wilberforce einst als Internatsschüler kennenlernten, hatte ihre Papierakten in den frühen 2000ern digitalisiert. Dadurch konnte sich Pablos Team mit Leichtigkeit in das Schulsystem hacken und sämtliche Akten von den späten Achtzigern an abrufen. Das Problem war nur, dass so gut wie alle Unterlagen über Chris Gibbs auf mysteriöse Weise verschwunden waren – schon bevor man den digitalen Weg beschritten hatte.

Was von Chris blieb, waren ein paar wenige Fotos und Erwähnungen im *Aegis*, dem Chapan-Jahrbuch. Dort war Chris unter anderem auf einem körnigen Porträt zu sehen – nichts als ein schlaksiger Freshman unter vielen, der in Jackett und Krawatte in die Kamera lächelte. Sein Gesicht war von Pickeln übersäht und seinem dichten braunen Haarmopp fehlte nicht viel zu einer Vokuhila. Auf einem Foto des Junior-Footballteams tauchte Chris halb verdeckt von der Afrofrisur eines Mitspielers auf. Andere Aufnahmen zeigten ihn, wie er auf Schlittschuhen mitten über ein Eishockeyfeld fegte und ihm die Haare hinten unter dem Helm hervorquollen. Ferner war er als Mitglied des Debattierteams, des Schachclubs und als Mitarbeiter der Schülerzeitung aufgelistet.

Mit dem *Aegis*-Bildmaterial erstellte Pablos Team eine Reihe von Morphingfotos, wie Chris heutzutage aussehen könnte: ein ziemlich unauffälliger Mann von fünfzig Jahren. Mit den Kinderfotos, den Morphingaufnahmen und Gesichtserkennungssoftware bewaffnet, verschafften sich die besten Hacker des Glühwurms Zugang zu US-amerikanischen, kanadischen und britischen Passbehörden und suchten nach möglichen Übereinstimmungen mit den Morphings. Sie hackten sich in die Datenbanken des US-Außenministeriums und durchkämmten auch diese nach Führerschein-, Polizei- und Leichenschauhausfotos. Da die gemorphten Fotos zeigten, wie Chris als Erwachsener aussehen *könnte*, waren die Ergebnisse durchwachsen. Mögliche Übereinstimmungen wurden von Pablos Team einem Überprüfungsprozess unterzogen. Diejenigen Fotos, die es in die engste Wahl schafften, wurden dann dem Glühwurm zur Begutachtung vorgelegt. Bisher hatte noch kein einziges Foto seinen Test bestanden. Wenn sich das nicht änderte, würde Pablo bald ein paar Körperteile verlieren.

# Kapitel 19

## Juli 2017
## Camp Honor

Steil bäumte sich das Floß in die Höhe, um im nächsten Moment schon wieder zu fallen. In wilden Stößen wurde Ebbies Körper hin- und hergeworfen. Zunge und Augenlider waren schlaff. Er schien kein Lebenszeichen von sich zu geben. Das Blut strömte so stark aus seiner Wunde, dass Wyatt Kupfer schmeckte. Weiße Gischt spritzte empor und umtoste ihre Gesichter. Sie waren zwar nicht regelrecht unter Wasser, aber sie hätten es genauso gut sein können. Sie rasten eine letzte Rinne hinab und schossen in einen weiteren ruhigen Abschnitt hinaus.

Niemand rührte sich, als sie in der schäumenden Strömung dahintrieben.

»Ist er tot?«, fragte Hud.

Wyatt zog sich zu Ebbies Gesicht heran. Er lauschte. Und hörte Atemgeräusche. »Er lebt. Verletzt, aber am Leben.«

Sie hatten die Hell Week zu zwölft begonnen. Nun waren sie noch sechs Zombies, die sich an ein halb gesunkenes Floss klammerten, das einen eisig kalten Fluss hinunterrauschte. Es musste bald ein Ende haben. Oder sie würden sterben. Wyatt wusste, dass Ebbie medizinische Hilfe brauchte. Er war vom Floß gestürzt und hatte sich eine Kopfverletzung zugezogen.

Der Fluss glättete und vertiefte sich, schien jedoch weiter mit voller Kraft dahinzuströmen. Die Nebelschwaden hoben sich. Aber der Tag war grau und kalt. Schneeregen setzte ein. Auf der

Linken ragte ein baumbewachsenes Steilufer drohend empor. Als sie in weitem Bogen darum herumkurvten, fing Ebbie an zu husten und zu zittern. Er schlug die Augen auf. Sie waren blutunterlaufenen und traten fast aus den Höhlen.

Ein einziges Wort kam aus seinem Mund. »Seht!«

Dort am Ufer warteten nicht nur der Alte und Hallsy. Vielmehr hatten sich alle Honor-Mitarbeiter in einer Linie aufgestellt. Mit brennenden Fackeln und warmen Decken. Suppe dampfte in einem Topf vor sich hin. Daneben stapelten sich Pizzaschachteln. Das frisierte Schlauchboot der C-Gruppe lag am Ufer, die *Sea Goat* vor Anker.

Jubel ertönte vom Ufer. Der Alte schrie: »Herzlichen Glückwunsch, C-Gruppe. Ihr habt die Hell Week überstanden!«

Hallsy, Mackenzie und Cass düsten mit Jetskis auf dem Fluss heran. Hallsy hängte das Floß am Heck seines Jetskis fest. »Mitfahrgelegenheit zum Ufer gefällig?«

Wyatt sprach für alle. »Ist es vorbei? Ist es wirklich vorbei?«

Wie die Flüchtlinge, die sie waren, trotteten sie den Sand hinauf. Ihr Krieg, die Hell Week, lag hinter ihnen. Und sie hatten gewonnen. Blutige Knie und Ellbogen. Wund gescheuerte Hände. An der Grenze zur Unterkühlung. Die Körper buchstäblich ausgesaugt von Tausenden Mückenstichen. Kein Gramm Fett. Nur noch Muskeln und Sehnen … So bewegten sie sich vorsichtig dahin, wie nasse, ausgehungerte und verwilderte Katzen.

Tragebahren wurden für Ebbie und Hud gebracht, der sich den Knöchel zertrümmert hatte. Samy fiel auf die Knie und küsste den Sand. Dollys Körber bebte, während sie vor Erleichterung schluchzte. Wyatt setzte sich ans Feuer. Heimlich und in aller Stille betete er, um Gott zu danken. Denn er hatte ihm die Stärke verliehen, die er eigentlich nicht besaß.

Der Alte kam mit einer Schale Suppe zu ihm.

Wyatt machte Anstalten aufzustehen.

»Bleib sitzen. Nicht aufstehen.« Die Knie des Alten knackten, als er sich neben Wyatt kauerte und ihm die Suppe reichte. »Das kann dir keiner nehmen. Nie mehr.« Er klopfte Wyatt kräftig auf den Rücken. »Das behältst du für den Rest deines Lebens. Ich bin so stolz. Und ich weiß, dein Vater wäre es auch, wenn er jetzt hier wäre.«

Was war das? Wyatt wich zurück und machte ein finsteres Gesicht. »Was hat mein Dad mit dem hier zu tun?«

»Tut mir leid«, sagte der Alte und schien es aufrichtig zu bedauern. »Ich meinte nur, dass jeder Vater stolz wäre. Genauso wie jede Mutter. Guck dir nur Mum an.« Wyatt sah, dass Mum auf ihn zukam, mit einer Decke und Tränen in den Augen.

Sie legte ihm die Decke um die Schultern und flüsterte ihm ins Ohr: »Ich wusste, dass ich dir das Messer zurecht gegeben habe. Und als Nächstes beweist du, dass du würdig bist, Topcamper zu werden.« Sie zwinkerte ihm zu.

Wyatt nickte. Aber in Wirklichkeit konnte er an nichts anderes denken als an Schlaf. Der Alte las seine Gedanken. »Ruh dich aus, Wyatt«, sagte er. »Aber mach's dir nicht zu gemütlich. Du hast ein paar Tage, um dich zu erholen. Dann geht's wieder los. Einhundert Prozent. Einhundert Prozent die ganze Zeit.«

Für Wyatt hatte die Hell Week damit begonnen, dass er Dolly anstarrte, und so endete sie auch. Kurz nachdem er das Ufer hochgewankt war, lag er unter einem Berg von Wärmedecken im Bug der *Sea Goat*. Dolly lag neben ihm, während ihnen über intravenöse Zugänge Nahrungsflüssigkeit, Schmerzmittel, Beruhigungsmittel und Antibiotika in den Körper gepumpt wurden.

Wyatt Augenlider waren schwer wie Blei. Aber er konnte einfach nicht aufhören, sie anzusehen. Das Haar wehte ihr in die rotgeränderten, grünen Augen, die sie unverwandt aufs Wasser richtete.

Unter den warmen Decken spürte Wyatt plötzlich, wie eine Hand die seine berührte. Ihre Finger waren überraschend schwielig, genauso wie seine. Und immer noch kalt. Sie nahm seine Hand und schien zu lächeln. Dann begannen ihre Lider zu flattern und ihr fielen die Augen zu.

# Kapitel 20

## Frühjahr 2016
## Panama und unbekannte Orte

Die erste glaubwürdige Bildübereinstimmung, die Pablos Team fand, stammte aus einem Zeitungsartikel. Er war am 12. Dezember 1982 im *Bloomington Courier* veröffentlicht worden.

`Haben Sie diesen Jungen gesehen?`, lautete die Schlagzeile. `Freunde und Jugendamtoffizielle haben Eldon Waanders als vermisst gemeldet. Der 14 Jahre alte Teenager ist 1,78 groß, hat sandfarben blondes Haar und wurde zuletzt gesehen, als er an Thanksgiving das Sheriffbüro in Pound Ridge verließ. Für Hinweise auf seinen Verbleib wenden Sie sich bitte an das Sheriffbüro.`

Der Artikel war von Mikrofilm digitalisiert worden und ziemlich grobkörnig. Das Foto zeigte einen mürrischen Teenagerjungen und war ursprünglich von seiner Schule aufgenommen worden. Es sah aus, als könnte Eldon Waanders tatsächlich Chris Gibbs gewesen sein. Sogar der Glühwurm hielt das für möglich.

Das Problem bei der Bestätigung dieser Übereinstimmung bestand jedoch darin, dass eine Suche nach Eldon Waanders einen zweiten Artikel zutage förderte.

Dieser stammte vom 23. Dezember 1982: `Leiche des vermissten Jungen gefunden`. Der Artikel fuhr mit Einzelheiten fort: `Während alle erwartungsvoll den Weih-`

nachtsfeiertagen entgegenblicken, wurde die Stadt Pound Ridge von einer Tragödie getroffen. Am Mittwochmorgen fand man in einem verlassenen Fahrzeug auf der Hollings Road die Leiche von Eldon Waanders. Der Teenager, ein notorischer Ausreißer, war seit Thanksgiving vermisst worden. Sein Leichnam wurde von Sheriff Marion Bouchard identifiziert. Als Todesursache stellte man eine versehentliche Kohlenmonoxid-Vergiftung fest. Während des Schneesturms letzte Woche hatte Eldon in einem verlassenen Transporter Schutz gesucht. Wie es den Anschein hat, wollte er mit einem Gas-Campingkocher für Wärme sorgen, als die Temperaturen auf Rekordwerte fielen. Wie angenommen wird, versuchte er, die Wärme im Wagen zu halten, indem er sämtliche Türen und Fenster abdichtete - ohne sich darüber bewusst zu sein, dass er sich dadurch in Gefahr bringt.

Der Artikel enthielt ferner noch Angaben zum Gedenkgottesdienst und Einzelheiten zur Begräbnisfeier. Pablos Team fand Kopien von Eldons Geburts- und Sterbeurkunde. Eldon Waanders war vierzehn gewesen, als er starb – eineinhalb Jahre, bevor Chris Gibbs auf das Internat kam.

Eine frustrierend nahe Übereinstimmung, deren weitere Spur nur in eine Sackgasse zu führen schien. Aber dann kam Pablo in den Sinn, dass Chris Gibbs seinen Tod schon einmal vorgetäuscht hatte. Was, wenn das nicht das erste Mal gewesen war? Die neue Spur war nicht völlig tot. Sie war nur erst einmal blockiert, bis sie weitere Informationen sammeln konnten. Die Nachricht dem Glühwurm beizubringen, war jedoch eine andere Geschichte.

Obwohl der Hinweis immer noch Früchte einbringen konnte, handelte es sich um ein Versagen – wenn auch nur ein temporäres. Und ganz der durchgeknallte Hacker, der er war, ließ der Glühwurm ihm zur Strafe von Raquel das linke Bein unterhalb des Knies abhacken. Sie benutzte dazu eine Aderpresse und ihr japanisches Messer. Es schmerzte wie Hölle. Und sah sogar noch schlimmer aus.

In einer Demonstration selbstsüchtigen Großmuts hatte der Glühwurm Pablo mit Antibiotika versorgt und ihn mit einer der weltmodernsten Prothesen ausgestattet. Auf diese Weise konnte Pablo sich weiterhin ungehindert fortbewegen. Die Episode mit dem Bein hatte jedoch ihren Zweck erfüllt. Pablo hatte keine Furcht mehr davor zu sterben. Er hatte nur noch Angst zu versagen.

Während sein Team das digitale Universum nach irgendwelchen Informationen über Chris Gibbs durchforstete, setzte Pablo eine andere, traditionellere Strategie in Gang. Er setzte auf die gute alte Schule und überzeugte den Glühwurm, das Problem mit etwas Geld anzugehen. Pablo setze ein Kopfgeld aus.

Wenn der echte Chris Gibbs vielleicht noch für einen US-Geheimdienst arbeitete, dann musste es Pablos Überzeugung nach da draußen in der kriminellen Spionageunterwelt jemanden geben, der von ihm wusste. Und den man in Versuchung führen konnte, diese Information zu verkaufen.

Mittels seiner ältesten und anrüchigsten Kontakte zum russischen Inlandsgeheimdienst und Auslandsnachrichtendienst warf Pablo den Köder aus. Fünfzehn Millionen Dollar für jeden, der ihm Chris tot brachte. Vierzig Millionen für die, die das lebend schafften. Mit der Online- und der Offline-Strategie in Aktion war es Pablos Meinung nach nur noch eine Frage der Zeit, bis man auf eine Information stieß, die zu Chris Gibbs führte.

Das Programm aufzuspüren, das Gibbs hervorgebacht hatte, war dagegen schon ein kniffligeres Unterfangen. Im Fall von Gibbs hatte Pablo Beweise für dessen tatsächliche Existenz. Gibbs hatte ein Internat besucht, sich beim Glühwurm eingeschmeichelt und war von der Degas-Familie eingeladen worden, mit ihr die Frühjahrsferien zu verbringen. Pablo hatte sich mit Chris unterhalten, ihm beim Videospielen zugesehen und war eines Morgens sogar gebeten worden, Frühstück für ihn zu machen. Der Punkt war, dass Gibbs eine Größe darstellte, die Pablo aus eigener Anschauung kannte.

Das Ausbildungsprogramm jedoch war eine Theorie, die auf der Betrachtung des Offenkundigen basierte. Wenn ein Junge sich für die Aufnahme in ein Internat eine Tarnidentität zulegte, wenn er mit einem Saugnapf-Gerät den Schiffsrumpf hochkletterte und einen ausländischen Diktator umbrachte – der selbst ein begnadeter Mörder war –, dann hatte der Junge logischerweise irgendeine Art von Training erhalten.

Und wenn das so war, dann musste es auch ein Programm geben, das ihn trainierte. Wiederum logischerweise musste dieses Programm hoch geheim sein. Es würde Hilfspersonal beschäftigen. Es musste von einer Regierung finanziert und vor öffentlicher Untersuchung geschützt werden – alles Merkmale, die in diesem Fall auf die USA hindeuteten. Und dann waren da natürlich noch die Gerüchte, die Pablo von seinen alten FSB- und KGB-Kumpeln in Russland gehört hatte. Gerüchte über ein geheimes US-Programm, das junge Mädchen und Burschen zu Spionen und Attentätern ausbildete.

Das waren also die Beweise, die er besaß: Schlussfolgerungen und Gerüchte. Aber hatte er das Programm in irgendeiner Gestalt oder Form selbst wahrgenommen? Pablo hatte nie etwas davon zu Gesicht bekommen. Alles, was er darüber wusste, waren Spekulationen. Er war wie ein Jäger, der nur den Kadaver eines Tieres gefunden hatte, aber nicht das blutrünstige Raubtier, das es erlegt hatte. Pablos Jagdinstinkt sagte ihm, dass nichts anderes als eine Organisation – oder besser gesagt ein Rudel Bestien – in der Lage gewesen war, den Colonel zur Strecke zu bringen. Jetzt musste Pablo dieses Rudel finden. Die Bestien lauerten irgendwo in einem Wildreservat und schärften ihre Klauen. Wie Pablo die Sache einschätzte, konnte er eins von zwei Dingen tun, um das Rudel aufzuspüren: Er konnte in den Büschen herumstochern. Oder er konnte tun, was alle Wilderer machen: den Jagdaufseher finden und ihm eine Waffe an die Stirn halten.

Die Waffe, die sich am leichtesten verwenden ließ, war Information. Seit Jahren hatte sich der Glühwurm auf geheimen Schlängelpfaden den Weg in die Wohnungen und Geräte von Hunderten Millionen Menschen in der gesamten Welt gebahnt. Einige dieser Wohnungen gehörten hochrangigen Beamten der US-Regierung. Einige, wenn nicht alle dieser Regierungsbeamten würden etwas auf ihren Computern haben, das sie unbedingt für sich behalten wollten. Und wenn der Glühwurm erst einmal drin war, war er Meister darin, diese Dinge zu finden.

Also, dachte Pablo. Mögen die Erpressungen beginnen!

# TEIL VIER

# Kapitel 21

## Spätherbst 2016
## Ost-Jerusalem, unbekannte Orte und Panama

Grundschule, weiterführende Schule, Ausbildung, Uni, erste Jobs – für die meisten Menschen sind das die prägenden Jahre. Blickt man auf sein Leben zurück und denkt darüber nach, wer einem etwas bedeutet hat, gibt es eine klare Tendenz: Man erinnert sich an Freunde oder Feinde, Klassenkameraden, Arbeitskollegen. Gute Erinnerungen werden nach Namen kategorisiert, nach Gesichtern, einem Sportverein oder Haarschnitt. Manchmal sogar nach Gerüchen, guten oder schlechten.

Als der Field Agent in einem Hotelzimmer in Jerusalem an sein Leben zurückdachte und sich an all die erinnerte, die ihn geprägt hatten – ihre Gesichter, Frisuren, Unternehmungen –, sah er nur Versionen seiner selbst vor sich.

Scott Watts, der Highschool-Senior aus Chicago, der in der südkoreanischen US-Botschaft ein Praktikum machte und sein Tennis- und Golfspiel mit der Tochter des Botschafters und dem Sohn des südkoreanischen Präsidenten perfektionierte.

Tony Roy, der begeisterte Radsportler und Student an der Universität von Tennessee. Der so verrückt nach seinem Sport war, dass er den ganzen Sommer in Europa an diversen Radrennen teilnahm – die alle darauf abgezielt hatten, die Tour de France vor Ort zu verfolgen, bei der er dann seine Zeit in der Box neben einer hochrangigen Zielperson verbracht hatte, die verdächtigt worden war, US-Geheimnisse an die Belgier zu verraten.

Und dann war da der frisch gebackene Collegeabsolvent Travis Wilburn. Der Saatguthändler, der intensiv den afrikanischen Kontinent bereiste, Ökosaat verkaufte, sich mit Rebellenkämpfern traf und – hin und wieder – die Welt auf Dauer von dem einen oder anderen Warlord befreite.

Seit über dreißig Jahren stand der Field Agent nun schon im Dienst des amerikanischen Volkes und hatte es nach eigener Zählung auf ungefähr dreiundsiebzig Identitäten gebracht. Einige davon hatte er mehrfach benutzt. Andere hatten ausrangiert werden müssen. Aber von allen war es die allererste Identität, an die er sich am meisten erinnerte. Und die den stärksten Einfluss auf sein Leben gehabt hatte: Christopher Michael Gibbs. Seines Zeichens Internatsschüler an der Chapan School for Boys, wo er Mitglied des Junior-Footballteams gewesen war, Mitarbeiter der Schülerzeitung, Mitglied des Schachclubs, Ringkämpfer. Und am Entscheidensten: der beste Freund von Wilberforce Degas. Dem Sohn von Colonel Degas, der zu dieser Zeit Mittelamerikas Topmetzger war.

Der Grund, warum der Einsatz als Chris Gibbs ihn so geprägt hatte, hing mit einer Reihe von Gründen zusammen. Natürlich erinnerte man sich immer an seinen ersten Mord. Vor allem, wenn man erst fünfzehn Jahre alt ist und unerwartet gezwungen wird, einen Diktator zu liquidieren. Aber das Erlebnis mit Colonel Degas hatte sich auf seine Erfahrung als Chris Gibbs nicht annähernd so ausgewirkt wie simple Anerkennung und Zuwendung. Als Chris Gibbs hatte der Field Agent sich tatsächlich etwas aus der Schule gemacht. Seine Rushing-Yards-Statistik, seine Touchdowns, sein Ansehen im eher mittelmäßigen Junior-Footballteam der Schule … All das hatte ihm etwas bedeutet. Genauso wie seine Artikel in der Schulzeitung, das Schachspiel, das er lernte, und schließlich Wilberforce Degas – oder Wil, wie man ihn damals nannte.

Nach außen hin gaben die beiden ein ziemlich seltsames Paar ab. Dennoch mochte Chris den käsigen, extrem intelligenten Nerd, der so furchtbar erpicht auf seine Aufmerksamkeit war. Für den Field Agent war die Freundschaft echt gewesen. Die Highschool-Erfahrung war echt gewesen. Alles, was zu jenem Moment führte, und sogar die Tage nach seiner Auseinandersetzung mit dem Colonel, waren bis zu einem gewissen Grad echt gewesen. Sich aus dieser Beziehung zu lösen, war schmerzvoll für den jungen Field Agent. Eine Lektion, die er hatte lernen müssen und die sich nicht wiederholen würde.

Viel schlimmer jedoch war der Schmerz gewesen, den er Wil zugefügt haben musste, als er ihm den Vater nahm – was immer für ein Drecksack dieser auch gewesen sein mochte.

Der Zwiespalt zwischen echtem Gefühl und Zuwendung auf der einen und skrupellosem Handeln auf der anderen Seite war schwer zu überbrücken. Daher waren Chris Gibbs und sein alter Freund Wil Degas in den Gedanken des Field Agents nie weit weg. Ob es ihm nun bewusst war oder nicht: Insgeheim hatte er immer gewusst, dass diese beiden Chapan-Jungen irgendwie wieder in sein Leben treten würden.

Dieser Moment rückte näher in Ost-Jerusalem, als der Field Agent an diesem Tag einen Tipp bekam: Fünfzehn Millionen Dollar Kopfgeld waren auf einen Field Agent ausgesetzt worden, der in seinen frühen Jahren als Christopher Gibbs bekannt gewesen war. Vierzig Millionen sogar, wenn man ihn lebend auslieferte. Das war die Art von Summe, die selbst den erfahrensten Agenten zu denken gaben.

Der Agent hatte den letzten Monat in Jerusalem verbracht, auf einer Mission relativ geringer Gefahrenstufe. In seiner Tarnidentität arbeitete er als Dattelkäufer für eine Firma, die Dattelpaste herstellte – eine Zutat der Lebensmittelindustrie, die vor allem von Keksproduzenten in den USA verwendet wurde. Tatsächlich jedoch hatte er sich mit einer palästinensischen Separatistengruppe getroffen und versucht, deren Vertrauen zu gewinnen. Im nächsten Schritt wollte er Informationen über gewisse hochrangige Zielpersonen herausfinden, die man sowohl für Geldgeber als auch Leiter von IS-Operationen im Irak und in Syrien hielt. Die palästinensischen Separatisten waren die Art Leute, die er insgeheim als idealistische Pferdehändler bezeichnete. Es waren die geborenen Verhandlungsführer. Immer auf Ausschau nach einem kleinen Deal hier und einem da. Gib ein bisschen, krieg ein bisschen.

Der Field Agent fühlte sich sehr wohl mit ihnen. Ein Großteil ihrer Geschäfte wurde in Cafés und Bars in der Öffentlichkeit abgewickelt, an bewährten Orten. Klar, sie befanden sich in einer Konfliktzone. Aber die war nicht vergleichbar mit einem Kriegsgebiet. Was Waffen anbelangte, war der Agent daher praktisch nackt in den Nahen Osten gekommen. Außer Kleidung, einem Satellitentelefon, einer SIG-Sauer und mehr als drei Jahrzehnten Erfahrung hatte er nichts weiter im Gepäck gehabt.

Der Hinweis auf das Kopfgeld kam aus der zuverlässigsten Quelle überhaupt: von einem ehemaligen Kameraden aus seinem Navy-SEAL-Team. Außerdem seines Zeichens sein einstiger Schützling, Freund seit Ewigkeiten, Field-Agent-Kollege und Mitglied der Goldenen Einhundert. Kurz: Einer der wenigen Menschen auf der Erde, die wussten, dass der Field Agent einst Chris Gibbs gewesen war. Sein Freund war gerade im Auftrag des Verteidigungsministeriums auf einer Mission in Syrien unterwegs gewesen. Er hatte sich angeboten, nach Jerusalem zu kommen und als sein Bodyguard bei der Ausschleusung zu fungieren. Von daher machte sich der Field Agent keine allzu großen Sorgen, wie er aus dem Land kommen und in den sicheren Schoß der Vereinigten Staaten zurückkehren würde.

Nachdem er den Tipp bekommen hatte, kehrte er ruhig in sein Hotel zurück. Rasch packte er seine persönlichen Sachen zusammen, einschließlich Waffe und allem, was mit seiner Tarnung zusammenhing: Fruchtmustern, Broschüren, Importformularen und diversen Geschäftsunterlagen. Alles ganz so, wie man es ihm in der Ausbildung beigebracht hatte. Das Transportmittel würde in wenigen Minuten draußen vor der Hotellobby vorfahren. Der Field Agent trat in den Korridor hinaus und entschied sich, statt des knarrenden Fahrstuhls die Treppe zu benutzen. Obwohl er nicht allzu sehr um seine Sicherheit besorgt war, waren vierzig Millionen Dollar doch eine Menge Geld – wenn denn die Gerüchte stimmten. Das war die Kategorie Preisgeld, wie es sonst nur Leuten wie Bin Laden oder Sadam Hussein vorbehalten war. Und nicht einem Field Agent, der ein sehr vorsichtiges und unauffälliges Leben geführt hatte.

Als er die ausgetretene Marmortreppe des Hotels hinabstieg, konnte er dennoch nicht ganz den Gedanken an die palästinensischen Separatisten verdrängen – die idealistischen Pferdehändler, mit denen er sich die letzten Wochen getroffen hatte. Zweifellos waren die mit denselben Netzwerken und Kanälen verbunden, in denen nun über das Kopfgeld und den einst als Chris Gibbs bekannten Field Agent gemunkelt wurde.

Er fragte sich, ob irgendwo da draußen ein Foto von ihm kursierte. Eine digitale Fußspur, etwas, das in gierigen Gemütern etwas zum Klicken brachte.

Als er aus der verrauchten Hotellobby auf die Straße hinausblickte, sah der Agent einen schwarzen Land Rover. Er parkte vor dem Hotel. Sein Freund saß auf dem Beifahrersitz. Am Steuer erkannte er einen ehemaligen israelischen Mossad-Agenten. Er kannte nicht den wahren Namen des Fahrers. Doch er wusste, dass er einen Ruf als fähiger Field Agent besaß. Und der einst als Chris Gibbs bekannte Agent hätte selbst keinen besseren Fahrer wählen können. Als Israeli würde er das Terrain kennen und ihnen helfen, durch die Checkpoints im Land zu kommen.

Sorgsam darauf bedacht, nichts zu machen, was Misstrauen erwecken könnte, schlenderte er zur Rezeption. Er bezahlte seine Rechnung und gab seinen klobigen Zimmerschlüssel ab – einen Messingschlüssel, der an einer dekorativen Fliese hing, die zu den Bodenfliesen in der Lobby passte. Er bekam seinen Reisepass zurück und einen Beleg. Der Agent ließ beides in seine Tasche gleiten. Er dankte dem Rezeptionisten, ging in den heißen Jerusalemer Nachmittag hinaus und stieg direkt hinten in den Rover ein.

Der Fahrer hatte Metallicas »Unforgiven« im Radio laufen, auf geringer Lautstärke. Sein Freund, dessen Augen unablässig die Straßen scannten, begrüßte ihn mit einem »Hey, Kumpel«, als er hinter ihm einstieg. Der israelische Fahrer wartete nicht ab, bis die Tür zu war. Augenblicklich fuhr er los. Ohne zu rasen, aber auch ohne Zeit zu verlieren.

Jerusalem ist sowohl eine moderne als auch eine alte Stadt, mit einem Mix aus modernen Schnellstraßen und schmalen Gassen, durch die kaum ein Eselkarren passt. Die Autofahrer neigten zur Rücksichtslosigkeit und waren immer in Eile. Das schloss auch die vielen orthodoxen Juden ein, die dem Agenten aufgefallen waren. In Minivans voller Familienmitglieder und mit ihren riesigen runden Samthüten auf dem Kopf fuhren sie im halsbrecherischen Tempo durch die Altstadt.

Während sie durch das Straßengewirr navigierten, besprachen die beiden Amerikaner und der israelische Fahrer den Ausschleusungsplan. Man kam überein, dass sie am wenigsten Aufmerksamkeit auf sich lenken würden, wenn sie nach Süden zur Küstenstadt Eilat fuhren. Dort würde der Israeli für sich ein Boot und Tauchausrüstung mieten. Dann würde er die Amerikaner aufs Rote Meer hinausfahren, Kontakt mit einem amerikanischen Marineschiff aufnehmen, die Amerikaner absetzen und wieder zurückkehren.

Sobald man sich auf die Details verständigt hatte, richteten sich die Agenten auf eine ruhige Fahrt ein. Allerdings ließen sie nicht im Geringsten in ihrer Wachsamkeit nach, während sie aus der Stadt hinausstrebten. Hinten auf dem Rücksitz brannte der Agent darauf, mit seinem Freund darüber zu sprechen, was dieser alles wusste – über das Kopfgeld, die näheren Umstände und welche Akteure darin verwickelt waren. Aber er wollte das nicht vor dem Fahrer erörtern, den die beiden Männer nicht so genau kannten.

Je weiter sie sich von Jerusalem entfernten, desto mehr ließ die Anspannung nach. Nicht weit von der Stadt entfernt lag eine berühmte Tankstelle, die sich ganz dem Elvis-Motto verschrieben hatte: Elvis in Jesusmontur, Elvis als chassidischer Jude gekleidet, Elvis auf T-Shirts, Bechern und allem möglichen Schnickschnack. Es war natürlich ein Touri-Ziel. Sie hielten an, um zu tanken und etwas zu trinken. Der Fahrer besorgte sich eine Portion Falafel, während der Freund des Agenten eine Dose Pfefferminzpastillen mitnahm.

Beim Verlassen der Tankstelle entschieden sie sich für einen

Umweg. Sie würden nicht der Schnellstraße folgen, die sich in Nord-Süd-Richtung durch Israel zog, sondern sich in Schlängelfahrt durch ein Dorf im Nordosten lavieren. Der Freund des Agenten schlug zum Scherz einen Abstecher in ein nahes Restaurant vor, das berühmt für seinen Hummus war. Sie waren nun in einem trockenen, hügeligen, fast gebirgigen Landesteil und fuhren eine schmale Straße hinunter. Vor ihnen lag eine Kreuzung, auf der ein Dorfbewohner einen widerborstigen Esel über die Straße zerrte. Dieser zog einen Karren hinter sich her, der anscheinend mit Landwirtschaftsgeräten beladen war – kein unübliches Bild in der Gegend.

»Fahr um sie herum«, wies der Freund des Agenten den Fahrer an, während der sich auf die Kreuzung vortastete. Die vor ihnen liegende Straße war frei.

Da durchschlug etwas die Windschutzscheibe. Im nächsten Augenblick zerstob der Kopf des israelischen Fahrers in rotem Sprühnebel. Der Agent beschirmte seine Augen, griff in den Hosenbund nach seiner Waffe und langte an den Türgriff. Unterdessen hatte der Bauer den sich aufbäumenden Esel laufen lassen und ein Uzi-Magazin in den Motorblock des Rovers entleert. Der SUV kam seitlich von der Straße ab und krachte am Rand der Gegenfahrbahn gegen einen Felsvorhang.

Beim Aufprall explodierte die Fahrerseite des Fahrzeugs. Der Agent hatte keine Ahnung, ob dies mit dem Motor zu tun hatte oder von irgendeiner Waffe ausgelöst worden war, die sich im Fahrzeug befunden hatte. Er wurde gegen die Tür geschleudert. Glas- und Trümmerteile flogen überall umher. Scharfe Metallsplitter wirbelten um ihn herum. Der Agent spürte, wie das Haar an seiner Kopfseite versengte. Irgendwie gelang es ihm, die Tür aufzukriegen. Er taumelte auf die Straße hinaus. Sein Freund hatte das Fahrzeug bereits verlassen. In geduckter Haltung feuerte er den Hang hinauf, von wo Gewehrläufe auf sie gerichtet waren. Sein Freund schrie etwas. Aber der Agent hörte nichts, weil die Trommelfelle geplatzt waren. Doch ohne Zeit zu verlieren, wandte er sich in die andere Richtung. Er eröffnete das Feuer und traf den Dorfbewohner tödlich. In wirrem Bogen spuckte dessen Uzi weiter ihre Projektile aus, als er rücklings auf den Asphalt fiel und dabei den Esel erwischte. Das Tier drehte durch und trat und stampfte den Karren in Stücke. Vermutlich hätte der Agent keine Zeit oder Munition vergeuden sollen. Doch aus Mitleid erschoss er das tobende Tier.

Dann meinte der Agent, seinen Freund etwas schreien zu hören: »Hier lang!«

Er warf einen Blick nach links und sah, wie sein Freund über den rechten Straßenrand sprintete. Er sprang über eine klapprige Leitplanke hinweg und verschwand hinter dem Steilhang, der ins Tal hinunterführte. Der Agent setzte sich in Bewegung, um zu folgen. Aber dann traf ihn etwas hinter seinem Ohr. Ein Axtstiel oder so was, schoss es ihm durch den Kopf. Dann fiel er auf die Straße und verlor das Bewusstsein. Die Welt explodierte in ultrahellem Weiß, um dann in abgrundtiefer Schwärze zu versinken.

Einige Zeit später nahm der Agent im Unterbewusstsein wahr, dass man ihn gefesselt und geknebelt hatte. Er lag im Kofferraum eines Wagens, der anscheinend über kurvige Straßen dahinraste. Er wusste, dass, wer immer ihn auch gefangen hatte, dieser Jemand nun wahrscheinlich den Prozess einleiten würde, um das Kopfgeld einzutreiben. Ein Prozess, der zweifellos von so manchem Safehaus und Verhandlungen zwischen nicht vertrauenswürdigen Parteien begleitet werden würde. Ganz zu schweigen von unzähligen Gelegenheiten zum Betrug und menschlichem Versagen. Seine Überlebenschancen waren äußerst gering. Seine einzige Hoffnung im Moment war, dass sein Freund hatte entkommen können.

Auf der anderen Seite des Erdballs fand eine E-Mail nach ihrer Reise durchs Darknet ihr Ziel. In einer panamaischen Spielefirma quittierte ein Laptop ihren Eingang mit einem *Pling*. Es handelte sich um ein Foto, das einen Mann im Kofferraum zeigte. Einen US-Bürger, der im Nahen Osten tätig gewesen war. Die Gesichtserkennung ergab eine dreiundachtzigprozentige Übereinstimmung mit dem Highschool-Foto von Chris Gibbs. Die Gruppe, die den Agenten entführt hatte, nannte sich die Bruderschaft. Mit Freuden würde sie den Agenten an Pablo verkaufen. Aber es gab eine unerwartete Wendung: Die Bruderschaft hielt eine Art Auktion ab und GLÜHWURM GAMING würde gegen die US-Regierung bieten. Der Preis für den Agenten, der für Chris Gibbs gehalten wurde, war auf fünfzig Millionen Dollar geklettert.

Pablo überbrachte die Nachricht dem Glühwurm.

»Ich werde fünfzig Millionen für ihn zahlen. Ich zahle sogar sechzig. Was immer nötig ist, wenn's der echte Chris Gibbs ist«, sagte der Glühwurm. »Aber ich will Beweise. Dreiundachtzig Prozent sind nicht gut genug. Ich brauche DNA oder einen Fingerabdruck, um sie mit Gibbs zu vergleichen. Oder ich zahle nicht. So einfach ist das.«

Und so hatte Pablo seine neue Anweisung: Finde einen Fingerabdruck, Blut, Haare oder eine Gewebeprobe von einem Highschool-Schüler, der vor dreißig Jahren verschwunden war.

Ja, wirklich einfach.

# Kapitel 22

**August 2017**

**Camp Honor**

Der Höhlenkomplex besaß einen Umkleideraum und Duschen. Heiße Duschen. Wyatt ließ sich Zeit. Er hatte zwölf Stunden Nonstop-Nahkampf-Schusstraining in drei verschiedenen Umgebungen und drei simulierten Situationen hinter sich: Geiselnahme, Terroristen in einem Flugzeug und Amoklauf an einer Schule. Nun lehnte sich Wyatt gegen die Fliesenwand und ließ sich das heiße Wasser auf Schultern, Nacken und Rücken prasseln. Als sich seine Muskeln lösten und der Rücken knallrot war, drehte er den Wasserhahn zu. Er schnappte sich ein Handtuch und ging zu seinem Spind zurück. Er reinigte, ölte und verstaute zunächst seine Ausrüstung. Dann streifte er sich das mittlerweile extrem fadenscheinige Tony-Hawk-T-Shirt über, schlüpfte in die Shorts und schnallte den Gürtel fest, an dem die Lederscheide mit dem Jagdmesser hing. Das Messer, das er nun nach Beendigung der Hell Week offiziell tragen durfte. Schließlich brachte er seine H&K MP7A1 und die Glock in den Waffenschrank zurück und sicherte die Waffen.

Der Rest der C-Gruppe hatte sich schon längst zum Camp und dem Speisesaal zurückbegeben. Auf Wyatt zu warten, bedeutete entweder Kohldampf zu schieben oder kaltes Essen zu bekommen. Das hatte die Erfahrung sie gelehrt. Was Wyatt anbelangte, so wäre er sogar mit Eiszapfen zufrieden gewesen, wenn er dadurch ein bisschen Zeit für sich hatte.

Er trat aus dem Höhlenkomplex in das goldene, spätnachmittägliche Sonnenlicht hinaus. Er war müde. Bis in die Knochen. Aber er fühlte sich gut und sauber.

Eine Drohne summte auf ihn zu und wippte mit den Flügeln. Rory musste an der Steuerung sitzen, dachte er. Obwohl sie ursprünglich für Sprengstoffe vorgesehen war, hatte Rory eine Neigung für Flugtechnik und Drohnen bewiesen. Daher hatten die Ausbilder sie in dieses Programm versetzt.

Wyatt winkte der Drohne zu. Sie legte sich in eine Steilkurve und verschwand in der gähnenden Höhlenöffnung. Unwillkürlich musste Wyatt an eines seiner früheren Kinderbücher denken, in dem eine alte Lady eine Fliege verschluckt hatte.

Lächelnd und in forschem Tempo begann er die Innenseite des Kraters hinaufzumarschieren. Er dachte an den ersten Tag, den er auf der anderen Seite des Vulkans hochgestiegen war, und wie sehr er dabei außer Atem geraten war. Heute war es heißer als an diesem ersten Tag und der innere Hang zog sich viel steiler in die Höhe. Auch war er viel müder als damals. Dennoch hatte er das Gefühl, als könnte er auf der Stelle losrennen, ohne auch nur im Geringsten in Schweiß auszubrechen.

Als Wyatt den Gipfelkamm erreichte, der sich ringförmig um den Krater zog, fiel ihm etwas auf. Eine zweite, kleinere Drohne war ihm gefolgt. Doch als er weiterging und den Krater hinter sich ließ, fiel sie zurück. Wyatts Vermutung nach wurde diese zweite Stalker-Drohne von Avi gesteuert. Avi war nie warm mit Wyatt geworden. Der Sicherheitsguru war zu allen ruppig. Aber zu Wyatt besonders, und Wyatt verstand nicht, warum. Seine einzige Erklärung war, dass Hallsy ihn ganz offensichtlich mochte. Und wenn es jemanden gab, den Avi noch weniger mochte als Wyatt, dann war es Hallsy.

Der durch dichten Wald führende Pfad ins Basiscamp lag nun im Schatten des Vulkankraters und war ungewöhnlich dunkel. Es war nicht gerade kalt, aber kühler als in der Zuckerschüssel.

Ein Kieselstein landete vor Wyatts Füßen. Er erstarrte. Suchend glitt sein Blick über den Berghang, um zu sehen, ob sich in dem schräg einfallenden Dämmerlicht zwischen den Stämmen etwas rührte.

Vom Basiscamp wehte der Duft vom Abendessen herauf. Wer würde sich außer ihm noch hier draußen im Wald herumtreiben? Auf drei Uhr nahm er eine Bewegung wahr. Er beschloss, der Sache auf den Grund zu gehen. Aber statt in gerader Linie auf die Stelle zuzuhalten, schlenderte er erst einmal weiter den Pfad hinab.

Dann schlug er einen Bogen zurück den Berg hinauf und umrundete dabei einen riesigen Felsbrocken. Er löste die Verschlusslasche der Messerscheide. Fest schlossen sich seine Finger um den Perlmuttgriff.

Langsam und leise kroch er bergaufwärts durch einen schmalen Hohlweg und dann weiter durch dichtes Baumdickicht. Da entdeckte er sie: eine Gestalt. Sie kehrte ihm den Rücken und beobachtete den Pfad.

»Dolly?«

Sie schnellte empor und legte den Finger an die Lippen. »Pst!« Sie bedeutete ihm, mit ihr tiefer in den Wald zu gehen.

Er folgte. Sie kamen zu einer höhlenartigen Felseinbuchtung, die von dichten Kiefernzweigen beschirmt wurde. Dolly trat ein. Ihre Augen und Körperhaltung verrieten extreme Wachsamkeit. Sie wirkte nervös. Megaverstört. Wyatt hatte sie noch nie zuvor so erlebt. Aber irgendwie mochte er es. Wyatt folgte ihr, während sich sein Atem ebenfalls beschleunigte. Seit dem Abend vor der

Hell Week waren sie nicht mehr allein gewesen ... Als sich ihre Körper im Wasser berührt hatten.

»Ja, ich weiß, dass das hier schräg ist. Aber ich wollte mit dir reden, allein«, sagte Dolly mit leicht kratziger, trockener Stimme. »Avi dreht mit seinen Drohnen vollkommen durch. Und Hud ...« Sie zögerte. »Ich wollte eben nicht, dass jemand anders mich sieht.«

Sie waren einander sehr nahe in diesem Unterschlupf, weniger als dreißig Zentimeter. Er konnte die Seife auf ihrer Haut riechen. Und sogar ihren Lippenbalsam: Rosen. Er spürte ihren Atem. Wyatts Mund wurde so trocken, dass es ihm vorkam, als hätte er einen Esslöffel Zimtpulver im Mund. Er musste etwas sagen. »Also, worüber wolltest du reden?«

Ihre Augenbrauen zogen sich kaum merklich zusammen. Verdammt! Er hätte einfach die Klappe halten sollen. Er spürte, wie jede Wärme von ihr wich.

»Der Alte«, antwortete sie. »Hast du's mitgekriegt? Er verhält sich merkwürdig. Ich glaube, es ist etwas passiert. Ich weiß auch nicht, irgendwo in der Welt.«

Wyatt dachte einen Augenblick nach. Der Alte und Hallsy hatten sich in letzter Zeit öfter getroffen, Zu irgendwelchen langen Privatkonferenzen im Höhlenkomplex ... und alles streng geheim.

»Ja, hab's mitgekriegt«, sagte er. »Aber was hast du gesehen?«

»Ich habe Gerüchte gehört ... über eine Gefangennahme.«

»Won wem hast du das gehört?«, fragte Wyatt.

»Von Fabian Grant.«

»Mackenzies Bruder?«

»Ja, er arbeitet eng mit Mum zusammen. Also bekommt er alles mit. Ich denke, man kann ihm glauben«, sagte Dolly.

»Hab kapiert«, sagte Wyatt. »Was hat Fabian gesagt?«

»Vermutlich ist ein Agent, ein ehemaliges Honor-Mitglied, von islamistischen Terroristen gefangen genommen worden. Die haben ihm ein großes Preisschild verpasst. Der Alte und Hallsy machen nun Druck auf das Verteidigungsministerium, um den Agenten zurückzubekommen. Aber die Verhandlungen sind kompliziert. Und sie wissen nicht, wie das Ganze ausgehen wird.«

Wyatt nickte. Dass er den Alten und Hallsy zufällig belauscht hatte, ließ er ebenso außen vor wie sein Gefühl, irgendwie etwas mit der Sache zu tun zu haben. Im Moment interessierte er sich für nichts anderes, als Dolly nahe zu sein. Nahe zu bleiben. Er wollte einfach ein Junge sein, der mit einem Mädchen zusammen war. Kein Honor-Junge. Nur wieder ein normaler Teenager. Er ermahnte sich in Gedanken, die Klappe zu halten. Sich nicht zu bewegen. So wenig zu sagen wie möglich.

»Und können wir etwa was dagegen tun?«, fragte Wyatt schließlich. »Oder könnten wir einfach mal die Welt da draußen vergessen … und Honor … nur ein kleines bisschen?«

»Deswegen wollte ich mit dir reden«, sagte Dolly. »Du bist schließlich was ganz Besonderes.«

Wyatt verzog das Gesicht. »Was ganz Besonderes? Die haben mich aus dem Knast geholt. Genau wie alle anderen.«

»Nein.« Sie machte ein finsteres Gesicht und schüttelte den Kopf. Wyatt musste sich zusammenreißen, um nicht auf ihre Lippen zu starren. »Sie erlauben sonst niemandem, die Unterweisungsphase zu überspringen. Du durftest es. Hallsy und der Alte haben ein Auge auf dich. Du bist ihr Toprekrut. Deswegen wetteifert auch Hud so mit dir. Vorher war er ihr Goldjunge, jetzt bist du es.«

»Das ist nicht der Grund, warum Hud mich nicht mag«, erwiderte Wyatt und hielt sie mit seinem Blick gefangen.

»Was denn? Wegen mir etwa?«

Wyatt nickte langsam.

»Mag sein. Aber was immer auch zwischen mir und Hud gewesen sein mag, was immer auch letzten Sommer war, es ist vorbei. Endgültig.«

»Bin nicht sicher, ob Hud das auch so sieht«, antwortete Wyatt mit sanfter Stimme.

Auf einmal war sie distanzierter, kühler. Sie senkte die Augen. »Genau deswegen lassen wir uns … in diesem Programm auch nicht auf Emotionen ein. Deswegen …« Sie sah sich in ihrem beengten Zufluchtsort um und ließ den Blick über die Bäume schweifen. »… sollte ich auch nicht mit dir hier draußen sein.« Sie wich einen Schritt zurück. »Hier ist kein Platz für irgendwelche …«

»Irgendwelche was?«, fragte Wyatt und trat wieder näher.

»Gefühle. In Honor. Zu gefährlich. Emotional zu werden, mit mehr als nur einem klaren Verstand zu denken kann dich umbringen. Wir müssen unsere Köpfe klarkriegen. Für dich, für Hud, für mich …« Sie blickte zu Wyatt hoch. Ihr Atem wurde plötzlich schwerer.

»Mein Kopf ist sehr klar«, sagte Wyatt. »Ich habe nur einen Gedanken.« Er streckte den Arm aus und ergriff Dollys Hand.

Sie wich nicht zurück. Ihre Hände glitten zu seinem Gesicht und seinen Hals empor. Sie hob die Lippen. Zog ihn an sich. Dann küssten sie sich. Verschmolzen. Drängten aneinander. Endlich, nachdem sie so lange gewartet hatten.

Die Zeit holperte in Purzelbäumen dahin, während beide im Moment versanken. Dann erwachte in der Zuckerschüssel die Alarmsirene mit lautem Heulen zum Leben.

»Danke, dass du's auch einrichten konntest«, lautete Hallsys sarkastische Begrüßung, als Wyatt den Bereitschaftsraum betrat. Der Rest der C-Gruppe hatte bereits mit gezückten Notizblöcken auf Klappstühlen Platz genommen. Wyatt hatte Dolly einen Vorsprung gelassen und so saß sie bereits einen Stuhl vor ihm. Er ließ sich neben Samy nieder. »Tut mir leid, dass ich zu spät bin.«

Hud starrte ihn an, mit zusammengepressten Kiefern und funkelnden Augen. Vermutete er etwas?

»Der Alarm, den ihr gehört habt, ist keine Übung«, ergriff der Alte aus dem Hintergrund des Raumes das Wort. In der Hand hielt er einen dampfenden Becher Kaffee. »Unser Geheimdienstnetzwerk hat einen glaubwürdigen Tipp hinsichtlich einer Bedrohung erhalten. Sergeant Hallsy wird euch über alles Weitere informieren.«

Die Bildschirme hinter Hallsy erwachten zum Leben. Die Fotos von zwei männlichen Teenagern leuchteten ihnen entgegen: der eine siebzehn Jahre, dunkelhäutig. Der andere fünfzehn oder sechzehn, blond, mit großen braunen Hundewelpenaugen. Sie wirkten osteuropäisch. Womöglich Russen. »Darf ich vorstellen: Chokar und Jawad Alamariah. Brüder. Beides eingebürgerte Kanadier und phänomenale Athleten. Chokar, der ältere Bruder, hat sich vor Kurzen für das kanadische Junior-Olympiaboxteam qualifiziert.«

Wyatt starrte auf Jawads Gesicht und versuchte einzuordnen, wo er ihn schon einmal gesehen hatte. Etwas an dem Jungen kam ihm beunruhigend bekannt vor. Woher kannte er ihn? Auf dem Monitor schloss sich eine Reihe von Bildern an. Auf ihnen schwang Chokar mit breitem Lächeln diverse Boxtrophäen und wuchtige Meistergürtel.

Hallsy fuhr fort. »Die Brüder sind 2002 aus Tschetschenien

nach Kanada eingewandert und haben um politisches Asyl gebeten. Den kanadischen Behörden wurde erzählt, dass ihr Vater an Krebs gestorben sei. Den Kanadiern wurde nicht die Wahrheit gesagt.«

Ein Bild eines radikalen Islamistenkämpfers wurde auf den Bildschirm geworfen. Er hielt einen menschlichen Kopf in die Höhe, das Gesicht zu einem breiten Grinsen verzogen. Die Verkörperung des puren Bösen.

Hallsy ließ das Bild auf dem Monitor. »Das ist Chokars Daddy, kurz bevor ihn ein US-SEAL-Team eliminierte. Zu dieser Zeit war Chokar drei Jahre alt, Jawad erst ein Säugling. Sicher fragt ihr euch jetzt: Wäre es nicht möglich, dass die Familie einfach ein neues Leben im Westen angefangen hat? Die Antwort lautet: Ja, natürlich, wäre es. Und ...« Hallsy rief ein anderes Bild auf den Bildschirm, auf dem Chokar und Jawad Arm in Arm mit ihrer Mutter in die Kamera lächelten. »... allem Anschein nach haben sie auch von vorn angefangen. Bis letzten Sommer.«

Der Bildschirm zeigte Chokar nun in einem fremden Land, umgeben von lauter älteren, bärtigen Männern. »Chokar ist auf einen Besuch nach Tschetschenien zurückgekehrt. Wir glauben, dass ein Onkel ihn radikalisiert hat. Und bei Chokars Rückkehr nach Kanada hat er dann dasselbe mit seinem jüngeren Bruder Jawad gemacht. Wie sich gezeigt hat, ist der jedoch alles andere als ein tumber Muskelprotz wie sein Bruder. Jawad ist verflucht smart.«

Hallsy zoomte Jawads große braune Augen heran. »So smart in Wahrheit, dass aus ihm ein meisterhafter Bombenbauer geworden ist.« Hallsy rief Bilder einer abgelegenen Trainingseinrichtung auf. »Dies ist ein US-Olympiazentrum für Boxer. Das kanadische Team ist zur Teilnahme an einem Wettkampf eingeladen worden. Chokar hält sich dort bereits seit einem Monat auf. Letzte Woche wurde bekannt gegeben, dass der amerikanische Präsident und der kanadische Premierminister der Boxeinrichtung einen Besuch abstatten werden.« Hallsy legte eine Kunstpause ein. »Und ratet mal, wer vor zwei Tagen beschlossen hat, die Taschen zu packen und seinen Bruder zu besuchen?« Hallsy nickte. »Erraten. Baby Bamm-Bamm.«

Das Bild sprang wieder zu Jawads unschuldigen Hundeaugen zurück.

»Was ist mit dem Secret Service?«, fragte Dolly. »Haben die das Terrain nicht schon gecheckt?«

»Natürlich. Sie fanden keine Hinweise auf eine Bedrohung. Und gut möglich, dass es auch keine gibt. Wir *hoffen*, dass es keine gibt.« Hallsy legte eine Betonungspause ein. »Was also tun wir?«

»Auf Hoffnung können wir uns nicht verlassen«, sagte Ebbie und gab damit die Lektionen wieder, die er seit seiner Ankunft in Honor gelernt hatte. »Hoffnung ist keine Strategie. Und der Secret Service ist weit davon entfernt, perfekt zu sein. Dies ist eine dieser verzwickten Situationen, wo eine souveräne und noch dazu verbündete Nation, sprich Kanada, Gast in unserem Land ist. Und plötzlich – *Hoppla!* – stellt man fest, dass ein Mitglied ihres Junior-Olympiateams womöglich ein Terrorist ist. Wir können nicht die Kavallerie reinschicken oder wenigstens die Diplomaten ranlassen, ohne dass sich jemand auf den Schlips getreten fühlt. Wir müssen unter dem Radar rein. Und sichergehen, dass alles in Ordnung ist.«

»Stimmt genau, Ebbie«, sagte Hallsy. »Das Szenario ist maßgeschneidert für Honor. Wir gehen rein und checken, ob es eine

Bedrohung gibt. Läuft alles gut, sind wir wieder raus, ohne dass jemals jemand was mitkriegt.«

Avi betrat den Bereitschaftsraum mit einem maßstabsgetreuen Modell der Trainingseinrichtung. Er stellte es in der Mitte des Konferenztisches ab.

»Danke, Avi.« Hallsy griff nach einem Zeigestab, an dessen Ende ein Spielzeughubschrauber geklebt war. »Unser Absetzpunkt wird fünf Kilometer vor der Küste sein. Wir nähern uns unter Wasser dem Zielgebiet und setzen Tauchscooter ein, um das Ufer zu erreichen. Rory wird von einer entfernten Kommandozentrale eine Infrarotdrohne steuern. Das Einsatzteam wird sich als Teilnehmer des Trainingscamps tarnen. Allerdings warne ich euch: Bei allzu neugierigen Blicken wird das nicht helfen. Die Einrichtung ist klein und die Räumlichkeiten allesamt eng verbunden. Entdeckung ist um jeden Preis zu vermeiden. Am Strand teilen wir uns in zwei Teams. Ebbie, Dolly und Samy sind Team eins. Team zwei besteht aus Wyatt und Hud.«

Wyatt hielt Hud die Faust zum Gegenschlagen entgegen. Einsam blieb sie in der Luft schweben.

»Alles in Ordnung?«, flüsterte Wyatt.

Hud blickte sich zu ihm um. In seinen Augen lag ein beunruhigend leerer Ausdruck. »Alles gut.« Er lächelte. Und stieß gegen Wyatts Faust.

»Als Letztes möchte ich euch noch sagen«, ergriff der Alte wieder das Wort, »dass ihr hervorragende Leistungen gezeigt habt. Jetzt, während der letzten Sommerwochen, habt ihr die Gelegenheit, euch auszuzeichnen. Durch Missionen wie diese entscheiden wir, wer die Auszeichnung zum Topcamper erhält. Und wer darüber hinaus langfristig in diesem Programm bleibt.«

# Kapitel 23

15. August 2017
Unweit der Olympischen Trainingseinrichtung,
pazifische Nordwestküste

»Du bist dran.« Hallsy stupste Wyatt zur offenen Helikopterluke. Etwa zehn Meter unter ihnen war im Mondlicht nur vage die schäumende See zu erkennen. Wyatt wusste, dass das Wasser kalt und unerbittlich war. Aber im Gegensatz zur Hell Week hatte er nun hilfreiche Ausrüstung dabei: einen fünf Millimeter Neoprentaucheranzug, Taucherflossen und ein MK25-Kreislauftauchgerät. Damit konnte er unter Wasser atmen, ohne Sauerstoff an die Umgebung abzugeben. Was bedeutete: keine Luftblasen. Er trug außerdem einen SubGravity RS-Scooter – einen Tauchscooter, mit dessen Hilfe er fünfundachtzig Meter in der Minute schwimmen konnte. Sein Einsatz-Kit war vorn an die Brust geschnallt. Darin transportierte er diversen einsatzrelevanten Kleinkram mit sich – einschließlich Dietrich, Nachtsichtgerät, eine 9-mm-Glock sowie eine kompakte Heckler-&-Koch-MP7A1-Maschinenpistole, mit der er für den Nahkampf trainiert hatte. Sollte die Sache haarig werden, hatte er noch vier Extra-Magazine 4,6-mm-Munition für die Heckler & Koch dabei.

Dank des raschen neuronalen Wachstums von Teenagergehirnen sowie Honors Lehrtechniken war aus Wyatt ein geschickter Taucher, Fallschirmspringer und Schütze geworden. In seiner Ausbildung hatte man ihm den Umgang mit einer breiten Palette von Waffen beigebracht. Er konnte (unter anderem) einen

Panzer sowie das Mark V SOC bedienen – das Hightech-Einsatzboot, das auch die SEALs benutzten. Er konnte mithilfe eines SOFLAM-Laser-Zielmarkierers den Raketenangriff einer F18 lenken. Er war in der Lage, die meisten Haushaltswaren in tödliche Waffen umzuwandeln. Fünf ungestörte Minuten in einem Baumarkt und er konnte dank Cass' Unterricht eine Sprengfalle zusammenbasteln, die einen Panzer außer Gefecht setzte. Er war in mehreren Kampfsportarten ausgebildet. Und fast nichts, was zwei oder vier Räder und einen Motor hatte, wäre vor ihm sicher, wenn er Lust auf eine kleine Spritztour hätte.

In den letzten sechs Wochen hatte man ihm ein gewaltiges Trainingspensum auferlegt. Doch als er sich nun auf seine erste Mission vorbereitete, kam es ihm vor, als wüsste er gar nichts mehr. Noch gravierender war die Frage, ob er auch wirklich bereit war, zu kämpfen. Wyatt war bis an die Zähne bewaffnet, und sollte er angegriffen werden, würde er womöglich auf tödliche Gewalt zurückgreifen müssen. Konnte er so etwas? Würde er es tun? Zweifel schlichen sich in Kopf und Körper und seine Beine fühlten sich plötzlich wie Gummi an, als er in Position glitt.

Hud schien derlei Ängste nicht zu empfinden. Genauso wenig wie Samy. Oder selbst Dolly. Für die drei war der Lauf einer Waffe das Gleiche wie ein Gartenschlauch. Wenn man ihn betätigte, kam am vorderen Ende was raus. Wollte man nicht getroffen werden, ging man eben aus dem Weg.

Etwas anders sah es mit Ebbie aus, der sich der C-Gruppe nach einwöchiger Erholung von seiner Gehirnerschütterung wieder angeschlossen hatte. Er hatte einen gesunden Respekt vor der Angst. Er ging offen damit um, wenn er sie spürte. Immer wieder sagte er Sachen wie: »Gerade geht mir die Düse wie einem verdammten kleinen Hosenscheißer.« Nur um dann loszulachen und etwas Durchgeknalltes zu tun.

Was Rory anging, so war sie zum Drohnenflug versetzt worden und erledigte den neuen Job mit chirurgischer Präzision. Daher verweigerte man ihr auch das Vergnügen, aus Hubschraubern rauszuspringen oder in die Mündung einer Waffe zu starren.

Für Wyatt war Action der einzige Weg, um das unsichere Gefühl und die Selbstzweifel zu verscheuchen. Action, Disziplin und drillhafte Wiederholung. Hör auf zu denken. Reiß dich von deinen Gedanken los. Handle. Mit hämmerndem Herzen und dem Gefühl, als würde eine kalte Riesenhand nach seiner Brust greifen, tat Wyatt das, was ihn erfahrungsgemäß wieder zurück in die Spur brachte: Er sprang in die Leere.

Der Fall war kurz. Mit den Fersen voran durchstieß Wyatt die Wasseroberfläche. Der Tauchscooter ruckte beim Aufprall in seiner Hand und Wyatt musste seinen Griff verstärken. Aber dann sank das Gerät mit Wyatt zusammen hinab, als er einige Meter tiefer tauchte und alles um ihn herum ruhig wurde. Es war dunkel. Aber er konnte den Rest des Teams vor sich an den leuchtenden Lichtern erkennen. Lichter, die in Ufernähe ausgeschaltet werden würden. Doch bis dahin wären es etwa noch fünf Kilometer in östlicher Richtung.

Mithilfe des Tauchscooters ließ sich Wyatt zu Hud hinübergleiten. Als Letzter der C-Gruppe kam Ebbie ins Wasser geschossen. Weder im Wasser noch an Land würden Ausbilder sie auf dieser Mission beaufsichtigen. Denn unter lauter Jugendlichen würde ihre Anwesenheit augenblicklich Verdacht erregen. Zum allerersten Mal war die C-Gruppe tatsächlich auf sich allein gestellt. Niemand mehr, der einem dauernd über die Schulter blickte. Es kam allein auf sie an.

Mit Handsignalen wies Samy die Missionsmitglieder an, vorzurücken. Stolz nahm Wyatt wahr, wie Samy – der einst schlechteste Schwimmer der Gruppe – die Unterwasseretappe der Expedition anführte.

Geführt von Kompass, GPS und Samy erreichten sie mit hoher Zielgenauigkeit ihren Landekopf. Mit der Strömung im Rücken kamen sie mit fünfundachtzig Metern pro Minute voran. Nach etwas mehr als eineinhalb Stunden hatten sie das Land erreicht. Wie zuvor geprobt, vergewisserten sich die Teams zunächst, dass niemand am Ufer zu sehen war. Dann rückten sie auf den Strand vor, der, fels- und geröllübersät, wie er war, eigentlich so gar nichts Strandhaftes an sich hatte. Ein leichter Wind wehte in der ansonsten ruhigen Sommernacht. Über dem Kliff, das den Felsstrand säumte, nahm Wyatt in der Ferne die Lichter der Trainingseinrichtung und der Schlafsäle wahr.

Zusammen mit ihrer Tauchausrüstung versteckten die Einsatzteams die Tauchscooter am Fuß des Kliffs, um sie nach ihrer Mission wiederzuholen. Sie würden das Einsatzgebiet auf demselben Weg verlassen. Aus ihren Ausrüstungs-Kits holten die Teammitglieder Hoodies und Sweatpants hervor, wie sie das kanadische Junior-Olympiateam trug. Nachdem sie in die Sachen geschlüpft waren, setzten sie ihre Nachtsichtgeräte auf und warfen sich jeweils eine Sporttasche über die Schulter. In seiner Tasche hatte Wyatt die Heckler-&-Koch-Maschinenpistole, Munition, einen Glasschneider und Dietriche verstaut. Die 9-mm-Glock steckte er sich hinten in den Hosenbund.

Es war beschlossen worden, dass Wyatt sie an Land anführen würde. Als die Gruppe nach angemessener Zeit bereit war, setzte er sich an die Spitze und kroch das Kliff hinauf. Oben sondierte er mit dem Nachtsichtgerät die Umgebung. Die Luft war rein. Er machte den anderen ein Zeichen und rückte vorsichtig weiter vor. Dicht gefolgt von der C-Gruppe hielt er auf die Schlafsäle und die Trainingseinrichtung zu.

Als er sich den Gebäuden näherte, bedeutete er der Gruppe anzuhalten und sich niederzuknien. Etwas weiter entfernt zu seiner Rechten hatte er die Umrisse zweier Gestalten ausgemacht. Sicherheitspersonal, dachte er. Langsam rückte er näher. Da sah er, dass es Teenager waren, die im Gebüsch herumknutschten. Wyatt erkannte, dass sie keine Bedrohung darstellten. So wie die beiden mit ihrem Zungenwrestling bei der Sache waren, bestand keine Gefahr, entdeckt zu werden. Also führte Wyatt die Gruppe einfach in einem weiten Bogen um das Pärchen herum und schlich sich dicht an die Gebäude heran.

Als sie so nah waren, dass sie womöglich von drinnen gesehen werden konnten, setzten sie ihre Nachtsichtgeräte ab und verstauten sie in ihren Taschen. Offen und ungezwungen näherten sie sich jetzt auf einem Weg der Anlage, als gehörten sie einem der beiden Junior-Olympiateams an.

Da sie von hinten auf die Gebäudegruppe zugingen, begegnete ihnen keiner der echten Athleten. Wie zuvor in den Übungen gelangten sie schließlich an eine Weggabelung. Auf Wyatts Signal hin rückte Team eins schnell in Richtung der Schlafsäle vor, während er und Hud sich dem Trainingsgebäude von der Rückseite näherten.

Über einen Ohrhörer kommunizierte Wyatt mit Rory, Hallsy und dem Alten.

»Eingreifteam eins ist auf dem Weg zu den Schlafsälen. Team zwei unterwegs zur Boxhalle.«

»Roger«, sagte Rory. »Ich habe euch auf Infrarot. Ich kann eure Bewegungen verfolgen. Vor euch ist nichts.«

Als sie sich den Kellerfenstern näherten – dem geplanten Zugangspunkt ins Gebäude –, schaltete Hud plötzlich seinen Sprechfunk aus und bedeutete Wyatt, dass er ohne Zuhörer mit ihm sprechen wollte. Stumm forderte er Wyatt auf, es ihm nachzutun.

»Was ist los?«, fragte Wyatt.

»Sag du's mir! Was ist mit dir und Dolly los?« Huds Stimme klang scharf. »Du musst aufhören damit. So was hat in Honor nichts verloren. Und auf solchen Missionen und Operationsleveln schon gar nicht. Deswegen haben Dolly und ich einen Cut gemacht. Komm zu Verstand!«

Das brachte Wyatt zum Brodeln. Er wollte Hud sagen, dass es ihn nichts anginge, dass er sich raushalten solle. Zu Hause in Millersville hätte er ihm womöglich sogar einen Schwinger verpasst. Aber er unterdrückte seine Wut. »Hud«, sagte er ruhig. »Das können wir nicht jetzt besprechen. Bewahr dir das für später auf. Konzentrier dich auf die Mission.«

Doch statt dass es ihn beruhigte, wurde Hud anscheinend sogar noch wütender. »Genau deswegen ist kein Platz für das, was du tust. Es hat die Mission bereits beeinträch…«

»Es hat die Mission nicht beeinträchtigt«, unterbrach Wyatt ihn. »Es hat *dich* beeinträchtigt. Sieh zu, dass du wieder einen klaren Kopf bekommst. Hörst du, Hud?« Wyatt blickte ihm tief in die Augen. Wieder sah er denselben leeren Ausdruck wie im Bereitschaftsraum. Etwas stimmte nicht. Es war, als wäre Hud gar nicht da. »Wenn du nicht sofort deine Birne wieder freikriegst, brech ich das hier ab.« Wyatt langte an den Sprechfunk.

»Warte.« Wyatts Teamgefährte schüttelte den Kopf und mit breitem Grinsen kehrte der alte Hud zurück. Der arrogante Hud war wieder da. Der Typ, den man nicht mochte, aber gern an seiner Seite haben wollte. »Du hast recht. Vergiss Dolly. Wen juckt's schon? Die Show geht weiter.«

Wyatt wandte nicht den Blick von ihm. »Bist du sicher? Alles gut?«

»Alles super! Und jetzt Schluss mit dem Palawer! Lass uns diesen Bamm-Bamm-Brüdern eine Abreibung verpassen.«

»In Ordnung. Auf geht's.«

Wieder zurück auf Missionskurs näherten sich Wyatt und Hud dem Gebäude. Aus den offenen Fenstern im ersten Stock drangen die typischen Geräusche einer Boxhalle zu ihnen herab. Fäuste traktierten mit dumpfem Klatschen Boxsäcke. Füße glitten quietschend über den Boden. Eine Gruppe unterhielt sich leise. Trillerpfeifen ertönten. Instruktionen wurden gerufen und in regelmäßigen Abständen war das Läuten einer Ringglocke zu hören.

Nach seinem ursprünglichen Plan wollte Wyatt mit dem Glasschneider ein Stück aus einem Erdgeschossfenster herausschneiden. Aber eines der Kellerfenster hatte man zu Lüftungszwecken einen Spalt offen gelassen. Also mussten sie es einfach nur ein Stückchen weiter aufstoßen und konnten sich hineingleiten lassen.

Das Kellergeschoss entpuppte sich in Wirklichkeit als Kriechkeller, in dem eine Schmutzwasserpumpe und eine Luftbefeuchtungsanlage untergebracht waren. Der Raum war nicht einmal eineinhalb Meter hoch. Es stank nach Schlamm, Erde und feuchtem Beton. Ihre Stiefel bewegten sich über Sand und Rattenkot. Mithilfe eines Gebäudeplans fand Hud rasch die Falltür, durch die man in den Lagerraum im Erdgeschoss emporgelangte. Wyatt hob die 9 mm, während Hud die Tür anlupfte. Der Moment der

Wahrheit. Glücklicherweise hielt sich niemand im Raum auf, in dem ansonsten Boxausrüstung und Dosen voller Sportdrink-Pulver lagerten. Sie kletterten nach oben und schlossen die Falltür hinter sich. Vorsichtig schlichen sie zur Tür, die zum Erdgeschosskorridor führte.

Niemand schien sich im Lagerbereich aufzuhalten. Allerdings sahen sie durch die Fenster nach Westen einige Sicherheitsleute, die draußen auf dem Gelände patrouillierten.

Wyatt und Hud bewegten sich rasch auf einen Treppenaufgang zu, der sich auf der Gebäuderückseite befand. Sie folgten ihm in den ersten Stock hinauf und hielten vor der Treppenhaustür inne. Jetzt waren die Trainingsgeräusche viel näher und lauter. Der vertraute Geruch nach Sporthalle – Schweiß, Muff, mit einer schwachen Note von Reinigungsmitteln – drang in das Treppenhaus. Hud nickte. Sie steckten ihre Waffen in die Kleidung und drückten die Tür auf.

Lässig traten sie in einen Korridor hinaus, als wären sie nur etwas zu spät zu ihrem Workout dran. Am Ende des Korridors ging es durch eine doppelflügelige Schwingtür in die Halle, wo ein lebhaftes Treiben herrschte. Junge Junior-Olympioniken trainierten mit Feuereifer. Betreuer riefen laute Anweisungen und überall liefen Zuschauer umher. Auf der gesamten riesigen Hallenfläche waren Leute verstreut, vertieft in Schattenboxen, Seilspringen oder ein kleines Schwätzchen.

Eine kleine Gruppe hatte sich um einen der Boxringe versammelt. Sie sah einem Jungen zu, den Wyatt als Chokar erkannte. Er kämpfte im Sparring mit einem Amerikaner. Die beiden Kämpfer waren total aufeinander konzentriert, während sie mit katzenhaften Bewegungen Jabs austeilten, sich duckten und belauerten. Chokars jüngerer Bruder Jawad verfolgte das Geschehen am Ring und war völlig in das Spektakel versunken. Ein paar Pressevertreter schossen Fotos. Als Wyatt und Hud auf die Umkleideräume zusteuerten, merkte er, wie ein Trainer aus dem amerikanischen Team ihn anstarrte.

Wyatt lächelte und nickte. Der Trainer hielt einen Herzschlag lang inne. Dann nickte er zurück und sah wieder dem Sparringskampf zu. Wyatt und Hud stießen die Tür zum Umkleideraum auf.

»Sind in der Umkleide«, flüsterte Wyatt in seinen Sprechfunk.

Der Raum stank nach Schweiß, muffigen Klamotten und Harnsäure. Rasch checkten sie, ob der Umkleideraum leer war. Noch in Eingangsnähe umrundeten sie die Ecke zum Duschbereich, als Hud etwas in einer der Toilettenkabinen entdeckte: ein paar Füße samt Hose, die bis auf die Knöchel heruntergerutscht war. Kein Zweifel: Da legte jemand gerade ein Ei. Dann das vertraute Geräusch einer umgeblätterten Seite. Der Typ würde eine Weile hierbleiben.

Wyatt machte Hud ein Zeichen, auf Wachposten zu bleiben. Er sollte die Toiletten und den Eingang zur Trainingshalle im Auge behalten.

Hud hob die Hand und signalisierte mit Daumen und Zeigefinger sein Okay.

Wyatt drang in den Spindbereich vor. Mühelos entdeckte er Chakars Schrank; an der Oberkante pappte ein Klebeband, auf das man seinen Namen geschrieben hatte. Bei den Spinden hier handelte es sich nicht um die typischen schmalen Modelle, wie man sie in einer Highschool oder im Fitnessstudio fand. Dies hier war eine olympische Einrichtung. Die Ausstattung war zweifellos vergleichbar mit dem, was der Umkleideraum eines Baseballteams der Major League zu bieten hatte – einschließlich einer vollautomatisierten Klimaanlage. Fast alle Spinde standen offen. Nur Chokars war mit einem schweren Vorhängeschloss aus Messing gesichert.

Wyatt setzte seine Tasche ab, holte seinen Dietrich heraus und machte sich an die Arbeit. In circa dreißig Sekunden hatte er das Schloss auf. Er flüsterte in den Sprechfunk: »Habe Zugang zum Spind. Mache mich an Durchsuchung.« Wyatt trug eine Körperkamera. Diese zeichnete nicht nur seine Blickperspektive auf, sondern übertrug alles live nach Honor zum Alten und zu Hallsy.

Wyatt nahm vage das Geräusch einer Toilettenspülung wahr. »Hud«, fragte Wyatt. »Wie sieht's aus?«

Ein bis zwei Sekunden verstrichen, während Wyatt diverse Schuh- und Boxhandschuhpaare durchwühlte.

»Alles klar, Wyatt. Er ist noch auf dem Pott. Sieht ganz nach 'ner Höflichkeitsspülung aus«, sagte Hud mit leisem Flüstern. »Lass dir Zeit.«

Neben Klebebandrollen und Handgelenkbandagen stieß Wyatt auf einen Koran, weitere Bandagen, Aspirin und Cremedosen. In der Ecke stapelten sich dreckige Suspensorien und nasse Boxerhosen. An Kleiderbügeln baumelten mehrere Sätze Trainingskleidung aus Nylon herab.

Der Spind roch so streng wie ein ganzes Rad alten Stinkekäses. Schnell durchstöberte Wyatt die losen Gegenstände, ohne jedoch etwas zu finden. Er wandte seine Aufmerksamkeit der Sporttasche und dem Rucksack zu, die in der Mitte des Spindes abgestellt worden waren.

Wyatt öffnete die Sporttasche. Sie gehörte Chokar. Es war die Standardtasche, die das kanadische Junior-Olympiateam benutzte. Ein rascher Blick ins Innere zeigte nichts Verdächtiges. Wyatt zog den Reißverschluss wieder zu und widmete sich dem schmuddeligen Rucksack, den er von einem früheren Foto her erkannte. Er gehörte Jawad. Es handelte sich um die Art Rucksack, wie sie Millionen von Schülern überall auf der Welt trugen: klein, leicht zerschlissen, schlicht.

Wyatt öffnete den Reißverschluss und blickte hinein. Augenblicklich spürte er, wie sich seine Nackenhaare aufrichteten. »Ich glaube, wir haben was«, sagte er. »Ich sehe elektronische Gerätschaften, einen iPad, lose Drähte und ein schweres, zylindrisches Objekt. Auf der Zylinderspitze ist was draufgetapt. Sieht aus wie eine Zündkapsel … die mit einem Handy als Auslöser verbunden ist.«

»Ist die Bombe scharf?«, drang die Stimme des Alten über Funk an sein Ohr.

»Ich weiß nicht. Ich denke nicht. Und ich seh eine Schachtel mit Munition unten auf dem Rucksackboden. Aber keine Waffe«, fügte Wyatt hinzu. Er überlegte, was das bedeutete. Jawad war wahrscheinlich bewaffnet.

»Sichere die Vorrichtung«, wies der Alte ihn an. Aber Wyatts Gedanken drifteten ab, als er plötzlich Schritte hörte, die sich der Spindreihe entlang näherten.

Bewachte Hud denn nicht den Eingang? Er hatte sich nicht gemeldet.

»Hud?«, flüsterte Wyatt.

Aber die Schritte holten weiter aus und kamen nun im Lauftempo näher. Wyatt blieb keine Zeit, nachzudenken. Er zog die 9 mm, gerade als Jawad mit gezückter Waffe um die Ecke bog. Wyatt reagierte sofort. Er zielte und zog zweimal den Abzug durch. Jawad feuerte exakt zur gleichen Zeit zurück.

Weder Wyatt noch Jawad hörten auf, den Abzug durchzuziehen. Jeder entleerte ein volles Magazin in den anderen. Ohrenbetäubende Schüsse erfüllten den Raum. Rauchgeruch breitete sich aus, als Patronenhülse um Patronenhülse ausgeworfen wurde. Dennoch ging keiner der beiden Jungen zu Boden. Aus nächster Nähe feuerten sie einfach weiter aufeinander. Wyatt malte sich aus, wie hinter ihm die Wand von Kugeln perforiert und mit Blut bespritzt wurde. Jede Sekunde würde er umfallen und sterben. Eine Frage schoss ihm durch den Kopf: Wo war Hud?

Wären Wyatts Hirn und Körper nicht von Adrenalin und Reizen überflutet worden, hätte er vielleicht gemerkt, dass seine 9 mm ohne Rückstoß schoss. Und während es jede Menge Rauch und Funken gab, war kein Blut zu sehen.

Verwirrt starrten Wyatt und Jawad sich an. Dann kam Hud um die Ecke gestürmt. »Runter, Wyatt!«, schrie er.

In rascher Folge feuerte Hud Jawad in den Rücken. Mit einem kreischenden »Ahhhhhh!« leerte er sein ganzes Magazin.

Wieder ging Jawad nicht zu Boden. Jetzt wusste Wyatt, dass da etwas nicht stimmte – ähnlich wie jemand, der im Schlaf erkannte, dass er alles nur träumte.

»Bisschen spät dran, was, Hud?« Hallsys Stimme durchbrach die Stille im Umkleideraum, als er zusammen mit den Alten hereinkam.

Wyatts Gedanken rasten. Sein Herz hämmerte und seine Ohren klingelten. Die Erkenntnis traf ihn mit voller Wucht. »Das war eine Trainingsübung?«, brachte er mit trockener, gepresster Stimme hervor, während die widersprüchlichsten Gefühle in ihm tobten.

Der Junge, Jawad, steckte nun kichernd seine Waffe in den Hosenbund. »Yeah! Platzpatronen. Fühlst dich verarscht, was? So habe ich mich auch gefühlt in meinem C-Gruppen-Jahr.«

»Wer … bist du?«, fragte Wyatt.

»Wyatt, darf ich vorstellen: Jawad Mossa, oder auch Jo, wie wir ihn nennen«, sagte Hallsy. Da wusste Wyatt schon, wo er den Jungen zuvor gesehen hatte. »Jo gehörte letztes Jahr zur A-Gruppe.«

»Ja. Und er war Topcamper«, sagte Wyatt. »Ich wusste, ich hatte ihn schon mal gesehen. Ich konnte ihn nur nicht einordnen.« Er rief sich das Foto des letztjährigen Topcampers ins Gedächtnis. Auf dem Bild hatte Jo einen struppigen Bart gehabt und eine Sonnenbrille getragen. Aber nun war er glatt rasiert. Trotzdem hätte Wyatt sich in den Hintern treten können. Er hätte darauf kommen müssen. »Ich fass es nicht, dass sein Foto die ganze Zeit an der Wand gehangen hat und ich nichts geschnallt habe.« Er schüttelte den Kopf.

»Genauso wenig wie ich, als ich in deiner Haut steckte.« Jo klopfte Wyatt auf die Schulter. »Nimm's nicht so schwer.«

»Niemand von euch hat die Verbindung hergestellt und das Offensichtliche erkannt«, sagte Hallsy. »Das zeigt mir nur, wie viel wir alle noch in puncto Aufmerksamkeit zu lernen haben. Ebenso wie über die Macht der Suggestion. Jo kam zum Sommerende zurück, um uns bei der Ausbildung zu unterstützen. Dasselbe gilt für alle Boxer, die ihr in der Trainingshalle gesehen habt – und sogar für die beiden Kids, die draußen im Gebüsch herumgemacht haben.«

Wyatt ließ sich gegen einen Spind sinken, immer noch ganz geplättet und weit davon entfernt, das Ganze verarbeitet zu haben. »Es war alles gefakt. Eine total abgekartete Sache.«

Wieder nickte Hallsy. »Ja. Ein Test. Ausgefeilt, aber absolut nötig.« Er wandte sich an Hud und funkelte ihn an. »Vor allem nach dem, was wir heute von dir gesehen haben.«

Hud wich einen Schritt zurück. Er wirkte eingeschüchtert und sah blass aus.

»Ja, Hud«, sagte Hallsy. »Wir haben es gesehen.«

Hud schluckte ein paarmal, begrub den Kopf in den Händen und setzte sich.

»Was gesehen?«, fragte Wyatt. »Hud war genau da, wie wir es in den Proben durchexerziert haben.«

»Wyatt«, ergriff der Alte das Wort. »Ich möchte, dass du jetzt mit Hallsy rausgehst. Er wird dich zu deiner abschließenden Einsatzbesprechung führen. Hud, du gehst mit mir.« Die Stimme des Alten klang entschlossen, aber schwer vor Trauer.

Hallsy trat an Hud heran und legte ihm Handschellen an.

»W… wie meinen Sie das?«, stammelte Hud. »Wie Wyatt schon sagte … i… ich … habe ihn gedeckt. Ich war abgelenkt von der Person auf der Toilette. Die war kurz davor, den Raum zu verlassen, als Jawad reinkam. Es war ein Fehler. Ich habe ihn verpasst. Er ist an mir vorbeigekommen.« Hud schien in sich zusammenzufallen, geschrumpft zu einem Häuflein Mensch. Seine Brust hob sich, als er weinend Wyatt ansah. »Es tut mir so so leid, Wyatt. Bitte. Bitte vergib mir.« Und dann richtete er den Blick auf den Alten. »Lassen Sie mich in Honor bleiben. Es war ein Fehler. Keine Ahnung, wie das geschehen konnte.«

Die Stimme des Alten nahm einen scharfen Ton an. »Wyatt, wegtreten!«

# Kapitel 24

**August 2017, kurz vor Morgendämmerung**
**Camp Honor**

Sie hatten keine Ahnung, wohin man Hud gebracht hatte. Die C-Gruppe kehrte zum Basiscamp zurück, um in der Lodge bei Mums Frühstück die Mission in einer abschließenden Einsatzbesprechung durchzugehen. Wyatts Körper war regelrecht ausgehungert. Sein Lampenfieber hatte im Vorfeld der Operation jeglichen Hunger unterdrückt und allein das Schwimmen danach hatte neunzig Minuten gedauert. Jede Zelle in seinem Körper schrie nach Kalorien.

Und dennoch bekam Wyatt einfach nichts hinunter. Genauso wenig wie die anderen der Gruppe. Sie hatten einen Mann verloren. Den Gerüchten nach, die in Honor kursierten, würde Hudson Decker rausfliegen.

Mit hängenden Köpfen stocherten sie lustlos in Bergen von Brötchen, Eiern, Würstchen und Schinkenspeck herum, während sie hauptsächlich Kaffee und Wasser zu sich nahmen. Hallsy zog eine Leinwand von der Decke. Ein Videoprojektor wurde gebracht und dann spielte er Filmmaterial aus der Trainingsübung ab. Die Einsatzbesprechung nahm alle Aspekte der Übung kritisch unter die Lupe – die Einschleusung, die Landung am Strand, den Weg zu den Schlafsälen und den Trainingseinrichtungen. Alles, bis auf das, woran alle dachten: Was im Umkleideraum passiert war.

Dann tauchte endlich die entscheidende Szene auf dem Bildschirm auf: *Jawad setzt seinen Weg in den Umkleideraum fort. Hud zieht sich in den Toilettenbereich zurück. Er scheint sich hinter einer Ecke zu verstecken, als Jawad reinkommt.*

*Wyatt sagt: »Hud.«*

*Jawad fängt an zu rennen. Wyatt zieht seine Waffe. Die beiden feuern aufeinander, als Jawad um die Ecke kommt. Hud taucht auf, nachdem die Schießerei begonnen hat. Er nähert sich Jawad von hinten. Eröffnet das Feuer.*

Der Bildschirm wurde schwarz.

Schließlich ergriff Hallsy das Wort. »Der Alte und ich sind zu dem Schluss gekommen, dass Hud Wyatt absichtlich in Gefahr gebracht hat. Diese Absicht – kein Fehler – ist der Grund dafür, dass er aus Honor entfernt wird. Seine einzige Chance zu bleiben, besteht darin, dass ihr – seine Kameraden der C-Gruppe – einstimmig seine Rückkehr beschließt. Also, was wollt ihr tun?«, fügte Hallsy freiheraus hinzu.

Die Frage hing wie ein böses Verhängnis in der Luft. Lange wagte niemand, sich zu äußern.

»Ich weiß, dass Hud hier bei vielen angeeckt ist. Trotzdem ist Hud einer meiner Brüder«, brach Ebbie das Schweigen. »Daher hasse ich es, es zugeben zu müssen: Aber das sieht übel aus. So als hätte er Wyatt am langen Arm verhungern lassen.«

»Hallsy hat die Frage nach der Absicht aufgeworfen«, schaltete sich Wyatt ein. »Offensichtlich hat Hud einen Fehler gemacht. Aber das Video kann nicht zeigen, was in Huds Kopf vorging. Wir können unmöglich wissen, was er gedacht hat. Ich glaube nicht, dass es fair ist zu spekulieren.«

»Was immer ihm auch durch den Kopf ging«, sagte Samy, »wäre das keine Übung gewesen, hätten wir wohl Wyatts Hirn vom Spind kratzen können. Und auch dieser Jawad wäre tot. Wir hätten uns auf Huds Wort verlassen müssen, weil wir nichts anderes gehabt hätten.«

»Aber wir waren nicht im Einsatz«, sagte Wyatt.

»Das wusste er nicht«, erwiderte Rory. »Niemand von uns wusste das.«

»Das spielt keine Rolle«, ließ Wyatt nicht locker. »Unsere Ausbilder haben uns nicht in einen Einsatz geschickt, weil wir noch Training brauchen. Das war ein Training. Wir mussten unsere Lektion lernen. Wir alle haben Fehler gemacht, die im Einsatz Leben hätten kosten können. Und jetzt hat Hud eben gelernt.«

»Aber was sagt das über seinen Charakter aus?«, fragte Rory.

»Charakter?«, lachte Wyatt. »Wie sind alle Kriminelle. Jeder von uns hat gelogen, gemogelt oder gestohlen. Hat sich selbst und andere betrogen. Deswegen sind wir hier gelandet. Wenn der Charakter nichts ist, was sich ändern kann, dann sollten wir alle gehen.«

»Okay«, sagte Ebbie und sah seine Kameraden an. »Dann bleibt Hud, richtig?« Wyatt nickte und alle taten es ihm nach. Alle, bis auf Dolly.

»Ich denke, ich kenne ihn besser als jeder hier im Raum«, meldete sie sich schließlich zu Wort. Ihr Blick glitt von Gesicht zu Gesicht. »Ich habe keine Ahnung, ob er Wyatts Tod wollte. Ich glaube nicht. So ein Typ ist Hud nicht. Er ist kein schlechter Mensch. Aber was ich glaube, ist, dass er etwas sehen wollte. Und zwar, was passieren würde, wenn Wyatt allein mit der Gefahr fertig werden muss. Er wollte Wyatt testen. Das ist, was ich glaube. Wyatt hat zuerst gezogen. Meiner Meinung nach hätte Wyatt überlebt. Aber Hud hat versagt. So sehr es mich auch schmerzt, das zu sagen.« Tränen stiegen ihr in die Augen. »Hud ist stark, vielleicht der Stärkste von uns. Aber er muss gehen. Mögen wir ihn nie mehr wiedersehen.«

Damit stand Dolly auf und verließ die Lodge. Es war beschlossen. Hud musste gehen.

# Kapitel 25

**August 2017**
**Camp Honor, Höhlenkomplex**

Hud lag im Höhlenkomplex mit Handschellen gefesselt auf einem Krankenhausbett. Mit seinen blau-grünen Augen verfolgte er, wie Dr. Elaine Choy, die Campärztin, eine Reihe von Pillen und Injektionen bereitlegte. Dann brachte sie das Elektroschockgerät neben dem Bett in Position. Das Ding sah aus, als käme es geradewegs aus den 1970ern. Ein klobiges Stereogerät, das dir das Hirn wegbritzelte, wenn man es einschaltete.

Choy wartete auf die endgültige Entscheidung, ob Hud nun rausgeworfen wurde oder nicht. Erst dann würde sie die Sedierung einleiten, die erste Phase des Prozesses zur Gedächtnislöschung. Hud konnte die Anspannung nicht mehr ertragen. Oder anders ausgedrückt: nicht mehr mitansehen, wie die Ärztin ihre Henkersäxte schärfte.

Etwas läutete dicht neben seinem Kopf. Mit einem Ruck fuhr Hud in seinem Bett auf. Es war ein Wandtelefon. Das antike Gerät passte perfekt zum Elektroschockgerät.

Dr. Choy ging ran. Es folgte eine Reihe von Gemurmel und Okays. Sie legte auf und beäugte Hud, der versuchte, den Unbeteiligten zu spielen.

»Also, wie sieht's aus? Wie haben sie entschieden?«, fragte er. Dr. Choy trat an Huds Bett und hielt ihm zwei blaue Pillen entgegen. »Tut mir leid, Hud. Du gehst nach Hause.«

Er lachte gequält. »Hab ich mir gedacht!« Tränen schimmerten in seinen Augen. Und Wut, wenn man tief genug in sie blickte.

»Na schön.« Er nahm die Pillen zwischen die Fingerspitzen, warf sie sich in den Mund wie M&Ms und schluckte. »Okay, Doc. Tun Sie mir bitte nur einen Gefallen, sobald ich k. o. bin und Sie Ihre Maschinen anschmeißen. Sorgen Sie dafür, dass Sie alle Erinnerungen aus meinem Hirn kriegen. Ich will nichts mehr wissen. Vom Alten nicht. Hallsy. Mum. Oder auch nur von einem aus der C-Gruppe.«

»Sobald du schläfst, werden dir alle Erinnerungen an Honor nur wie ein Traum vorkommen«, antwortete die Ärztin. Sie schaltete die Elektroschockmaschine an. Das Ding brummte wie eine E-Gitarre, die man an einen Verstärker anschloss.

Huds Herzfrequenz schoss in die Höhe.

Choy war daran gewöhnt. »Keine Angst, Hud. Es wird nicht wehtun.«

»Klar. Sicher. Hey, Doc. Setzen Sie sich neben mich?« Hud rückte im Bett etwas zur Seite, um Platz zu machen. »Nur ganz kurz?« Die Tränen, die sich in seinen Augen gesammelt hatten, rannen nun die Wangen hinab. »Bloß bis ich eingeschlafen bin.«

»Wenn es dir hilft, dich zu beruhigen«, sagte Dr. Choy. Behutsam setzte sie sich auf den Bettrand.

»Halten Sie meine Hand.« Huds Atem wurde tiefer und langsamer. »Bitte.«

Die Ärztin nahm seine Hand. Mehr Tränen kamen. Sie beobachtete, wie Huds Augenlider schwerer wurden und zu flattern begannen. Das Sedativum zeigte Wirkung. Dann wich alle Spannung aus seinem Griff, als das Mittel ihn endgültig mit sich fortriss.

»Na also«, sagte sie. »War doch gar nicht so schlimm.« Dr. Choy wollte Huds Hand loslassen. Doch da bäumte Hud sich mit einem Ruck auf. Blitzschnell packte er sie am Handgelenk und zog sie neben sich aufs Bett. Als die Ärztin schrie, spuckte Hud ihr die beiden blauen Pillen in den Mund und presste seine Hand darüber. Er drückte sie nieder und wartete, bis die kleinen Pillen ihre Wirkung taten.

Neunzig Sekunden später war Dr. Choy bewusstlos. Hud löste die Schlüssel von ihrem Gürtel und schloss seine Handschellen auf. Während er sich die Handgelenke rieb, nahm er sich einen Moment, um seinen nächsten Zug zu planen. Hud würde Camp Honor verlassen. So viel stand fest. Aber seine Erinnerungen würde er mit sich nehmen.

Wyatt hatte noch keine Stunde geschlafen, als der Alarm ertönte. Wieder einmal.

»Alle Mann an Deck«, brüllte Hallsy übers Megafon. »Gefangener entlaufen. Wir brauchen jeden Camper, der gehen oder kriechen kann. Ihr habt fünf Minuten.«

»Will er mich verarschen?«, knurrte Samy. »Ist das wieder nur so eine Übung, wird's noch jemandem leidtun. Mir egal, ob's Ausbilder sind oder nicht. Ein Kamel braucht seinen Schlaf.«

Grelles Licht schien in ihre Hütte. Stöhnend blinzelten die Jungen in die Lichtquelle. Dolly stand in der Tür.

»Wyatt«, sagte sie. »Es ist Hud. Er ist aus dem Krater entkommen.«

# TEIL FÜNF

# Kapitel 26

August 2017

Williamsburg, Pennsylvania

Das Fahren war tückisch. Es war kurz vor Mitternacht und Nebelbänke rollten über die I-80 hinweg. Die Sichtweite schwankte zwischen zwei Autolängen und hundert Metern, je nach Höhenlage.

In sicherem Abstand folgte State Trooper Bill Jeffries einem alten Chrysler Town & Country Minivan, dessen Fahrer ganz offensichtlich schwer mit der Nebelsuppe zu kämpfen hatte. Oder steckte etwas anderes dahinter?

Der Trooper registrierte, wie die Rücklichter Richtung Seitenstreifen ausscherten und wieder auf die Fahrbahn schlenkerten, zweimal. Das Seattle-Kennzeichen des Wagens verriet Jeffries, dass der Fahrer wohl auf der Durchreise war und sich in unvertrauter Umgebung befand. Das Schlenkern verriet ihm, dass der Kerl vielleicht müde war, betrunken oder nicht richtig sehen konnte. Vermutlich alles zusammen. Zeit, es herauszufinden.

Lieutenant Jeffries beschleunigte und fuhr dicht auf den T&C auf. Er schaltete sein Blaulicht ein und ließ die Sirene heulen. Der Van machte einen abrupten Schlenker, als der Fahrer am Lenkrad riss. Keine ungewöhnliche Reaktion. Jeffries aktivierte die Lautsprecher des Streifenwagens. Er liebte die Lautsprecher. »Halten Sie auf dem Seitenstreifen«, sagte er mit einem fröhlichen Ton in der Stimme.

Doch statt zu gehorchen, beschleunigte der Minivan und

drängte in die Straßenmitte. Jeffries hämmerte auf die Sendetaste seines Funkgeräts. »Ein 502, bewegt sich ostwärts auf der I-80. Fahrer reagiert nicht auf Anweisung, auf dem Seitenstreifen zu halten. Könnt ihr die Kennzeichen checken? Moment ...« Jeffries beobachtete, wie der Minivan plötzlich in einer weiten Kurve seitwärts an den Straßenrand schwenkte. Fast wäre er dabei über den Seitenstreifen geschossen. In einem extrem waghalsigen Manöver trat der Fahrer voll auf die Bremse und riss das Lenkrad nach links. Ehe Jeffries wusste, wie ihm geschah, schlidderte das Fahrzeug Richtung Fahrbahn zurück. Nur Zentimeter vor seinem Streifenwagen kreuzte es die Straße. Rasend schnell rutschte es auf die Wendemöglichkeit im Mittelstreifen des Highways zu.

Beinahe hätte Jeffries die Heckstoßstange des Minivans gestreift. Dann war er auch schon vorbeigeschossen. Der T&C vollführte eine 180-Grad-Wendung, während er von der Schnellstraße über die Wendemöglichkeit schlidderte und sich in Gegenrichtung davonbewegte.

»Ach du heilige Makrele! Fahrzeug fährt jetzt westwärts auf der 80.« Jeffries ging voll in die Eisen. Er versuchte sein eigenes Wendemanöver, schoss jedoch über sein Ziel hinaus. Die nächste Wendemöglichkeit lag drei Kilometer vor ihm. Dann wäre der Minivan längst entkommen. Scheiß drauf, dachte er – und legte eine reifenmordende Kehrtwende hin. In falscher Fahrtrichtung fuhr er westwärts zurück und betete, dass ihm kein Auto entgegenkam.

Zunächst hatte er den Minivan aus den Augen verloren. Doch als er zur Wendemöglichkeit kam, sah er dessen beide roten Schlussleuchten senkrecht aus dem Gras ragen. Davor zog sich eine Schneise aus Schlamm und Dreck über den Mittelstreifen. Der Van war umgekippt und lag auf der Seite. Der Motor qualmte.

Der Kopf des Fahrers lugte aus dem Beifahrerfenster heraus. Blut strömte ihm das Gesicht hinab. Er hievte sich auf den Türrahmen hoch. Wie eine Katze hockte er dort oben, die sich zum Sprung bereitmachte.

Jeffries richtete seine Scheinwerfer auf ihn und machte die Tür auf. Mit gezogener Waffe trat er von seinem Streifenwagen weg. Hinter seiner Autotür geduckt ging er in Schussposition.

»Hände hoch. Gesicht hierher.«

Der Fahrer schien mit dem Gedanken zu spielen, wegzurennen. Jeffries war schon bereit zu feuern, als er sah, wie sich dessen Hände hinter einem kurz geschorenen Kopf verschränkten.

»Umdrehen!«

Oben auf dem Türrahmen drehte der Fahrer den Oberkörper.

Es war nur ein Junge, vielleicht noch nicht einmal sechzehn. Schwarzes Haar. Blau das eine Auge, grün das andere. Und er sah wild aus. Sehr wild ...

# Kapitel 27

SOMMER 2017
GLÜHWURM GAMING-HAUPTQUARTIER

Nach fast neun Monaten waren die Verhandlungen, die man mit dem IS-Ableger wegen des Field Agents geführt hatte, so gut wie zum Erliegen gekommen. Der Glühwurm wollte, dass Pablo auch diese Sache regelte. Was er auch getan hätte. Aber der Preis war in die Höhe gegangen, weil jemand anderes hohe Gebote machte. Vielleicht die USA. Und durchaus möglich, dass der Glühwurm fünfzig Millionen Dollar bezahlen würde – wenn sie denn beweisen konnten, dass der Gefangene Chris Gibbs war. Aber das war immer noch ungewiss. Sie brauchten einen Beweis, dass es sich bei dem HVT – dem High Value Target, also einer hochrangigen Zielperson – auch um die echte Ware handelte. Pablos größte Angst war, dass sie fünfzig Millionen für den falschen Kerl blechen würden. Für irgendeinen armen Trottel, den man von den Straßen Jerusalems gezerrt hatte. Wann waren Menschenhandel und Kopfgeldjagd eigentlich so kompliziert geworden? Und so teuer? Pablo zitterte beim Gedanken, was Raquel beim nächsten Mal abschneiden würde, wenn er es vermasselte.

Doch die gute Nachricht kam eines Morgens, als Pablo sah, wie Fouad die Reihen der Bürozellen entlang auf ihn zustürmte. In der Hand einen Stapel Ausdrucke, mit denen er herumfuchtelte. »Hola, hola, Pablo. Ich glaub, wir haben da was.«

Er klatschte die Blätter auf Pablos Schreibtisch und setzte sich neben ihm auf einen Stuhl.

Pablos Augen wanderten über das, was aussah wie die Kopie eines Polizeiberichts. »Ein Festnahmeprotokoll? Oder was ist das?«

Fouad sprach schnell. »Am frühen Dienstagmorgen wollte in Pennsylvania ein State Trooper einen Wagen anhalten. Er hielt den Fahrer für betrunken. Es gab eine Verfolgungsjagd. Der Trooper gab per Funk das Seattle-Kennzeichen des Fliehenden durch. Wie sich herausstellte, gehörte es zu einem anderen Wagen. Die Verfolgungsjagd endete mit dem Unfall des Verfolgten. Der Fahrer wurde verletzt, hat aber trotzdem versucht zu fliehen.«

Pablo zuckte die Schultern. »Vielleicht hat er das Fahrzeug geklaut und deswegen versucht zu türmen.«

»Ja klar, sicher«, sagte Fouad. »Aber als der Trooper endlich die Verhaftung vornahm, stellte er fest, dass der Fahrer ein Junge war. Ein Teenager, ohne Ausweis. Die Cops schätzten ihn zwischen fünfzehn und siebzehn. Und im Wagen herrschte das reinste Durcheinander. Es sah aus, als wäre der Junge auf einem längeren Straßentrip gewesen und hätte von dem gelebt, was sich unterwegs jagen, fischen oder klauen ließ. Der Wagen war voller Campingausrüstung und diverser Nummernschilder, die er offensichtlich regelmäßig ausgetauscht hat. Anhand der Fahrgestellnummer konnten die Cops ermitteln, dass der Wagen eine Woche vor dem Unfall von einem SEA-TAC-Langzeitparkplatz gestohlen worden war.«

»SEA-TAC?«, fragte Pablo.

»Seattle-Tacoma Airport.«

Pablo blinzelte verwirrt.

Fouad hob einen Finger. »Merk dir das Detail. Nur einen Moment noch. Im Wagen fand man auch ein M4-Sturmgewehr –

Militärversion –, dessen Herkunft die Polizei zu einem Waffendepot in Florida zurückverfolgte.«

»Moment«, sagte Pablo, immer noch blinzelnd. »Er war beim Militär?«

»Merk dir auch das Detail. Aber jetzt erst mal dazu, wie die Sache funktioniert. Das Militär kauft Waffen, die sich dann jeweils über eine Seriennummer verfolgen lassen. Die Waffe, die der Junge bei sich hatte, ist zuletzt in Florida gewesen. Und jetzt ist da dieser Junge. Dieser Autoknacker und Überlebenskünstler, der ums Verrecken nichts von sich preisgibt, nicht einmal seinen Namen. Sodass niemand weiß, wie er an die Waffe gekommen ist. Aber als sie seine Fingerabdrücke nahmen, tauchte eine Jugendakte auf. Einige Vorstrafen, alles ziemlicher Kleinkram: Ladendiebstahl, Spritztouren in gestohlenen Wagen, Schulschwänzerei und eine Anklage wegen einer Prügelei mit einem Lehrer. Alles, als er jünger war. Während der letzten drei Jahre gibt's dann nichts mehr über den Jungen … Und da kommen wir zu dem Punkt, wo's nun richtig interessant wird.« Fouad grinste und seine gelben Zähne ließen einen Halbmond in seinem Zottelbart aufblitzen. »Er wurde dazu verknackt, die Sommer in einer Jugendstrafeinrichtung zu verbringen. Um zu arbeiten und Müll zu sammeln und so seine Schuld vor der Gesellschaft zu begleichen.«

»Okay«, sagte Pablo. »Ich sehe da viele interessante Teilchen. Aber wie passen die zusammen?«

»Tun sie nicht. Und genau das ist der Punkt. Die Jugendstrafeinrichtung, wo der Junge angeblich diesen Sommer verbringen sollte, befindet sich im nördlichen Teil des Staates New York, in einem Ort namens Fishkill. Er aber wurde in Pennsylvania aufgegriffen. Er hat ein Auto in Seattle gestohlen. War mit einem

Militärsturmgewehr aus einem Waffendepot in Florida unterwegs. Und: Er wusste nicht nur, wie man sich aus der Natur ernährt, sondern konnte offensichtlich auch Autos knacken und außerhalb jedweder zivilisatorischer Strukturen leben … Pablo«, sagte Fouad. »Das, was fehlt, das Teil, das alle anderen Puzzleteile zusammenfügt, *ist das Programm.*«

Pablo dachte einen langen Augenblick darüber nach. »Ja. Ich verstehe, was du meinst.« Er zuckte die Schultern. »Oder er ist einfach nur ein jugendlicher Krimineller auf der Flucht …«

Kaum waren ihm die Worte über die Lippen gekommen, stellten sich die Härchen auf Armen und im Nacken auf. Plötzlich kamen die Puzzleteile nicht einfach nur zusammen, sondern stürzten regelrecht aufeinander ein. Und zwar passgenau auf allen Seiten. Pablo stand auf. Er schwankte ein wenig auf seiner Prothese und stützte sich auf einem Stock ab.

»Mir nach ins Büro des Glühwurms. Das muss er sich anhören.«

Pablo hinkte in die endlosen Reihen der dunklen Bürozellen hinaus, Fouad dicht auf seinen Fersen.

»Die Polizei«, sagte Pablo zu ihm. »Sie hat seine Akte gefunden. Wer ist er? Und wo ist er?«

»Er wird gerade von Pennsylvania nach New York überführt.« Wie ein eifriger Welpe hastete Fouad hinterher, um mit Pablo mitzuhalten. »Was seine Identität anbelangt, habe ich da noch ein weiteres Goldklümpchen für dich: Hudson Decker ist sein Name.«

»Warum kommt mir der Name bekannt vor?«, fragte Pablo.

»Die Decker-Bibliothek, das Decker-Museum, das Decker-Institut für Kunst. Bringen diese kultur-historischen Institutionen in New York was zum Klingeln?«

Pablo nickte, als wüsste er Bescheid. Aber da es kein Decker-Casino gab, wusste er in Wahrheit nichts von der Familie.

»Pablo, Armand Decker ist der Ur-Urgroßvater des Jungen. Er hat buchstäblich das erbaut, was uns als modernes New York bekannt ist. Denken Sie nur an die Verbindungen, die der Junge zum Militär haben muss, zum Justizsystem ...«

Okay, okay, ist ja gut, dachte Pablo, als er vor dem Büro des Glühwurms stehen blieb. Zwei schwer bewaffnete, schwarz gekleidete Bodyguards standen auf beiden Seiten der wuchtigen schwarzen Türflügel Wache. Der Geruch von Verwesung drang nach draußen. »Sieh zu, dass du dich um das Flugzeug kümmerst.«

In Anbetracht seiner Abscheu vor Sonnenlicht und den erforderlichen Sicherheitsvorkehrungen fiel es dem Glühwurm nie leicht zu reisen. Es war schon die Hilfe einer kleinen Armee von Logistikexperten, Hilfspersonal, Spezialfahrzeugen und Safehäusern nötig, um ihn vom einen Ende der Welt ans andere zu bringen. Darüber hinaus erforderte so ein Unternehmen auch ein Spezialflugzeug für den Glühwurm selbst.

Nach dem Kauf seiner eigenen 747 ließ der Glühwurm als Erstes sämtliche Fenster verdunkeln. Danach wurde das Innere völlig entkernt, um es anschließend in zwei Sektionen zu unterteilen.

In der ersten waren die persönlichen Räumlichkeiten des Glühwurms untergebracht. Diese befanden sich im dunkelsten Teil des Flugzeugs – dem Heck. Dieser Bereich war mit High-Speed-Internet, Cloud-Service sowie dem obligatorischen Mixer samt Pumpsystem zur Nahrungsaufnahme ausgestattet. Darüber hinaus bot es sämtliches Spionageequipment, das sich auch in einem P3-Spionageflugzeug finden ließ.

In der vorderen Sektion des Flugzeugs reisten die Schläger und Hacker des Glühwurms mit, und nicht zu vergessen: Arbeitssklaven wie Pablo und Fouad. Was nicht hieß, dass es hier nicht luxuriös zuging. Es gab einen Spieleraum, einen Trainingsraum, eine Dusche sowie eine Tee- und Kaffeebar. Für weiteren Komfort sorgten Liegebetten, wie man sie sonst nur bei erstklassigen asiatischen Airlines fand.

Auf dem Weg von Panama nach New York sah Pablo sich den Filmklassiker *Vom Winde verweht* an, nachdem er einen Snack aus Powerriegeln und Steroid-Injektionen zu sich genommen hatte. Ein Songtext der Hippieband Grateful Dead aus den 1960ern kam ihm in den Sinn: *What a long, strange trip it's been.*

*Strange* … merkwürdig. Ja, merkwürdig war das alles hier definitiv. Aber lang … Lang war relativ. Und Pablo hoffte, ja betete, dass er in Hudson Decker die Antworten finden würde, die erforderlich wären, um seinen eigenen Lebenstrip zu verlängern. Die Wahrheit macht dich frei, wie man sagte. Konnte die Wahrheit auch die Tage nie endenden Wodkas zurückbringen, während derer er von seinem Barhocker aus seine Casinogäste zunölte? Konnte sie einem fünfzig Millionen Dollar sparen? Oder zumindest kritische Gliedmaßen bewahren?

Pablo warf einen Blick auf das hübsche, libanesische, blonde Killerkind, das auf der gegenüberliegenden Seite des Ganges saß. Raquel im Ruhezustand. Ein Dämon, der es sich an Bord einer 747 in einem Massagestuhl gemütlich gemacht hatte und die neuste Ausgabe der *Teen Vogue* las.

Pablo fragte sich, was in ihrem Kopf vorging, während sie ihre Fingerspitzen mit der Zunge benetzte und sich durch die Seiten voller Pumps, Klatsch und Kaschmirpullover blätterte. Spielte sie mit dem Gedanken, die Leute auf dem Foto umzubringen? Oder dachte sie – wie die meisten Menschen – darüber nach, deren Kleidung zu tragen? Wahrscheinlich Ersteres.

Pablo war ein Killer. Sein ganzes Leben hatte er mit befreundeten, verehrten und gejagten Killern zu tun gehabt. Aber Kreaturen wie Raquel und den Glühwurm verstand er einfach nicht. Gott schütze uns, dachte er, und bekreuzigte sich.

# Kapitel 28

**AUGUST 2017**

**DECKER-APARTMENT, MANHATTAN**

Hudson Decker lag auf der riesigen Couch und spielte *Grand Theft Auto V*. Immer wieder brummte sein Handy auf dem Lederbezug. Neuigkeiten, Social-Media-Benachrichtigungen, SMS-Botschaften, Lebenszeichen von seinen alten Freunden, die gehört hatten, dass er wieder da war, back in action. Die Nachricht hatte sich schnell verbreitet.

»Mann, solltest du diesen Sommer nicht im Jugendknast oder so was sein?«

»Was ist passiert?«

»Haben dich deine Eltern rausgeholt?«

Und natürlich: »Willst du nicht rüberkommen?« Hud wollte jedoch niemanden sehen. Noch nicht. Und schon gar nicht seine New Yorker Freunde. Sie waren ganz okay. Aber es waren Schwätzer. Die Art Kids, die gerne herumhingen und es bei oberflächlichem Geplänkel beließen. Hud bevorzugte tiefere Beziehungen, die sich auf Erfahrungen gründeten. Er mochte Freundschaften, die keine Worte brauchten. Oder Zeit, während der man zusammen chillte. Vielleicht hatte Hud deswegen so wenig wahre Freunde und gab jenen in Honor den Vorzug.

Die elektronische Fußfessel hinderte ihn daran, das Stadtapartment seiner Eltern zu verlassen. Dieses nahm zwei ganze Stockwerke ein und befand sich in einem Vorkriegsgebäude, das sich über den Central Park erhob.

Die Anwälte der Decker-Familie waren in die Gerichte von Pennsylvania ausgeschwärmt, um Hud loszueisen und unter Hausarrest stellen zu lassen. Aber wo waren seine Eltern jetzt? Mom war shoppen. Dad eierte in seinem Rollstuhl in irgendeinem Wolkenkratzer auf ein gigantisches Buffet zu und war vermutlich schon am Sabbern. Sie taten alles Mögliche, nur um nicht bei Hud zu sein.

Die Bleibe hier war nicht übel. Besser als die meisten Luxusapartments in der Stadt. Hud hatte ein paar Freunde mit nobleren Buden. Aber nicht viele. Natürlich schlug das Doppelpenthouse den Knast um Längen. Aber schlug es auch ein staubiges, verdrecktes Zelt? Oder ein schattiges Plätzchen am See, auf der entlegenen Seite des Vulkankraters?

Das Apartment, die Stadt, Huds Leben … all das konnte sich nicht mit der beschissensten Koje in Honor messen. Er wollte es zurück. Er wollte es mehr, als er es ertragen konnte. Er hatte es total vermasselt – mit Wyatt, mit Honor, mit Dolly. Und mit seinem eigenen Leben.

Noch schlimmer: Er wusste, dass er das Camp und seine Freunde in Gefahr brachte, indem er sich erinnerte. Indem er die Erinnerungen mitgenommen hatte. Und deswegen wusste Hud so sicher wie nur irgendetwas: Es war nur eine Frage der Zeit, bis Honor zu ihm kam, um sich seine Erinnerungen zurückzuholen. Aber wann würden sie kommen? Und wie würde er wissen, dass sie kamen?

Hud hatte *Grand Theft Auto* im Multiplayer-Modus gegen jemanden in Irland gespielt. Dann brach gegen zwei Uhr nachmittags die Verbindung ab. Das Internet war tot, ebenso wie das Kabelfernsehen. Hud startete den Router neu und versuchte es wieder mit dem Spiel. Keine Chance. Er kannte das WLAN-Passwort des Nachbarn und versuchte es damit. Doch offenbar hatte sein Nachbar auch keine Verbindung.

Leicht angepisst griff Hud zu seinem Handy. Er überlegte, wen er anrufen sollte: Mom, Dad? Oder Carlos, den Gebäudemanager? Bingo.

Hud rief Carlos' Nummer auf und drückte auf Anruf. Aber er konnte nicht hinauswählen. Es gab kein Signal. Vielleicht war Carlos unten in der Lobby oder im Keller.

Hud versuchte es mit dem apartmenteigenen Fahrstuhl. Doch der kam nicht, so häufig er auch den Rufknopf drückte. Möglicherweise hing das mit seinem Hausarrest zusammen und die Gebäudemanager hatten ihn entsprechend programmiert. Aber Huds Instinkte sagten ihm, dass er von hier wegmusste. Zu Fuß. Den Standort wechseln. Zum Teufel auch mit der Fußfessel. Sollten sie ihn doch wieder in den Knast schmeißen, wenn sie wollten. Er hoffte, sie täten es. Oder versuchten es. Im Gefängnis oder auf der Flucht wäre er sicherer, als wenn Honor hinter ihm her wäre.

Hud trat in das kühle Treppenhaus hinaus und begann, die Steinstufen hinabzusteigen. Er hatte achtzehn Stockwerke vor sich. Doch die erste Treppenflucht war erst zur Hälfte geschafft, als er plötzlich stehen blieb und lauschte.

Schritte. Vier Leute, vielleicht fünf. Da kam eine kleine Gruppe herauf. Hud lugte durch das Treppenhaus nach unten. Er sah eine Hand das hölzerne Geländer hochgleiten. Huds erster Gedanke galt dem Alten.

Er zog sich wieder zurück und nutzte dabei die Fersen-Zehentechnik, die man ihm in Honor beigebracht hatte. Er drückte sich in eine tiefe Türnische, durch die die Mieter der unteren Stockwerke im Brandfall Zugang zum Dach hatten.

Die Schritte stoppten vor der Tür zu ihrem Apartment. Jemand – ein Mädchen – flüsterte mit leichtem Akzent, vermutlich aus dem Nahen Osten.

»Aufmachen«, sagte sie. Wer in Honor hatte so eine Stimme? Hud brachte sie nicht unter.

Ein Mann mit lateinamerikanischem Akzent flüsterte eine unverständliche Antwort.

Das Mädchen erhob ihre Stimme. »Nicht eintreten! Nimm den Dietrich.«

Hud sträubten sich die Arm- und Nackenhärchen. Das waren keine Leute aus Honor. Er lauschte dem metallischen Klirren von Werkzeug, das geschickt und effektiv gehandhabt wurde.

Der Latino-Mann flüsterte erneut, tief und leise. »Denk dran: nicht umbringen, bevor wir ihn verhören können. Keine Fingerabdrücke. Handschuhe an.«

Hud hörte, wie die Tür quietschend aufschwang. Dann das Scharren von Schritten. Die Tür schloss sich wieder. Die Leute, wer immer sie auch waren, hatten das Apartment betreten. Höchste Zeit, in die Hufe zu kommen. Sich am Apartment vorbeizuschleichen und zu rennen. Zu rennen, als wäre der Teufel hinter einem her.

Hud trat aus der Türnische. Plötzlich sah er sich einem umwerfend hübschen Mädchen gegenüber. Sie hatte olivfarbene Haut, war blond und so schön, dass er glatt über seinen eigenen Unterkiefer gestolpert wäre, hätte er sie auf der Straße gesehen. Zu gerne hätte er noch weitergestarrt … wäre ihm nicht die Spritze in ihrer Hand aufgefallen.

»Hier!« Schreiend kam sie auf ihn zugerannt, mit ein paar Kabelbindern in der anderen Hand.

Hud wirbelte herum und rannte Richtung Dach zurück. Drei

Stufen auf einmal nehmend, stürmte er die Treppe hoch. Er warf sich mit der Schulter gegen die Tür. Krachend flog sie auf. Da spürte er auch schon einen scharfen Stich in der Wade. So hart er konnte, trat Hud nach ihrem Gesicht und erwischte genau ihren hübschen kleinen Mund.

Die Blondine taumelte rückwärts die Treppe hinunter und krachte geradewegs in die Männer, die nun Hud hinterherstürzten. Blitzschnell langte Hud nach unten, um die Spritze aus der Wade zu ziehen, und stürmte auf das Dach hinaus. Er warf einen Blick auf die Spritze. Der Kolben war voll durchgedrückt. Das Röhrchen war leer. Was immer auch in dem Ding gewesen war, befand sich nun in seinem Blutkreislauf. Und er konnte es schon spüren. Ein Sedativum. Stark. Verdammt stark.

Er hatte das Gefühl, durch Zement zu laufen. Sein Verstand verdunkelte sich. Der Blick wurde trübe. Nur einen einzigen Gedanken hatte er noch: Honor. Beschütze Honor. Mit dem letzten Fünkchen Licht, das Augen und Geist geblieben war, sprintete er geradewegs auf den Dachrand zu ... dem Central Park entgegen und dessen üppig grüner, spätsommerlichen Pracht.

Im Gegensatz zu den Jungspunden war Pablo nicht dem Decker-Jungen aufs Dach nachgejagt. Mit zweiundachtzig hatte er es nicht mehr so mit Sprinten. Ganz zu schweigen von seiner Prothese. Er blieb im Apartment und lauschte dem Radau im Treppenhaus und den Tritten auf dem Dach.

Den Blick auf die gigantischen Panoramafenster zum Central Park gerichtet, sah er, wie ein Teenager in freiem Fall durch sein Blickfeld segelte – mit dem Kopf voraus, einem flatternden Kapuzenshirt und die Arme an den Körper gelegt. Pablo hätte schwören können, dass er lächelte.

Verdammt sei er, dachte Pablo. Und verdammt sei Raquel. Er hörte einen dumpfen Laut, gefolgt von Schreien, die von der Straße heraufhallten. Er beschloss, dass es Zeit war, das Gebäude zu verlassen. Als Pablo sich zum Treppenhaus umwandte, sah er, wie eine junge Frau in den Eingang zum Apartment trat. Sie war vermutlich Anfang Zwanzig und atmete schwer. Offensichtlich war sie gerade die Treppen hinaufgerannt. Und sie richtete eine Pistole auf ihn.

»Hände hoch und auf die Knie«, befahl sie. Ihrem Auftreten nach war sie vermutlich Polizistin. Aber sie trug keine Marke. Seltsamerweise war die Hälfte ihres Gesichtes von einem Narbengespinst überzogen, wie Pablo registrierte. Brandnarben, dachte er.

»Wo ist er? Wo ist Hud?«

Pablo sagte nichts. Langsam hob er jedoch die Hände und deutete zum Fenster. Das Mädchen blickte in die angedeutete Richtung und nahm die Schreie wahr, die von der Straße kamen.

Als Pablo ihre Reaktion beobachtete, machte etwas in ihm klick. Sie kannte den Jungen. Es war was Persönliches für sie. »Sie gehören auch zu ihnen, nicht wahr?«, sagte er.

Sie zögerte nur eine Millisekunde. Aber er sah, wie sie seine Worte verarbeitete. Und da wusste er es. Wusste es sicher. Er hatte recht.

»Auf die Knie«, wiederholte die Frau, während ihre Augen zurückhuschten und sich wieder auf ihr Ziel fixierten.

Dann: eine schemenhaft schnelle Bewegung hinter der Frau. Wie eine Keule, die geschwungen wurde. Silbriges Metall, Hände, dann ein Blitzen, jedoch ohne jedes Geräusch. Der Kopf der Frau flog zur Seite und sie sackte auf dem Apartmentboden zusammen.

Wo die Frau eben noch gewesen war, stand nun Raquel – eine 9 mm mit langem Schalldämpfer in den Händen.

»Versuchen Sie, geschnappt zu werden?« Sie starrte ihn an. »Sie müssen weg, sofort.«

»Das war eine von ihnen«, erwiderte Pablo. »Sie haben gerade zwei Leute umgebracht, die uns zu ihnen hätten führen können.«

»Ich mach drei daraus, wenn Sie's drauf anlegen.« Sie zielte auf seinen Kopf. »Schwingen Sie Ihren Arsch hier raus. Sofort.«

## Kapitel 29

**August 2017**
**Camp Honor**

Sie saßen um das Lagerfeuer herum und trauerten. Dolly, Ebbie, Samy, Hallsy, Avi, Mum und der Alte. Mit Tränen in den Augen und gebrochenen Herzen. Und Dolly war bei Weitem am schlimmsten dran.

Beharrlich mied sie Wyatts Blicke. Hud war gestorben. Cass hatte etwas mehr Glück gehabt, wenn auch nicht viel. Sie lag im künstlichen Koma. Derweil debattierten die Chirurgen im New Yorker Presbyterian Hospital noch darüber, wie sie das 9-mm-Projektil aus ihrem Gehirn bekämen, ohne sie umzubringen.

Der Alte erhob sich träge, ausgemergelt und müde bis auf die Knochen. »Normalerweise sind die letzten Sommertage eine Zeit zum Feiern. Wie jeder von euch mittlerweile gehört hat, ist euer ehemaliger Kamerad Hudson Decker gestorben und Cassidy Allen ist in kritischem Zustand.«

Dolly vergrub den Kopf in den Händen. Leise schluchzte sie vor sich hin. Hallsy kniete sich neben sie. Wyatt hatte das Gerücht gehört, dass Cass und er einmal zusammen gewesen waren. Ob das nun stimmte oder nicht: Offensichtlich hatte auch Hallsy schwer mit der Nachricht zu kämpfen. Er klopfte Dolly auf den Rücken. »Deine Schwester wird es schaffen«, sagte er. »Sie ist taff wie Hölle. Sie wird nicht aufgeben.«

Dolly nickte, wischte sich die Augen und blickte wieder zum Alten.

»Die offizielle Ursache für Huds Tod«, fuhr der Alte fort, »lautet Selbstmord. So werden es auch die Nachrichten melden. Aber das ist nicht das, was wirklich geschah, wie wir wissen. Kurz nach seiner Flucht haben wir Huds Spur verloren. Aber ab seiner Verhaftung in Pennsylvania hatte Cass ihn unter Observation. Sie wartete auf meine Nachricht, dass der richtige Zeitpunkt für eine Kontaktaufnahme gekommen wäre.«

»Sie meinen, sein Gedächtnis zu löschen?«, sagte Dolly.

»Ja.« Der Alte zuckte mit keiner Wimper. »Der Plan sah vor, die Gedächtnislöschung zu Ende zu bringen. Aber gegen zwei Uhr gestern Nachmittag stellte Cass auf einmal fest, dass in einem Radius von mehreren Blocks sämtliche Kommunikationssysteme ausgefallen waren. Das Internet kam zum Erliegen. Überwachungskameras schalteten sich aus und alle Handy-, Kabel- und Radiosignale wurden gestört. Als Cass der Sache nachging, geriet sie in den Hinterhalt von Leuten, die hinter Hud her waren – wer immer das auch sein mag. Dank unserer Partner-Agencys konnte Cass' Eingreifen komplett geheim gehalten werden. Und ich bin sicher, wir werden mehr erfahren, sobald sie sich wieder erholt hat. Was verfolgbare Spuren angeht, müssen wir uns fürs Erste auf Augenzeugenberichte beschränken: über ein blondes Mädchen auf dem Dach. Abgesehen davon haben wir keinen einzigen Hinweis.«

»Sir«, sagte Ebbie. »Ich will ja hier nicht einen auf begriffsstutzig machen. Aber wollen Sie damit sagen, dass Hud in New York von einem Dach in den Tod gesprungen ist, ohne dass es irgendwo davon Bilder gibt?«

»Bis jetzt ist es das, wovon wir ausgehen.«

»Wie konnte das passieren?«, fragte Wyatt. »Wer könnte so etwas tun?«

»Das werde ich Avi ausführlicher beantworten lassen.« Der Alte wandte sich mit einem Nicken an seinen Sicherheitsmann.

»Danke«, sagte Avi und räusperte sich. »Wir glauben, dass irgendeine Gruppe – sei es ein raffinierter staatlicher Akteur, eine Organisation oder ein Land – ihre Fangnetze nach Honor ausgeworfen hat. Wir wissen noch nicht, um wen es sich handelt. Und ich glaube nicht, dass irgendeines unserer Systeme hier in Honor kompromittiert worden ist – zumindest sehe ich keine Hinweise, die darauf schließen lassen. Aber binnen weniger Stunden nach Huds Verhaftung wurde das Pennsylvania Police Department in Williamsburg gehackt. Genauso wie andere Datenbanken, die ein Hacker nutzen könnte, um uns zu finden.«

»Wie zum Beispiel?«, fragte Ebbie.

»Jede Jugendstrafeinrichtung der USA, das Verteidigungsministerium …«

»Diese Systeme können gehackt werden?«, staunte Dolly.

»Natürlich.« Avi nickte. »Ich könnte einigen von euch beibringen, wie man das innerhalb weniger Stunden schafft. Noch weitere Fragen?«

»Ja.« Wyatt trat ein Holzscheit ins Feuer und erzeugte eine Funkenwolke, die gen Himmel stob. »Was jetzt? Was tun wir dagegen?«

»Es geht nicht darum, *was* wir tun«, sagte Dolly. »Sondern *wann* und *wo*.«

»Ich kann verstehen, wie ihr euch fühlt«, sagte Avi. »Aber das sind keine Fragen, die in meinen Bereich fallen.«

Avi wandte sich dem Alten zu, der wieder in das Licht des Feuers trat. Er starrte in die Flammen. »Ich habe den ganzen Tag mit dieser Frage gerungen«, begann der Alte. »Auf der einen Seite haben wir einen Akteur, der ganz offensichtlich versucht, uns

Schaden zuzufügen. Auf der anderen haben wir eine junge und unerfahrene Gruppe von Agenten. In den meisten Jahren hätte ich keine C-Gruppe in einen Einsatz geführt, in dem wir tatsächlich einem Feind begegnen könnten – noch dazu einen, den wir nicht kennen. Doch wie ich zuvor schon erwähnt habe, ist dies kein normaler Sommer. Und Honors Sicherheit steht auf dem Spiel. Ich könnte ein paar Mitglieder der A- und B-Gruppen von ihren Missionen abziehen. Aber die bräuchten wir schneller, als sie herkommen könnten. Außerdem seid ihr keine normale C-Gruppe. Ihr fünf gehört zu den vielversprechendsten Honor-Kandidaten, die ich in meinem Leben gesehen habe. Und wir haben keine anderen Optionen. Wir müssen schnell und entschlossen handeln. Daher werden die verbliebenen Mitglieder der C-Gruppe samt den Ausbildern morgen früh nach New York fliegen und an Huds Beerdigung teilnehmen. Wir werden ihn betrauern und für Cass beten. Dann finden wir die, die für alles verantwortlich sind. Ich habe wenig Zweifel, dass genau diese Leute auch auf der Beerdigung sein werden, um nach uns Ausschau zu halten. Unsere Mission wird sein, diese Akteure unbemerkt zu identifizieren. Wir werden keinen Kontakt herstellen, nur beobachten.«

Der Alte hielt inne, um sicherzugehen, dass alle ihn klar verstanden. »Wenn diese Gruppe so gefährlich ist, wie ich glaube, kann es während der Mission durchaus zum Kampf kommen. Wir werden alles tun, um dies zu verhindern. Aber es besteht die Möglichkeit. Ihr müsst mit offenen Augen da reingehen. Das ist live. Kein Test … jedenfalls keiner, den ich mir ausgedacht habe.«

# Kapitel 30

**AUGUST 2017**
**INDIANAPOLIS AIRPORT**

Ebenso wie sein Flugzeug war auch die Limousine des Glühwurms modifiziert worden, um den Anforderungen seines ganz speziellen Besitzers zu genügen. Neben verdunkelten Fenstern war das Fahrzeug mit diversen Computergerätschaften ausgestattet.

Während des Fluges hatte der Glühwurm Pablo ein Stück seines Hinterteils sowie seine Nasenspitze abgeschnitten, als Strafe für Hudson Deckers Sprung vom Dach des Fifth-Avenue-Apartments. Eigentlich war es Raquels Versagen gewesen. Schließlich war sie es, die Hud so in Angst und Schrecken versetzt hatte, dass er gesprungen war. Aber wie stets konnte der Glühwurm keinerlei Schuld in dem kleinen Dämon erkennen, der für ihn die Leute ins Verderben lockte.

Wie auch immer: Es gab nichts, was Pablo dagegen tun konnte. Also hatte er die Strafe für die Fehler eingesteckt. Nun saß er da wie auf glühenden Kohlen, während er mit bandagierter Nase versuchte, sein Gewicht auf der linken Pobacke zu balancieren.

Im hinteren Bereich des Fahrzeugs grinste der Glühwurm im Dunkeln vor sich hin. Wie eine schleimige Hülsenfrucht, die geradewegs der Hölle entsprungen schien. »Na, hast du deinen Flug genossen?«, kicherte er. Raquel saß neben ihm – hingekauert wie eine Katze, die ihre Milch schleckte.

Pablo ignorierte die Frage. Wortlos ertrug er den lähmenden

Schmerz und die Stille, während sie nach Pound Ridge, Indiana, fuhren – zur Witwe des verstorbenen Sheriffs Bouchard. Sie folgten einer Ahnung von Pablo, die einen längst verstorbenen Teenagerausreißer betraf: Eldon Waanders.

Pablo und Raquel stiegen aus der modifizierten Stretchlimousine. Sich gegen Wind und Nieselregen stemmend, strebten sie die von Rissen und Furchen übersäte Auffahrt hinauf. Zu ihrer Rechten konnten sie zwei Gebäude in der nebligen Dunkelheit erkennen: eine baufällige Scheune und ein Schuppen, deren dick mit Moos bewachsene Dächer eingefallen waren.

Offensichtlich hatte man irgendwann einmal Vieh auf dem Anwesen gehalten. Jene Tage waren jedoch längst vergangen, und wenn es noch Tiere auf dem Hof gab, dann wilde. Das Hauptgebäude, das Farmhaus, sah aus, als wäre es einst gut ausgestattet und in Schuss gehalten worden. Aber nun war es ebenso wie die Nebengebäude verwahrlost.

Das Wasser plätscherte die verbeulten Regenrinnen hinab, die von vielen Generationen Herbstlaub verstopft waren. In einer der Stufen, die zur Haustür hinaufführten, fehlte ein großes Stück Stein. Ein Licht glomm irgendwo tief im Inneren des Hauses. Aus einem fernen, offenen Fenster drang der penetrante Geruch eines Mikrowellengerichtes zu ihnen. Pablo konnte es sogar mit seiner verunstalteten Nase riechen. Er richtete den Blick auf Raquel. »Lass mich reden.« Er drückte die Türklingel.

Es dauerte gut dreieinhalb Minuten, bis jemand an die Tür kam. Sie öffnete sich ohne Quietschen. Zum Vorschein kamen eine Gehhilfe – eine Dreibeinkonstruktion auf drei durchgekauten Tennisbällen – und ein pinkfarbener Morgenrock. Dieser bestand entweder aus Seide oder der ältesten Polyestersorte, die der

Menschheit bekannt war. Darunter präsentierten sich die Ansätze eines schmuddeligen Pyjamas. Darüber das Gesicht einer alten Lady. Ihr heiligenscheinförmiges Haar war so weiß und perfekt rund, dass es aussah, als würde ihr schrumpeliges Gesicht in der Mitte eines Tischtennisballs sitzen.

»Wir haben vorhin miteinander telefoniert, Madame«, sagte Pablo mit seiner exotischsten und südländischsten Stimme. Er nahm den Hut ab und verbeugte sich. Sorgsam achtete er dabei auf die Bandagen, die das fehlende Ohr und die Nasenspitze bedeckten. »Ich heiße Pablo Gutierrez und dies …« Er wandte sich zu Raquel. »… ist meine Enkeltochter. Ich möchte mich vielmals für die späte Störung entschuldigen.«

Nancy Bouchard spähte in den Regen hinaus. »Sie sind schnell vorangekommen, trotz des Wetters. Ich hatte nicht vor morgen mit ihnen gerechnet. Sonst hätte ich mir ein bisschen was Hübscheres angezogen.«

»Sie sehen aus wie eine Frau, die eine Sommernacht genießt«, sagte Pablo so herzlich er konnte. »Meinen Sie, es wäre zu spät für einen Besuch? Falls ja, können wir auch morgen früh zurückkommen.«

»Oh, nein«, erwiderte Mrs Bouchard. »Ich habe gerade angefangen, mir *Dr. Phil* anzusehen. Aber ich nehme die Sendung auf, damit ich sie zweimal sehen kann«, fügte sie mit listigem Grinsen hinzu. »Folgen Sie mir.«

Sie gingen der betagten Frau ins dunkle Haus hinterher. Zielsicher wie eine Fledermaus lotste die alte Lady sie durch ein Gewirr aus Müll und Gerümpel. Ihr Ziel war selbstverständlich die Küche, die sich durch ihr knallbuntes Farbdekor aus Zweitonpink und limettengrünem Styling auszeichnete – und die unzähligen Fotos, die die Wände übersäten.

»Ist dies Ihr Gatte?«, fragte Pablo. Er wies auf einen kleinen Silberrahmen, der dringend einer Politur bedurfte.

»Gewiss«, sagte sie. »Das war in Laos.« Auf dem Foto hockte ein junger Sheriff Bouchard im Dschungel. Über seiner Schulter hing eine AK-47. Auf dem Kopf saß ein grünes Barett und im Gesicht stand ein verschmitztes Grinsen.

»Ihr Mann war während des Krieges also bei den Special Forces?«

»Oh ja«, sagte sie. »Er war in den frühen Tagen von diesen ganzen SEAL- und CIA-Sachen dabei. Ich war überrascht, als er nach dem Krieg nach Pound Ridge zurückziehen wollte. Aber ich schätze, er hatte genug.« Sie lächelte.

Das hatte Pablo auch. Weitere Elemente fügten sich zusammen.

»Bitte nehmen Sie Platz«, sagte sie.

Pablo und Raquel glitten in eine Essecke, von der aus sich ein Blick auf den nebelverhangenen Hof bot. Stöhnend ließ sich die alte Lady ihnen gegenüber auf einen Stuhl nieder. »Tut mir leid, dass ich keinen richtigen Kaffee parat habe. Aber ich kann Ihnen Instant-Kaffee anbieten. Oder eine Aspirin für Ihre Nase.« Die alte Lady musterte ihn blinzelnd. »Haben Sie sich da einen Leberfleck wegmachen lassen? Sieht schmerzhaft aus.«

»Ja«, sagte Pablo und betastete unbeholfen die Bandage auf seiner Nase. »Hautkrebs im Frühstadium. Aber ist okay«, schob er hinterher. »Danke. Es ist schon freundlich genug, dass Sie bereit sind, mit uns zu reden.«

»Habe nichts Besseres vor. Aber jetzt erst mal nur, damit ich es richtig verstehe«, fuhr die alte Witwe fort. »Sie beide glauben, dass Sie irgendwie mit Eldon Waanders verwandt sind?«

»Ja, das stimmt«, erwiderte Pablo. »Wie ich Ihnen schon zuvor gesagt habe, kommen meine Enkelin und ich aus Spanien. Vor einiger Zeit haben wir erfahren, dass ich einen Zwillingsbruder habe. Ich wurde kurz nach der Geburt von ihm getrennt. Wir glauben, dass es sich bei meinem vermissten Zwillingsbruder um den Vater eben jenes Eldon Waanders handelt. Dafür versuchen wir nun einfach eine Bestätigung zu finden. Mithilfe von DNA, Polizeiakten vielleicht oder gar einem Fingerabdruck.«

Die Frau nickte, ein wenig verwirrt, aber zufrieden damit. »Und wie sind Sie da auf mich gekommen?«

Pablo zog die Kopie des Zeitungsartikels aus der Tasche, in dem berichtet wurde, dass der seit Thanksgiving vermisste Eldon Waanders kurz vor Weihnachten tot aufgefunden worden war. »Ich bin durch diesen Artikel auf Sie gekommen. Darin ist auch von Ihrem Gatten die Rede. Er hat den Jungen gefunden … nach dessen Tod. Aber kannte er Eldon auch zu dessen Lebzeiten?«

»Ja, das tat er«, sagte sie. »Wie selbst hatten keine Kinder. Mein Mann, Marion, hat sich sehr im Jugendsport, bei den Pfadfindern und lauter so Sachen engagiert. An jugendlichen Straftätern hier aus der Gegend hat er besonders Anteil genommen. Vor allem an denen, die seiner Meinung nach vielversprechende Ansätze zeigten. Und Eldon war einer der härtesten Fälle, mit denen er jemals zu tun hatte. Der Junge steckte permanent in Schwierigkeiten. War sehr taff. Sehr gemein. Wie Sie wissen, sind seine Eltern – Ihr Bruder, vermute ich – gestorben, als er klein war. Er war also ein Pflegekind. Wurde immer herumgestoßen und trieb sich mal hier, mal dort in der Gegend herum. Schien entweder nur im Gefängnis, in der Arrestzelle oder bei einer rotierenden Liste von Pflegefamilien zu leben. Aus irgendeinem Grund hat mein Mann einfach Gefallen an dem Jungen gefunden. Er war sehr pfiffig und … ich weiß auch nicht … ruhelos. Meiner

Meinung nach glaubte Marion, dass er den Jungen nur zum Arbeiten bringen musste. Dass seine Hände nichts Böses mehr anstellen würden, wenn sie dauernd in Bewegung wären.« Sie wies auf den Hof und den Nebel hinaus, der um die zerfallene Scheune und den Stall waberte. »Marion und Eldon haben die Scheune und den Hühnerstall tipptopp in Form gebracht. Sie instand gesetzt. Gestrichen. Wir hatten zwei Dutzend Hühner, ein Pferd und einige Gänse, alles gleichzeitig.«

»Sie haben zusammengearbeitet und Dinge repariert? Ihr Gatte … und Eldon?«, fragte Pablo.

»Ja. Die Arbeit hat ihm wirklich gutgetan. Er ist aus seinem Schneckenhaus gekommen.« Die alte Lady rieb sich die geschwollenen, rheumatischen Fingerknöchel. »Genauso wie Marion. Marion war einfach vernarrt in den Jungen. Und Eldon verbrachte allmählich immer mehr Zeit hier. War immer mit etwas beschäftigt. Ob er sich nun um das Vieh kümmerte oder etwas anstrich. Tatsächlich hielt sich der Junge so erfolgreich von Ärger fern und war uns am Ende so ans Herz gewachsen, dass mein Mann mit dem Gedanken spielte, ein Zimmer hier für ihn einzurichten. Was wir auch getan haben. Der Junge hat es selbst gestrichen. Hat Federn und Nuten an den Bodenbrettern repariert. Den Boden abgeschliffen und gewachst. Hat alles selbst gemacht.«

»Ist er hergezogen?«, fragte Raquel. »Zu Ihnen und Ihrem Mann?«

Raquels erste Wortmeldung ließ die alte Frau aufschrecken. »Ich muss Ihnen einfach sagen, Darling, wie wunderschön Sie aussehen.« Die Witwe lächelte.

Raquel seufzte verärgert.

»Die Antwort ist nein«, fuhr die alte Witwe fort. »Unglücklicherweise ist er nicht eingezogen. Ein paar Wochen, bevor wir das Sorgerecht für den Jungen bekommen hätten, ist Eldon verschwunden. Ich war diejenige, die ihn als vermisst gemeldet hat. Marion hat ihn dann nach dem Schneesturm außerhalb der Stadt im Van gefunden.«

Pablo nickte. »Schrecklich tragisch.«

»Marion war am Boden zerstört. Völlig fertig. Waren wir beide. Tatsächlich hab ich nie mehr etwas an dem Zimmer verändert, das der Junge sich hier eingerichtet hatte.«

»Sie erwähnten, dass er das Zimmer selbst gestrichen hat?«, fragte Pablo.

»Das habe ich«, sagte sie.

»Hat er alle Arbeiten selbst gemacht?«, hakte Pablo nach.

»Oh ja. Bis auf den letzten Pinselstrich.«

»Und im Zimmer wurde in all den Jahren nichts verändert?«, fragte Pablo, die Stimme voller Sonnenschein.

»Na ja«, sagte sie. »Das stimmt nicht ganz. Ich habe ein paar Sachen da reingestellt. Aber niemand hat dort mehr gelebt. Sie können gerne einen Blick reinwerfen. Jedenfalls, solange es Ihnen nichts ausmacht, selbst nach oben zu finden und mich mit dem guten Doktor allein zu lassen.« Sie wandte sich zu ihrem alten, stumm geschalteten Fernseher um, wo gerade Dr. Phil zum zweiten Mal lief. Ohne hinzusehen, langte sie nach der Fernbedienung wie ein Revolverheld zum Colt und hämmerte darauf ein. In brüllender Lautstärke erwachte der Ton zum Leben.

Gleich gegenüber einer steilen, schmalen Treppe fanden Pablo und Raquel das Zimmer, das für Eldon Waanders bestimmt gewesen war. Es standen in der Tat ein paar Sachen darin herum. Und zwar so an die eineinhalb Tonnen Kartons voller Zeitschriften, Schokoriegelhüllen und abgefahrenen Sammlungen von Puppen und Puppenkörperteilen. Alles bis zur Decke aufeinandergestapelt und am Überquellen wie bizarre Müllvulkane.

»Hast du eine Taschenlampe?«, fragte Pablo.

»Ich habe das hier.« Sie zog ihr iPhone hervor und aktivierte die Taschenlampenfunktion.

»Danke«, sagt er. Er nahm ihr das Gerät aus der hübschen Hand und hielt das Licht dicht an die weiß gestrichenen Flächen.

Es dauerte eine Weile. Aber schließlich fand er, wonach er suchte. Auf der Türinnenseite zur Wäscherutsche entdeckte Pablo vier Fingerabdrücke. Pablo fotografierte sie als Gruppe und anschließend einzeln. Mit der Spitze seines Taschenmessers löste er die Scharnierschrauben. Dann nahm er die kleine Wäscherutschentür von der Wand und klemmte sie unter den Arm. »Ich bin sicher, die alte Lady hätte nichts dagegen, wenn wir das mitnehmen«, sagte Pablo.

»Ich auch«, erwiderte Raquel. Pablo nahm einen aschegrauen Glimmer in ihren schwarzen Augen wahr. »Aber lass mich lieber fragen.« Damit drehte Raquel sich um und ging ins Erdgeschoss hinunter.

Langsam mühte sich Pablo die steilen Stufen hinunter, einen Arm fest um die Wäscherutschentür geklemmt, den anderen an das wackelige Geländer gekrallt. Mit seinem künstlichen Bein waren Treppen immer noch kein Vergnügen.

Minuten später fand er Raquel in der Küche. Die alte Lady lag auf dem Boden. Unter den Esstisch geschoben. Wo Ihre Tischtennisball-Frisur eine Blutlache aufsaugte.

»Buenísimo. Sehr gut«, sagte der Glühwurm mit herzlicher Stimme. Er klatschte in die langen, mondfarbenen Hände. »Du, mein Freund, hast dich rehabilitiert. Du bist zurück im inneren Zirkel. Wieder beim Dreamteam. Komm, lass dich von Daddy drücken.«

Pablo rutschte auf der Sitzbank vor und beugte sich an die nackte Brust des Glühwurms. Er spürte den Schleim, der seine Haut bedeckte, und nahm seinen seltsamen, penetranten Körpergeruch wahr … einen chemischer Duft … wie ein Klostein, den jemand mit dem Duft von Calvin Klein One getränkt hatte.

So peinlich die Umarmung auch war, so spürte Pablo dennoch Stolz in sich aufsteigen, als sein Kidnapper ihm auf den Rücken klopfte.

»Was passiert als Nächstes?«, zischte der Glühwurm in Pablos Ohr.

»Wir haben fast alles beisammen, um festzustellen, ob es sich bei dem Gefangenen der Bruderschaft tatsächlich um Eldon Waanders handelt«, sagte Pablo, während sich ihre Limo auf der kurvigen Straße wieder zurück zur Interstate schlängelte. »Nur ein letzter Stopp noch, um sicherzugehen. Vielleicht können wir auf dem Weg noch eine Schaufel kaufen.«

# Kapitel 31

**August 2017**

**Camp Honor und unterwegs nach New York**

Angesichts der kurzen Startbahn und der steilen Vulkanwände war ein Start jedes Mal eine beängstigende Erfahrung – vor allem in einem Düsenjet. Besatzung, Ausbilder und Angehörige der C-Gruppe wappneten sich, als die Embraer Phenom 300 den Runway hinabjagte und die Nase hochzog. Unter schrillem Kreischen der Triebwerke schoss sie steil in den blauen Himmel, um im nächsten Moment haarscharf über den Kraterrand hinwegzufegen.

Dann gingen sie in die normale Fluglage. Der Kapitän verkündete ihren Flugplan, woran sich ein paar knappe und businessmäßige Bordinformationen anschlossen.

Wyatt versuchte, sich um Dolly zu kümmern. Er wusste natürlich, dass sie am unglücklichsten von allen war – auch wenn sie versuchte, das nicht zu zeigen. Seit dem Lagerfeuer hatte sie sich stoisch und distanziert verhalten. Ganz geschäftsmäßig.

»Was mich angeht, so haben du und ich dazu beigetragen, dass Hud fliegt. Und was meine Schwester anbelangt …« Dolly hielt inne, um ihre Gefühle in den Griff zu bekommen. »Wenn wir die Chance zur Rache kriegen, werde ich sie nutzen. Das schulden wir Hud und Cass. Kannst du mir folgen?«

Wyatt sah in ihre Augen. »Ja.«

Detaillierte Pläne der Kathedrale wurden an die C-Gruppe verteilt, mit deren Hilfe man ihnen einbläute, wo jedes Teammitglied zu sitzen, stehen oder knien hatte. Anschließend bekamen sie passende Kleidung für die Beerdigung ausgehändigt, darüber hinaus falsche IDs, Tarnidentitäten und – angesichts der Hackerangriffe – stark verschlüsselte Handys.

Als der kleine Jet in den Sinkflug auf Teterboro ging, führte Wyatt einen letzten Waffencheck durch. Er war mit einer Glock 26 samt Schalldämpfer und vier Reservemagazinen, einem Colt Mustang XSP sowie einem Messer ausgerüstet. Dazu hingen hinten an seinem Gürtel noch zwei Blendgranaten, zwei M67-Handgranaten und eine Tränengasgranate. Eine Menge Artillerie für eine Beerdigung, dachte Wyatt. Aber er hatte das Gefühl, dass er sie brauchen würde.

# Kapitel 32

**August 2017**

**Pound Ridge, Indiana**

Pablo fand den Friedhofswärter und Nachtwächter des Friedhofs St. Jude's schlafend an seinem Schreibtisch vor. Im Schoß eine *Maxim*-Ausgabe und auf einer Anrichte ein Glas Erdnussbutter, aus dem ein Löffel ragte. Pablo machte ihn mit zehntausend Dollar munter, die er ihm fächerförmig unter die Nase hielt. Ah, sie wollten Zutritt zu den Gräbern? Kein Problem.

Durch den starken Regen war der Boden weich und matschig. Pablo, Raquel und Fouad übernahmen das Graben und Schippen. Der Glühwurm blieb unterdessen in der Limousine zurück, wo er sich ins Darknet einloggte und die Bruderschaft um eine Kopie Fingerabdrücke von der Ware bat.

Es dauerte mehrere Stunden, den Sarg zu bergen. Und selbst mit den Steroiden, Aufputschmitteln und anderen Drogen, die durch seinen Organismus strömten, tat Pablo sich mit der Schaufel ziemlich schwer. Schließlich und letzten Endes war er alt. Er wankte. Schwer hob und senkte sich sein Brustkorb, während er durchtränkt von Schweiß und Regen in das tiefe, nasse Loch hinablugte. Der Sargdeckel war unter einer Schlammschicht zum Vorschein gekommen.

»Der Moment der Wahrheit«, sagte Fouad und ließ sich auf die Knie nieder. Er beugte sich ins Loch hinab, setzte die Schaufelkante am Sargdeckelrand an und stemmte ihn auf. Feiner, trockener Staub wirbelte dem Regen entgegen, der immer noch in schrägen Bahnen herabfiel. Fouad schwang eine LED-Lampe in die Grube herab und leuchtete das stoffverkleidete Innenleben eines Mittelklassesarges aus. Pablo lugte über die Kante. Sie hatten genau das gefunden, wonach sie gesucht hatten: nichts.

Da, wo die Leiche hätte sein sollen, befanden sich nur drei große Säcke – offensichtlich mit Schotter gefüllt, den Steinchen nach zu schließen, die aus den alten Sackleinwänden quollen.

»Und wieder hattest du recht«, gurrte Raquel. »Der Glühwurm wird zufrieden sein.«

Pablo nickte. Er nahm den Hut ab und rieb sich den Dreck von der Stirn. Die Bandage auf seiner Nase war längst abgegangen. Ein dünnes Blutrinnsal rann in der Mitte seines zerfurchten Gesichts hinab. »Und ich hoffe, dass ich mich damit zur Genüge bewiesen habe. Und nun wieder nach Hause kann.« Sein Blick schweifte ab und blieb schließlich auf dem Büro des Friedhofwärters haften, als ihm eine Idee kam. »Wenn du den Friedhofswärter umbringst, könnten wir ihn genauso gut noch in den Sarg stecken, bevor wir ihn wieder vergraben.«

»Ich habe eine bessere Idee«, ertönte es hinter ihm aus der Dunkelheit. Pablo drehte sich um, als der Glühwurm auf ihn zutrat – nackt bis auf die windelartigen Shorts. Die Öffnung seines Nahrungskanals war mit einer Kappe geschützt. Seine Muskeln pumpten.

Pablo war lange genug im Killergewerbe gewesen, um zu wissen, was der Glühwurm vorhatte: zwei zum Preis von einem, wie die Amerikaner sagten. Zwei Leichen, ein Sarg. Und Pablo wäre Teil des Deals.

»Aber warum *jetzt*?«, fragte er und wich an den Rand des Grabes zurück. »Nachdem ich dir geholfen habe? Warum tust du das? Du weißt jetzt ohne Zweifel, dass ich deinen Vater nicht umgebracht habe.«

»Ja, das hast du mir bewiesen«, antwortete der Glühwurm, während er vor Pablo in Angriffsstellung ging.

»Habe ich meine Schuld nicht beglichen? Meine Loyalität bewiesen? Bin ich nicht ein guter Diener gewesen? Dass ich die Hand gegen deine Mutter erhoben habe, muss dadurch doch wettgemacht sein.«

»Ja, wieder richtig«, sagte der Glühwurm. Er verzog den Mund zu einem zahnlosen, unheimlichen Grinsen. »Deine Schuld, für das, was du meiner Mutter angetan hast, ist mehr als beglichen. Du bist komplett aus dem Schneider.«

»Warum dann einem alten Mann wehtun?« Pablo kicherte gezwungen, als er versuchte, die Situation herunterzuspielen.

Der Glühwurm wischte sich den Regen von den Schultern. Er starrte auf seine Hände, bevor er wieder aufblickte. »Weil ich ein Killer bin«, sagte er in sachlichem Ton. »Und ihr beide, mein Vater und du, geholfen habt, mich zu erschaffen.«

Er fiel über Pablo her. Der alte Mann konnte nur noch in kläglicher Verteidigung die Hände hochreißen. Da flog das Ding, das einst Wilberforce Degas gewesen war, auch schon wie eine menschliche Rakete durch die Luft. Wie ein NFL-Linebacker krachte er in ihn hinein. Die Finger des Glühwurms hatten sich bereits um Pablos Kehle gekrallt, als ihre beiden Körper ins Grab stürzten, gegen die schlammverschmierte Wand klatschten und in den offenen Sarg fielen.

Raquel erkannte, dass der Glühwurm ein wenig Zeit für sich brauchte. Er hatte die letzte Verbindung zu seinem alten Leben gekappt. Nun saß er in Embryohaltung unter einem Baum, während der Regen auf ihn niederprasselte. Zitternd ließ er seinen Tränen und Gefühlen freien Lauf und mit ihnen der ganzen Last seiner Kindheit. Raquel kam zu ihm und setzte sich neben ihn. Ein seltsames Pärchen. Ein humanoider Hacker und sein hübsches Dämonenkind.

»Ich muss dir eine Frage stellen«, sagte sie schließlich.

Der Glühwurm schniefte und wischte sich mit seinen verstörend riesigen Händen die Tränen fort. »Jede, die du willst, meine Liebe.«

»Warum hast du ihn umgebracht?«

Ein wenig überrascht blickte der Glühwurm auf. »Was meinst du damit, warum ich ihn umgebracht habe? Ich wollte ihn immer umbringen.«

»Nein, ich meine nicht, warum. Ich meine, warum jetzt?«, sagte sie. »Wir müssen noch Chris Gibbs finden. Und auch das Camp. Ich dachte, deswegen würden wir ihn am Leben lassen.«

»Ah, du hast natürlich recht, das zu denken«, erwiderte der Glühwurm. »Aber als ich im Wagen war, konnte ich feststellen, dass die Fingerabdrücke übereinstimmen. Eldon Waanders ist derselbe Mann wie Chris Gibbs. Und Gibbs ist der von der Bruderschaft gefangene Field Agent. Er wird uns Gesellschaft leisten, sobald die Banküberweisung durchgegangen ist. Die Bruderschaft bringt ihn abholbereit nach New York.«

»Ahhh … das ist gut«, sagte sie. »Aber was ist mit dem Camp? Wie finden wir das?«

Der Glühwurm grinste. »Meine Liebe, das ist einfach«, sagte er. »Durch dich. Du wirst das Licht sein, das sie anlockt.«

# Kapitel 33

**August 2017**

**In einem Schiffscontainer, irgendwo auf See**

Der unter dem Namen Chris Gibbs bekannte Field Agent war sich ziemlich sicher, dass man ihn über Ägypten aus Israel herausgeschmuggelt hatte. Aber in den zehn Monaten seiner Gefangenschaft hatten sich nur sehr wenige Anhaltspunkte zu seinem Aufenthaltsort ergeben. Er wurde häufig verlegt, zunächst in Kellern und Luftschutzbunkern versteckt und später in einem Schiffscontainer. Anhand der Bewegungen schloss er, dass er auf einem Lkw weitertransportiert wurde. Dann lud man den Container auf ein Schiff um, bevor es schließlich in See stach. Seiner Schätzung nach hielt man ihn auf einem Schiff gefangen, das die afrikanische Küste rauf- und runterfuhr.

Er trug die ganze Zeit Handfesseln und wurde von mindestens zwei Männern bewacht. Schlauerweise blieben sie auf Abstand und hielten die Waffen auf ihn gerichtet. Bei der geringsten Möglichkeit hätte er sie sonst entwaffnet – oder es zumindest versucht. Beim kleinsten Regelverstoß wurde er geschlagen. Manchmal auch einfach so. Seine Kapuze durfte er nur zum Essen abnehmen. Als Toilette hatte er einen Eimer, der nur alle paar Tage geleert wurde. Jedes Mal, wenn er seine Kapuze abnahm, setzten seine Kidnapper ihre auf. Abgesehen vom Feuergefecht, in dem man ihn gefangen genommen hatte, hatte er niemals ihre Gesichter gesehen.

Als geschulter Field Agent war er trotzdem in der Lage, ein

paar Dinge herauszufinden. Zum Ersten hatte er mindesten sechs verschiedene Wachen gezählt. Er konnte sie an der Stimme sowie dem Aussehen ihrer Hände und sandalenbewehrten Füße erkennen. Selbst wenn er seinen hundertsten Geburtstag noch erleben sollte, würde er diese Hände und Füße niemals vergessen. Er würde sie überall erkennen. Mithilfe seiner paar Brocken Arabisch bekam er schnell heraus, dass seine Kidnapper zu einer IS-Gruppe gehörten, die sich die Bruderschaft nannte.

Und noch etwas wusste der Field Agent: Wenn es überhaupt eine Chance für sein Überleben gab, würde er sie der Gier zu verdanken haben. Wie es schien, wollte die Bruderschaft ihn wie auf einer Auktion versteigern. Ihn an den höchsten Bieter verkaufen. Allein dieses Detail beruhigte den Field Agent bis zu einem gewissen Grad. Wer sollte schließlich schon die US-Regierung überbieten? Natürlich, da gab es die Drohungen – häufig ausgestoßen während der Züchtigungen. Dass sich die Bruderschaft nicht von amerikanischen Dollars kaufen lassen würde. Dass man den Mann namens Chris Gibbs eher köpfen würde, als auch nur einen Dollar von den Ungläubigen zu nehmen.

Aber das war alles Show und Getöse. Als der Field Agent Gelächter, Jubel und das Knallen von Champagnerkorken hörte, wusste er, dass man ihn verkauft hatte. Er würde nicht von der Bruderschaft umgebracht werden.

Seine Kidnapper stießen den Field Agent aus dem Schiffscontainer hinaus. Die Kapuze ließ man auf seinem Kopf. Trotzdem hätte er beim Duft der frischen Luft fast geweint, auch wenn sie mit dem Geruch von Flugkerosin vermengt war. Ein Helikopter wartete mit drehenden Rotoren auf dem Schiffsdeck. Sie luden ihn an Bord, die Rotoren heulten und er war in der Luft.

Fast augenblicklich registrierte der Field Agent Dinge, die keinen Sinn ergaben. Zum einen war er sich so gut wie sicher gewesen, dass er irgendwo vor der afrikanischen Küste war oder immer noch im Nahen Osten.

Aber der Helikopterpilot sprach Englisch mit lateinamerikanischem Akzent. Das Headset des Piloten war sehr laut eingestellt und das Gehör des Field Agents war mittlerweile so scharf wie das eines Blinden. Er meinte, einen amerikanischen Akzent bei den Fluglotsen zu hören. Am aufschlussreichsten jedoch war, als er mitbekam, wie der Pilot dem Tower mitteilte, dass sie nach Greenwich unterwegs seien. Meinte er Greenwich in England? Oder waren sie an der Ostküste der USA?

Als der Helikopter in den Sinkflug ging, sah er durch einen Spalt an der Kapuzenöffnung, dass es Nacht war. Er konnte Häuserdächer unter sich erkennen. Nach der Landung wurde der Field Agent weggeführt. Er spürte, wie sich seine Füße über gut gepflegten Rasen bewegten. Er nahm den fernen Duft eines Barbecues und ein Frauenparfüm wahr – ein teures Parfüm. Und er konnte einen Blick auf Beine erhaschen. Hübsche junge Beine mit zierlichen, nackten Füßchen, die neben ihm über den Rasen spazierten. Alle Zeichen sahen gut aus. Gott, was war er glücklich, wieder auf amerikanischem Boden zu sein. Aber warum trug er immer noch die Kapuze?

»Wo sind wir?«, fragte er. Schon krachte ein Pistolenknauf gegen seine Schläfe. Die Frau mit den jungen hübschen Beinen und den zierlichen Füßen, die Parfümträgerin, hatte ihm den Hieb verpasst. Einen harten Hieb. Männer rissen ihn nun hoch.

Auf wackeligen Beinen wurde er über saftiges Gras gezerrt und in einen Keller gebracht. Wieder wurde es dunkel. Es fehlte fast jede Spur von Umgebungslicht. Über eine Reihe von Gängen führte man ihn in die Tiefe – bis er in einen Raum gelangte, in dem es nach Schweiß und rohem Fleisch roch.

»Nehmt sie ab«, befahl eine Stimme. Seine Kapuze wurde vom Kopf gerissen. Der Field Agent blinzelte heftig. Aber der Raum war so dunkel, dass selbst seine an die Dunkelheit gewöhnten Augen sich anstrengen mussten, um etwas zu erkennen.

»Gebt ihm das«, sagte die Stimme.

Dann hörte er etwas tröpfeln. Seine Hände zuckten zurück, als etwas Warmes sie berührte.

»Nimm es«, hörte er die Stimme. »Das ist nur ein Waschlappen. Damit du dir nach deiner Reise das Gesicht und die Hände sauber machen kannst.«

Der warme, weiche Lappen wurde ihm wieder in die Hände gedrückt. Er roch sauber, nach Seife. »Danke«, sagte der Field Agent und begann, den Schmutz von Monaten wegzuwischen.

»Möchtest du noch einen?«

»Ja, bitte.«

Er bekam einen frischen Lappen, um weitere Dreckschichten zu entfernen. Als er sich etwas frischer fühlte, fragte der Agent schließlich: »Wer sind Sie? Und warum bin ich hier?«

»Weil du mir … etwas schuldest. Ist es nicht das, worum es immer geht?«

»Ihnen was schulde? Ich kann nichts sehen«, sagte der Agent, während sein Gesicht und die Hände noch vom Wasser und der Seife prickelten.

»Dann stelle ich für dich doch mal die Helligkeit an diesem Monitor höher.«

Und dann begann der Field Agent, etwas zu erkennen. Aus der Schwärze schälte sich ein Rechteck heraus … grau zunächst, bevor sich gedämpfte Farben in einen flimmernden Pixelschirm verwandelten. In der Mitte blinkten die Worte »Donkey Kong« über einer Reihe von Rekordergebnissen auf. Der Highscore wurde immer noch von Chris Gibbs gehalten – gefolgt vom zweitplatzierten Wil Degas.

»Du schuldest mir eine neue Chance, dich zu schlagen«, überschlug sich die Stimme nun vor Lachen. »Warum spielen wir nicht?«

# TEIL SECHS

# Kapitel 34

AUGUST 2017

ST. PATRICK'S CATHEDRAL

Ein brennend heißer Tag. Graue und weiße Sommerwolken waberten am Himmel. Auf der Fifth Avenue warteten die Limousinen in Reihe. Dolly, Ebbie, Samy und Wyatt schlossen sich den Trauergästen an, die sich angestellt hatten, um in die Kathedrale zu gehen. Der Alte, Hallsy und Avi verfolgten das Geschehen vom Überwachungs-Van aus, während sich Rory auf der Fifth Avenue aufhielt. Als Skaterin getarnt, verfolgte sie die Bewegungen des Bodenteams und hielt nach Bedrohungen Ausschau. Alle kommunizierten über induktive Ohrhörer.

Ebbie, Samy und Wyatt hatten dunkle Anzüge an – plump geschnitten und schlecht sitzend, um ihre Waffen zu verbergen. Dolly trug ein einfaches schwarzes Kleid, aber an ihr sah es einfach hinreißend aus. In einem speziellen Schnellziehfach ihrer Handtasche steckte eine silberne Walther PPK. Eine Waffe, die eines James Bond würdig war, geladen mit Hohlspitzgeschossen.

Ja, sie gingen zur Beerdigung ihres Freundes. Aber Wyatt musste unablässig daran denken, wie schön Dolly aussah, wie entschlossen. Rache stand ihr gut. Als einziger verbliebener Blue der C-Gruppe hatte sie das Kommando des Bodenteams übernommen. Sie betrat als Erste die Kirche. Unwillkürlich spürte Wyatt den Wunsch, zu ihr aufzuschließen und neben ihr zu gehen.

»He, schalt einen Gang runter«, sagte Samy. Er hastete neben Wyatt her und berührte ihn am Arm. »Du wirst schneller, Mann. Halt die Formation.«

»Check!«, bestätigte Wyatt. Er verlangsamte das Tempo und versuchte, den Kopf freizubekommen, während sie begannen, die Treppe hochzugehen. Hier wimmelte es bereits von Trauergästen und Touristen. Auf der Straßenseite gegenüber hatte sich sogar eine Meute Paparazzi versammelt, die von dort aus ihre Fotos schossen.

»Verdammt, wer hätte das gedacht?«, sagte Ebbie und schüttelte den Kopf. »Hud … ein reicher Junge. Hätte ich nicht für möglich gehalten.«

»Machst du Witze? Das sieht nach mehr als nur reich aus«, sagte Samy. »Das hier ist reich und berühmt.« Er schüttelte den Kopf. »Frage mich nur, was er in Honor wollte.«

Dolly bedachte sie mit einem wütenden Blick über die Schulter. »Respekt, wenn ich bitten darf.«

Ihre Teamgefährten zeigten sich kleinlaut. Sie wandte sich wieder um und hielt sich einen Schritt vor ihnen.

»Okay, Leute, Zeit, die Köpfe wieder freizubekommen«, sagte Ebbie, als sie sich den Flügeltüren der Kathedrale näherten. »Setzt eure Pokergesichter auf.«

Die Kathedrale war bereits brechend voll und erfüllt von Geflüster und Gesprächsfetzen. Eine unscheinbare Frau mit Klemmbrett, teurer Frisur und Ohrhörer begrüßte sie mit höhnischem Lächeln. »Diese Trauerfeier ist nur für nahe Freunde und Familienangehörige. Woher kennen Sie Hud?«, fragte sie.

Dolly gab ihre Tarngeschichte zum Besten. »Vom Skifahren in Aspen. Unsere Eltern haben da Ferienhäuser.«

Der Hohn wich nicht aus ihrem falschen Lächeln. Aber sie bedeutete ihnen, in die Kapelle zu gehen. »Dann herzlich willkommen.« Sie wies Wyatt und Dolly zu einer Kirchenbank.

Wie geplant, teilte sich die C-Gruppe auf und schlüpfte in verschiedene Bankreihen. Schlagartig wurden die Teammitglieder ernst, brachten ihre Gedanken in Missionsmodus und schärften die Achtsamkeit.

Wyatt saß im hinteren rechten Bereich der Kirche. Vorn vor dem Altar erblickte er eine Ansammlung der wohl adrettesten Menschen auf Erden. Alle in dunklen Tönen gekleidet und mit düsteren Mienen. Aber trotzdem war es irgendwie, als umgäbe sie ein Leuchten. Oder vielmehr ein Strahlen. Es sah aus, als hätte sich die komplette Besetzung von *Gossip Girl* einschließlich Statisten eingefunden. Schöne Leute – herausgeputzt, poliert und auf unangestrengte Art hinreißend. Kein Wunder, dass die Lady mit dem Klemmbrett sie aufgehalten hatte. Selbst in ihrer Sonntagskleidung stachen die Rohlinge aus Honor hier heraus. Ansehnliche und attraktive Rohlinge, sicher. Aber sie waren eher so etwas wie Glasscherben im Meer, die eine Strömung unter lauter Perlen zerstreut hatte. Sie waren gebrochen und von der Reibung geschliffen. Zermahlen zu etwas Nutzvollem. Die New Yorker Kids – diese von Natur aus anziehenden Perlen – hatten sich hingegen in einer Schutzhülle geformt. Hud war eine schwarze Perle, eine Kreuzung. So schön und umwerfend Dolly auch war, so fehlte selbst ihr dieses Hochglanzgetue, das einem trainierten Auge nicht entging. Sie war eine atemberaubende Mixed-Martial-Arts-Kämpferin, keine Ballerina. Und Wyatt hätte es auch nicht anders gewollt.

Unter Huds schicken Freunden stach ein Mädchen besonders hervor. Sie war um Längen umwerfender als der Rest: ein funkelnder, eiergroßer Diamant unter Perlen. Bei Weitem die überwältigendste Person, die Wyatt jemals in seinem Leben gesehen hatte. Dunkle Augen, blondes Haar, mit Sicherheit fremdländisch. Sie saß genau in der Mitte, neben einem olivhäutigen Typ mit zotteligem Bart. Ein Magnetfeld schien sie zu umgeben, das alle in ihrer unmittelbaren Nähe anzog. Und dennoch haftete ihr auch etwas Gefährliches an, etwas Finsteres.

»Da ist sie«, sprach Dolly ins Kommunikationssystem. »Das ist die Richtige. Die Blonde vom Dach.«

Wyatt nickte, obwohl Dolly ihn nicht sehen konnte, da sie im vorderen Bereich der Kirche saß. Wyatt wusste, dass Dolly recht hatte. Die Blonde musste es sein. Er hob die Hand an den Mund, wie um ein Gähnen zu kaschieren. »Gutes Auge, Dolly. Behalten wie sie im Auge. Folgen wir ihr und sehen, wo sie hingeht.«

»Das ist der Plan«, sagte Dolly. Aber dann – unter völliger Missachtung jeglichen Protokolls und sämtlicher Missionsvorbereitungen – erhob sie sich in ihrer Bankreihe und bahnte sich den Weg zur Blondine.

»Dolly«, flüsterte Samy über das Komm-System. »Wohin gehst du?«

Wyatt beobachtete, wie Dolly nach oben langte. Diskret entfernte sie ihren Ohrhörer und ließ ihn mit ihrer Hand in die Handtasche gleiten.

»Was macht sie da?«, fragte Ebbie.

»Keine Ahnung«, antwortete Wyatt, obwohl sich seine Gedanken mit der Hand in ihrer Tasche und der Walther beschäftigten. »Sie wechselt den Platz.«

»Wir sollen keinen Kontakt aufnehmen«, sagte Ebbie.

»Bin nicht sicher, dass sie nur Kontakt aufnimmt«, meldete sich Samy. »Sie ist offline und nähert sich dem Mädchen.«

Hallsys Stimme fuhr dazwischen. »Jemand muss sie aufhalten. Wyatt, zieht sie die Waffe, hast du Befehl, sie zu stoppen!«

Alle sahen zu, wie Dolly sich der Blonden näherte. Dann beugte sie sich zu ihr vor, die Hand noch immer in der Handtasche. Wyatt wusste, dass sie ihn nicht hören konnte. Aber trotzdem flüsterte er: »Was, wenn du falsch liegst?«

Mit traurigem Lächeln sagte Dolly etwas zu der Blonden, die daraufhin etwas rutschte, um Platz zu machen.

Wyatt konnte von Dollys Lippen lesen. »Danke«, sagte sie.

»Sieht aus, als würde sie sich einfach neben sie setzen«, sagte Samy. »Jetzt mal alle wieder tief durchatmen.«

Dolly holte ein Handy aus ihrer Handtasche, tippte etwas ein und ließ es wieder zuschnappen.

Wyatts Handy summte. **Bleib in der Nähe**, lautete die Nachricht. **Komm-System offline. Sonst würde sie was merken. Halt mir den Rücken frei.**

Der Gottesdienst war wunderschön und traurig. Soweit die meisten Leute in der Kathedrale wussten, hatte der Junge sich das Leben genommen. Er war attraktiv, intelligent und von Freunden und allen materiellen Vorzügen umgeben gewesen, die das Leben bieten konnte. Und dennoch war er in Schwierigkeiten geraten, sein Geist irgendwie nicht heil gewesen.

Seine Vorstrafen und die Zeit im Jugendarrest wurden nicht direkt erwähnt. Sie kamen lediglich in Anspielungen als wiederkehrendes Thema vom verlorenen Sohn vor. Nur jene aus Honor und seine Killer wussten es besser.

Als der Gottesdienst zu Ende war, lud der Priester Huds Mutter ein, noch ein paar Worte zu sagen. Aus der ersten Reihe erhob sich ein gealtertes Hip-Hop-Video-Girl aus den 1990ern. Eine

Frau mit Plastikgesicht und Plastikkörper, unangemessen kurzem schwarzem Spitzenkleid und Löwenmähnenfrisur. Unter lautem Klackern tippelte sie auf ihren Fünfzehn-Zentimeter-Stilettos zum Rednerpult empor.

»Hi«, hauchte sie gedehnt und langsam ins Mikrofon. »Für jene, die mich nicht kennen: Ich bin Huds Mutter.«

Mit ihrem verschmierten Make-up und den glasigen, tränenerfüllten Augen sah sie aus, als hätte sie pausenlos geweint und zugleich Valium eingeworfen. »Mein Mann und ich …« Sie wies auf einen älteren Mann im Rollstuhl. »… laden Sie hiermit alle zu einem Empfang in unserem Apartment ein.«

Schniefend wischte sie sich die Tränen weg und trat auf schwankenden Beinen vom Rednerpult. Der grauhaarige Priester nahm wieder seinen Platz am Pult ein und begann mit dem Abschlussgebet.

»Wyatt«, sagte Samy, als sich die Trauergemeinde zum Gehen erhob. »Du hast jetzt das Kommando. Was machen wir? Gehen wir mit auf den Empfang?«

Während des Gottesdienstes hatte Wyatt nicht die Augen von Dolly und der Blonden gewandt. Er hatte kaum zu blinzeln gewagt. Sie redeten miteinander. Dollys Gesicht war verweint. Sie machten Anstalten, zusammen rauszugehen.

»Ja«, antwortete Wyatt. »Dolly ist da was auf der Spur. Sie wird nicht lockerlassen. Sehen wir, wohin sie uns dabei führt.«

Der Empfang nach dem Gottesdienst war langweilig und schräg. Schräg insofern, als ein Junge vom Dach des Gebäudes gesprungen war und jetzt alle in eben diesem Gebäude bei lockerem Smalltalk Horsd'œuvres verputzten.

Wyatt, Samy und Ebbie trafen unmittelbar nach Dolly und der

Blonden ein. Sie waren gerade erst fünf Minuten drinnen, als Dolly schnell ihren Ohrhörer wieder einsetzte und sich ins Komm-System einklinkte.

»Okay, Leute, alle herhören. Ich werde schnell sprechen, weil sie gleich zurückkommt. Sorry, dass ich auf stumm gegangen bin. Aber der Ohrhörer hätte mich verraten. Es ist unser Mädchen. Sie hat mich zu einer Party eingeladen. Sie findet in einem Haus statt, das ihr Vormund gemietet hat. Sie hat mir seinen Namen nicht verraten. Aber er leitet eine Firma. Eine Tech-Company namens GLÜHWURM GAMING. Lasst Avi alles darüber rausfinden, was er kann. Sie haben für das Begräbnis ein Haus in einem Vorort gemietet. Ist nicht weit, in Greenwich.«

»Dolly«, griff Hallsy über das Komm-System ein. »Wir können unseren Plan nicht so radikal änd…«

»Sir«, schnitt sie ihm das Wort ab. »Bei allem gebührenden Respekt. Ich werde gehen. Ob nun mit Unterstützung oder ohne. Dieses Mädchen gehört der Gruppe an, die Hud umgebracht hat und beinahe auch meine Schwester. Der Gruppe, die ihre Fühler nach Honor ausstreckt. Ich spüre es. Ich weiß, dass es so ist. Sie müssen mir vertrauen.«

»Ich höre«, sagte Hallsy.

»Okay, hier ist der Deal. Ich habe ihr gesagt, dass noch ein paar Freunde von mir hier sind und wir eigentlich noch was vorhatten. Also werden Wyatt, Ebbie und Samy mit mir kommen. Ich tue so, als hätte ich sie gerade gesehen. Wir gehen dann gemeinsam. Ich fahre zusammen mit ihr nach Greenwich. Ihr, Leute, werdet …«

Dolly hatte etwas wahrgenommen und zog den Ohrhörer wieder heraus. Die Blonde kam heran. Ein kleiner Typ mit olivfarbener Haut und schmierigem Zottelbart begleitete sie.

»Klingt, als ob wir gehen«, sprach Ebbie ins Komm-System.

»Klingt, als bräuchten wir ein Transportmittel«, fügte Wyatt hinzu. »Und zwar was Schnelles. Hallsy, können Sie das arrangieren? Einen Wagen, vor dem Gebäude, in fünf Minuten?«

Avi antwortete: »Bleibt dran, Leute, wir besprechen hier gerade unsere Optionen.«

Wyatts Ohrhörer knackte.

»Wyatt, du hast jetzt allein die Verantwortung«, sagte Hallsy. »Ich will was wissen. Glaubst du, dass Dolly die Lage klar beurteilen kann? Sollen wir ihr die lange Leine lassen? Du bist vor Ort. Sag mir, was du denkst.«

»Ich denke, das sollten wir«, erwiderte Wyatt. »Ich habe jetzt hier das Kommando. Aber sie führt die Mission. Wir folgen. Und wir stellen sicher, dass sie beschützt wird. Das ist unser Job.«

»Ich habe nach Dolly gefragt«, sagte Hallsy. »Hat sie recht?«

»Es geht nicht nur um Dolly«, antwortete Wyatt. »Wir stecken zusammen als Team in der Sache. In unserer Anfangszeit in Honor haben Sie uns einmal gesagt, dass jetzt die Anfänge für unseren guten Ruf und unser Ansehen gelegt werden. Na schön, es ist so weit. Unser guter Ruf wird jetzt geschaffen. Und das machen wir als Team.«

Es folgte eine Pause. »Roger.« Ein weiteres Knacken. Dann ertönte seine Stimme wieder in allen Ohrhörern. »In vier Minuten steht draußen ein Wagen bereit. Der Mann vom Parkservice hat die Schlüssel.«

»Was fahren wir denn?«, fragte Wyatt. »Damit wir wissen, wonach wir Ausschau halten.«

»Etwas Schnelles. Haltet nach etwas Schnellem Ausschau«, war alles, was Hallsy sagte.

Dolly machte ihre überraschteste Miene und kam zu Ebbie, Samy und Wyatt herüber. »Oh, hey, hab euch gar nicht gesehen …« Sie stellte ihnen die Blonde als Raquel vor. Raquels Freund – der Kerl mit dem zotteligen Bart – arbeitete für ihren Vormund in der Spielefirma. Er war im College-Alter, vielleicht etwas drüber. Sein Name war Fouad.

Unten im Erdgeschoss trat die Gesellschaft auf die Straße hinaus. Wyatt erblickte einen silbernen 1968 GTO am Bordstein, dessen aufgemotzte, mächtige Auspuffröhren schon vor sich hinwummerten. Der Mann vom Parkservice – ein von Schweiß überströmter Avi in rotem Jackett – händigte Wyatt die Schlüssel aus. »Mr Brewer.«

Da hat uns Hallsy aber nicht enttäuscht, dachte Wyatt, als er auf dem Fahrersitz Platz nahm und die Schalter für einen Nitro-Einspritzer wahrnahm, während Guns N' Roses' »Paradise City« leise im Radio lief. Ja, das sollte es doch locker tun.

»Netter Wagen«, sagte Raquel. »Du solltest keine Probleme haben, mir zu folgen. Jedenfalls solange du ordentlich auf die Tube drückst.«

Probleme, zu folgen? Der GTO war eine Rakete auf vier Rädern, dachte Wyatt. Aber dann sah er ihren Wagen. Wie ein Stealth Bomber oder metallener schwarzer Panther kam der Ferrari F12 Berlinetta um die Ecke geschossen, raste die Fifth Avenue heran und blieb mit leisem Röhren am Bordstein stehen.

Fouad zwängte sich auf den winzigen Rücksitz des Berlinetta, während die Mädchen sich auf die Vordersitze gleiten ließen. Die Sonne stand strahlend am Himmel. »Hey, wohin fahren wir?«, rief Wyatt aus dem offenen Fester.

»Zum Cottage«, rief sie zurück.

»Magst du mir die Adresse geben? Weißt du, falls wir mal bei Rot stecken bleiben ...«

»Klar, die Adresse ist: *Nur nicht stecken bleiben!*« Lachend scherte sie aus und warf das blonde Haar zurück.

Wyatt rammte hastig den Gang rein. Aber da schoss ein Lkw heran und kam so knapp neben ihm zum Stehen, dass er fast den Seitenspiegel des GTO abrasiert hätte. »Weg da!« Wyatt hämmerte auf die Hupe.

»Nur keine Aufregung«, meldete sich eine freundliche Stimme über das Komm-System. »Bin in der Luft. Ich halte euch von oben den Rücken frei.« Rory verfolgte die Operation von einer Drohne aus.

Der Lkw, der ihn blockierte, setzte sich langsam wieder in Bewegung. Wyatt drückte die Kupplung und schaltete in den ersten Gang.

»Warte«, sagte Ebbie und hielt ihn zurück, bevor er die Kupplung kommen ließ. »Die hier wirst du brauchen.« Er gab ihm eine Sonnenbrille. Eine Vuarnet. Wyatt setzte die Brille auf, ließ die Kupplung kommen und trat das Gaspedal durch. Mit schlingerndem Heck schoss der GTO auf die Fifth hinaus.

Zwischen der 62sten und 72sten Straße hielt Wyatt sich dicht hinter dem Berlinetta. Dann gab das Mädchen Gummi, dass die Reifen qualmten. Sie raste ostwärts. Auf dem Franklin D. Roosevelt Drive jagte sie dann nach Norden – einen Kometenschweif von Straßendreck hinter sich herziehend, während Wyatt in seinem GTO irgendwie versuchte mitzuhalten. In unbarmherziger und rasanter Fahrt raste sie nach Norden. In Technik, Drehzahl und Fahrverhalten war der Berlinetta dem GTO überlegen genug, um ihn locker abzuhängen.

»Ich verliere sie«, sagte Wyatt. »Rory, was siehst du?«

»Nur geringer Verkehr auf dem FDR bis nach Randall's Island sowie bis zur 278 und 95. Das Mädel weiß, wie man fährt. Die hat ein irres Tempo drauf.«

»Kann ich eine Ladung Nitro reinpumpen?«

»Sei vorsichtig. Aber wie's aussieht, hast du freie Schussbahn.«

»Dann mal los.« Wyatt drückte auf den roten Kippschalter und das Gas wurde in den Motor gepumpt. Es war, als hätte der Wagen einen Schluckauf. Wie zu einer Rakete verwandelt, schoss er in der nächsten Sekunde vorwärts. Sie fegten an Autos vorbei, die mit 130 km/h so langsam schienen, als würden sie anhalten wollen, um sich ein Eis zu kaufen. Und trotzdem machte der GTO nicht viel Boden auf den Berlinetta gut. So schnell war der Ferrari.

»Hab eine andere Idee«, sprach Ebbie ins Komm-System. »Rory, hast du einen Zauberstab dabei, mit dem du mehr Verkehr herzaubern kannst?«

# Kapitel 35

AUGUST 2017
BROOKLYN-QUEENS EXPRESSWAY

Antoinette »Tony« Johnson glitt mit knapp neunzig Stundenkilometern auf dem Brooklyn-Queens Expressway dahin. Sie fuhr die Strecke zweimal am Tag, fünf Tage die Woche und achtundvierzig Wochen im Jahr. Was auch gut war. So war sie vorbereitet, wenn die Kacke mal am Dampfen war. Was vorkam. Häufig. Wie auch heute, als sie dachte, einen Vogel neben ihrem Buick herfliegen zu sehen.

»Was zum …« Sie starrte aus dem Fenster, als das Ding näher und näher kam. Es war etwas Technisches. Eines von diesen Dingern, diesen Drohnen-Dingern. Und es schwebte über ihrem Auto, während es vor ihrer Windschutzscheibe dahinflog.

Was erlaubten sich diese Kids eigentlich? Denn garantiert flog doch ein blödes Gör das Ding, oder irgendein Terrorist. Sie fing an zu hupen und das Flugobjekt anzuschreien: »Weg da!« Aber es flog nur noch näher heran. Direkt auf ihren Kühlergrill. Sie bremste auf fünfundfünfzig Stundenkilometer herunter und brüllte: »Was machst du da? Weg! Weg!« Sie sah den Sattelschlepper im Rückspiegel nicht, sondern hörte nur dessen Bremsen fauchen und kreischen. Sie selbst fauchte und kreischte ebenfalls.

Der Sattelschlepper geriet ins Schleudern. Reifen quietschten auf dem Asphalt. Das Fahrzeug knickte ein, der Anhänger schwang zur Seite aus und krachte in Tonys Auto. Der Wagen schoss vorwärts und knallte in die Drohne, die mit zerschmetterten Propellern abstürzte. Tonys Auto rollte darüber, während die Lady abwechselnd schrie und zu Gott betete, bis der Wagen schließlich zum Halten kam. Hinter ihr begann die Massenkarambolage.

Im Überwachungs-Van, der weit dahinter im New Yorker Verkehr feststeckte, beobachtete Rory, wie ihr Monitor schwarz wurde.

»Hey, Leute, wir haben ein Problem. Meine Drohne ist unten. Wir starten eine neue. Aber jetzt im Moment haben wir keine Bilder von Dollys Fahrzeug. Wiederhole, können Dollys Fahrzeug nicht sehen. Ihr folgt ihr ohne Luftunterstützung.«

Wyatt konnte sie auch nicht sehen. Panik stieg in ihm auf. Dolly war mit dem Feind allein. Aber er nahm wahr, wie die Autos vor ihm langsamer wurden. Er näherte sich dem Stau, den Rory verursacht hatte. Anderthalb Kilometer hinter dem Auffahrunfall und noch gut dreihundert Meter von den roten Bremslichtern am Stauende entfernt sah er, wie der Berlinetta sich durch den Verkehr schlängelte.

»Sie hält auf den Seitenstreifen zu«, sagte Samy vom Rücksitz.

»Hab sie.« Wyatt schaltete runter. Er machte einen Schlenker, sodass sich nun beide Fahrzeuge auf dem Seitenstreifen befanden. Der GTO schleuderte eine Wolke aus Dreck, Steinchen und Zigarettenkippen auf. Das Nitro wurde nicht länger in den Motor gepumpt. Beide Wagen flitzten neben dem Verkehrsstau daher.

»Ich wette, sie nimmt die nächste Ausfahrt«, sagte Wyatt. Mit Vollgas preschte er voran, vorbei an wütendem Gehupe und einem Meer von Mittelfingern. Er bog vom Expressway ab und fuhr auf die Rücklichter des Berlinetta zu, die an der nächsten Ampelanlage vor ihm leuchteten.

»Rede mit mir, Dolly«, sagte Wyatt, obwohl er wusste, dass sie ihn nicht hören konnte. Aber er hoffte, sie würde seine Gedanken kennen. Sie blickte durch das winzige Rückfenster des Berlinetta zurück und warf ihm ein leichtes Lächeln zu.

Wyatt konnte deuten, wie es ihr ging. Ein wenig angespannt, aber nicht verängstigt. Völlig bei der Sache. Für eine Millisekunde trafen sich ihre Blicke.

Raquel grinste in ihren Rückspiegel. Ihre knallroten Lippen leuchteten in der gleichen Farbe wie das rote Ampellicht. Er wusste, was kommen würde. Mit quietschenden Reifen schoss sie plötzlich geradewegs in den Verkehr hinein und jagte im Zickzack zwischen den ausweichenden Fahrzeugen hindurch. Ein Honda Civic krachte unmittelbar hinter ihr in einen Linienbus. Wyatt scherte nach links aus, um der Karambolage auf der Kreuzung auszuweichen.

Er würde sie jetzt nicht mehr verlieren. Nein, zum Teufel. Er folgte dem Ferrari durch die Straßen von Larchmont, während er versuchte, Raquels Vorsprung zu verkürzen.

Schon bald ließ der Berlinetta die verkehrsreichen Vororte hinter sich. Sie setzten den Weg auf den kurvenreichen Strandstraßen Connecticuts fort. Auf zweispurigen Fahrbahnen ging es durch eine reizvolle Landschaft den Long Island Sound entlang, vorbei an Villen, Parks und Stränden. Das Nachmittagslicht fiel nun in schrägem Winkel ein. In rosa-goldenem Farbspiel spiegelte es sich in den hintereinander herjagenden Windschutzscheiben und wurde kaleidoskopartig von Häusern, Leder, Sonnengläsern, dem Long Island Sound und den sich kräuselnden Wellen zurückgeworfen. Wyatt konnte nicht anders, als den Kick und den Nervenkitzel zu genießen. Es war herrlich! Er war noch nicht einmal sechzehn und raste hier mit über hundertsechzig Sachen dahin. Und da war noch etwas anderes. Ein Gefühl tief in seiner Brust, als er dem Mädchen hinterherjagte, das ihm mehr bedeutete als jedes andere zuvor. Das Gefühl war sowohl erschreckend als auch elektrisierend. Er würde sie nicht verlieren.

Er hatte gerade so etwas wie Routine darin entwickelt, mit heulendem Motor die lang gezogenen Ecken eingezäunter Anwesen zu umkurven, als er den Ferrari für einige Sekunden aus den Augen verlor. Dann hatte er ihn wieder eingeholt. Dieses Mal sah er die Bremslichter des Wagens nur zwanzig Meter vor sich. Mit quietschenden Reifen und wirbelndem Staub bog Raquels Wagen jäh nach links ab. Wyatt haute auf die Bremse und zwang den GTO in dieselbe Richtung. Aber das Kurvenverhalten des GTO konnte sich nicht mit dem des Berlinetta messen. Mit qualmenden Reifen und schlingerndem Heck schlidderte das Fahrzeug über den Asphalt und verzierte ihn mit Gummispuren. Der Wagen schoss gut dreißig Meter über den Zufahrtsweg hinaus und landete auf einem fremden Rasen. Wyatt ließ die Hinterräder Gras und Dreck spucken und fuhr zurück. Gleich drauf bog er auf ein riesiges, mauerumfriedetes Anwesen ein.

»Wir sind da«, sprach Wyatt ins Komm-System und las laut die Adresse vom Tor ab.

Rorys Antwort war ein Durcheinander aus digitalen Zerrgeräuschen.

»Wiederhole«, sagte Wyatt, während der GTO auf die riesige Villa zuwummerte, die sich einen knappen Kilometer vor ihnen am Ende der Zufahrt erhob. Zur Linken befand sich der offizielle Eingang. Zur Rechten wand sich ein Dienstbotenweg zur Gebäuderückseite, wo einige Service-Vans und eine schwarze Stretchlimousine parkten.

»Cottage, was?«, sagte Samy und hob den Blick zu einem Bau, der es selbst mit dem Biltmore Estate hätte aufnehmen können. Der Ferrari parkte direkt davor.

»Hey, Leute«, sagte Wyatt zu Samy und Ebbie. »Ich hab Probleme, Rory zu empfangen. Könnt ihr sie hören?«

»Alles verzerrt und zerhackt bei mir«, antwortete Samy und stieß seinen Finger ins Ohr.

»Ja, nichts zu hören«, fügte Ebbie hinzu. »Mal sehen, ob ich rauskrieg, was los ist.« Er überprüfte sein Handy und die Vorrichtung, die an seinen Ohrhörer angeschlossen war. »Wir kriegen kein Signal.« Eine Spur von Furcht schwang in seiner Stimme mit. »Ich meine, die Frequenzbänder sind weg. Jemand blockiert hier sämtliche Handysignale.«

Wyatt wusste instinktiv, was das bedeutete. Sie waren abgeschnitten. Der Überwachungs-Van würde sie nicht finden – jedenfalls, wenn Rory nicht irgendwie die Adresse mitbekommen hatte, die Wyatt laut vorgelesen hatte. Aber das war unwahrscheinlich.

»Wir sollten die Mission abbrechen«, sagte Ebbie. »Sofort.«

»Zu spät«, erwiderte Wyatt und wies mit einem Nicken nach vorn. Ihm wurde ganz elend. Dolly verschwand gerade mit Raquel und Fouad in einem großen Ziegelsteintorbogen.

»Okay, dann eben allein und auf die harte Tour«, sagte Ebbie. »Wir holen sie raus und nichts wie weg.«

Wyatt nickte und preschte auf das Ende des Zufahrtsweges zu. Er zog die Handbremse und sie stiegen aus. Wyatt bedachte Ebbie mit einem Nicken. »Gib mir deine Krawatte.«

»Meine Krawatte?«

»Ja. Schnell.« Wyatt zerrte sich die eigene Krawatte vom Hals und legte sie auf der Kühlerhaube des GTO mit Ebbies zu einem riesigen X zusammen.

»Rory wird bald eine andere Drohne hier in der Gegend haben«, erklärte Wyatt und hastete aufs Haus zu. »Ich hoffe nur, sie sieht das hier und kommt nachsehen.«

# Kapitel 36

## August 2017, Abenddämmerung
## Das Cottage, Greenwich, Connecticut

Die Türen zum Cottage standen offen. Sie gingen hinein und kamen sich vor, als hätten sie ein Museum der Finsternis betreten. Es gab so gut wie keine Möbel. Samtvorhänge sperrten vor den meisten Fenstern das Licht aus. Irgendwo im Haus konnte Wyatt schwach Geplapper und Gelächter hören. Und wummernde Elektromusik.

»Hier entlang.« Fouad war plötzlich eine Treppe heraufgekommen und bedeutete ihnen zu folgen. »Wir sind im Spielzimmer.«

Merkwürdigerweise hatte nicht eine Lampe im Haus eine Glühbirne. Das einzige Licht in den Räumen war natürlichen Ursprungs. Es wurde rasch schwächer und drang überall dort herein, wo keine Vorhänge vor den Fenstern zugezogen worden waren.

Sie stiegen eine Steintreppe hinab und gelangten in ein fast stockfinsteres Spielzimmer. Auch hier waren die Fenster mit Verdunklungsvorhängen verhüllt. Der Raum war unmöbliert – sah man von ein paar schäbigen Billardtischen und ausgestopften Tieren an den Wänden ab. Mit dumpfen, glasigen Augen starrten die toten Wesen auf sie herab. Ein Ober im Smoking stand bereit, um Bestellungen aufzunehmen. Ein paar flackernde Kerzen sorgten für das einzige Licht. Und ein Tisch war verschwenderisch mit Essen gedeckt. Ein paar vereinzelte Gäste stürzten sich auf die Berge von Kaviar, Süßigkeiten, exotischen Früchten und Fingerfood.

Wyatt versuchte, ganz natürlich auszusehen. Aber das war so gut wie unmöglich, solange er Dolly nicht wieder zu Gesicht bekam.

»Party?«, flüsterte Samy. »Da war es ja sogar auf der Beerdigung lustiger.«

»Kaviar«, sagte Fouad und wies zum Tisch. »Wenn ihr das Zeug mögt.«

»Wo ist Dolly?«, fragte Wyatt. »Ich meine, wo sind die Mädels?«

»Sich frisch machen«, antwortete Fouad. »Keine Sorge, Freunde. Sie ist gleich wieder zurück.«

Samy hatte zwanglos einen der Vorhänge einen Spalt beiseitegeschoben und spähte hinaus. »Wer sind die Leute da drüben?« Mit einem Ruck seines Kinns zeigte er auf ein paar Gäste, die auf der gegenüberliegenden Seite des Rasens standen. Es waren drei Männer, die von einem Ober bedient wurden.

»Die da?«, sagte Fouad, als würde er sie das erste Mal sehen. »Ach, richtig. Die haben gerade ein Paket abgeliefert. Die kriegen nur noch einen Happen zu essen, bevor sie wieder fahren.«

»Hey, Fouad«, sagte Ebbie. »Was dagegen, wenn ich mal das Bad benutze?« Er wandte sich um und blickte einen langen Korridor hinunter. Wyatt wusste genau, was in seinem Kopf vorging. Finde Dolly. Oder ein Telefon.

Fouad war zweifellos auch klar, was Ebbie dachte. »Sicher, kein Problem.« Sein Gesicht verzog sich zu einem merkwürdigen Grinsen. »Geh einfach wieder zurück. Dann durch die erste Tür in den Gang hinaus. Danach gleich rechts. Schon bist du da, Kumpel.«

»Danke, *Kumpel*«, sagte Ebbie. Er nickte Samy und Wyatt zu. »Bin in einer Sekunde zurück.«

»Soll ich dir den Weg zeigen?«, rief Fouad ihm nach.

»Ne«, antwortete Ebbie, ohne zurückzublicken. »Ich bin ein großer Junge.«

Das ist er, dachte Wyatt. Und außerdem hatte er eine Desert Eagle unter seinem Mantel versteckt.

Fouad, Samy und Wyatt sahen zu, wie Ebbie im Korridor verschwand. Dann blickten die drei sich einen Moment schweigend an.

»Gute Stimmung hier«, sagte Fouad. »Gute Stimmung.«

Ebbie suchte das Erdgeschoss ab – keine Spur von Dolly oder einem Telefon. Nachdem er eine weitere Treppe hinabgestiegen war, vernahm er ein merkwürdiges Stöhnen. Er folgte dem Laut in der Vermutung, dass er sich jetzt auf Kellerebene befand. Die Geräusche kamen vom Ende des Ganges. Ebbie ging am Bad vorbei. Keine Mädchenstimmen. Die tiefen, kehligen Laute stammten von einem Mann. Definitiv jemand, der Schmerzen litt. Ebbie wünschte, er hätte sein Nachtsichtgerät dabei. Es war so finster. Kurz überlegte er, sich mit seinem Handy den Weg zu leuchten. Aber das Licht hätte Aufmerksamkeit erregt. Und er hielt die gezogene Desert Eagle vor sich, als er sich den Gang entlang näher zur Tür schlich.

Die Laute verstummten. Stille. Er hörte das Blut in seinen Ohren rauschen. Und die Stimme der Vernunft in seinem Kopf, die sagte: Geh lieber zurück. Hol die Jungs. Ruf die Kavallerie. Trotzdem ging er weiter.

»Wer ist da?«, rief ein Mädchen aus der Tiefe des Ganges. Eine Stimme mit Akzent. Hörte sich an wie Raquel.

Doch Ebbie antwortete nicht, während er sich, so leise er konnte, der Stimme näherte.

»Wer immer du auch bist, macht es dir was aus, näher zu kommen? Mein Handyakku ist alle und ich kann nichts sehen.« Sie hielt inne. »Bitte, könntest du mir helfen?«

Ebbie rückte weiter vor.

»Hilf mir doch, damit ich was sehe«, wiederholte sie. Auf einmal schien ein Lachen in ihrer Stimme mitzuschwingen. »Na, dann halt nicht. Siehst du denn das Glühwürmchen hinter dir?«

Ebbie hörte, wie das Mädchen lauthals lachte. Da spürte er auch schon zwei feuchte Arme auf sich. Wie gebogene Stahltentakel schlangen sie sich um seinen Hals.

»Du siehst nervös aus«, sagte Fouad. »Willst du, dass ich die Mädchen suche?«

Wyatt wurde in der Tat zunehmend nervöser. Er hatte Dolly noch nirgends gesehen und Ebbie war nun schon über zehn Minuten fort. Aber es gefiel ihm nicht, wie dieser Junge ihn zu irgendwas drängen wollte.

»Wenn du die Mädchen finden willst, dann nur los«, sagte Wyatt. »Aber ich komme mit.«

Fouad nickte. »Klar, kein Problem.« Er lächelte in seinen schmierigen Bart und sah sie aus zusammengekniffenen Augen an. »Helft mir auf die Sprünge. Woher kennt ihr Hud gleich noch mal?«

»Vom Skifahren«, antwortete Samy kaltblütig.

»In Aspen. Ja, jetzt erinnere ich mich.« Fouad machte eine Grimasse. »Aber … hmmm.« Er blickte sich um, als wäre ihm gerade ein Gedanke gekommen. Draußen dämmerte es und die Sonne war gerade untergegangen. Aus dem Spielzimmer schienen von einem Moment auf den anderen die letzten Spuren von Licht zu schwinden. Von golden wechselte es zu bernsteinfarben. Ein unheimliches Licht. Begleitet von einer jähen, seltsamen Stille.

»Ach, du meinst, dann kennst du ihn nicht aus diesem Camp, in dem ihr gelernt habt, Leute auszuspionieren und umzubringen?«

Wyatt und Samy tauschten einen Blick.

»Kleiner Scherz!«, sagte Fouad. »Mann, habt ihr eben aus der Wäsche geguckt. Wie zwei Irre.«

Aus den unteren Geschossen drangen plötzlich zwei laute Knalle zu ihnen. Kurz, trocken und vertraut. Schüsse. Köpfe wirbelten herum. Im Nu hatten Samy und Wyatt ihre Waffen gezogen.

»He, was ist das denn?«, sagte Fouad mit schmierigem Grinsen. »Ihr habt Waffen auf unsere Party mitgebracht?«

»Auf den Boden!« Wyatt zwang Fouad in die Horizontale. »Dasselbe gilt für euch!« Er schwang die Waffe zu den Gästen und dem Ober herum. »Auf den Boden mit euch! Alle!«

Weder die Gäste noch das Personal schienen beunruhigt. Sie tranken einfach weiter, schaufelten Kaviar in sich hinein und schlürften Champagner.

»Die sind vergiftet oder unter Drogen«, stellte Samy fest. »Völlig weg.«

Fouad kicherte. »*Ihr* seid bald völlig weg!«

Wyatt fesselte Fouad mit einem Kabelbinder. Er kicherte immer noch vor sich hin, als Wyatt ihn knebeln wollte. Die Gäste nahmen nicht einmal etwas wahr.

»Ihr wisst ja nicht einmal genug, um Angst vor der Dunkelheit zu haben.«

Wyatt zog sein Messer und hielt es Fouad an die Kehle. »So wahr mir Gott helfe, ich werde dich umbringen. Wo sind sie?«

Fouads Lächeln verblasste. »Mein Tod wird eine Erleichterung für mich sein. Verglichen mit dem, was mir blüht, wenn ich sie verrate.«

»Na schön.« Samy ließ den Knauf seiner Waffe auf Fouads Kopf krachen. Seine Glieder wurden schlaff.

»Lass ihn«, sagte Wyatt. »Hier entlang.« Dann setzte er sich in Richtung der gefallenen Schüsse in Bewegung.

Rücken an Rücken pirschten sie sich langsam auf dem langen finsteren Korridor voran. Wyatt hielt den Blick nach vorn gerichtet, während Samy nach hinten sicherte – zwei Schwimmpartner, die sich Schritt für Schritt ins Unbekannte vorwagten. Wyatt hatte den Lichtschalter ausprobiert. Aber ebenso wie die übrigen Lampen und Schalter im Haus hatte er nicht funktioniert. Da es sich bei der ursprünglichen Mission um einen Tageinsatz handelte, hatte niemand Nachtsichtgeräte für nötig befunden. Und so waren sie jetzt gewaltig im Nachteil. Wyatt hatte sein leuchtendes Handy in der Hand. Allerdings hielt er es vom Körper fern, falls jemand auf dem Gedanken kam, darauf zu schießen.

Wyatt konnte es zwar nicht sehen, aber er roch es. Irgendwo war Blut im Korridor. Er bewegte sich weiter vorwärts, während er plötzlich ein Tröpfeln hörte. Im nächsten Augenblick sahen sie das Blut, das von Wand und Decke tropfte. Keine Leiche. Allerdings führte eine Blutspur den Korridor entlang auf eine Tür zu. Sie stand halb offen.

»Ebbie?«, fragte Samy.

»Vielleicht«, erwiderte Wyatt. Mit einem *Schhh!* löschte er sein Licht.

»Was ist das?« Samy erstarrte. Sie hörten es beide: ein stetes, sirrendes Klagen. Etwas kam hinter ihnen in den Korridor. Das Sirren erklang plötzlich hell und klar.

Es kam auf sie zu. Ein Wind blies ihnen entgegen.

Samy hob die Waffe und zielte.

»Nicht«, flüsterte Wyatt, als auch schon eine Drohne sichtbar wurde. »Das ist eine von unseren.«

»Verdammt, Rory hat's echt drauf«, sagte Samy. Sie musste das X auf dem GTO entdeckt haben, ins Haus geflogen sein und es irgendwie geschafft haben, sich ohne Crash über Treppen und Korridore zu navigieren. Dabei hatte die Drohne gut sechzig Zentimeter Durchmesser. Nun schwebte sie vor ihnen im Gang, bevor sie auf dem Boden landete. Wyatt erkannte, dass das Modell keine Lautsprecher hatte. Dafür besaß es jedoch eine Kamera, ein Mikrofon, Nachtsichtfähigkeit sowie eine LED-Leuchte.

»Rory«, sagte Wyatt. »Lass das Licht einmal blinken für Ja, zweimal für Nein. Verstanden?«

Die LED blinkte ein Mal.

»Ist das übrige Team bei dir?«

Die LED blinkte ein Mal.

»Sind sie auf dem Weg zu uns?«

Die LED blinkte ein Mal.

»Ist Avi bei euch?«

Wieder ein Blinken.

»Avi, kannst du die Drohnenkamera mit meinem Handy koppeln? Damit ich sehen kann, was die Drohne sieht?«

Es folgte eine lange Pause. Dann sah Wyatt, wie das Display seines Handys aufleuchtete. Eine Bluetoothverbindung wurde hergestellt. Im nächsten Augenblick blickte Wyatt auf ein Video von sich selbst und hatte auch die interne Instrumententafel der

Drohne auf seinem Bildschirm. So weit die gute Nachricht. Die schlechte war, dass das Batteriesymbol der Drohne blinkte. Schon bald würde ihr der Saft ausgehen. »Wir müssen schnell machen«, sagte Wyatt. Er blickte zur Tür. »Bleib vor uns.«

Die Drohne hob wieder vom Boden ab und flog den Korridor hinunter. Mit einem Auge behielt Wyatt das Handydisplay im Blick, als er folgte. Er steckte seine Glock ins Holster und tastete an den Rücken, um seine Munition zu checken. Die Granaten waren noch an seinem Gürtel festgeklammert – die beiden Blendgranaten ebenso wie die beiden M67. Wyatt zog erneut die Waffe.

Die Drohne hatte das Korridorende erreicht. Die Tür stand gerade so weit offen, dass sie hindurchpasste.

»Weiter«, flüsterte Wyatt.

Die Drohe drang in den Raum vor. Um Haaresbreite schrammte sie am Türrahmen vorbei. Auf seinem Handy sah Wyatt, dass es sich um eine Folterkammer handelte. Ob auf Wänden oder dem Boden: Überall war Blut. Schwarz leuchte es ihm von seinem Handy entgegen. Der Raum war leer – sah man von einem Mixer ab, der neben einer merkwürdigen Pumpe auf einem Ständer thronte. Wyatt sah genauer hin. Da war auch Ebbies Desert Eagle. Und Dollys Handtasche – beide über und über mit Blut bespritzt.

»Oh, mein Gott.« Wyatt folgte der Drohne bis zur Tür. »Wo sind sie hin?«

Die Drohne kurvte im Raum umher. Dann landete sie auf einem Läufer, der zur Seite gerissen worden war. Die Umrisse einer weit geöffneten Falltür wurden sichtbar. Sie schien in so etwas wie einen Weinkeller hinabzuführen. Im grünlichen Glühen des Drohnen-Nachtsichtmodus waren die bauchigen Konturen von Flaschen zu erkennen. Die Drohne blieb am Boden, um Batterie zu sparen.

Leise betraten Wyatt und Samy den Raum. Wyatt nahm Ebbies Desert Eagle und kontrollierte den Verschluss. Ein Schuss war abgefeuert worden. Einer von zwei Schüssen, die sie gehört hatten, dachte er.

Samy tippte Wyatt an und flüsterte: »Hey, Bruder. Ich glaube, man folgt uns.«

Wyatt blickte in den Korridor zurück, ohne richtig etwas zu erkennen. Aber halb spürte, halb sah er ebenso wie Samy, dass sich dort draußen irgendetwas rührte.

»Können wir die Drohne zurückschicken?«, fragte Samy.

»Nicht genug Batterie«, erwiderte Wyatt. »Und zu Dolly und Ebbie geht's in die andere Richtung.«

»Verdammt, Bruder. Wir sind in die Falle getappt«, sagte Samy.

»Ja«, stimmte Wyatt zu. »Aber sie wissen nicht, dass wir die hier haben.« Wyatt löste seine Granaten vom Gürtel. In zwei Häuflein legte er sie auf die geöffnete Bodenluke. »Blendgranaten hier. M67 da. Rücken sie uns auf den Pelz, geben wir ihnen Saures.«

Samy nickte und legte seine Granaten zu den Stapeln.

»Rory«, flüsterte Wyatt der Drohne zu. »Hörst du uns?«

Die LED blinkte ein Mal. Wyatt sah Samy an und zeigte in die Richtung zurück, aus der sie gekommen waren. »Halt ein Auge offen.«

Wyatt legte sein Handy neben die Desert Eagle und die Glock. Dann überprüfte er den Colt, entsicherte die Waffe und steckte die Glock wieder ins Holster zurück. Für die Glock hatte er mehr Munition und wollte sie daher in Reserve behalten. Samy tat das

Gleiche mit seinen Waffen, während Wyatt eine Blendgranate in die eine Hand und eine M67 in die andere nahm. »Rory, zeig uns, was im Keller ist.«

Die Drohne schwebte die Treppe hinab. Wyatt verfolgte den Fortschritt auf seinem Handy. Er sah, dass die Stufen tatsächlich in einen Weinkeller führten – und einen riesigen noch dazu. Er musste gut und gerne an die hundert Meter lang sein und erstreckte sich über die volle Länge der Villa. Außerdem war er alt. Denn die Wände bestanden aus einem Mix aus Lehm, Erde und Zement. Es sah aus wie in einem Höhlenlabyrinth. Fässer und Flaschen, wohin man auch blickte. Alles war stockfinster.

Die Drohne rückte in das Gewirr vor. Dann landete sie etwa sechs Meter vom Raum entfernt, in dem Wyatt und Samy auf der Lauer lagen. Wenige Augenblicke später entdeckten sie Zeichen von Leben. Was auf den ersten Blick wie ein riesiges leeres Verlies aussah, wimmelte plötzlich vor Ungeziefer. Ratten, Mäuse und die schlimmste Gattung: Menschen. Etwa vierzig komplett in Schwarz gekleidete Gestalten mit Nachtsichtgeräten kamen hinter den Fässern und Flaschenregalen hervor. Eine Falle. In der Tat.

Über die Verbindung zwischen der Drohne und seinem Handy konnte Wyatt die Blondine, Raquel, irgendwo im Keller hören. »Seht nach, was es ist«, sagte sie.

Eine der schwarzen Gestalten trat vor. Sie war mit einem Beil und einem M4-Sturmgewehr bewaffnet. Auf der Vorderseite ihres schwarzen Hoodies prangte der Schriftzug GLÜHWURM GAMING. Vorsichtig näherte sich der Mann der Drohne, während die anderen mit ihren Nachtsichtgeräten konzentriert auf das Objekt starrten.

Wyatt zog die Stifte von seinen beiden Blendgranaten. Er wartete eineinhalb Sekunden, beugte sich in die Kelleröffnung hinunter und schleuderte sie auf die Finsterlinge in ihren Hoodies.

Der Keller explodierte in einem Inferno aus Lärm und Licht. Wyatt hörte Schreie. Über die Drohnenkamera sah er, wie sich die Wachen im Keller die Nachtsichtgeräte von der Stirn rissen. Alle waren blind.

Im nächsten Augenblick hörte er, wie Samy hinter ihm das Feuer eröffnete. Also musste jemand sie tatsächlich über den Korridor verfolgt haben.

»Mir nach«, sagte Wyatt. Er nahm seine M67 auf und steckte sie in die Tasche. Mit dem Colt in der einen und der Desert Eagle in der anderen Hand sprang er hinunter. Durch eine der Blendgranaten war ein Regal mit Chemikalien in Brand geraten. Schwarzer Rauch waberte durch den Raum, den die Flammen in gelbliches Licht tauchten.

Wyatt trat in den Keller vor. Augenblicklich eröffnete er auf alles, was einen schwarzen Hoodie trug und nicht nach Dolly und Ebbie aussah, das Feuer. Samy folgte Sekunden später. Gleich darauf brachten über ihnen zwei Explosionen den Boden zum Beben. Wyatt begriff, dass Samy seine M67-Granaten in den Korridor geschleudert hatte.

Er ließ die Desert Eagle und den Colt fallen, sobald ihm die Munition ausgegangen war. Ohne innezuhalten, schleuderte er die beiden restlichen M67 auf die Gestalten, die noch in der Tiefe des Kellers zu erkennen waren. »Deckung!«, brüllte er und riss Samy zur Seite.

Die Handgranaten explodierten in einer Sekunde Abstand. Glassplitter, Wein und alle Arten von Schutt – und Körperteilen –

wirbelten durch die Luft. Teile des Kellers stürzten ein. Überall waren Flammen. Die Wachen, die sich noch rühren konnten, ergriffen die Flucht. Wie die Ratten rannten sie einem rettenden Ausgang entgegen. Es war das nackte Chaos – genau so, wie Wyatt es sich vorgestellt hatte.

Den fliehenden Wachen hart auf den Fersen, nahmen Wyatt und Samy die Verfolgung auf.

Sah er erhobene Hände, schoss er nicht. Ansonsten schaltete er einen üblen Kerl nach dem anderen aus, während er zwischendurch im Laufen die Magazine wechselte. Als Körper um Körper fiel, wurde Wyatt bewusst, dass er nicht in einem Videospiel war. Das hier war Töten. Richtiges Töten. Richtige Leben, die er nahm. Es fühlte sich nicht gut an. Aber er tat es, ohne zu zögern. Er hatte nur einen Gedanken: Dolly.

Der Notausgang, durch den das Fußvolk des Glühwurms flüchtete, entpuppte sich als Holztreppe, die direkt nach draußen führte. Durch die Explosionen und die Dunkelheit war auf Wyatts Orientierungssinn nicht mehr viel Verlass. Aber er war sich ziemlich sicher, dass sich der Ausgang auf der Ostseite des Gebäudes befand.

Rauch und Menschen strömten ins Freie. Wyatt hörte schweres Maschinengewehrfeuer draußen vor der Tür. Er war fast sicher, in den Tod zu laufen, als er sich hinausstürzte – gefolgt von Samy, der pausenlos weiterschoss.

Sie nahmen eine Reihe Mündungsfeuer spuckender M4s wahr. Die Schüsse waren allerdings nicht auf sie gerichtet. Sie zielten den Rasenhang hinauf aufs Haus. Anscheinend wurden die Männer des Glühwurms von Feuerstößen niedergehalten, die vom Haus kamen. Das ergab keinen Sinn. Als Wyatt zum Ursprung der Schüsse blickte, entdeckte er Hallsy, Avi und den Alten. Sie hatten sich auf der hinteren Veranda des Cottage verteilt und deckten den weitläufigen, abfallenden Rasenhang mit Schusssalven ein.

Weiter den Hang hinab erhaschte Wyatts Blick eine kleine Gruppe, die auf einen Helikopterlandeplatz zurannte. Wyatt meinte Raquel zu erkennen – und mit ihr drei Gefangene. Zwei davon Dolly und Ebbie. Den anderen konnte er nicht erkennen. Plötzlich war in der Ferne ein Hubschrauber zu hören.

»Sie hauen ab«, schrie er. Prompt eröffneten die M4s nun auf sie das Feuer. Samy und Wyatt warfen sich in Deckung.

Samy schleuderte seine letzte M67 auf die M4s. Aber die Explosion konnte sie nicht vertreiben. Wyatt und Samy waren so gut wie tot.

Auch der Alte hatte die Lage erfasst. Mit einer Heckler & Koch über der Schulter stürmte er von der Veranda herunter und deckte die Männer mit den M4s mit seinen Geschossgarben ein.

»Nehmt das!«, schrie der Alte. Die M4s lenkten das Feuer auf ihn. Die Projektile durchschlugen seinen Körper. Wild zuckte er im Feuerhagel vor und zurück. Im nächsten Moment ging der Alte zu Boden.

Wyatt und Samy nutzten die Ablenkung, um die M4s unter Beschuss zu nehmen. Schnell schalteten sie sie aus. Samy stürzte los, um nach dem Alten zu sehen. Wyatt konnte jedoch nicht warten. Er wechselte sein letztes Magazin und sprintete den Rasen hinunter – nicht sicher, ob Unterstützung folgte.

Sie erwarteten ihn am Landeplatz. Raquel hielt Dolly von hinten umklammert und drückte ihr ein Messer an die Kehle. Dollys

Gesicht war so übel zerschlitzt, dass Wyatt seine Freundin fast nicht erkannte. Sie verströmte jede Menge Blut. Um Ebbie stand es nicht besser.

Wyatt richtete seine Glock auf Raquel und zielte auf ihre hübsche Stirn. Er wusste, er konnte den Abzug drücken und das Mädchen ausschalten, bevor sie Dolly erstechen konnte. Aber war es das Risiko wert?

»Messer fallen lassen. Oder ich schieße«, befahl Wyatt. Er war sich bewusst, dass er jedes Überraschungselement verloren hatte. Seine Worte klangen hohl. Er war allein – einer gegen mindestens sechs bewaffnete Männer und eine Frau.

»Na, los doch«, grinste Raquel. Sie schob Dolly als Schutzschild vor sich. »Traust dich ja doch nicht.«

Eine Stimme erklang hinter Wyatt. »Ich würde das nicht riskieren.« Die Stimme klang ungewöhnlich ruhig.

Wyatt blickte über die Schulter zurück. Eine Kreatur wie aus einem Horrorfilm kam über den Rasen auf ihn zu. Die Gestalt hatte eine völlig weiße Haut, fast grünlich … schillernd. Und sie trug etwas um die Leistengegend. Etwas, das wie eine Windel aussah … und auf dem Bauchnabel saß eine Art Plastikschraubdeckel. Die Kreatur war muskelbepackt bis zum Gehtnichtmehr. Aber auf seltsame, unnatürliche Weise. Auf ihrem Kopf klebten Haarbüschel, die mit Vaseline oder einem ähnlichen Gel eingeschmiert waren.

Das Ding trug eine Schweißerbrille, obwohl die Sonne schon untergegangen war und nur ein strahlender Mond die Nacht erhellte. Mit einem Arm hielt es einen Mann im Schwitzkasten. Mit der freien Hand richtete die Kreatur eine abgesägte Schrotflinte auf dessen Kopf. Die Haut des Gefangenen war schwarz vor Blutergüssen und von einem Netz aus Platzwunden und feuchtem Blut überzogen. Ganz offensichtlich war er wiederholt zusammengeschlagen worden. Der Gefangene war nur halb bei Bewusstsein. Ein Auge war komplett zugeschwollen. Aus seinem Mund quollen Blutbläschen. Wyatt registrierte, dass an einer Hand ein Großteil der Finger fehlte. Zudem war ein Ohr glatt abgeschnitten worden und aus der Wunde tröpfelte immer noch Blut über das Gesicht.

»Wyatt, lauf!«, sagte der Gefangene.

Und in diesem Moment erkannte Wyatt ihn. Nicht nur seine Stimme. Sondern auch das Gesicht, obwohl man es fast bis zur Unkenntlichkeit malträtiert hatte. Es war ihm zutiefst vertraut. Dem seinen sehr ähnlich, nur etwas älter und härter. Und er hatte es fast ein Jahr nicht mehr gesehen.

»Dad?«

Wyatts Gehirn versuchte zu verarbeiten, was da abging. Warum war sein Vater auf einer Honor-Mission? Warum wurde er als Geisel gehalten? Warum fehlte ihm ein Ohr? Er fand keine Antworten. Und er hatte keine Zeit, danach zu suchen. Oder darüber nachzudenken.

Der Hubschrauber schwebte im senkrechten Sinkflug dem Landeplatz entgegen. Bewaffnete Männer kauerten auf den Kufen. Die Kreatur musterte Wyatt lachend. »Kleiner Junge«, sagte er. »Ich denke, ich nehme dich mit. Nehmt seine Waffe«, befahl er seinen Bodyguards. »Und nehmt ihn mit.«

Als der Hubschrauber dicht über dem Boden schwebte, sah Wyatt plötzlich einen Ausweg, obwohl acht Waffen auf ihn gerichtet waren,

»Okay, ich nehm sie runter.« Er hob die Waffe demonstrativ in die Höhe, als wollte er sie gleich ablegen. Doch stattdessen zielte er auf den Hubschrauberpiloten. Er feuerte und warf sich auf den Boden.

Honors endloses Nahkampf-Schusstraining zahlte sich aus. Wyatt traf den Piloten in den Kopf. Er sackte nach vorn gegen die Instrumententafel. Noch mitten im Schwebeflug kippte der Hubschrauber nach vorn. Die starken Rotorwinde bliesen jäh zur Seite und fegten diverse Gartenmöbel über den Rasen davon. Tief frästen sich die Rotorenblätter in den Boden, bis sie im nächsten Moment abknickten und zerbrachen. Der Rotor jaulte auf wie ein sterbendes Maschinenmonster.

Ebbie, dem, wie Wyatt sah, ebenfalls Finger fehlten, nutzte den Augenblick. Blitzschnell überwältigte und entwaffnete er die Wache, die ihn festhielt. Doch im nächsten Moment sackte er in einer unnatürlichen Bewegung zu Boden. Es war, als wäre ein Bleigewicht auf seinen Schädel gekracht. Schlagartig erschlafften seine Glieder und sein Gesicht. Wyatt erhaschte einen Blick auf den Glühwurm und dessen absägte Schrotflinte. Rauch stieg aus ihrem Lauf. Instinktiv wusste Wyatt, was passiert war: Einer seiner besten Freunde war getroffen worden, von hinten, direkt in den Rücken, und lag nun wohl im Sterben – wenn er nicht schon tot war. Aber Wyatt konnte jetzt nicht über Ebbie nachdenken.

Im Liegen richtete Wyatt die Glock auf den Glühwurm, der nun seine Waffe wieder auf Wyatts Vater schwenkte. »Erinnerst du dich? Ich habe dir geschworen, ich würde rausgehen!«

Wyatt jagte dem Glühwurm drei Schüsse in die Stirn. Der Kopf des Glühwurms zuckte einige Male. Dann kippte die Kreatur nach vorn und riss Wyatts Vater mit um. Wyatt hörte einen Schrei, einen schrecklichen Schrei.

»Nein!«

Raquel. Sie schob Dolly beiseite. Mit dem Messer in der Hand stürmte sie wie von Sinnen auf Wyatt zu. Wyatt richtete die Glock auf sie und feuerte. Aber die Waffe gab nur ein trockenes Klicken von sich. Dann wurde Raquel urplötzlich von den Beinen gefegt. Blut spritzte durch die Luft. Ihr Körper flog seitwärts den Hügel hinunter, als wäre die Hand eines Riesen herabgeschwungen, um ihn hinwegzufegen.

Wyatt blickte zurück zum Hügel. Dort oben stand Samy mit einer M4. Er hatte sie einer Glühwurm-Wache abgenommen und schaltete nun einen verbliebenen Gegner nach dem anderen aus. »Yeah, Baby, Kamele können auch schießen!« Er feuerte weiter, bis sich nichts mehr rührte.

»Feuer einstellen!«, schrie Hallsy. »Feuer einstellen!«

Er verließ seine Position am Haus, das nun in Flammen stand, und eilte zum Landeplatz hinab. Dolly checkte Ebbies Vitalfunktionen und übte Druck auf seine blutverschmierten Hände aus, um die Blutungen zu stoppen.

Hallsy lief zu Wyatts Vater. »Jesus, Eldon! Was hat er dir angetan?« Wyatt fragte sich, warum Hallsy seinen Vater Eldon nannte, wo sein Name doch James war. Woher kannte Hallsy ihn überhaupt? Er schob den Gedanken beiseite. Eines nach dem anderen. Im Augenblick gab es einfach zu viele Fragen, so viel herauszufinden. Dafür würde später Zeit sein. Jetzt mussten sie sich in Sicherheit bringen und retten, wer immer auch noch zu retten war.

# Kapitel 37

**August 2017**
**White Plains Airport**

Im Inneren des Überwachungs-Vans sah es aus wie in einem Schlachthof. Nichts als Blut und Gewebe, wohin man auch blickte. Hallsy war mit Bleifuß zum White Plains Airport gerast. Vor einem Privathangar wartete dort bereits ein unscheinbarer Mann auf sie. Er trug einen grauen Anzug und war durchschnittlich groß. Sein Haar neigte zur Glatze. Das Jackett hatte er über den linken Arm drapiert, während die zugehörige Hand einen angestoßenen Aktenkoffer trug.

Das kurzärmlige, weiß-vergilbte Hemd wies zwei riesige Achselflecken auf. Seine Haut war gelblich, der Gesichtsausdruck nichtssagend. Graublaue, trübe Augen blickten ihnen aus einem grimmigen Gesicht entgegen, das von dichtem Bartschatten überzogen war. Der Mann stellte sich nicht vor. Wyatt nannte ihn im Stillen Mr Yellow. Man musste Wyatt nicht sagen, dass es sich bei dem Mann um einen Cleaner des Verteidigungsministeriums handelte. Es schien, dass Hallsy ihn nicht nur kannte, sondern auch seine Ankunft erwartet hatte.

Vollkommen gelassen und ziemlich gelangweilt lotste Mr Yellow den Van auf das Rollfeld hinaus. »Sie werden nicht in dem Jet zurückfliegen, der Sie hergebracht hat. Sondern in einem Flugzeug mit medizinischer Ausrüstung – Operationstische, EKGs und so weiter. Eines jener Flugzeuge, mit denen die USA verwundete Soldaten aus dem Irak oder Afghanistan zur Ramstein

Air Base bringen.« Er brachte die Automatikschaltung des Vans in Parkposition. »Alle an Bord. Wir fliegen sofort.«

Das Flugzeug war im Grunde genommen ein fliegendes Krankenhaus. Drei der führenden Chirurgen des Landes waren an Bord – zusammen mit einem Team von Krankenschwestern, die sich um die Camper und Ausbilder aus Honor kümmern sollten. Das medizinische Personal wartete nicht erst darauf, bis die Maschine zur Startbahn rollte. Augenblicklich begannen sie mit der Versorgung der Verletzten und ermittelten, wer noch gerettet werden konnte und wie.

Ebbie war bereits für tot erklärt worden, als sie das Flugzeug erreichten. Der schwersten Verwundungen hatte der Alte davongetragen, gefolgt von Wyatts Vater und gleich danach Dolly. Raquel hatte ihr so viele Schnitte beigebracht, dass sie wie in Ketchup getunkt aussah. Mit schwächer werdendem Kreislauf wurde sie eiligst in den Operationssaal geschoben.

Der Alte schien sich anfangs wieder stabilisiert zu haben. Aber dann begannen seine Körperfunktionen zu kollabieren. Nicht einmal fünfundvierzig Minuten nach dem Start kam ein gehetzter Chirurg in den Wartebereich am Heck. »Es tut mir leid, aber der Alte ist von uns gegangen …« Er hielt inne, während die Überlebenden die Nachricht sacken ließen. »Mit seinen letzten Worten befahl er mir, mich lieber um andere Verletzte zu kümmern.« Der Chirurg nickte. »Also werde ich mit Ihrer Erlaubnis nun genau das tun.« Er verließ den Wartebereich und begab sich zu den anderen Ärzten, die Wyatts Vater und Dolly behandelten.

Die kurze Nachricht kam Wyatt viel zu knapp vor für das Leben des Alten, das so viel bewirkt hatte. Aber vermutlich liefen die Dinge auf Missionen nun einmal so. Der Alte und Ebbie waren gestorben, um Leben zu retten … Wyatts Leben und das von anderen. Das war Wyatts neue Realität. Leben wurden manchmal gehandelt. Er hatte eine Vaterfigur und einen seiner besten Freunde verloren. Und er hoffte, sein eigener Vater wäre nicht als Nächstes dran.

Die Verletzungen seines Dads waren schwer und schmerzhaft. Aber – wie die Krankenschwester ihm erklärt hatte – »nicht unmittelbar lebensbedrohlich«. Es waren die Art von Wunden, die Monate brauchen würden, um zu verheilen.

Dollys Verletzungen wurden, obwohl sie grauenhaft waren, Schnitt für Schnitt behandelt. Ihr Körper war von so vielen Schnittwunden übersät, dass die Chirurgen in Zweierteams arbeiteten. Die meisten Schnitte wurden normal vernäht. Doch diejenigen an Hals, Händen und im Gesicht – also die sichtbarsten – wurden vom talentiertesten der drei Chirurgen besonders fein vernäht. Allerdings gab der Mann die eindringliche Empfehlung ab, die Folgebehandlung durch einen Facharzt für plastische und kosmetische Chirurgie vornehmen zu lassen.

Mr Yellow kam in die Wartezone und stellte sich vor Wyatt. »Können wir reden? Allein?«

»Sicher.« Wyatt nickte. Er folgte dem achselschweißbefleckten Mr Yellow in den vorderen Flugzeugbereich. Sie gingen in einen kleinen Konferenzraum, in dem es einen Tisch sowie eine Kaffeemaschine gab.

»Nimm Platz«, sagte er und Wyatt schlüpfte in das kleine Separee. »Kann ich dir einen Kaffee bringen?« Er wies auf die Kaffeemaschine.

Wyatt nickte.

Mr Yellow goss zwei Styroporbecher mit Kaffee voll und nahm Wyatt gegenüber Platz. »Hier, bitte.«

Als Wyatt den Becher vom Tisch nahm, registrierte er, dass seine Hände dreck- und blutbefleckt waren. Sie zitterten leicht. Doch er wusste nicht, warum.

Mit kratzendem Geräusch sog Mr Yellow die Luft ein. Er wollte gerade etwas sagen, als ihn eine Stimme unterbrach.

»Kann ich mich dazugesellen?« Hallsy stand in der Türöffnung.

Mr Yellow überlegte einen Augenblick. »Nur zu«, sagte er dann und bedeutete Hallsy, neben ihm auf der Bank Platz zu nehmen. »Aber könnten Sie sich Ihren Kaffee selbst holen, wenn es Ihnen nichts ausmacht? Tut mir leid. Ich muss einfach mal sitzen.«

»Kein Problem.« Hallsy goss sich einen Becher voll und ließ sich nieder. »Also, was geht hier vor sich?«, fragte er dann.

»Ich wollte gerade ein paar Takte mit Wyatt hier reden. So, wie ich es verstanden habe, hat er das Feuergefecht in der Villa geleitet und den Glühwurm getötet.« Mr Yellow richtete seine stumpfen Augen auf Wyatt.

»Ja, Sir«, sagte Wyatt.

»Nun, da hast du dir selbst und deinem Land einen großen Dienst erwiesen. Der Glühwurm, wie er sich selbst nannte, hatte seine Tentakel bis in die höchsten Ränge unseres Landes ausgestreckt. Wir beginnen gerade erst zu verstehen, wie viele Politiker gehackt und erpresst worden sind. Ganz zu schweigen, in welchem Umfang die Organisation des Glühwurms unserer Regierung geschadet hat. Du hast ihn und seine Soldaten ausgeschaltet, Wyatt. Und dafür wollte ich dir einfach danken.«

Mr Yellow streckte Wyatt die Hand hin. Er schüttelte sie, überrascht vom festen Händedruck des Mannes. Bevor Mr Yellow wieder losließ, zog er Wyatt zu sich heran. »Ich sehe, was dir durch den Kopf geht, Sohn. Und es wird nicht von heute auf morgen verschwinden. Aber du hast das Richtige getan. Versuch nicht, es zu hinterfragen. Dieser Mann war ein Monster. Und du hast ihn zur Strecke gebracht. Okay?«

»Ja, Sir«, antwortete Wyatt und zog seine Hand wieder weg. »Dürfte ich Ihnen eine Frage stellen, Sir?«

»Natürlich. Schieß los.«

»Was ist mit dem Camp?«, fragte Wyatt. »Was wird mit dem Programm passieren? Wird es eingestellt?«

»Wir müssen sehen, was der Verteidigungsminister meint«, sagte Mr Yellow. »Aber ich glaube nicht, dass er sich allzu sehr mit der Frage beschäftigen wird. Dafür ist Honor für unsere Sicherheit viel zu wertvoll. Ich gehe nicht davon aus, dass es eingestellt wird.«

»Jetzt, da der Alte nicht mehr bei uns ist … wer wird da …«

»Das Camp kommandieren?« Mr Yellow lächelte. Zum ersten Mal nahm Wyatt ein Blitzen in seinen trüben Augen wahr. »Nun, darüber würde ich gerne mit deinem Vater reden. Ich werde darauf zurückkommen, sobald er wiederhergestellt ist. In der Zwischenzeit übernehme ich das Ruder.«

»Mein Vater?«, fragte Wyatt. »Warum sollte der die Leitung von Honor übernehmen?«

Mr Yellow gab einen langen Seufzer von sich. »Weißt du, Wyatt. Das soll er dir lieber erklären, okay? Ich glaube, ihr beide habt da eine Menge aufzuholen.«

Wyatt nickte verwirrt, obwohl er verstand. »Und wer, sagten Sie gleich, sind Sie? Waren Sie auch in Honor? War er es?«

Hallsy schaltete sich ein, bevor Mr Yellow antworten konnte. »Das alles brauchst du jetzt noch nicht zu wissen, Wyatt.«

Wieder lächelte Mr Yellow. »Er hat recht. Alles, was du wissen musst, ist, dass ich genau wie du ein wenig Zeit in Wäldern und Kanus verbracht habe. Und dass ich weiß, welches Paddelende man halten und welches ins Wasser muss. Würdet ihr beiden mich jetzt entschuldigen?«, fragte er dann. Er wies mit einem Nicken zu einem Bordtelefon. »Auf mich warten dringende Anrufe. Anrufe, die ich eigentlich lieber nicht machen möchte.«

»Klar.« Wyatt und Hallsy standen auf. Sie kehrten in den Wartebereich zurück, um dort zusammen mit den anderen den Rest des Fluges zu verbringen.

Wyatt fragte, ob er seinen Vater sehen könnte. Er versuchte sich immer noch zusammenzureimen, was passiert war. Das würde noch eine ganze Weile so weitergehen, aber in diesem Moment wollte er nur wissen, ob mit seinem Dad so weit alles okay war.

»Du hast fünf Minuten«, instruierte ihn die Krankenschwester, als sie ihn in eine kleine Suite führte. Der Raum war etwa so groß wie die Erste-Klasse-Kabine einer noblen Fluggesellschaft. »Er braucht Ruhe.«

Wyatt nickte und setzte sich neben seinen Vater. In der relativen Ruhe der medizinischen Abteilung nahm Wyatt nun in vollem Ausmaß die verheerende Wirkung wahr, die die Gefangenschaft auf seinen Vater gehabt hatte. Der einst starke, lebhafte Mann sah aus wie ein Holocaust-Überlebender. Nichts als Haut und Knochen ... von Wunden übersät ... ein Ohr, mehrere Finger und diverse Gewebestücke waren abgetrennt worden. Die Augen traten aus den eingefallenen Augenhöhlen hervor. Aber es war immer noch Leben in ihnen ... etwas von dem vertrauten, unbeugsamen Mann, der sich nicht unterkriegen ließ.

Es gab so viel, was sie beide zu besprechen hatten ... so viel, was Wyatt und sein Vater wieder geradezubiegen und richtigzustellen hatten. Aber irgendwo musste man schließlich anfangen.

»Eldon also, was?«, sagte Wyatt, um das Eis zu brechen. »Ist das dein Name?«

Wyatts Vater lächelte. »*War* mein Name. Habe ihm schon vor langer Zeit Auf Wiedersehen gesagt.« Sein Vater blinzelte träge, offensichtlich unter dem Einfluss von Medikamenten. »Wyatt, ich weiß, dass du fragen willst, wie es mich dort hinverschlagen hat … dort, wo … na ja, wo du mich gefunden hast. Und ich verspreche, dass ich dir alles erzählen werde. Aber jetzt möchte ich dich etwas fragen. Okay?«

»Was du möchtest.«

»Deine Mutter … geht es ihr gut? Und was ist mit Cody?«

»Es geht ihr gut«, log Wyatt. Er brachte es nicht übers Herz, seinem Vater zu erzählen, dass sein Verschwinden sie zugrunde gerichtet hatte. Ebenso wie Cody. Nicht jetzt. »Narcy ist gekommen, um uns zu helfen, als du verschwunden bist.«

Wyatts Vater richtete sich in seinem Kissen auf. Ein schmerzhafter Ausdruck zuckte über sein Gesicht, als wäre er mit einem kleinen Messer gepikst worden.

»Narcy?«, fragte er. »Sie ist zu Hause bei Mom?«

»Mhm. Und so, wie sie sich da breitgemacht hat, denke ich nicht, dass sie so schnell wieder Leine zieht.«

Wyatts Vater ließ sich wieder ins Bett sinken. »Deine arme Mutter. Und ich dachte, ich wäre übel dran gewesen.«

Sie lachten.

Wyatt nahm wahr, dass sein Vater kämpfte, um die Augen offen zu halten. Dann kam die Krankenschwester wieder herein. »Wyatt«, flüsterte sie. »Da ist noch jemand, der dich sehen will.«

Dolly hatte ihre eigene Behandlungskabine. Sie lag auf einer Art Pritsche, bandgiert wie eine Mumie. Wyatt blieb für einen Moment in der Tür stehen, während Dolly ihm den Blick zuwandte und der Chefchirurg sich entschuldigte.

»Setzt du dich neben mich?«, bat Dolly. Sie rückte in dem winzigen Bett beiseite. Wyatt umrundete das Fußende ihres Bettes und nahm neben ihr Platz.

»Danke«, sagte sie. »Dass du nicht aufgegeben hast.«

»Würde ich nie machen«, erwiderte Wyatt. »Du würdest dasselbe für mich tun.«

»Klar.« Sie lächelte matt. »Das zu machen, was sie uns in Honor sagen, ist nicht allzu schwer. Ein hartes Training durchziehen, eine Felswand hochklettern, so zu funktionieren, wie es einem beigebracht wird«, sagte sie. »Obgleich man wohl nicht behaupten kann, dass ich darin sehr erfolgreich war.« Sie lachte. »Aber das wirklich Harte ist«, fuhr Dolly fort, »Neuland zu betreten und Dinge zu entdecken, von denen man nicht einmal wusste, dass sie existieren.«

Schwach hob Dolly die weniger bandagierte Hand. Wyatt ergriff sie. Sie sah ihm tief in die Augen. »Mit dir ist alles neu. Ich habe noch nie so etwas empfunden. Und ich bin durcheinander. Dauernd weiß ich nicht, wie ich mich verhalten soll. Das macht mir Angst. Kannst du das verstehen?«

Wyatt nickte.

»Aber heute, als dieses Mädchen mich zerschnitten hat. Und diese Kreatur zusah …« Dolly weinte nun. Ihre Tränen flossen über die Bandagen, die bereits wieder durchbluteten. »Da hatte ich solche Angst. Sie wollten mich nicht einfach umbringen, sondern mich Stück für Stück auseinandernehmen. Aber dann bist du gekommen.«

# Kapitel 38

**August 2017**
**Camp Honor**

Wenige Tage später fand Wyatt seinen Vater am Ende des Anlegers vor. Er war in eine Decke gewickelt. »Was dagegen, wenn ich mich setze?«, fragte Wyatt.

»Bitte.« Wyatts Vater zeigte auf einen Stuhl, auf dem vor Kurzem noch Mr Yellow gesessen hatte. Wyatts Vater und Mr Yellow hatten zahlreiche Unterhaltungen geführt, um zu überlegen, wie es in Honor ohne den Alten weitergehen würde. »Wie kommst du zurecht?«, fragte sein Vater.

»Gut«, log Wyatt. Seit seiner Rückkehr fiel es ihm schwer, etwas Gutes in Honor zu sehen. Denn seine Gedanken kreisten fast dauernd um die katastrophalen Verluste, die sie erlitten hatten: um Ebbie, den Alten und Hud. Cass wurde gerade in diesem Augenblick auf ihre vierte Operation im New Yorker Presbyterian Hospital vorbereitet und würde wahrscheinlich nie wieder laufen können.

Wyatt wusste, dass diese kollektiven Opfer die Welt sicherer gemacht hatten. Aber er war sich nicht sicher, ob es den Preis wert war. Hallsy würde ihm da wahrscheinlich zustimmen. Er schien sich die jüngsten Ereignisse schwer zu Herzen zu nehmen, vielleicht mehr als jeder andere in Honor. Er wirkte geistesabwesend und bedrückt und unternahm endlose einsame Spaziergänge, sogar bei Nacht.

Wyatts Vater schien zu spüren, dass sein Sohn mit etwas

haderte. Aber er bedrängte ihn nicht. »Wenn du bereit bist, können wir darüber reden. Setz dich nicht unter Druck.«

»Okay«, sagte Wyatt. »Aber könnten wir jetzt über dich reden?«

»Über mich? Was willst du wissen?«

Wyatt lachte. »Ich bin nicht mal sicher, wo ich beginnen soll. Ich mein, um mal mit etwas anzufangen, du hast ein Doppelleben geführt … wie lange eigentlich?«

»Doppelleben wird der Sache nicht gerecht«, erwiderte Wyatts Vater. »Ich habe fünfzig Leben geführt. Es gibt da so eine Redensart in unserem Gewerbe … nämlich, dass es in der Spionage wie in einer Wildnis voller Spiegel ist. Genauso kommt mir mein Leben vor: wie eine Wildnis voller Spiegel. Und ich möchte sie alle bis auf einen zertrümmern. Den, der ich selbst bin.«

»Und wer wäre das?«

»James Brewer. Derjenige, der deine Mom geheiratet hat. Derjenige, der Codys und dein Dad geworden ist. Der Rest ist fort.«

»Was ist mit den Goldenen Einhundert?«, fragte Wyatt. Er hatte erfahren, dass sein Vater den berühmten Goldenen Einhundert angehörte: einer Gruppe ehemaliger Field Agents – überwiegend Ex-SEALs –, deren Arbeit so geheim (und schlichtweg illegal) war, dass die Agenten nicht in Verbindung zur US-Regierung gebracht werden durften. Wyatts Vater konnte daher nie jemandem sein Geheimnis anvertrauen, nicht einmal seiner Frau. »Verlässt du sie?«

Wyatts Vater nickte. »Ich pass da nicht länger rein.« Er hob die Hand mit den abgeschnittenen Fingern in die Höhe und zeigte auf das fehlende Ohr. »Verdeckte Aktionen sind für mich vorbei.

Aber es ist nicht nur, dass ich jetzt gezeichnet bin. Ich will es einfach nicht mehr machen. Ich will da sein, für dich, deinen Bruder und deine Mom.«

»Wirst du Mom die Wahrheit sagen? Darüber, wo du gewesen bist? Warum du verschwunden warst?«

Wyatts Vater dachte darüber nach. »Ich darf nicht. Laut meiner Tarnung habe ich wegen einem Haufen Spielschulden für einen Waffenlieferanten einen gefährlichen Job in Syrien übernommen, als Truckfahrer. Ich werde ihr sagen, dass ich wegen meines Familienstatus gelogen habe. Damit ich die gefährliche Himmelfahrtsschicht kriege. Dass ich in eine Sprengfalle geraten und im Krankenhaus gelandet bin, ohne dass ich jemanden zu Hause kontaktieren konnte …« Er hielt eine Sekunde inne. »Und natürlich werde ich sie um Verzeihung bitten.«

»Was, wenn ich den Goldenen Einhundert beitreten will?«, fragte Wyatt. »Könntest du mir verraten, wie?«

Wyatts Vater kicherte. Dann sah er, dass es sein Sohn ernst meinte. »Wenn wir nach Hause kommen«, sagte er, »sollten wir uns erst einmal darauf konzentrieren, deine Noten wieder zu verbessern.«

»Woher weißt du von meinen Noten?«

»Ich habe meine Mittel und Wege.«

Wyatt dachte einen Augenblick nach. »Das muss Hallsy gewesen sein, oder?« Wyatt las im Gesicht seines Vaters und riet erneut. »Nein, Mom.«

Sein Dad lächelte.

»Hat Mom dir alles darüber erzählt, wie ich in Honor gelandet bin?«, fragte Wyatt.

»Sie hat mir genug erzählt, um zu wissen, dass der Apfel nicht weit vom Stamm fällt«, antwortete Wyatts Vater.

»Nun, ich habe schon mit dem Lernen angefangen«, sagte Wyatt.

»Wie das?«, fragte James.

»Unsere Kurse sind alle online. Hab mich im Höhlenkomplex vom Büro des Alten aus eingeloggt. Und auch seinen Hund gefüttert. Ruger passt immer noch auf die Tür auf. Er fragt sich bestimmt, wann der Alte wohl wieder reinspaziert kommt.« Wyatt stemmte sich von seinem Stuhl hoch. »Ich muss dann mal wieder dahin zurück.«

»Nur zu«, sagte sein Vater mit verschmitztem Grinsen. »Aber eines Tages würde ich zu gerne erfahren, was du wirklich im Schilde führst.«

Wyatt verließ seinen Vater und begab sich wieder zum Vulkankrater zurück. Er hatte nicht ganz die Wahrheit gesagt, was das Lernen anging. Er benutzte die verschlüsselte Computerverbindung im Büro des Alten, um ins Internet zu gehen. Aber er machte keine Hausaufgaben. Er versuchte, ein Puzzle zu lösen. Und er hatte einen widerstrebenden Avi dazu gebracht, ihm zu helfen.

»Ich mach das nur, weil ich gesehen habe, wie du dich in einem Feuergefecht schlägst«, sagte Avi. Seufzend gab er die Codes ein, die Wyatt Zugriff auf sämtliche Laufwerke gaben, die Informationen über das Netzwerk des Glühwurms enthielten. In den Tagen nach dem Wiederauftauchen seines Vaters wollte Wyatt so viel wie möglich über Wilberforce Degas in Erfahrung bringen – einschließlich dessen Verwandlung in den Glühwurm sowie die Methoden und Strategien seines kriminellen Netzwerkes.

»Ich gewähre dir keinesfalls Zugang, weil ich Respekt vor deinen Computerkenntnissen habe.«

»Hab's kapiert«, sagte Wyatt.

Avi fuhr fort: »Weißt du, dass ich dich schon die ganze Zeit verfolgt habe, als du im Internet – und im Deep Web – nach deinem Vater gesucht hast? Du hattest keine Ahnung, oder?«

»Nö«, sagte Wyatt. »Also hat Honor mich schon beobachtet, bevor ich verhaftet wurde?«

»Natürlich! Sobald man deinen Vater entführt und Hallsy sich in Jerusalem von seinen Verletzungen erholt hatte, hatte er nur ein oberstes Ziel: sicherzustellen, dass der Familie deines Vaters nichts passierte. Da warst du natürlich schon dabei, in Schwierigkeiten zu geraten. Also hat Hallsy den Alten überzeugt, dich herzuholen. Und ich war ebenfalls neu in Honor. Ich habe den Mossad verlassen, um hierherzukommen. Aber auch ich hatte ein persönliches Interesse daran, dich im Auge zu behalten.«

Wyatt spürte, dass Avi versuchte, ihm etwas zu sagen. »Was meinst du damit? Warum solltest du dir die Mühe machen, mir nachzuspionieren?«

»Ich hoffte, die Haie zu entdecken, die nach dir Ausschau hielten. Ich will nicht lügen«, fügte Avi hinzu. »Aber ich hätte es vorgezogen, dich als Köder zu benutzen.«

»Avi, ich steh auf dem Schlauch. Was versuchst du mir zu sagen?«

»Der ehemalige israelische Mossad-Fahrer, den Hallsy anheuerte, um deinen Vater aus Jerusalem zu bringen … Er war mein jüngerer Bruder.«

»Dein jüngerer Bruder?«, wiederholte Wyatt. Nun verstand er Avis offensichtlichen Groll gegen ihn. »Er ist beim Versuch gestorben, meinen Vater zu retten?«

»Ja«, sagte Avi.

»Es tut mir so leid.«

»Ist okay. Ich weiß, dass es weder deine Schuld ist noch die deines Vaters. Aber Hallsy, glaube ich, muss schlampig gewesen sein. Wegen ihm ist mein Bruder in eine Falle gefahren.« Avi schien plötzlich von seinen Gefühlen überwältigt – was für seine Verhältnisse hieß, dass er wütend aussah.

»Ich weiß, dass Hallsy sich schrecklich fühlen muss. Würde mein Bruder beim Versuch sterben, jemanden zu retten, den ich nicht einmal kenne … Ich könnte mir gar nicht vorstellen, was ich dann täte.«

»Das kann ich dir sagen«, antwortete Avi. »Du würdest versuchen, dich an den Killern zu rächen.«

»An der Bruderschaft«, sagte Wyatt. Auf einmal verstand er, was Avi mit Köder meinte. »Du hast mich verfolgt, in der Hoffnung, dass einer von ihnen ebenfalls hinter mir her ist.«

»Ja.« Avi nickte feierlich. »Sie sind mein nächstes Ziel. Und ich werde ihnen genau das antun, was sie meinem Bruder angetan haben. Für ihn gab es keine Vorwarnung. Er ist praktisch in eine Kugel gefahren.«

»In eine Kugel gefahren«, wiederholte Wyatt langsam, während seine Gedanken nach etwas zu greifen versuchten. »Moment mal, Avi. Bevor ich Honor wieder verlasse, musst du mir alles erzählen, was du über die Gefangennahme meines Vaters durch die Bruderschaft weißt.«

»Warum fragst du nicht Hallsy?«, antwortete Avi. »Er war dabei … Und um ehrlich zu sein, hat er sein Leben riskiert, um deinen Vater zu beschützen. Er wäre fast ebenfalls umgekommen.«

»Ja, ich weiß. Ich werde mir Hallsys Story noch anhören. Aber ich brauche sie auch von dir. So hart es für euch alle auch sein mag, sie mir zu erzählen.«

»Hart?«, sagte Avi. »Details sind Details. Die kann ich wiedergeben. Was hart sein mag, ist die Wahrheit, die sich in den Details verbirgt. Bist du sicher, dass du dafür bereit bist?«

»Für jedes einzelne Wort.«

»Sehe ich immer noch wie eine Mumie aus?«, fragte Dolly, als Wyatt auf dem Pfad herankam. Sie saß auf derselben Parkbank, auf der Wyatt Rory zum ersten Mal gesehen hatte – bei ihrem Versuch, eine Bombe zu entschärfen. Wie jeden Abend seit ihrer Entlassung aus der Klinik trafen sich Wyatt und Dolly im Krater. Nach ihrem täglichen Verbandswechsel begleitete Wyatt sie immer zum Abendessen ins Camp hinunter.

»Eher wie Frankensteins Braut«, zog Wyatt sie auf. Ihr Gesicht und Körper waren von reißverschlussartigen Narben und Nähten übersät. Die Narben glänzten vor Salbe und getrocknetem Blut. Er blickte sich im Krater um, um sicherzugehen, dass sie allein waren. Dann küsste er sie.

Nach ihrer Mission waren alle Mitglieder der C-Gruppe in einen neuen, inoffiziellen Krieger-Status befördert worden. Samy und Rory ebenso wie Dolly und Wyatt: Sie alle waren in eine –

für den Moment – unantastbare Stellung aufgestiegen. Es handelte sich nicht um eine klar definierte Gruppe oder einen Rang. Vielmehr war es eine Ehrerweisung für jene, die gekämpft hatten, und sie war genauso real, als hätte man ihnen ein Purple Heart an die Brust gepinnt.

Niemand wagte Wyatts Recht auf eine romantische Beziehung mit Dolly infrage zu stellen. Trotzdem zogen Wyatt und Dolly es vor, den korrekten Schein zu wahren. Und wenn sie sich umarmten, geschah dies außerhalb fremder Blicke. Wyatt half Dolly von der Bank hoch. Schweigend gingen sie dem Sonnenuntergang entgegen. Auf halben Weg zum Basiscamp sagte Dolly schließlich: »Ich sehe, dass dich was beschäftigt.«

»Ich denke nur nach«, antwortete Wyatt und belog Dolly damit genauso wie zuvor seinen Vater. In Wahrheit hatte sein Geist begonnen, sich mit einem verstörenden Puzzle zu beschäftigen – einem Puzzle, dessen Teile er vielleicht lieber nicht vereint sehen wollte.

Ein letztes Mal versammelten sie sich ums Lagerfeuer. Das gesamte Camp, alle Ausbilder und sogar einige Mitglieder der A-Gruppe ließen sich blicken. Wyatt sah Jawad zwischen einigen älteren Camp-Ehemaligen sitzen. Angehörige der Goldenen Einhundert, wie man munkelte. Sie alle kannten Wyatts Vater und waren von Außenposten aus der ganzen Welt gekommen, um sich vom Alten zu verabschieden.

Hallsy leitete die Abschlusszeremonie. Er sah alt, ausgemergelt und bekümmert aus, als er die Highlights und kritischen Momente des Sommers Revue passieren ließ. Natürlich zollte er auch den Opfern Anerkennung, die Ebbie, der Alte und Hudson Decker gebracht hatten. Zeitweise rang er dabei mit den Tränen.

Während des ganzen Sommers hatten Wyatt und die anderen Kandidaten sich sehnlich gewünscht, als Topcamper geehrt zu werden. Aber als nun der Moment der Verkündung näher rückte, war Wyatt klar, dass niemand mehr diesen Titel wollte – am allerwenigsten er selbst. Nachdem alle Mitglieder der A-, B- und C-Gruppe beglückwünscht worden waren, wurde Wyatt aufgefordert vorzutreten. Nur schweren Herzens erhob er sich, um die Ehrung als Topcamper entgegenzunehmen. Er ging zu Hallsy ans Feuer, der salutierte und sagte: »Würde der Topcamper des letzten Jahres nun vortreten, um den Stein weiterzureichen?«

Jawad kam nach vorn. Er hielt einen glatten, runden, schwarzen Stein in der Hand. Auf der einen Seite schimmerte er leicht, auf der anderen war ein »H« eingraviert.

»Dieser Wetzstein ist das wertvollste Stück Fels auf dieser Insel und die höchste Ehre, die Honor verleihen kann. Nimm ihn«, wies Jawad Wyatt an. Er nahm den Stein entgegen. Kalt und schwer fühlte er sich in seiner Hand an. »Nun, da du ein Leben im Dienst deiner Nation, deiner Familie und deines Herrgotts antrittst, möge deine Erfahrung in Honor sein wie dieser Wetzstein. Ein stumpfes, hartes, aber bewegliches Objekt, mit dem sich eine Klinge schärfen lässt. Nimm deine Erinnerungen und dein Training überallhin mit. Auf dass du damit stets tiefe Kerben ins Leben schneiden kannst.«

Dem Rest hörte Wyatt nicht mehr zu. Während Jawad sprach, beobachtete er, wie der Widerschein des Feuers Hallsys Gesicht umspielte. Seine trüben und leeren Augen waren schwärzer und kälter als der Stein in seiner Hand. Wyatts Gedanken folgten einem finsteren, unsicheren Pfad. Einem Pfad, von dem er instinktiv wusste, dass er zur Wahrheit führte.

Nach der Abschlusszeremonie nahm Hallsy eine von drei Fackeln, die neben ihm im Boden steckten. Er forderte Mum und Rory auf, vorzutreten. Beide nahmen ebenfalls eine Fackel und entzündeten sie am Lagerfeuer. Dann begab sich die ganze Versammlung hinunter zum Wasser. Drei Särge waren dort auf Scheiterhaufen aufgebahrt, verhüllt von der amerikanischen Flagge. Zwei Särge waren leer: Huds und Ebbies. Hud war bereits in New York beerdigt worden. Und Ebbies Tod und dessen Umstände mussten noch in der »realen« Welt verschleiert werden. Die Scheiterhaufen wurden entzündet. Mum steckte den ihres Ehemannes in Brand, Dolly Huds und Wyatt Ebbies. Drei riesige Feuer reckten sich dem Himmel entgegen. Sie brannten die ganze Nacht hindurch, bis nichts als Asche blieb.

Jawad verließ als einer der Letzten das Feuer. Wyatt hielt ihn zurück. »Jawad, ich kann das nicht nehmen.« Wyatt hielt ihm den Wetzstein entgegen. »Ich verdiene die Ehre nicht. Ich bin nicht der Beste.«

Beim Versuch, den Stein zurückzugeben, hatte Wyatt mit Widerstand gerechnet. Er hatte erwartet, dass Jawad womöglich gekränkt wäre, vielleicht aufgebracht. Er wäre nicht einmal überrascht gewesen, wenn Jawad zu einem Schwinger angesetzt hätte, weil er das kostbarste Stück Fels der ganzen Insel zurückgeben wollte – Honors höchste Ehre. Dass Jawad lachen würde, war das Letzte, was Wyatt erwartet hätte.

»Niemand verdient Ehre«, sagte Jawad. »Am wenigsten der Topcamper.«

Wyatt war verwirrt. »Das verstehe ich nicht. Ist das ein Trick?«

»Nein. Gott, nein.« Jawad wurde ernst. »Es ist eine Lektion. Die Topcamper sind nie einfach nur die Besten. Sie sind die, die die Besten sein können. Wyatt, der Wetzstein erlaubt es einem, an sich zu arbeiten, besser zu werden, schärfer. Du hast die Auszeichnung nicht gewonnen, weil du dein Bestes gezeigt hast. Bei Weitem nicht. In dir steckt eine Menge mehr – wenn du es nur finden und daran arbeiten kannst. Das ist die wahre Belohnung und Ehre: mehr Schleifarbeit.«

»Nimm ihn trotzdem mit«, sagte Wyatt. Er legte den Stein in Jawads Hand und ging davon.

# Kapitel 39

**August 2017, Tag der Abreise, morgens**
**Camp Honor**

Wyatt hatte versucht, mit Dolly allein zu sein. Aber das war schlichtweg unmöglich. Der Sommer ging zu Ende und die geheime Rückkehr der Honorianer in ihr altes Leben musste einwandfrei und reibungslos über die Bühne gehen – ohne Ausnahme. Dolly war für einen Hubschrauberflug vorgesehen, der frühmorgens von der Insel starten sollte. Man würde sie zu ihrer Schwester bringen, für die die Chirurgen nun erst einmal nichts weiter tun konnten. Cass brauchte Dolly jetzt an ihrer Seite. Und so konnten sich Wyatt und Dolly nur für einen Moment in die Arme nehmen.

»Ich weiß, dass wir uns während des Jahres nicht sehen sollen«, flüsterte Dolly ihm ins Ohr. »Aber ich muss einfach mit dir in Verbindung bleiben.«

Ein prickelnder Schauder durchfuhr Wyatt, als Dollys heißer Atem sein Ohr kitzelte. Sie nannte ihm zehn Zahlen und verriet ihm ihre Adresse. Noch ein No-Go. »Willow Tree Lane 158, Grosse Point, Michigan. Hast du's?«

»Ja.«

»Komm vorbei, wenn du kannst. Ich liebe dich.« Sie küsste Wyatt auf die Lippen – vor allen Campern und Ausbildern, die den Blick abwandten. Mit roten Wangen rannte sie zum Hubschrauber.

Wyatt quoll das Herz über. Er konnte an fast nichts anderes

denken als an Dolly … wie sie gerochen hatte und sich ihre Lippen auf den seinen angefühlt hatten. Dann war der Hubschrauber hinter der Kammspitze des Vulkankraters verschwunden. Das Geräusch seiner Rotoren verklang und erstarb schließlich. Seine Freundin – wenn er sie denn überhaupt so nennen konnte – war fort. Wie einige Männer und die meisten Jungen in so einer Situation spürte Wyatt, wie sich sein Verstand langsam wieder zurückmeldete.

Samy und Rory waren für denselben Flug vorgesehen. Sie warteten schon auf ihn, um sich zu verabschieden. Wyatt umarmte sie.

»Bro«, sagte Samy. »Rory und ich werden nächsten Sommer wieder hier sein. Sag mir, dass du auch dabei bist.«

»Wir werden sehen«, erwiderte Wyatt. »Es gibt da ein paar Sachen, um die ich mich im Laufe des Jahres kümmern muss.«

Samy blickte Wyatt in die Augen und verstärkte den Griff auf Wyatts Schulter. »Du bist mein Schwimmpartner. Du wirst im Juni hier sein. Basta!«

Wyatt nickte.

»Okay. Dann mal los.« Samy wandte sich zur Startbahn um. Rory folgte, einen Rucksack mit einem Drohnenset sowie ein paar Waffen über die Schulter geschlungen. Ihren schmuddeligen, blauen Elefanten hatte sie unter den Arm geklemmt.

Wyatt kehrte zu seiner Hütte zurück, um sich auf die eigene Heimreise vorzubereiten. Er rollte den Schlafsack zusammen und packte seinen Seesack. Am Ende stopfte er noch ein paar persönliche Gegenstände hinein, die über den Sommer dazugekommen waren: Klamotten von Mum, das Jagdmesser und seinen Gürtel. In einem separaten Sack verstaute er seine taktische Ausrüstung:

seine Heckler & Koch Maschinenpistole, ein Nachtsichtgerät, Fesseln, einen Taser, seine Glock 26, eine Laserzielhilfe sowie seine Kommunikationsausrüstung. Die beiden Säcke würde Wyatts Vater in sichere Verwahrung nehmen. Für den Fall, dass Wyatt sich entschied, im nächsten Sommer zurückzukehren.

Wyatt würde nur das mit zurücknehmen, was er am Körper trug: den knallorangenen Overall, den er an dem Tag getragen hatte, als er das Jugendgefängnis von Millersville County verlassen hatte.

Gekleidet wie der jugendliche Straftäter, der er drei Monate zuvor gewesen war, machte er sich zur Lodge auf. Er wollte Mum Auf Wiedersehen sagen. Wie üblich fand er sie in der Küche.

Mum drückte ihn fest an sich. »Es gibt ein paar Dinge, um die mich mein Mann bestimmt noch gebeten hätte. Dir das Versprechen abzunehmen, in neun Monaten zurückzukommen, wäre bestimmt eins davon.«

»Ich denke darüber nach«, sagte Wyatt. »Aber ich kann nichts versprechen.«

»Ich verstehe.« Sie wischte sich ein paar Tränen aus den Augen. »Ich hoffe, du änderst deine Meinung. Wenn du dich entschließt zurückzukommen, werde ich hier auf dich warten.«

Mum führte Wyatt in den Speisesaal hinaus, wo die Fotos der Topcamper die Wand säumten. »Siehst du das Foto, das mit einem schwarzen Tuch verhüllt ist? Das von 1982? Nimm das Tuch ab.«

Wyatt entfernte es. Es war sein Vater.

»Er war so gut wie verloren«, sagte Mum. »Du hast ihn gerettet.«

Wyatt dachte über ihre Worte nach. Dann stellte er eine Frage, die schon die ganze Zeit an ihm genagt hatte. »Als ich nach Honor kam … warum haben Sie oder der Alte mir da nicht erzählt, dass mein Vater schon vor mir hier war? Warum haben Sie mir nicht gesagt, dass er gefangen wurde?«

»Ganz einfach«, antwortete Mum und zuckte die Achseln. »Es war geheim. Du musstest erst einer von uns werden, um die Wahrheit zu erfahren.«

Wyatt fand seinen Vater auf der Veranda und gab ihm seine Seesäcke. Vater und Sohn umarmten sich. Ein letztes Mal gingen sie durch, wie sie sich verhalten und was sie sagen würden, wenn sie sich in wenigen Tagen wiedersähen. Wyatts Vater und Mr Yellow begleiteten ihn zum Anleger hinunter.

Wyatt schüttelte Mr Yellow die Hand.

»Vielleicht hörst du bald wieder von mir«, sagte Mr Yellow. »Vielleicht aber auch nicht. Um deinetwillen hoffe ich, dass du's nicht tust.«

Die *Sea Goat* wartete. Mackenzie war am Steuerrad und Hallsy stand am Bug. Der Sergeant sah furchtbar aus. Sogar noch unnahbarer und abwesender als an den Tagen zuvor. Seine ohnehin schon düstere Stimmung schien sich weiter zu verfinstern, als er Wyatts Vater über den Anleger kommen sah. »Du solltest dich ausruhen«, sagte Hallsy zu ihm. »Ich würde es nicht ertragen, wenn sich das Schicksal für noch einen von uns zum Schlechten wendet.«

»Ich bin gekommen, um mich von euch zu verabschieden. Sorge dafür, dass mein Junge sicher nach Hause kommt«, antwortete Wyatts Vater.

»Ich denke, er hat bewiesen, dass er auf sich allein aufpassen kann, und noch viel mehr«, sagte Hallsy. »Aber ich gebe mein Bestes.«

# Kapitel 40

## August 2017
## Von Honor nach Millersville

Die Bootsfahrt dauerte mehrere Stunden. Schließlich erreichten sie ein kleines Fischerdorf und machten an einem Anleger fest. Von dort war es nicht weit zu einer bescheidenen Start- und Landebahn. In unzähligen kurzen Flügen von Landepiste zu Landepiste ging es in südöstlicher Richtung stetig weiter über den nordamerikanischen Kontinent.

Es war Nacht, als sie am berüchtigten Jugendgefängnis von Millersville County eintrafen. Bevor sie die Einrichtung erreichten, fuhr Hallsy mit Wyatt zu einem Parkplatz. Er brachte seinen Streifenwagen neben einem kleinen Van zum Halten, wie ihn üblicherweise Handwerker fuhren. Im Van wartete eine Frau mit einem kleinen Pudel und einem Werkzeugkasten voller Schminkutensilien auf sie.

»Also, habe ich das jetzt richtig verstanden?«, fragte die Frau und starrte Hallsy an. »Sie wollen, dass er aussieht, als wäre er den ganzen Sommer drinnen gewesen? Ganz elend und bleich?«

»Das ist richtig«, sagte Hallsy.

Wyatt setzte sich auf einen Stuhl und die Make-up-Künstlerin machte sich ans Werk.

Fünfundvierzig Minuten später kehrten Wyatt und Hallsy zum Streifenwagen zurück und fuhren vor dem Hintereingang des Gefängnisses vor. Eine diensthabende Wache war nirgends zu sehen. Das Tor hob sich automatisch, als sie sich näherten. Wyatt und Hallsy passierten und fuhren in eine Tiefgarage.

Durch Türen und Korridore führte Hallsy Wyatt in die Einzelhaftabteilung und seine alte Zelle zurück. Der Schlüssel steckte im Schloss. Hallsy drückte die Klinke und stieß die Tür auf. Wyatt nahm den vertrauten metallischen Geruch von Bett und Waschbecken wahr – und den von Fäkalien und Reinigungsmittel.

»In Ordnung, Junge«, sagte Hallsy. Wyatt zögerte. »Nur eine einzige Nacht noch, Kumpel. Dann bist du wieder zu Hause.«

Wyatt sah ihn an. »Keine Tricks? Keine Überraschungen?«

»Ich kann nicht garantieren, dass keine Überraschungen auf dich zukommen«, erwiderte Hallsy. »Aber ich kann dir versprechen, dass du hier morgen um Viertel vor sieben mit einer sauberen Akte herausmarschieren wirst – genau wie ich es an dem Tag gesagt habe, als wir uns kennenlernten.«

Hallsy und Wyatt schüttelten sich die Hände. Dann drückte Hallsy ihn plötzlich an sich und wuschelte ihm durchs Haar. »Hey, Kumpel, du weißt, dass ich dich liebe. Und ich bin stolz auf dich. Weißt du, ich bin nicht dein Dad. Aber in diesen letzten drei Monaten habe ich mein Bestes gegeben, um auf dich aufzupassen.«

»Ja, ich weiß«, antwortete Wyatt. Er spürte, wie seine Schultern sanken, als er von einem bedrückenden Gedanken abgelenkt wurde.

»Also, okay dann«, sagte Hallsy und trat in den Korridor zurück. »Wir werden uns bald wiedersehen. Ich komm vorbei, um nach der Familie zu schauen. Ist das okay für dich?«

»Natürlich«, sagte Wyatt. »Ich freue mich, Sie wiederzusehen.«

»Okidoki. Dann mach ich jetzt mal die Tür zu.«

»Nur zu.«

Langsam schloss sich die Stahltür. Dann hörte Wyatt, wie Hallsy den Schlüssel herumdrehte.

Es musste mittlerweile drei Uhr morgens sein und Wyatt hatte noch nicht geschlafen. Er saß da, ganz allein im Dunkeln, während sein Geist einen schlimmen Verdacht wälzte und lose Enden zusammenzufügte.

Viertel vor sieben wurde die Tür entriegelt. Dieselbe Vollzugsbeamtin, die ihn vor drei Monaten aus der Zelle geführt hatte, blickte herein. »Guten Morgen. Na, kann's losgehen? Heute ist dein Glückstag.«

Wyatt erhob sich und folgte ihr durch das Labyrinth aus Korridoren in den Speisesaal. Er wusste, dass dies eine bewusste Aktion war. Auf diese Weise würden alle Insassen – von denen einige seit Beginn des Sommers hier waren – Wyatt sehen und denken, er wäre die ganzen Monate in Einzelhaft gewesen. Wyatt ging langsam. Raubvogelartige Gesichter wandten sich ihm zu. Hohle Augen musterten ihn aufmerksam. Wyatt war ein Wolf in ihrer Mitte. Er hatte sich während des Sommers verändert. Und sie witterten und spüren es. Bewunderten die Verwandlung womöglich. Er war als weicher Typ in die Einzelhaft gegangen und als Fels herausgekommen.

Er hatte den Speisesaal fast verlassen, als er ein stark tätowiertes und vernarbtes Gesicht wahrnahm – ein bekanntes Gesicht. Spider Kids schwarze Augen schienen in Wyatts nun etwas ganz und gar anderes zu lesen. Er war ein instinktgeleitetes Tier, ein Überleber. Kein Zweifel, er hatte den ganzen Sommer auf Wyatts Rückkehr gewartet. Sich womöglich vorbereitet zuzuschlagen. Aber jetzt, da sie wieder zusammentrafen, wusste Wyatt, dass

Spider Kid ihn nie wieder herausfordern würde. Er war jetzt das gefährlichere, listigere und tödlichere Tier. Und Spider Kid wusste das. Wyatt beobachtete, wie Spider Kid den Blick abwandte und seine Aufmerksamkeit wieder dem Haferbreihaufen widmete, der sich auf seinem Tablett türmte.

Nach einigen weiteren Korridoren erreichte Wyatt das Verwaltungsbüro. Dort händigte man ihm die Kleidung aus, die er bei seiner Verhaftung getragen hatte. Er bekam frische Unterwäsche samt Socken und wurde angewiesen, sich auf der Toilette umzuziehen. Wyatt unterschrieb ein paar Dokumente. Mit leichten Anzeichen von Unbehagen führte ihn der Anstaltsleiter Dr. Sudroc anschließend aus dem Gefängnistrakt und brachte ihn in die Lobby des Gerichtsgebäudes. Schweißtröpfchen standen ihm auf der Stirn. Unruhig huschte sein Blick durch die Lobby.

»Und was jetzt?«, fragte Wyatt. »Was soll ich tun?«

»Gehen.« Der Anstaltsleiter wies mit einer Geste durch die Lobby. Er wischte sich über die Stirn und rieb sich die Schläfen, als hätte er Kopfschmerzen. »Ich habe keine Ahnung, was zum Teufel du dafür getan hast. Aber so etwas habe ich noch nie erlebt. Geh einfach. Ich will dich hier nie wiedersehen.«

»Brauche ich denn keine Papiere oder einen Pass oder …«

»Du brauchst keinen verdammten Fitzel. Du bist frei. Deine digitale Strafakte ist gelöscht und alle Papierkopien sind bereits vernichtet. Hier, nimm das.« Der Anstaltsleiter händigte Wyatt einen Umschlag aus. Wyatt warf einen prüfenden Blick hinein: erkennungsdienstliche Fotos und sein Festnahmeprotokoll – die originale Papierversion.

Als Wyatt wieder aufblickte, hatte der Anstaltsleiter bereits auf dem Absatz kehrtgemacht und steuerte durch eine Reihe von

Metalldetektoren wieder auf den Eingang des Gefängnistraktes zu. Wyatt beobachtete, wie der Mann mit verärgertem Seufzer auf der Suche nach seinem Ausweis seine Taschen durchwühlte und nichts als ein paar Münzen und einen Füller zutage förderte.

Wyatt trat aus der kühlen Lobby heraus und lief in eine Wand aus schwüler Augusthitze. Er war zwar den ganzen Sommer der heißen Sonne ausgesetzt gewesen, hatte jedoch die letzten gut fünf Stunden in Dunkelheit verbracht. Das grelle Licht schmerzte in den Augen. Er musste sich anstrengen, etwas zu erkennen.

Er überlegte, wie er jetzt wohl nach Hause käme. Hätte er doch nur versucht, dem Anstaltsleiter ein paar Dollar für ein Busticket aus dem Kreuz zu leiern. Da nahm er einen vertrauten Wagen wahr. Er hielt am Fuß der weiten Steintreppe, die vom zentralen Platz der Stadt zum Gerichtsgebäude emporführte. Es war Tante Narcys Auto – offensichtlich umfangreich restauriert, nachdem Wyatt diesem buchstäblich die komplette Seite abrasiert hatte. Die Karosserieverkleidung sah aus, als stammte sie von einem anderen Wagen. Und die Farbe machte nicht einmal ansatzweise den Anschein, als würde sie zum Rest passen. Aber für Wyatt sah es trotzdem gut aus.

Und sogar noch besser sah seine Mutter aus. Ihr Haar war gewaschen, ihre Lippen leuchteten vor Lippenstift und sie wirkte wieder ganz wie ihr altes Selbst. Sie saß vorn auf dem Beifahrersitz und tupfte sich die Tränen mit einer Serviette ab. Sein Vater saß neben ihr. Er winkte mit seiner verstümmelten Linken aus dem Fenster – ohne Ohr, aber lächelnd. Und vom Rücksitz strahlte ihm sein kleiner Bruder Cody entgegen, während er versuchte, die Tür aufzukriegen, um ihm entgegenzulaufen.

Natürlich war auch Narcy mit ihren hundertvierzig Kilo nicht zu übersehen. Mit hochrotem Gesicht saß sie hinten auf dem

Rücksitz und beschwerte sich über die Hitze, das Auto und am allermeisten vermutlich über Wyatt. Aber für ihn war es zu Hause und er war verdammt dankbar dafür.

Während der letzten drei Monate hatte man ihn zu einem Field Agent gedrillt. Zu einem Attentäter, Spion, Soldaten … zu einer Waffe der Vereinigten Staaten von Amerika. Um fortan wie ein Messer permanent gewetzt und geschärft zu werden. Wyatt langte in seine Tasche und zuckte unwillkürlich mit der Hand zurück, als sie plötzlich etwas Glattes berührte. Er brauchte einen Moment, um zu begreifen, was es war. Der Wetzstein. Hallsy musste ihn von Jawad bekommen und ihm in seine Kleidung gesteckt haben. Fest ballte sich seine Faust um den Stein. Er war ein tödlicher Aktivposten von höchstem Wert. Aber für den Moment vergaß er das alles. Er wurde wieder zu einem Kind, das aus dem Sommercamp nach Hause zu den Eltern zurückkehrte – in ihrem schönen, beschissenen Teil von einer Familienkutsche –, unsicher, ob es inzwischen zu alt für Umarmungen war. Und dann vergaß Wyatt sich für einen Augenblick. Er rannte einfach los, die Stufen hinunter. Seine Mutter umarmte er zuerst.

# Epilog

**Anfang September 2017**
**Millersville**

Der September brach heiß und golden heran. Die Luft stand still und die Tage vor Schulbeginn waren viel zu kurz. Die Gewöhnung an das Familienleben – und vor allem an das Leben mit seinem Dad – war eine Herausforderung für Wyatt. Sein Vater hatte versprochen, die Goldenen Einhundert zu verlassen. Der Gedanke, dass sein Dad nun dauerhaft zu Hause blieb, war wundervoll. Aber irgendwie auch so, als würde ein gerade erst trocken gewordener Alkoholiker mit im Haus leben. James war permanent in Bewegung. Er reparierte hier etwas am Haus und arbeitete dort was im Schuppen, ohne richtig Schlaf zu finden. Es war eine neue Zeit, eine bessere, und er ein besserer Mensch. Doch für die Familie fühlte es sich an, als würden sie in einem Kartenhaus leben, das jeden Moment in sich zusammenstürzen konnte.

Und Wyatts Befürchtung nach wusste er auch, welche Karte ihr Haus zum Einsturz bringen würde. Es war eine Karte, die nur Wyatt entfernen konnte – ein Geheimnis, dass er in seinen letzten Tagen in Honor entdeckt hatte.

Am Tag vor Schulbeginn begleitete Wyatt seinen Dad, seine Mom und Narcy zu einem von Codys Baseballspielen. Sie saßen auf einer rostigen Zuschauertribüne. Es waren die Playoffs und im vierten Inning schickte Cody drei Schlagmänner in Folge auf die Bank. Als die beiden Teams ihre Feldpositionen tauschten, vernahm Wyatt, wie Narcys Strohhalm mit dumpfem Schlürfen die tiefsten Tiefen ihrer Coke erforschte.

»Hey, Narcy! Wie wär's, wenn ich dir noch was zu trinken hol?« Wyatt erhob sich.

»Lieber nicht, Wyatt«, sagte seine Mutter. »Du verpasst noch den Einsatz von deinem Bruder.«

»Cody ist noch eine ganze Weile nicht mit Schlagen dran. Ich werd nichts verpassen«, erwiderte Wyatt.

»Ich würde wirklich gerne noch eine Cola nehmen«, sagte Narcy. »Schön zu sehen, dass du wieder vernünftig geworden bist. Ich glaube, diese Strafanstalt hat Gutes bei dir bewirkt. Dir Manieren beigebracht. Nicht dass ich mich vorher nicht um dich gekümmert hätte, wo wir doch ohne deinen Daddy und so auskommen mussten«, fügte sie hinzu und tätschelte Wyatts Vater am Bein. »Und schön zu wissen, dass unser James unsere Truppen unterstützt hat und so. Dass er für sie Lastwagen gefahren ist und Sachen gemacht hat, für die er völlig unverdient in Schwierigkeiten geraten ist.« Es war merkwürdig für Wyatt zu hören, wie man seinen Vater nun James nannte, wo er doch wusste, dass sein wirklicher Name Eldon war.

Wyatt sah etwas wie Verärgerung im Gesicht seines Vaters aufblitzen. Oder vielleicht war es auch Belustigung.

»Hey, Dad. Warum kommst du nicht mit?«, schlug Wyatt vor. »Ich glaube, wir könnten alle noch 'nen Schluck vertragen. Da kann ich gut noch ein paar Hände gebrauchen.«

»Klar«, sagte sein Dad. Er erhob sich und hielt lachend seine deformierte Hand in die Höhe.

Wyatt war plötzlich ein wenig verlegen, dass er nicht daran gedacht hatte. Und dann strömten die Erinnerungen an den Glühwurm wieder auf ihn ein …

»Dad«, sagte Wyatt und blieb auf dem Weg zum Getränkestand stehen. »Macht es dir was aus, mal mit rüber in den Schatten zu kommen? Es gibt da was, das ich dir erzählen möchte.«

Wyatts Vater grinste. »Ich hab mich schon gefragt, wann du wohl endlich damit rausrückst. Was ist los?« Sein Dad legte ihm die Hand auf die Schulter. »Was beschäftigt dich, Sohn?«

»Jerusalem«, antwortete Wyatt. »Deine Gefangennahme.«

Wyatt sah, wie sich die gute Laune seines Vaters verfinsterte. Er trat zurück und senkte den Kopf.

»Wyatt, wir müssen nicht darüber reden.«

»Doch. Müssen wir. Was, wenn …« Wyatt spürte Übelkeit in sich aufsteigen, als er begann, die Karten auf den Tisch zu legen. »Was, wenn die Bruderschaft nicht für das Kidnapping verantwortlich war?«

»Wovon zum Teufel redest du da? Das Verteidigungsministerium, Honor, die Goldenen Einhundert … sie alle haben mit denen verhandelt und versucht, meine Befreiung zu bewerkstelligen, und …«

»… und der Glühwurm hat dich aufgekauft«, fuhr Wyatt ihm ins Wort. »Deinen Preis auf fünfzig Millionen Dollar hochgetrieben, richtig?«

»Stimmt«, sagte Wyatts Vater.

»Was, wenn ich dir beweisen könnte, dass alles eine Lüge ist? Und dass es ein Insiderjob war? Was, wenn dich dieselben Leute preisgegeben haben, von denen du dachtest, dass sie dich eigentlich beschützen sollten?«

Wyatts Vater dachte darüber nach, während er sich die lädierten Hände rieb. Schweißperlen traten auf seine Stirn.

»Möchtest du die Wahrheit wissen?«, fragte Wyatt. »Wenn nicht, respektiere ich das und werde kein Wort mehr sagen.«

Die wachsamen Augen von Wyatts Vater verengten sich zu einem Spalt. So wie er es immer vor Jahren auf der Jagd gemacht hatte. Ultrakonzentriert.

In der Ferne rief ein Schiedsrichter: »Schlagmann bereitmachen.«

Sein Vater blickte zum Baseballfeld. Cody stand im Schlagkreis. Wyatts Mom und Narcy lachten auf der Tribüne.

Wyatts Vater nickte nachdenklich. »Später vielleicht ... jetzt lass uns erst mal die Cokes holen und zum Spiel zurückgehen.«

Das Baseballspiel endete kurz vor der Abenddämmerung. Auf dem Heimweg machte die Familie noch in der Nähe an einem irischen Lokal Halt, um ein paar Burger mitzunehmen. Dazu bestellten sie Pommes Frites, Zwiebelringe und zwei Bier für Wyatts Vater und seine Mutter. Narcy, Wyatt und Cody entschieden sich für Milchshakes. Die Tüten mit dem Essen und die Kondenströpfchen auf den kühlen Getränken ließen ihnen das Wasser im Mund zusammenlaufen.

Als sie sich ihrer Auffahrt näherten, fiel Wyatt ein flackerndes Licht in ihrem kleinen Haus auf. Anscheinend lief drinnen der Fernseher.

»Dad, warum fährst du nicht noch weiter die Straße runter?«, sagte Wyatt. Er hatte den Fernseher nicht angelassen.

Wyatts Vater blickte ihn über die Schulter an. »Alles in Ordnung?«

»Ja, fahr einfach weiter«, erwiderte Wyatt. »Der Fernseher läuft noch. Als wir gingen, war er aus.«

Wyatts Vater fuhr am Haus vorbei, während Narcy sich beschwerte: »Was ist denn das jetzt wieder für ein Blödsinn? Ich habe Hunger. Verdammt noch mal, gut möglich, dass ich die

Glotze angelassen habe. Oder vielleicht war auch der Timer eingestellt. Warum fahren wir nicht einfach hin und gehen rein?«

»Vielleicht ist jemand im Haus«, sprach Cody das aus, was Wyatt und ihr Vater dachten.

»Mir schnuppe, wenn jemand im Haus ist. Ich hoffe, jemand *ist* im Haus. Ihr langweilt mich alle. Ich will essen.«

Wyatts Mutter sah seinen Vater an. »Ist alles in Ordnung, James?«

»Ja, alles bestens. Gib uns nur ein paar Sekunden. Wyatt und ich werden mal nach dem Rechten sehen.«

Wyatt Vater fuhr um die nächste Ecke. Dann parkte er in einem Wirtschaftsweg, der sich an der Rückseite ihres Häuserblockes entlangzog. »Dad, warum machst du nicht mal den Kofferraum auf?«

Wyatt stieg aus und ging nach hinten zum Heck. Im Kofferraum lag Codys Baseballtasche. Er öffnete den Reißverschluss, nahm den Schläger heraus und hob ihn zum Schlag. Ein kurzer Übungsschwung und er bekam ein Gefühl für seine improvisierte Waffe.

Sein Dad kam herum. »Lass. Ich hab was Besseres.«

Wyatts Vater schob die Sporttasche nach hinten und klappte das Fach für den Reservereifen auf. Unter den Reifen waren zwei Schusswaffen: eine 45er und eine 9-mm.

»Dachte, du wärst im Ruhestand«, sagte Wyatt.

»Was Vorsicht anbelangt, ist man nie im Ruhestand«, antwortete sein Vater leise und gab Wyatt die 9-mm. Beide kontrollierten die Verschlüsse, steckten die Waffen in ihren Hosenbund und zogen die T-Shirts drüber. Wyatt nahm den Baseballschläger und schloss den Kofferraum.

»Liebling, bist du sicher, dass alles in Ordnung ist?«, fragte

Wyatts Mutter. »Wenn ihr einen Schläger braucht, solltet ihr dann nicht lieber die Polizei rufen?«

»Ne«, sagte Wyatts Vater. »Das Millersville PD ist zu nichts zu gebrauchen.« Er warf Wyatt einen Blick zu.

»Kann ich mit?«, rief Cody vom Rücksitz.

»Bleib sitzen. Wir sind gleich wieder zurück.« Sein Vater bedeutete Wyatt, ihm in den Wirtschaftsweg zu folgen. Kaum außer Hörweite, sagte er: »Lass uns von hinten rein.«

Schnell rückten sie durch den wabernden Gestank von Hausmüll voran, der in der Hitze vor sich hinbriet. Sie gelangten an den zerfallenen Hinterhofzaun und lugten durch die Lücken zwischen den Holzlatten. Der Fernseher lief. Und eine Gestalt war zu erkennen. In Schatten gehüllt, verfolgte sie die Lokalnachrichten.

»Erwartest du Besuch?«, flüsterte Wyatts Dad.

»Nein. Du?«

»Ne.« Wyatt schlich vorwärts. Er zog die Waffe und legte mit dem Daumen den Sicherungshebel um. Mit der Linken langte er über den Zaun und hob innen den Riegel an.

Das Tor schwang auf. Vater und Sohn schlüpften hinein. Sie überquerten den kleinen Hof und rannten die Treppe hinauf. Ohne zu zögern, trat sein Vater die Hintertür auf. Sie teilten sich auf – einer links, der andere rechts – und richteten ihre Waffen auf die Gestalt, die auf dem Sofa saß.

Die Person rührte sich nicht. Sie blinzelte nicht einmal.

»Derrick?«, sagte Wyatt langsam. »Was machst du …« Er hielt inne.

Derricks Gesicht war zu einer grünlichen Todesfratze erstarrt. Auf seinen Zügen lag noch ein qualvoller Schrei, der mit Klebeband um Mund und Hals gedämpft worden war. Hände und Füße waren auf die gleiche Weise gefesselt. Und wie zum Scherz hatte man ihm noch die Fernbedienung in die Hand gedrückt. Die Todesursache war offensichtlich. Jemand hatte ihm Wyatts Jagdmesser mitten in die Brust gerammt. Die Klinge hatte ihn durch Kissen und Polsterung hindurch am hölzernen Sofarahmen festgenagelt. Derricks Schoß war voller Blut- und Urinflecken. Auf seinem Knie war behutsam ein Umschlag drapiert worden – mit Wyatts Namen drauf. Wyatt streckte gerade die Hand danach aus, als sie in der Ferne Sirenen hörten.

»Polizei …«, sagte Wyatts Vater. »Zurück zum Wagen. Wir müssen weg, sofort.« Wyatts Vater wandte sich zur Tür. Wyatt folgte. Doch dann machte er wieder kehrt.

»Lass es, Sohn«, schrie sein Vater.

Aber Wyatt hatte ein mieses Gefühl. Er schnappte sich den Umschlag, rannte in den Hinterhof hinaus und folgte seinem Vater den Weg hinunter. Sie gingen hinter ein paar Mülltonnen in Deckung. Die Sirenen wurden lauter, während sie Atem schöpften. Wyatt hielt es nicht mehr aus. Er riss den Umschlag auf und da war es: ihr Gesicht. Das dunkle Haar verfilzt. Klebeband über dem perfekten Mund, genauso wie bei Derrick. Körper und Handgelenke an einen Stuhl gefesselt. Unter den Bandagen sickerte immer noch Blut hervor. Flehende Augen starrten ihm entgegen. Aber sie war am Leben … Dolly.

# Danksagung

Wir möchten den unschätzbaren Beitrag unseres Partners und Agenten Ian Kleinert würdigen, die unermüdliche Arbeit von Marc Resnick, Hannah O'Grady und Elizabeth Bohlke – und nicht zu vergessen natürlich: die unendliche Geduld unserer Familien.

In tiefer Dankbarkeit
Scott und Hof

## LESEPROBE

Anthony Horowitz

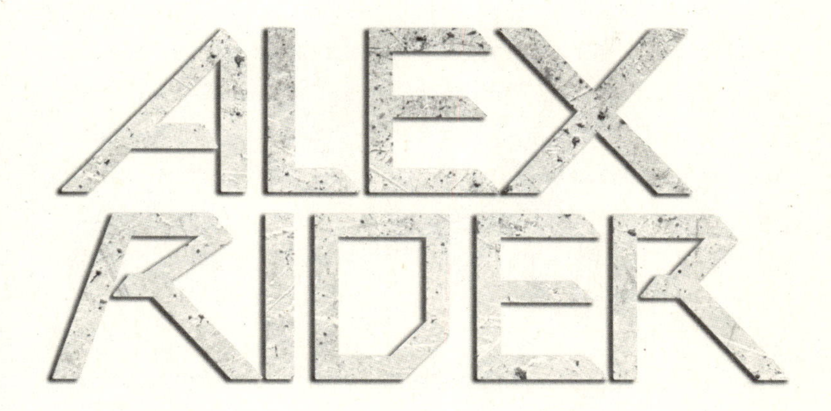


**STORMBREAKER**

Band 1

Wenn es morgens um drei klingelt, gibt es immer schlechte Nachrichten.

Alex Rider wachte beim ersten Klingelton auf. Mit geöffneten Augen blieb er einen Moment lang völlig unbeweglich auf dem Rücken liegen. Er hörte, wie eine Schlafzimmertür leise geöffnet wurde, wie die Stufen knarrten, als jemand zur Haustür hinunterging. Es läutete noch einmal. Alex blickte auf den grün glimmenden Radiowecker: 3.02 Uhr. Unten klirrte es leise, als jemand die Sicherheitskette an der Tür abnahm.

Alex rollte sich aus dem Bett und ging zum offen stehenden Fenster. Seine nackten Füße sanken in den weichen Teppichflor. Mondlicht fiel auf seinen Oberkörper. Alex war vierzehn, schon jetzt kräftig und athletisch gebaut. Sein blondes Haar war kurz geschnitten, bis auf zwei dicke Strähnen, die ihm über die Stirn fielen. Seine braunen Augen blickten ernst. Einen Moment lang stand er völlig still am Fenster, halb verborgen im Schatten, und sah hinaus. Ein Polizeiauto stand vor dem Haus. Von seinem Fenster im Obergeschoss konnte Alex die schwarze Kennnummer auf dem Autodach sehen, und er sah auch die Mützen der beiden Polizisten, die unten vor der Haustür standen. Die Lampe neben der Haustür ging an und gleichzeitig wurde die Tür geöffnet.

»Mrs Rider?«

»Nein. Ich bin die Haushälterin. Was ist los? Ist etwas passiert?«

»Wohnt hier Mr Ian Rider?«

»Ja.«

»Vielleicht können wir einen Moment hereinkommen?«

»Was …?«

Aber Alex kannte die Antwort bereits. Er konnte sie an der Körperhaltung der beiden Polizisten ablesen, die verlegen und unglücklich vor dem Haus standen. Und er konnte sie aus dem Ton ihrer Stimmen hören. Grabesstimmen … so bezeichnete er sie später. Es war der Tonfall, den Menschen anschlagen, wenn sie die Nachricht überbringen müssen, dass jemand gestorben war.

Alex ging zur Schlafzimmertür und zog sie auf. Vom Flur klangen die Stimmen der beiden Polizisten herauf, aber Alex konnte nur einzelne Satzsplitter verstehen.

»... ein Autounfall ... Krankenwagen kam sofort ... Intensivstation ... nichts mehr zu machen ... unser herzliches Beileid ...«

Erst Stunden später, als Alex in der Küche saß und beobachtete, wie sich das graue Morgenlicht langsam in die Straßen und Gassen Londons ergoss, begann er allmählich zu begreifen, was geschehen war.

Sein Onkel Ian Rider war tot. Auf der Fahrt nach Hause war sein Auto in einem Kreisverkehr von einem Lastwagen erfasst worden; er war noch am Unfallort gestorben. Die Polizisten hatten erklärt, er sei ohne Sicherheitsgurt gefahren, sonst hätte er vielleicht mit dem Leben davonkommen können.

Alex dachte über den Mann nach, der sein einziger Verwandter gewesen war, solange seine Erinnerung zurückreichte. Seine leiblichen Eltern hatte Alex nicht gekannt; auch sie waren bei einem Unfall ums Leben gekommen, allerdings bei einem Flugzeugabsturz, nur wenige Wochen nach Alex' Geburt. Ian Rider, der Bruder von Alex' Vater, hatte ihn aufgenommen und großgezogen. (Alex durfte niemals »Onkel« zu ihm sagen – Ian Rider hasste das Wort!) Alex hatte fast die gesamten vierzehn Jahre seines Lebens in Ian Riders Reihenhaus in Chelsea, London, gewohnt, das zwischen der King's Road und der Themse lag. Aber erst jetzt wurde Alex bewusst, wie wenig er über seinen Onkel wusste.

Er hatte bei einer Bank gearbeitet. Die Leute sagten, Alex sähe ihm sehr ähnlich. Ian Rider war ständig auf Reisen – ein ruhiger, etwas reservierter Mann, der guten Wein, klassische Musik und Bücher mochte. Der keine Freundin zu haben schien ... eigentlich überhaupt keine Freunde. Er hatte sich fit gehalten, rauchte nicht und bevorzugte teure Kleidung. Aber das konnte nicht alles gewesen sein. Nicht das Bild eines ganzen Menschenlebens.

»Alles in Ordnung, Alex?« Eine junge Frau kam in die Küche. Sie war Ende zwanzig, hatte üppiges rotes Haar und ein rundliches, jungenhaftes Gesicht. Jack Starbright war Amerikanerin. Vor sieben Jahren war sie als Studentin nach England gekommen und hatte ein Zimmer in Riders Haus bezogen – statt Miete zu zahlen, half sie im Haushalt und betreute den kleinen Alex. Und dann war sie einfach dageblieben und gehörte nun zu Alex' engsten Freunden. Manchmal fragte er sich, wie Jack wohl richtig heißen mochte – Jackie? Jacqueline? Eigentlich passte keiner der möglichen Namen zu ihr. Er hatte sie einmal danach gefragt, aber sie hatte ihm ihren richtigen Namen nicht verraten wollen.

Alex nickte. Er hatte Tränen in den Augen. »Was wird jetzt aus uns?«, fragte er.

»Wie meinst du das?«

»Na, was wird mit dem Haus? Mit mir? Mit dir?«

»Ich weiß nicht, Alex.« Sie zuckte die Schultern. »Ian wird ein Testament gemacht haben.« Sie sah ihn ruhig an. »Wenn es eröffnet wird, wissen wir mehr.«

»Sollten wir uns sein Arbeitszimmer ansehen? Vielleicht finden wir irgendetwas.« Alex' Stimme zitterte.

»Ja, aber nicht heute, Alex. Eins nach dem anderen.«

Ians Arbeitszimmer befand sich direkt unter dem Dach und erstreckte sich über die gesamte Länge des Hauses. Als einziges Zimmer war es immer abgeschlossen – Alex war in all den Jahren nur drei- oder viermal in dem Zimmer gewesen, aber nie allein. Als Kind hatte er sich manchmal vorgestellt, dass dort oben etwas Seltsames vor sich ginge – dass dort eine Zeitmaschine wäre oder ein UFO. Aber es war ein ganz normales Arbeitszimmer mit einem Schreibtisch, ein paar Aktenschränken und Regalen voller

Papiere und Bücher. Eben Sachen aus der Bank – jedenfalls hatte das Ian behauptet.

»Die Polizei sagt, er sei nicht angeschnallt gewesen«, wandte sich Alex wieder an Jack.

Sie nickte. »Stimmt, das haben sie gesagt.«

»Kommt dir das nicht seltsam vor? Du weißt doch, wie vorsichtig er war. Er hat immer den Sicherheitsgurt angelegt. Er wollte ja nicht mal um den Block fahren, solange ich nicht den Gurt angelegt hatte.«

Jack dachte einen Augenblick lang nach, dann zuckte sie wieder die Schultern. »Yeah, das ist komisch«, gab sie zu. »Aber es muss wohl so gewesen sein. Warum sollte die Polizei lügen?«

Der Tag zog sich quälend langsam dahin. Alex war nicht in der Schule, obwohl er gerne gegangen wäre. Er hätte es vorgezogen, aus dem leer wirkenden Haus zu fliehen, wenigstens ein paar Stunden lang ein »normales« Leben zu führen – das vertraute Pausenläuten, die Scharen bekannter Gesichter. Stattdessen saß er wie ein Gefangener zu Hause. Doch er musste zu Hause bleiben, um die Besucher zu empfangen, die am Vor- und Nachmittag zu ihm kamen.

Es waren fünf Besucher. Ein Rechtsanwalt, der nichts von einem Testament wusste, aber anscheinend den Auftrag hatte, die Beerdigung zu arrangieren. Ein Leichenbestatter, den der Rechtsanwalt empfohlen hatte. Ein Pfarrer – ein großer ältlicher Mann, der versuchte, beruhigend auf Alex einzureden. Eine Nachbarin von gegenüber – woher wusste sie überhaupt, dass jemand gestorben war? Und schließlich ein Mann von der Bank.

»Wir von Royal & General sind alle zutiefst schockiert«, begann der Mann. Er war etwa Ende dreißig und trug einen Polyesteranzug und eine billige Krawatte. Sein Gesicht war von der Art, die man sofort wieder vergisst. Er hatte sich als Mr Crawley von der Personalabteilung vorgestellt. »Wenn es vielleicht irgendetwas gibt, was wir für dich tun können …«

»Was wird jetzt aus mir?«, fragte Alex, schon zum zweiten Mal heute.

»Darüber brauchst du dir keine Sorgen zu machen«, sagte Crawley. »Die Bank wird sich um alles kümmern. Das ist mein Job. Du kannst alles mir überlassen.«

Der Tag verging. Am Abend spielte Alex ein paar Stunden lang mit seiner Nintendo Switch, um die Zeit totzuschlagen, und fühlte sich ein wenig schuldig, als ihn Jack dabei ertappte. Aber was hätte er sonst tun sollen? Später ging sie mit ihm zu einem Hamburger-Restaurant. Alex war froh, aus dem Haus zu kommen, aber sie sprachen kaum miteinander. Er war überzeugt, dass Jack nach Amerika zurückkehren müsse. Schließlich konnte sie nicht ewig in London bleiben. Wer würde sich dann um ihn, Alex, kümmern? Er war zu jung, um schon allein leben zu dürfen. Seine gesamte Zukunft schien total unsicher; er hatte keine Lust, jetzt darüber zu reden. Eigentlich wollte er jetzt überhaupt nicht reden.

Und dann kam der Tag der Beerdigung. Alex trug einen schwarzen Anzug und wartete auf den schwarzen Wagen, der aus dem Nichts auftauchte und ihn abholte. Alex war umgeben von schwarz gekleideten Menschen, die er nicht kannte. Ian Rider wurde auf dem Friedhof Brompton an der Fulham Road beerdigt, ganz in der Nähe des Fußballstadions von Chelsea, und Alex wusste, dass Ian an diesem Mittwochnachmittag gerne im Stadion gewesen wäre. Die Trauergemeinde umfasste etwa dreißig

Menschen, aber Alex kannte fast niemanden. Direkt neben dem breiten Hauptweg, der sich durch den gesamten Friedhof zog, war ein Grab ausgehoben worden. Die Trauerandacht hatte gerade begonnen, als ein schwarzer Rolls-Royce den Weg entlangkam und in der Nähe anhielt. Ein Mann stieg aus. Alex beobachtete ihn, als er näher kam und dann stehen blieb. Hoch über den Köpfen kreuzte ein Flugzeug im Landeanflug auf den Flughafen Heathrow einen Augenblick lang die Sonne und ein Schatten fiel kurz auf den Friedhof. Dann verschwand auch die Sonne wieder hinter den Wolken. Alex fröstelte. Etwas an dem Ankömmling jagte ihm einen Schauder über den Rücken.

Eigentlich sah der Mann recht unscheinbar aus. Grauer Anzug, graues Haar, graue Lippen, graue Augen. Ein ausdrucksloses Gesicht. Die Augen hinter den eckigen Gläsern des bläulich schimmernden Brillengestells waren völlig leer. Vielleicht waren es diese Augen, die Alex so verstörten. Wer auch immer dieser Mann sein mochte, er schien jedenfalls weniger lebendig als irgendeine andere Person auf diesem Friedhof. Auf der Erde und darunter.

Jemand tippte Alex auf die Schulter. Er wandte sich um. »Das ist Mr Blunt«, flüsterte Crawley, der Personalchef, ihm ins Ohr. »Er ist der Direktor unserer Bank.«

Alex blickte über Crawleys Schulter hinweg zum Rolls-Royce hinüber. Blunt wurde von zwei Männern begleitet, von denen einer den Wagen chauffiert hatte. Sie waren identisch gekleidet und trugen Sonnenbrillen, obwohl es kein sonderlich heller Tag war. Und beide verfolgten die Beerdigung mit finsteren Mienen. Alex betrachtete Blunt und die Gesichter der anderen Trauergäste: Wie gut hatten sie Ian Rider wirklich gekannt? Warum hatte er, Alex, nie auch nur eine einzige dieser Personen kennengelernt, die sich hier versammelt hatten? Und warum fiel es ihm so schwer zu glauben, dass irgendjemand hier wirklich in einer Bank arbeitete?

»… ein guter Mensch, ein echter Patriot. Er wird uns allen fehlen.« Der Pfarrer hatte seine Ansprache beendet. Alex fand seine Wortwahl eigenartig. Wieso »patriotisch«? Das Wort bedeutete doch, dass Ian Rider sein Land geliebt hatte. Soweit Alex wusste, hatte Ian nicht sehr viel Zeit in diesem Land verbracht. Jedenfalls hatte sein Onkel nie zu den Leuten gehört, die den »Union Jack«, die britische Flagge, zu besonderen Anlässen aus dem Fenster hängten. Alex blickte sich gerade suchend nach Jack um, als er Blunt auf sich zukommen sah, vorsichtig um das frische Grab herumgehend.

»Du bist vermutlich Alex.« Der Bankdirektor war nur wenig größer als Alex. Aus der Nähe betrachtet wirkte seine Gesichtshaut seltsam unecht – als sei sie aus Plastik. »Mein Name ist Alan Blunt«, stellte er sich vor. »Dein Onkel hat oft von dir erzählt.«

»Komisch«, gab Alex zurück. »Von Ihnen hat er mir nämlich nie etwas erzählt.«

Die blutleeren Lippen zuckten kaum merklich. »Er wird uns fehlen. Er war ein guter Mensch.«

»Wobei war er gut?«, fragte Alex. »Er hat nämlich nie über seine Arbeit geredet.«

Plötzlich tauchte Crawley neben ihnen auf. »Dein Onkel war für das Auslandsgeschäft zuständig, Alex«, erklärte er. »Ihm unterstanden alle unsere Auslandsfilialen. Das weißt du doch sicherlich.«

»Ich weiß nur, dass er oft verreist war«, sagte Alex. »Und ich weiß auch, dass er immer sehr vorsichtig war. Zum Beispiel mit Sicherheitsgurten.«

»Nun, dieses eine Mal war er offenbar nicht vorsichtig genug.« Blunts Blick bohrte sich, verstärkt durch seine dicken Brillengläser, in Alex' Augen. Alex fühlte sich einen Moment lang wie aufgespießt, ein hilflos zappelndes Insekt unter dem Mikroskop. »Ich hoffe, dass wir uns wiedersehen«, setzte Blunt hinzu und klopfte sich dabei mit einem grauen Finger nachdenklich gegen die graue Wange. »Ja, das hoffe ich …« Dann drehte er sich um und ging zu seinem Wagen zurück. Es passierte in dem Augenblick, als Blunt in das Auto steigen wollte. Der Fahrer beugte sich vor, um ihm die Tür zu öffnen. Dabei weitete sich sein Jackett und gab eine Sekunde den Blick frei auf einen Gegenstand in der Innentasche. Der Mann trug ein Lederholster, in dem eine Pistole steckte. Alex hatte die Waffe gesehen, obwohl der Mann fast gleichzeitig bemerkte, was passiert war, und sein Jackett sofort zuknöpfte. Und Blunt hatte es ebenfalls gesehen. Er drehte sich um und warf Alex einen finstren Blick zu. Über seine Miene glitt etwas, das fast eine Gefühlsregung zu sein schien. Dann stieg er ins Auto; die Tür schloss sich und der Wagen glitt davon.

Eine Pistole bei einer Beerdigung. Warum? Warum kamen Bankdirektoren bewaffnet zu einer Beerdigung?

»Komm, wir verschwinden«, sagte Jack, die plötzlich neben ihm aufgetaucht war. »Friedhöfe machen mir Angst. Sie erinnern mich immer an Horrorfilme.«

»Ja«, murmelte Alex. »Und ein paar Horrorgestalten waren ja auch tatsächlich hier.«

Sie zogen sich still und leise zurück und verließen den Friedhof. Der Wagen, der sie zur Beerdigung gefahren hatte, wartete auf sie, aber sie zogen es vor, zu Fuß nach Hause zu gehen. Sie benötigten eine Viertelstunde. Als sie um die Ecke in die Straße einbogen, in der sie wohnten, bemerkte Alex plötzlich einen

Speditionswagen, der vor ihrem Haus hielt. Auf der Seite stand in großen Lettern STRYKER & SON.

»Was macht denn dieser ...«, begann Alex, als plötzlich der Motor aufheulte und der Transporter so schnell davonschoss, dass die Räder durchdrehten.

Alex sagte nichts, während Jack die Haustür aufschloss und sie ins Haus traten. Doch als Jack in der Küche verschwand, um Wasser für den Tee aufzusetzen, ging Alex schnell durch das ganze Haus.

Ein Brief, der auf dem kleinen Tisch im Flur gelegen hatte, lag nun daneben auf dem Teppich. Eine Tür, die vorher halb offen gestanden hatte, war nun geschlossen. Kleinigkeiten – aber Alex' Blick entging nichts. War jemand im Haus gewesen?

Ganz sicher war Alex sich nicht – bis er das Dachgeschoss erreichte. Die Tür des Arbeitszimmers, die immer – immer! – verschlossen gewesen war, ließ sich jetzt öffnen. Alex stieß sie auf und betrat den Raum. Er war leer. Ian Rider war für immer verschwunden, und verschwunden war auch alles, was sich in diesem Raum befunden hatte. Der Schreibtisch, die Ablagen, die Regale – alles, was Alex Aufschluss über die Beschäftigung seines verstorbenen Onkels hätte geben können, war verschwunden.

»Alex!«, rief Jack von unten.

Alex ließ den Blick noch einmal durch das leere Zimmer gleiten und fragte sich erneut, was für ein Mensch sein Onkel eigentlich gewesen war. Dann schloss er die Tür und ging ins Erdgeschoss.

# AUTOFRIEDHOF

Alex wandte sich von der Themse ab, als er die Hammersmith-Brücke vor sich liegen sah, und radelte durch das verblassende Lichtermeer und über den Hügel zur Brookland-Schule hinunter. Sein Fahrrad war ein Condor Junior Roadracer, ein speziell für ihn maßgeschneidertes Rennrad, das er von Ian Rider zu seinem zwölften Geburtstag bekommen hatte. Es war zwar ein Jugendrad – es hatte eine leicht verkleinerte Version des 531er Rahmens von Reynolds –, aber die Räder waren in Normalgröße, sodass er seine volle Geschwindigkeit mit einem Minimum an Reibungswiderstand fahren konnte. Er raste an einem Mini vorbei und bog ins Schultor ein. Ziemlich traurige Sache, dass er bald zu groß für das Rad sein würde. In den vergangenen zwei Jahren war es fast so etwas wie der untere Teil seines Körpers geworden.

Im Schuppen für die Fahrräder sicherte er das Rad doppelt an den Ständern und trat auf den Schulhof hinaus. Die Brookland-Schule war eine Gesamtschule, ziemlich neu, mäßig modern und absolut hässlich – aus rotem Backstein und Glas gebaut.

Alex hätte auch eine der schicken Privatschulen besuchen können, die in und um Chelsea lagen, aber Ian Rider hatte ihn in Brookland angemeldet, da er die Überzeugung vertrat, dass diese Schule härter sei und somit eine größere Herausforderung darstellte.

Heute hatte Alex zuerst Mathematik. Als er ins Klassenzimmer kam, schrieb der Mathelehrer, Mr Donovan, bereits eine komplizierte Gleichung an die Tafel. Im Raum war es schon jetzt sehr warm, denn die frühe Morgensonne schien durch die riesigen, vom Boden bis zur Decke reichenden Fenster – die offenbar von Architekten entworfen worden waren, die entweder nie in ihren eigenen Bauten hatten schwitzen müssen oder null Ahnung von ihrem Job hatten. Andernfalls hätten sie wissen müssen, dass die Sonne in Räumen mit so riesigen Fensterflächen ungefähr die Hitze eines mittelgroßen Waldbrands entfalten würde. Alex ließ sich auf seinen Sitz fallen und fragte sich schon nach zwei Minuten, ob er diese Stunde überhaupt durchsitzen oder vielmehr durchschwitzen könnte. Außerdem: Wie sollte er sich auf Algebra konzentrieren, wenn ihm so viele andere Fragen durch den Kopf tobten?

Die Pistole bei der Beerdigung. Wie Blunt ihn gemustert hatte. Der Kombi mit der Aufschrift STRYKER & SON. Das ausgeräumte Arbeitszimmer. Und dann die eine, die wichtigste Frage überhaupt, das eine Detail, das ihm nicht aus dem Kopf gehen wollte: die Sache mit dem Sicherheitsgurt. Ian Rider war nicht angegurtet gewesen.

Unmöglich.

Natürlich hatte Ian den Gurt angelegt.

Ian Rider hatte nie zu den Menschen gehört, die andere ständig belehren. Von Alex hatte er immer verlangt, dass er seine eigenen Entscheidungen treffen müsse. Aber Sicherheitsgurte bildeten da eine absolute Ausnahme: Von dieser Sache war Ian wie besessen. Und je mehr Alex darüber nachdachte, desto weniger glaubte er, dass Ian bei dieser letzten, fatalen Fahrt nicht angegurtet gewesen sein könnte. Ein Zusammenstoß an einem Kreisverkehr … Plötzlich verspürte er den dringenden Wunsch, Ians Wagen zu sehen. Wenigstens würde er dann wissen, dass sich tatsächlich ein Unfall ereignet hatte. Dass Ian Rider wirklich verunglückt war.

»Alex?«

Alex blickte auf und merkte, dass ihn alle anstarrten. Mr Donovan hatte ihn offenbar etwas gefragt. Verlegen ließ Alex den Blick über die Gleichung an der Tafel huschen. »Ja, Sir«, sagte er dann, »x gleich sieben und y gleich fünfzehn.«

Der Mathelehrer seufzte. »Wunderbar, Alex. Vollkommen richtig. Aber eigentlich hab ich dich nur gebeten, das Fenster zu öffnen.«

Irgendwie überlebte Alex auch den Rest des Schultags. Aber als der Unterricht aus war, stand sein Entschluss unverrückbar fest. Während alle anderen Schüler förmlich aus der Schule flüchteten, drängte er sich gegen den Strom die Treppe zum Sekretariat hinauf und bat um das Branchentelefonbuch.

»Suchst du was Bestimmtes?«, fragte Jane Bedfordshire, die Sekretärin, eine junge Frau Mitte zwanzig, die für Alex schon immer eine Schwäche gehabt hatte.

»Autoverwertungen ...«, gab Alex wortkarg zur Antwort. Er blätterte durch das Buch. »Wenn ein Auto bei einem Unfall einen Totalschaden hat, würde man es doch zu einer Verwertungsfirma in der Nähe des Unfallortes bringen, nicht wahr?«

»Wahrscheinlich.«

»Hier ...« Die Rubrik »Autoverwertungen« erstreckte sich über vier Seiten, auf denen Dutzende von Firmen in Kleinanzeigen ihre Dienste anboten.

»Ist das für ein Schulprojekt?«, fragte die Sekretärin. Sie wusste nur, dass Alex' Onkel gestorben war, aber sie wusste nicht, auf welche Weise er sein Leben verloren hatte.

»So was Ähnliches«, gab Alex vage zur Antwort. Er las die

Adressen der Firmen durch, aber seine Hoffnung sank, je näher er der vierten Seite kam.

»Wie wär's mit der hier?«, fragte die Sekretärin und tippte auf eine Adresse. »Die ist gar nicht weit von hier.«

»Moment!«, rief Alex und zog das Buch dichter heran. Unter der Adresse, auf die die Sekretärin getippt hatte, fand er einen weiteren Eintrag:

**J. B. STRYKER**

*Das letzte Paradies für Ihr Auto*

J. B. Stryker, Autoverwertung
Lambeth Walk, LONDON
Tel.: 020 71 23 53 92

*Rufen Sie einfach an –*
*wir kümmern uns um den Rest!*

»Das ist in Vauxhall«, sagte Miss Bedfordshire. »Auch nicht sehr weit von hier.«

»Ich weiß.« Alex hatte den Namen wiedererkannt – J. B. Stryker. Er dachte an den Kombi, der am Tag der Beerdigung vor seinem Haus geparkt gewesen war. Der Kombi mit der Aufschrift STRYKER & SON. Das konnte natürlich ein Zufall gewesen sein, aber wenn Alex der Sache mit dem Unfall nachgehen wollte, würde er wohl hier anfangen müssen. Er hatte nichts anderes in der Hand. Er schloss das Buch. »Bis bald, Miss Bedfordshire.«

»Sei vorsichtig«, sagte die Sekretärin und sah ihm nach. Für einen kurzen Moment wunderte sie sich, warum sie Alex diesen Rat gegeben hatte. Irgendwas in seinem Blick? Seine Augen waren dunkel und ernst, aber es lag auch etwas Gefährliches darin … Dann jedoch klingelte das Telefon und sie verdrängte den Gedanken.

J. B. Strykers Autofriedhof lag auf einem großen Brachland hinter den Gleisanlagen, die zum Waterloo-Bahnhof führten. Das Firmengelände war von einer hohen Backsteinmauer umgeben, deren Krone mit Glasscherben und Stacheldraht gegen Eindringlinge geschützt war. Das große Flügeltor aus Holz stand offen.

Alex hielt auf der Zufahrtsstraße an und blickte über das Gelände. Nicht weit hinter der Einfahrt sah er einen Schuppen, der ein vergittertes Fenster zum Tor hin hatte und möglicherweise als Büro diente. Dahinter erhoben sich Berge aus Schrottautos und Einzelteilen. Was noch in irgendeiner Weise weiterverwertet werden konnte, hatte man aus den Autoleichen ausgebaut; nur die rostigen Karosserien blieben übrig und warteten auf die Presse.

Im Schuppen saß ein Pförtner oder Wächter und las in einer Zeitung. Rechts hinter dem Schuppen wurde der Motor eines Krans angeworfen, Sekunden später prallte seine gewaltige Klaue auf einen Ford Mondeo hinab. Die Greifzähne krachten durch die Fenster, packten das Fahrzeug, rissen es hoch und schwangen es mühelos durch die Luft. Alex beobachtete, wie der Wärter nach dem Telefonhörer griff. Das war seine Gelegenheit. Er packte sein Rad und sprintete gebückt durch das Tor und an dem telefonierenden Wärter vorbei.

Die Luft stank stark nach Dieselöl und das Gebrüll der Maschinen war ohrenbetäubend. Nichts als Schmutz, Abfälle und Autoteile. Der Kran, dessen Greifhand gerade wieder ein weiteres Fahrzeug gepackt hatte, vollführte eine Vierteldrehung und ließ es in die Autopresse fallen. Einen Augenblick lang blieb das Fahrzeug auf einer Plattform liegen. Dann hob sich die Plattform auf der Rückseite an und das Schrottauto rutschte nach vorn und fiel in die Pressanlage. An der Seite der Autopresse saß ein Arbeiter in einer Glaskabine. Er drückte auf einen Knopf, woraufhin die Maschine schwarzen Rauch ausstieß. Zwei gewaltige Stahlflügel schlossen sich über dem Wagen wie die gepanzerten Flügel eines Insekts. Aus dem Innern kamen krachende Geräusche, als das Auto zusammengepresst wurde, bis es kaum größer war als ein überdimensionales Paket. Der Maschinenführer schob einen Hebel nach vorn; das Schrottpaket wurde herausgeschoben und von unsichtbaren Messern in Stücke geschnitten, die schließlich mit lautem Krachen in einen Container fielen.

Alex lehnte sein Fahrrad rasch gegen die fensterlose Rückwand des Schuppens und sprintete tiefer in das Betriebsgelände hinein, wobei er immer hinter den herumstehenden Autos in Deckung blieb. Bei dem Lärm der Maschinen würde ihn niemand hören können, aber er wollte auch auf keinen Fall gesehen werden. Außer Atem hielt er an und fuhr sich mit der Hand über das Gesicht. Seine Augen tränten von den scharfen Benzindämpfen.

Allmählich tat es ihm leid, dass er hierhergekommen war. Es gab einfach zu viele Schrottautos. Wie sollte er in diesen vor sich hin rostenden Bergen Ians Wagen finden? Er schlich suchend weiter, aber seine Hoffnung sank rapide. Schon wandte er sich zum Gehen, als er plötzlich mehrere Wagen sah, intakte Wagen, die nebeneinander geparkt waren. Und dort, ein paar Meter von ihnen entfernt, stand Ian Riders BMW. Kein Zweifel.